IO

Hard Science Fiction

BRANDON Q. MORRIS

HardSF.de

Impressum

Brandon Q. Morris c/o Matthias Matting
Sieglgut 51, 94034 Passau
www.hardsf.de
brandon@hardsf.de

Lektorat: Dr. Ulrike Bunge
Fachliche Beratung: Michael Paluszek (President, Princeton Satellite Systems), Dr. Ludwig Hellmann
Umschlaggestaltung: BJ Coverbookdesigns.com
Druck: CreateSpace, Leipzig
Fotos: NASA / JPL

ISBN Taschenbuch: 978-3-947283-00-2
ISBN E-Book: 978-3-947283-01-9

Inhalt

Io

Die neue Biografie der Io

lo

5. Februar 2047, Shanghai

Die Hand leuchtet. Obwohl es fast dunkel ist im Raum und er ohne Brille nicht mehr gut sieht, kann Bailong Li die weiße Haut der rechten Hand seiner Frau gut erkennen. Sie wirkt zart, doch er weiß, dass sie zupacken kann, kräftig und präzise. Seine Frau hat 40 Jahre lang als Näherin gearbeitet. Wenn wieder einmal das linke Glas aus seiner Brille gefallen ist und er es kaum schafft, die dünne Scheibe vom Boden aufzuheben, dann brauchen die schlanken Finger seiner Frau nur Sekunden, um seine Sehhilfe zu reparieren. Sie schimpft dann, dass er doch endlich zum Optiker gehen und sich eine neue Brille machen lassen solle, sie könnten es sich doch leisten. Aber an ihren Augen sieht er, dass sie ganz genau weiß, wie sehr er seine alte Brille liebt.

Er legt seine Hand über ihre und erschrickt kurz, weil sich die Haut so kalt anfühlt. Seine Frau hat ihr Leben lang gefroren, nicht einmal jetzt wird ihr warm, wo sie doch die moderne Wohnung bis auf 30 Grad und mehr heizen können, Geld spielt keine Rolle mehr. Bailong erinnert sich nicht mehr an die Zeit, als er seine Frau kennengelernt hat, doch sie hat ihm einmal erzählt, dass sie nur deshalb mit ihm ging, weil er von sich aus angeboten hatte, ihre kalten Hände zu wärmen. Er schließt die Hand fester um ihre und betrachtet ihr Profil. Auch ihre Gesichtshaut scheint zu leuchten, niemand hat so weiße Haut wie seine Frau, scheint ihm. Er sieht ihre Falten – die alten, von den Sorgen, und die neuen, die das Alter hinzugefügt hat –, er folgt mit dem Blick der Form ihrer Nase und ihres Kinns, die beide nach vorn zeigen, als zögen sie die Persönlichkeit ihrer Besitzerin dorthin. Chen Lu, Morgentau, haben ihre Eltern seine Frau genannt, und der Name passt noch immer perfekt.

Bailong Li beugt sich etwas nach vorn. Sein Rücken schmerzt, die Holzbank, auf der sie sitzen, ist nicht bequem. Doch es ist das einzige, was ihnen geblieben ist, aus der Zeit im Dorf, bevor ihre dickköpfige Tochter gegen ihren Rat zur Armee gegangen war, um Karriere zu machen. Bailong folgt dem Blick seiner Frau in die Unendlichkeit. Sie hat noch nie viel geredet, sie ist ein leiser Mensch, selbst bei der Geburt der Tochter blieb sie ruhig, doch das hat ihn nie gestört. Er fühlt sich wohl neben ihr. Sie sitzt gern vor dem Fenster und lässt den Blick schweifen. Manchmal scheint ihm, als verlasse sie dann selbst ihren Körper; deshalb ist es gut, wenn er neben ihr sitzt und die zurückgelassene Hülle beschützt. So fühlt er sich auch jetzt noch gebraucht, obwohl längst andere für den Lebensunterhalt des Paares sorgen, das die im Moment bekannteste Bewohnerin ihres Landes aufgezogen hat.

Vor ihnen liegt ein Meer aus Wolkenkratzern. Chen Lu hatte sich erst geweigert, in die Großstadt zu ziehen, diesen Moloch, doch bei der Besichtigung war sie vor dem riesigen Panoramafenster stehen geblieben und kaum dazu zu bewegen gewesen, die Wohnung noch einmal zu verlassen. Sie hatten nach dem Umzug die Holzbank direkt vor dem Fenster aufgestellt und saßen seitdem nach Sonnenuntergang fast immer hier.

Er dreht den Kopf nach hinten, so gut es noch geht. Auch dort senkt sich die Nacht über die Großstadt, obwohl es sich um eine solide Wand handelt. Bei der Besichtigung hatte ihnen der von der Regierung beauftragte Makler stolz den riesigen Bildschirm vorgeführt, der gerade mit Kamerabildern die Illusion eines zweiten Panoramafensters erzeugt. Die Klimaanlage kann sogar frischen Wind durch den Raum blasen, der das Gefühl perfekt macht, allein auf dem Dach eines Hochhauses zu sitzen. Verschwörerisch hatte ihm der Makler erklärt, dass das die Idee des Vorbesitzers gewesen sei, eines Multimillionärs, der später bei der Partei in Ungnade gefallen sei.

Seine Frau benutzt den Bildschirm nie. Ihr Blick, sagt sie, bleibt an der Wand zwischen ihr und der Welt hängen. Bailong Li ist das recht. Das Bild vor ihm teilt sich in zwei Hälften. Unten die Sphäre des Menschen, in der es hektisch blinkt. Den Lichtpunkten am Boden, die sich wie zu Ameisenstraßen formen, ist von hier aus nicht mehr anzusehen, ob sie zu Autos, Bussen oder LKWs gehören, die fahrerlos durch die Dunkelheit ihm unbekannte Ziele ansteuern. Wolkenkratzer, die meisten sind niedriger als das Haus, in dem sie wohnen, strecken sich wie Finger gen Himmel, ohne ihn je zu erreichen.

Der Himmel, das ist für ihn die obere Sphäre. Sie scheint in reinstem Schwarz, seit sein Land radikal den Smog bekämpft. Bailong erinnert sich an einen Besuch in Shanghai vor 30 Jahren. In der goldenen Woche waren sie staunend durch die Stadt gelaufen, hatten den rot glühenden Sonnenuntergang bewundert und nachts den Himmel vermisst. Die Sonne geht heute weniger spektakulär unter, doch dafür können sie ihre Blicke wieder in die Unendlichkeit schweifen lassen, in der Hoffnung, dort irgendwo ihre Tochter Jiaying zu treffen, die gerade in einer Blechkiste unterwegs nach Hause ist. Ob sie dort jemals ankommen wird? Bailong seufzt, denn er kann sich nicht vorstellen, dass die neue Heldin Chinas je das Zimmer beziehen wird, das sie ihr in der neuen Wohnung freigehalten haben. Jiaying hat ihnen noch nie gehört, sie hat immer ihren eigenen Kopf und eigene Pläne gehabt, in die sie niemanden einweihte. Doch nach ihrer Rückkehr wird sie der Partei gehören müssen, ob sie will oder nicht.

Es klingelt, aber Bailong reagiert nicht, denn sie erwarten keinen Besuch. Dann vibriert das Armband, das ihm der Arzt wegen seines schwächer werdenden Herzens verschrieben hat und das mit der Wohnungssteuerung verbunden ist. Er hebt den Arm. Auf dem Display blinkt das Türsymbol in Rot. Da meint es jemand wirklich ernst, denn die Farbe signalisiert, dass die Prioritätsöffnung aktiviert wurde, die gesetzlich vorgeschrieben ist und Rettungsdiensten oder Polizei jederzeit Zutritt geben soll. Wenn er jetzt nicht reagiert, wird sich die Tür in 180 Sekunden von selbst öffnen.

Bailong ärgert sich. Das ist sicher wieder der Hausmeister! Vor zwei Wochen hatte er plötzlich in ihrer Küche gestanden, angeblich aus Sorge um ihre Gesundheit, weil sie nicht auf sein Klingeln reagiert hatten. Der Hausmeister ist schlecht bezahlt und riecht streng, ein unsympathischer Typ, der den Emporkömmlingen vom Dorf vielleicht seine Macht demonstrieren wollte. Aber womöglich gehört er auch zum Heer der Geheimdienst-Spitzel; seit ihre Tochter eine Heldin ist, werden sie natürlich überwacht.

Er streichelt zärtlich über Chen Lus Hand. Seine Frau nickt, ‚geh nur', heißt das, ‚ich bleibe hier sitzen'. Er spürt ihre Gedanken in seinem Kopf; sie sind warm. Dann steht er auf und geht langsam zur Wohnungstür. Auf halbem Weg vibriert das Armband erneut. Er hat noch sechzig Sekunden.

»Komme schon«, ruft er, und erschrickt, wie dünn seine Stimme geworden ist. Von draußen kommt keine Antwort. Das Türschloss zählt den Countdown herunter. Es ist bei 20 angekommen, als er die Klinke nach unten drückt. Bailong erschrickt, weil die Tür aufgestoßen wird. Zum Glück hat er nicht direkt dahinter gestanden. Sein Armband warnt ihn, dass sich sein Blutdruck gerade außerhalb des erwünschten Bereiches bewegt.

»Herr Li?« Auf dem Gang stehen zwei Männer in blauen Anzügen, die wie Vater und Sohn wirken. Am Revers tragen beide ein Parteiabzeichen. Sie sehen ihn an, ohne dass er ihnen irgendeine Gefühlsregung ansehen kann.

Bailong nickt. »Ja, der bin ich.«

»Wir kommen vom Amt für die Grundsicherung im Alter. Wir würden uns gern davon überzeugen, dass sie gut versorgt sind. Dürfen wir hereinkommen?«

Er hat noch nie von einem solchen Amt gehört. Er weiß aber, dass sich der Geheimdienst manchmal hinter obskuren Ämternamen versteckt. Doch es ist egal, er hat sowieso keine Wahl und lädt die Männer mit einer Geste ein, die Wohnung zu betreten.

Beide verbeugen sich, dann zückt der jüngere ein

Gerät, das wie eine klobige Pistole aussieht, und zielt damit auf Bailongs Kopf.

»Nur eine Formsache«, sagt er, als er bemerkt, dass Bailong zurückzuckt. »Ich bestätige Ihre Identität über einen Iris-Scan.«

Er hält still, obwohl er eigentlich davonrennen will. Aber wohin? Und wie soll ein alter Mann zwei kräftigen, durchtrainierten Agenten entfliehen?

»Vielen Dank«, sagt der jüngere. Der ältere Mann greift in seine Jackentasche und holt Plastik-Überzieher für seine Schuhe heraus.

»Sie müssen entschuldigen, aber wir haben es leider etwas eilig.«

Statt sich die Schuhe vor dem Betreten der Wohnung auszuziehen, wie es die Höflichkeit erfordert, schlüpfen beide Männer geschickt in die Überzieher, die so blau wie ihre Anzüge sind.

»Sie erlauben?« Der ältere Mann schiebt Bailong zur Seite, der den Flur blockiert. Beide Besucher treten ein, der jüngere schließt die Tür wieder. Im selben Moment fällt jede Höflichkeit von ihnen ab.

»Wir müssen mit Ihnen und Ihrer Frau sprechen, sofort.« Es ist klar, wer hier der Chef ist. »Frau Li?«

Die Männer warten nicht auf die Chen Lus Antwort, sondern marschieren in Richtung Wohnzimmer. Der ältere zieht Bailong hinter sich her, der jüngere tippt etwas auf dem Display seines Armbands.

Chen Lu steht mit dem Rücken zum Fenster und lehnt sich an das Glas. Bailong erschrickt, er vertraut der Scheibe nicht und hält immer einen Schritt Abstand. Er will zu seiner Frau, doch der ältere Mann hält sein Handgelenk mit festem Griff umfangen.

»Herr und Frau Li, wir müssen Sie bitten, uns zu begleiten. Es ist eine Staatsangelegenheit von höchste Wichtigkeit.«

Bailong sieht seine Frau an, doch die lässt sich keine Emotion anmerken und scheint durch die ungebetenen Gäste hindurchzusehen.

»Verstehen Sie uns?« Der Fremde wird lauter. Bailong nickt.

»Gut. Sie brauchen nichts mitzunehmen, es wird für Sie gesorgt werden.«

Bailong nimmt alle Kraft zusammen, die ihm das Alter gelassen hat, schafft es, sich loszureißen und läuft die vier Schritte zu seiner Frau.

»Hab keine Angst«, sagt er zu ihr, und hat dabei das Gefühl, dass er sich selbst Mut zuspricht. Dann nimmt er ihre Hand.

»Wir sollten dann gehen. Unten wartet ein Auto.«

»Ja, Herr…« Der Mann reagiert nicht. Bailong dreht sich zum Abschied ein letztes Mal um und blickt in den Himmel. Dort irgendwo, fast unendlich weit entfernt, reist seine Tochter durch das feindliche All. Er ist stolz auf sie, ganz egal, was jetzt mit ihnen passiert.

10. Februar 2047, ILSE

Er braucht nur den Daumen auf die Sonne zu legen, schon erlischt sie. Doch am linken und rechten Rand kann er einen dünnen Streifen erkennen, der gestern noch nicht da war. Die Sonne scheint von Tag zu Tag größer zu werden. Sie zieht ihn an wie ein ferner Magnet, ihr Licht scheint seine Haut sogar besser zu wärmen als zuvor, doch das ist natürlich Unsinn, denn er betrachtet den Zentralstern des Sonnensystems nicht durch ein Glasfenster, sondern auf dem Bildschirm an der Wand seiner winzigen Kabine, direkt neben seiner Koje.

Martin Neumaier will nach Hause. Er hat genug von diesem Abenteuer, das kein Ende nehmen will. Sie haben noch gut elf Monate Flug vor sich. Martin würde jetzt gern wie ein kleiner Junge in den Rockfalten seiner Großmutter verschwinden; er hätte gern jemanden, der ihn streichelt und ihm sagt, dass alles gut wird. Denn so fühlt es sich gerade nicht an, nicht mehr seit vorgestern, als Jiaying ihm erklärt hat, dass es aus ist zwischen ihnen.

Wieso nur? Er hat sich gestern krank gemeldet zu

seiner Schicht, hat auch nicht trainiert, sondern stattdessen in seiner Kabine gelegen und sich seinen Gefühlen ergeben, die zwischen Trauer und Wut schwanken. Er hat ihr das Leben gerettet so wie sie ihm, sie haben sich verstanden, ihre Träume geteilt ebenso wie den langweiligen Alltag an Bord des Raumschiffs, als der dann endlich wieder eingetreten war. Und nun das? Hat er nicht zumindest das Recht, einen Grund zu erfahren, zu hören, was er falsch gemacht hat, statt so sinnloser Sätze wie ‚es liegt nicht an dir', ‚es hat keinen Sinn' und ‚du hast eine bessere verdient'?

Wie soll er die nächsten Monate überstehen? Wie stellt sie sich das vor? Das Raumschiff ist nicht groß genug, um sich aus dem Weg gehen zu können. Sie werden miteinander reden, zusammen Schichten belegen müssen; die Crew besteht nur noch aus fünf Personen, da ist kein Raum für persönliche Animositäten. Aber wie soll je Normalität eintreten, wenn Jiaying nicht einmal eine einzige seiner Fragen beantwortet?

Martin wischt die Sonne mit dem Zeigefinger zur Seite. Die Erde findet er in diesem Maßstab nicht ohne Hilfe des Computers. Groß und deutlich sieht er von allen Planeten nur Jupiter, der sich auf seinem eigenen Orbit um die Sonne der auf eine künftige Position der Erde zielenden Bahn der ILSE mit 13 Kilometern pro Sekunde nähert. Eine gewaltige Kugel aus Gas, übrig geblieben aus der Urzeit des Sonnensystems, elf Mal so groß wie die Erde und über 300 Mal so schwer, sogar zweieinhalb Mal so schwer wie alle übrigen Planeten, die mit ihrer Anziehungskraft den Aufbau des Sonnensystems ganz wesentlich beeinflusst. Beim Hinflug hatte sich Jupiter gerade hinter der Sonne befunden, als sie seine Bahn kreuzten, deshalb werden sie ihn bald zum ersten Mal in voller Größe bestaunen können. Immerhin braucht der Planet fast zwölf Jahre, um einmal die Sonne zu umkreisen. Martin lächelt abschätzig über seine eigenen Gedanken: von wegen ‚bald'; wenn sie die Bahnebene des Jupiter erreichen, haben sie etwa die Hälfte des Heimwegs hinter sich, er wird also noch Monate warten müssen, bis der Gasplanet und seine zahlreichen Monde wieder etwas Abwechslung in seinen Alltag bringen.

Es klopft. Das muss Amy sein, niemand anders benutzt so altmodisch die Handknöchel. Die Kommandantin kommt ihrer Pflicht nach und sieht nach ihm, denkt er, ärgert sich, dass er ungerecht ist, und kann es doch nicht ändern, denn die Welt behandelt ihn auch gerade ziemlich unfair.

Es klopft erneut. Natürlich würde Amy nie ungebeten hereinplatzen. Sie ist so verdammt höflich und zuvorkommend.

»Komm schon rein, ich bin da«, ruft er. Die Tür öffnet sich, und tatsächlich tritt Amy ein. Sie trägt die Bordkleidung der NASA, aber das ist nicht ungewöhnlich, er hat sie nur sehr selten in Zivil gesehen, zumal die Spezialanzüge auch die längerfristigen Auswirkungen der geringeren Schwerkraft vermindern sollen.

»Wie geht es dir? Kann ich dir helfen?«

Martin würde gern etwas Patziges antworten, doch Amys offenes Gesicht zeigt ihre ernsthafte Sorge so überdeutlich, dass er das nicht über das Herz bringt. Er kann doch Bambi keine Ohrfeige geben!

»Danke, es geht schon«, sagt er in möglichst unbeteiligtem Ton.

»Ich habe mit Jiaying gesprochen. Sie hat mir gesagt,

dass sie sich von dir getrennt hat, und dass dich das ziemlich mitgenommen hat.«

»Ja?« Wenn ihr das wirklich wichtig wäre, könnte sie ihm das ja selbst sagen, denkt er, und schüttelt den Kopf.

»Ja«, sagt Amy, »und ich hatte das Gefühl, dass sie es ernst meint.«

»Toll«, antwortet Martin. »Das hilft mir sehr.«

Amy zuckt leicht zusammen, als hätte er sie mit seinem Zynismus getroffen. Wie kann man denn als Kommandantin so empfindlich sein?

»Amy, entschuldige, mir geht es nicht gut, ich verstehe das einfach nicht«, sagt er. »Hat sie es dir erklärt?«

Die Kommandantin schüttelt den Kopf. »Tut mir leid, ich weiß nicht mehr als du. Vielleicht kennt sie den Grund ja selbst nicht. Als ich 20 war, habe ich mal einem großartigen Freund auf diese Weise den Laufpass gegeben. Ich hatte einfach das Gefühl, es müsste sein, und zwar sofort. Später habe ich mich geärgert, aber dann war er schon verheiratet.«

»Jiaying ist nicht mehr 20.«

»Das ist wohl wahr. Ich hatte auch ehrlich gesagt nicht den Eindruck, dass das eine spontane Entscheidung war. Du weißt, Jiaying ist sehr zielstrebig. Wenn sie eine Entscheidung fällt, hat sie einen sehr guten Grund.«

»Das ist ja mein Problem. Es muss etwas mit mir zu tun haben, sonst hätte sie es mir doch sagen können.«

»Ich kann mir vorstellen, wie das an dir nagt.«

Amy sieht konzentriert zur Wand, als überlege sie etwas.

»Da hilft erst einmal bloß Ablenkung. Sollen wir uns zusammen einen Film ansehen?«

Sie sieht auf die Uhr.

»Hayato kümmert sich gerade um Sol, und meine Schicht beginnt erst in drei Stunden«.

Martin muss unwillkürlich lächeln. Amy will tatsächlich ihre Freizeit für ihn opfern. Das rührt ihn. Er muss schnell zu Seite sehen, damit sie nichts davon merkt.

»Nein«, sagt er, »es ist okay, ich gehe mich ein bisschen abstrampeln. Danke, dass du da warst.«

»Gut, und wenn du mit jemandem reden willst, du weißt ja…«

Martin nickt, setzt sich auf die Bettkante und beginnt, seine Sportschuhe anzuziehen.

»Bis nachher«, sagt Amy noch, und schließt dann wieder die Kabinentür hinter sich. Martin lässt sich seitlich auf das Bett fallen, schiebt die Schuhe von den Füßen, greift nach dem Tablet und lädt ein Buch, das er vor einer Woche begonnen hat. Ihm fällt ein, dass Jiaying es ihm empfohlen hatte. Am liebsten würde er das Tablet wieder weglegen, doch er zwingt sich zur Lektüre.

15. Februar 2047, Fort Meade

Eine schwarze Limousine nähert sich einem noch schwärzeren, liegenden Quader. Das Fahrzeug rollt langsam über einen riesigen Parkplatz, auf dem um diese Tageszeit nur noch wenige Autos parken. Etwa alle zwanzig Meter wird die Limousine vom Licht der Straßenlaternen getroffen. Trotzdem ist nicht erkennbar, wen sie befördert, denn die Fenster sind verspiegelt. Der Quader, dem sich das Fahrzeug nähert, versteckt unter seiner schimmernden Außenhaut ein Metallskelett, das Strahlung weder hinein noch heraus lässt. In seiner Mitte befindet sich eine Einfahrt, die aus der Ferne wie eine Buchse wirkt, die die fast geräuschlos rollende schwarze Limousine nun in sich aufnimmt.

»Wir sind angekommen, liebe Gäste«, sagt eine Stimme aus dem Lautsprecher. Es ist nicht zu hören, ob es sich um eine computergenerierte Aufnahme oder um die Stimme eines echten Menschen handelt. Gefahren hat sie jedenfalls die Automatik der Limousine, denkt Major Shixin Tang, obwohl er sich auch dessen nicht ganz sicher ist, denn der Fahrersitz ist von einem undurchsichtigen Käfig umschlossen. Er sieht die Frau an, die ihn begleitet. Lining Li heißt sie angeblich, doch ganz sicher ist der Name ebenso falsch wie der seine. Immerhin hat er ihn sich selbst aussuchen dürfen, »Löwenherz«, das hatte ihm gefallen. Ob die Kollegin, die er bis dahin noch nie getroffen hat, ihren Namen auch wegen seiner Bedeutung – Kraft, Stärke, Frieden – gewählt hat? Erfahren wird er das nie, denn im Einsatz spricht man nicht über sein Privatleben, das könnte der Gegner gegen einen verwenden.

Der Gegner. Shixin lächelt. Sie sind gerade dabei, eines seiner Hauptquartiere zu betreten, das Hauptquartier seines wichtigsten Geheimdienstes. Vor zwanzig Jahren noch der große Streit um Nordkorea, und plötzlich sind sie die besten Freunde. Wie schnell doch eine gemeinsame Bedrohung die Basis für eine temporäre Freundschaft bilden kann.

»Bitte begeben Sie sich zur Tür«, sagt eine Stimme. Der Fußboden zeigt ihm mit grünem Licht, wo er sich hinstellen soll. Ein leises Summen, wahrscheinlich tastet ihn gerade ein Terahertz-Scanner nach verborgenen Mitbringseln ab, vergleicht eine Kamera den Aufbau seiner Iris mit den Daten, die seine Vorgesetzten an die Verantwortlichen beim NSA übermittelt haben.

»Willkommen, Mr. Tang«, sagt die Stimme schließlich, während sich eine verborgene Tür öffnet. Shixin dreht sich um, doch die Kollegin kann er nicht sehen. Er bleibt stehen, bis die Stimme erneut zu ihm spricht.

»Bitte gehen Sie den Gang entlang«, sagt sie, und der Major folgt der Aufforderung. Er erreicht ein kleines

Zimmer, in dem bereits die Kollegin auf ihn wartet. Sie lächelt ihn spöttisch an.

»Na, Schwierigkeiten bei der Einreise?«

Er hat schon vermutet, dass sie ihm Schwierigkeiten machen wird, denn obwohl er sie mindestens fünfzehn Jahre jünger als sich selbst schätzt, hat sie schon seinen Dienstgrad erreicht. Das schafft man nicht, ohne andere, die länger im Dienst sind, geschickt aus dem Weg zu räumen. Vielleicht stellen ihn seine Vorgesetzten ja auch auf die Probe. Wenn er ihr nicht gewachsen ist, obwohl sie ihm offiziell unterstellt wurde, werden sie ihn sicher auf's Altenteil schicken. Mit 52!

Das wird nicht passieren. Shixin sieht sich um. Der Raum ist höchstens drei, vier Quadratmeter groß. Die Wände scheinen fugenlos, nirgends sind Türen erkennbar, obwohl er und seine Kollegin den Raum aus unterschiedlichen Türen betreten haben. An einer Seite stehen nebeneinander zwei schmale Stühle, doch weder Lining noch er machen Anstalten, sich zu setzen. Vermutlich werden sie beobachtet. Die Amerikaner werden wissen wollen, wen man ihnen da aus China geschickt hat.

Es stimmt offenbar, was man ihnen erzählt hat: Sie stehen auf schlaue Psychospiele. Typisch Westen, sie setzen auf Verwirrung und Verlockung, statt ihre Klienten einfach und direkt auf eine Weise anzusprechen, die keinen Widerstand zulässt. Shixin schüttelt den Kopf. Seine Gedanken sind frei, das ist ein Vorteil, den nur Auslandsagenten wie Lining und er haben, weil ihnen ein cleverer Chirurg unter der Kopfhaut eine elektromagnetische Abschirmung implantiert hat. Die Gefahr, dass der Gegner ihre Hirnströme auslesen könnte, wäre sonst zu groß. Aber das schützt ihn natürlich auch zu

Hause, so lange er sich nicht so verdächtig macht, dass man einen Arzt mit der schmerzhaften Prozedur beauftragt, das längst eingewachsene Metallnetz zu entfernen.

Ohne Ankündigung öffnet sich eine schmale Tür. Lining lässt ihm mit einer Geste den Vortritt, obwohl ihm der seiner Stellung und seines Alters wegen sowieso zusteht. Eine Provokation. Er hofft, dass die Amerikaner solche Feinheiten nicht bemerken, sonst werden sie sie ausnutzen. Aber sie sind ja als Freunde hier, also macht er sich vielleicht umsonst Gedanken.

Der Gang vor ihnen ist von unten und oben sanft beleuchtet. Er macht einen Knick, dann stehen sie vor einer Wand, die als Spiegel getarnt ist. Vermutlich wird nun erneut seine Iris gescannt, denn es dauert ein paar Sekunden, bis die Wand sich kurz für ihn zur Seite schiebt.

»Guten Morgen, Herr Tang«, begrüßt ihn dahinter ein groß gewachsener Schwarzer mit breitem Lächeln. Sein Englisch klingt nicht ganz sauber, irgendein Südstaaten-Dialekt, denkt Shixin.

»Ich bin Michael Butterfield, nennen Sie mich Mike.«

»Ich freue mich, Sie zu treffen. Gut, bleiben wir beim Vornamen.«

Mike lächelt. Er hat den kleinen Test bemerkt, denn er sagt »Danke, Shixin«, und spricht das x dabei überaus korrekt als ‚tch' aus.

Der Amerikaner begrüßt auch seine Kollegin Lining. Dann zeigt er auf eine weitere Tür, die sich wie von selbst öffnet und den Blick auf einen großen Besprechungsraum freigibt. Er folgt der Einladung. Als sie eintreten, erheben sich eine Frau in einem Business-Kostüm und ein General mit den Abzeichen der US-Navy. Die Frau stellt sich nur als Analystin vor, der Soldat trägt seinen Namen unverkennbar auf dem Revers. Shixin macht mit der in seine Netzhaut integrierten Retina-Cam für alle Fälle ein paar Aufnahmen. Er wüsste doch gar zu gern, wer die Frau ist, die für eine Amerikanerin sogar ganz gut aussieht.

Mike scheint hier das Kommando zu haben oder zumindest die Regie, denn er bittet nun alle, am großen Tisch Platz zu nehmen. Auch er selbst setzt sich, nur die namenlose Analystin bleibt stehen. Die Wand gegenüber, die wie grauer Beton gewirkt hatte, verwandelt sich in einen riesigen Bildschirm. Nicht schlecht, denkt Shixin, ohne sich etwas anmerken zu lassen. Projektionstechnik ist nicht zu bemerken, die optisch aktive Schicht muss sich direkt auf der Wand befinden. Wahrscheinlich ein Mosaik aus kleineren Quantum-Dot-Displays, anders bekommt man eine derartige Helligkeit nicht hin.

Auf dem Bildschirm erscheint der Saturnmond Enceladus. Der Betrachter nähert sich in rasendem Sturzflug der Oberfläche, während die Analystin ihren Bericht beginnt.

»Sie wissen ja, worum es geht, deshalb halte ich Sie nicht mit nebensächlichen Details auf.« Die Frau schnippt, und das Video friert ein.

»Die Crew der ILSE ist im Enceladus-Ozean auf eine fremdartige Lebensform gestoßen. Sie scheint friedlich zu sein. Ein Teil der Mannschaft hat erfolgreich mit ihr kommuniziert. Das Wesen, das wir mit dem Codenamen Hydra bezeichnen, besteht aus einer großen, und ich meine wirklich großen Zahl auf den ersten Blick primitiver Zellen, die jede gerade nötige Funktion ausüben können.«

Auf dem Display sind nun Mikro-Aufnahmen der Zellen zu erkennen. Shixin kennt die Fotos, die das deutsche Crew-Mitglied der ILSE angefertigt hat. Es handelt sich offensichtlich nicht um lauter identische Zellen. Das erkennt er, obwohl er kein Biologe ist, aber ihm fallen doch die sich wiederholenden Strukturen auf. Die Expertin seines Dienstes hatte einen Vergleich mit Schneeflocken gemacht, die ebenfalls durchaus verschieden aussehen, deren Struktur aber einheitlichen Gesetzen gehorcht.

»Grob lassen sich weniger als zwanzig verschiedene Zelltypen unterscheiden. Die Biologen sind sich da nicht ganz einig, weil die Zellen anscheinend die Fähigkeit haben, sich in andere zu verwandeln. Leider ist es uns noch nicht gelungen, diesen Prozess in situ zu beobachten. Es ist auch keine Probe an Bord der ILSE, die wir näher daraufhin untersuchen könnten.«

»Was ja vielleicht auch besser ist«, sagt Shixin, »wir möchten jedenfalls kein fremdes Leben auf unserem Planeten.«

Die Analystin nickt. »Da bin ich absolut bei Ihnen. Sie wissen ja, wie die Biologen manchmal sind.«

Shixin fragt sich, ob die Amerikaner nicht vielleicht mit etwas hinter dem Berg halten. Aber die Experten seines Landes hielten das für unwahrscheinlich, vor allem, weil die US-Kommandantin des Schiffes nie Kontakt zu der Lebensform hatte. Die Russen hingegen – denen wäre alles zuzutrauen. Shixin hatte Respekt gespürt ob der unglaublichen Leistung von deren Mann, Marchenko hieß er wohl. Ganz allein in einem U-Boot bis zum Ursprung der Lebensform, und das ohne Aussicht auf Überleben. Was hat es ihm gebracht? Nachruhm als Held Russlands vielleicht, aber davon kann man sich nichts kaufen. Andererseits war es gut, dass sein Abenteuer nicht auch noch mit einem vollen Erfolg geendet hatte.

»... pro Quadratzentimeter mindestens 100 Millionen

Zellen.« Lining stößt ihn mit dem Ellbogen in die Seite. Verdammt, denkt er, ich darf mich nicht ablenken lassen. Möglichst ungerührt sieht er zu der Analystin, die wohl gerade über die Ausdehnung des Wesens spekuliert. Seine jüngere Kollegin sieht er nicht an.

»Sehr konservativ gerechnet kommen wir auf 10 hoch 23 Zellen, vielleicht sind es auch 10 hoch 25. Das spielt dann aber sowieso keine Rolle mehr. Ein Mensch besteht, da erzähle ich Ihnen nichts Neues, aus 10 hoch 14 Zellen. Hydra besitzt demnach so viele Zellen wie 100 Millionen Menschen oder sogar eine Milliarde. Nun stellen wir uns vor, 100 Millionen Menschen könnten ihre Gehirnleistung zusammenschalten – was wäre das Ergebnis? Es ist atemberaubend einerseits und beängstigend andererseits. Zumal wir nicht genau wissen, wie groß der Anteil der Zellen ist, den Hydra auf Denkfunktionen umschalten kann, wenn diese gebraucht werden. Womöglich haben wir hier einen biologischen Supercomputer vor uns, der alles übertrifft, was die Menschheit je gebaut hat.«

Die Zahlen sind zweifellos beeindruckend, aber das haben die chinesischen Experten auch schon ausgerechnet. Shixin hofft, dass die Amerikaner noch mehr zu bieten haben, erst recht nach der Vorleistung, die seine Leute erbringen mussten.

»Das wäre alles schon brisant genug, wenn Hydra gerade geboren worden wäre. Aber das Wesen ist mindestens einige hundert Millionen Jahre alt, wenn nicht Milliarden. Was hätte die Menschheit nicht alles erreicht, würde sie seit so langer Zeit mit dieser enormen Denkleistung grübeln? Und dann noch die Sensorik dazu. Uns liegen glaubwürdige Berichte vor, dass Hydra sensibel im Bereich von Röntgen- und Gammastrahlung ist und Magnetfelder spüren kann. So viel Input – dafür müssen wir teure Geräte bauen – und so viel Verarbeitungskapazität; das bringt uns zu der Frage, deretwegen wir alle hier sind: der nach dem Output.«

Shixin hat die Diskussion in seinem Land intensiv verfolgt. Das Zusammentreffen mit dem außerirdischen Wesen hatte große Hoffnungen geweckt, gerade unter den Wissenschaftlern an den Universitäten, die sich nun auf Lösungen zu den großen Menschheitsfragen freuten. Die Parteiführung – genauer: deren konservativer Flügel – hatte von Anfang an versucht, diese Erwartungen zu dämpfen. Der letzte »große Sprung« des Landes lag noch gar nicht lange zurück. Ihm waren Millionen Menschen zum Opfer gefallen. Seitdem galt kontinuierlicher Fortschritt als das Maß aller Dinge, und trotz skeptischer Prognosen des Westens funktionierte das System bis heute. War es klug, einen bewährten Weg zu verlassen?

»Ich kann, da bin ich ehrlich«, setzt die namenlose Analystin fort, »die Frage nach dem Output an dieser Stelle nicht beantworten. Was aber eindeutig sein dürfte: das Potenzial ist riesig. Es ist so immens, dass die Menschheit zu diesem Zeitpunkt unmöglich damit klarkommt. Natürlich werden die einzelnen Nationen versuchen, jede neue Erkenntnis zur Waffe gegen ihre Nachbarn zu machen. Es hat so lange gedauert, diesen gerade einigermaßen stabilen Zustand zu erreichen, dass wir das auf keinen Fall gefährden dürfen.«

Shixin nickt. Zu dieser Schlussfolgerung sind sie ebenfalls gekommen, darum ist er hier.

»Es sähe vielleicht anders aus, wenn wir Hydra unter Kontrolle hätten. Aber das ist ausgeschlossen.«

Klar, euer Militär ist sicher ganz scharf auf neue Technologien.

»Die Europäer, die Japaner, die Russen, die Inder, sie werden alle mitspielen wollen«, spricht die Analystin weiter. »Jetzt rächt sich, dass die Expedition nicht gleich unter der Leitung des Militärs durchgeführt wurde. Wir hätten das den Zivilisten nicht überlassen dürfen. Aber keiner unserer Wissenschaftler hat sich getraut, ein solch umwerfendes Ergebnis vorauszusagen.«

Diesen Fehler haben wir nicht gemacht, denkt Shixin, aber das hilft uns jetzt auch nicht mehr. Dreißig Jahre später, und wir hätten die Expedition allein durchführen können. Ihm wird heiß, wenn er an die verpassten Chancen denkt: die Volksrepublik China im Besitz eines riesigen Wissensschatzes, den ihre führenden Forscher langsam und kontrolliert lüften können! In spätestens hundert Jahren wäre die Dominanz des Westens endgültig gebrochen gewesen.

»Es ist noch nicht zu spät, das Ruder herumzureißen«, sagt die NSA-Analystin nun etwas lauter.

Wenn wir es nicht allein haben können, soll es niemand haben, das ist eure Devise, denkt Shixin. Und ausnahmsweise stimmen die konservativen Kräfte, die ihn beauftragt haben, damit überein.

»Es ist ihr Vorschlag, aus der wird noch was«, flüstert Mike ihm zu.

»Wir haben mit einigen unserer Forscher gesprochen, die sich mit biologischer Kriegsführung befassen. Natürlich rein defensiv, als Vorsichtsmaßnahme.« Die Frau sieht prüfend in Richtung der kleinen chinesischen Delegation. Shixin nickt gönnerhaft. Die ganze Welt weiß, dass die Amerikaner heimlich an biologischen Waffen forschen, obwohl das international streng verboten ist. Die Russen halten es ja nicht anders, und natürlich versucht auch die Volksrepublik, sich nicht abhängen zu lassen.

»Die Wissenschaftler haben die Zellstrukturen anhand unserer Ergebnisse modelliert. Sie können sie nicht nachbauen oder gar zum Leben erwecken. Aber sie sind sicher, dass sie ein Virus schaffen können, das Hydra komplett vernichtet.«

Shixin ist nicht überrascht, aber trotzdem bewegt ihn die Vorstellung, das fremde Lebewesen auszulöschen. Es wird nicht die letzte Spezies sein, die der Mensch ausrottet, aber es ist zweifellos die erste außerirdische. Irgendwann musste es ja so weit kommen.

»Was heißt ‚können'«?

»Nun, Major Tang, genau genommen ist das Virus schon fertig. Jedenfalls im Computer. Und es funktioniert.«

»Im Computer«, ergänzt er. Die Analystin lächelt. Er meint beinahe, eine Spur Mitleid zu erkennen. Shixin kennt das. Er hat sich beruflich schon mit solchen Frauen befasst, am Anfang seiner Karriere, kurz nach dem zweiten Koreakrieg. Erst sind sie tough, doch die geringste Ahnung von zu erwartendem Schmerz bringt sie dazu, ihre komplette Familie zu verraten. Die Amerikaner sind verweichlicht.

»Ja, natürlich im Computer«, sagt die Analystin. »Aber wir haben sehr gute Simulationen. Die Biologen geben uns 95 Prozent, dass sich das auch in der Praxis umsetzen lässt. Hydra macht es uns wirklich einfach. Es gibt dort seit Jahrmilliarden keinen Wettbewerb. Sie wissen ja, wie schädlich fehlender Wettbewerb ist.«

Shixin hätte beinahe laut gelacht. Wenn die Frau wüsste… Sie mag eine blendende Analystin sein, aber

China kennt sie offenbar nicht. Wettbewerb hat es in seinem Land schon immer gegeben, selbst in der Partei kämpfen stets mindestens zwei Strömungen um die Vorherrschaft.

»Es scheint keinerlei Abwehrsysteme zu geben, kein Immunsystem, wie es jede Art auf der Erde besitzt. Gegen den richtigen Angreifer ist das Wesen völlig wehrlos.«

»Es scheint?« Auch die chinesischen Experten behaupten das zwar, doch Shixin kann das der NSA-Frau nicht so einfach durchgehen lassen.

»Sicher können wir erst sein, wenn wir es ausprobiert haben.«

»Und das soll dann wie ablaufen?«

»Danke, Alice«, mischt Mike Butterfield sich ein. »Eine beeindruckende Vorstellung. Jetzt bin ich dran.« Er steht auf und startet den Bildschirm an der Wand neu, der seit Minuten nur noch das Logo der Agentur zeigt. Eine schematische Darstellung des Raumschiffs ILSE erscheint.

»Wir synthetisieren das Virus an Bord der ILSE, fliegen zurück zu Enceladus und bringen es in den Ozean ein. Der Rest passiert von selbst.«

»Ich höre immer ‚wir‘«, sagt Shixin.

»Wir, Sie und ich, organisieren das gemeinsam. Haben Sie das Pfand mitgebracht, um das wir gebeten hatten?«

»Ja.« Shixin nickt. »Und wer übernimmt auf Ihrer Seite die Verantwortung? Ich kann garantieren, dass in China Partei- und Staatsführung hinter dem Projekt stehen, wobei natürlich nur ein sehr kleiner Kreis eingeweiht ist.«

»Ich will ganz offen sein«, antwortet Mike. »Das Projekt Antihydra ist vom Pentagon abgesegnet. Das muss genügen. Es besteht keine Einigkeit darüber, ob der Präsident eingeweiht werden soll.«

»Ihre Sache«, sagt Shixin. »Meine Kollegin und ich, wir freuen uns, dieses Projekt gemeinsam mit Ihnen zu einem erfolgreichen Abschluss zu bringen.«

19. Februar 2047, ILSE

Ein Summen drängt sich in Hayatos Schlaf. Dieser verdammte Wecker, denkt er, und öffnet seine Augen. Es ist dunkel in der Kabine. Er greift nach rechts und erschrickt, weil das Bett leer ist. Dann erinnert er sich, dass Amy in ihrer eigenen Kabine übernachtet, um etwas Schlaf nachzuholen. Er hält das Handgelenk vor seine Augen, um die Uhrzeit abzulesen. 6 Uhr, seine Schicht beginnt gleich. Vor nicht mal einer Stunde hat er Sol mit Amys abgepumpter Milch gefüttert. Die Pumpe hat er selbst konstruiert, damit die Kommandantin und Mutter seines Sohnes auch mal länger als drei, vier Stunden am Stück schlafen kann. Das Verfahren funktioniert gut, hat aber den Nachteil, dass in manchen Nächten dafür nun er nicht mehr durchschlafen kann.

Hayato rechnet nach. Heute dürften es ingesamt vier Stunden Schlaf gewesen sein. Nach der ersten Raubtierfütterung um eins hatte er eine Weile keine Ruhe gefunden und stattdessen Gedanken gewälzt. War es richtig gewesen, heimlich Marchenkos Bewusstsein an Bord zu holen? War das wirklich noch der zuverlässige Kollege, der mit Ihnen auf die Reise gegangen und der ihnen zum Freund geworden war? Sein Verhalten seit Beginn der Rückreise bot zwar keinen Anhaltspunkt für Zweifel, aber konnten sie wirklich sicher sein, dass sie die Erde nicht einer großen Gefahr aussetzten? Dazu kommt Jiayings seltsames Verhalten. Seit ein paar Tagen hat sie sich zurückgezogen, geradezu abgekapselt. Hat das etwas mit der Trennung von Martin zu tun, oder ist diese Trennung nur ein Aspekt ihrer Veränderung? Hayato erinnert sich noch gut an die Zeit nach dem Start von der Erde. Die Chinesin hatte lange gebraucht, um so richtig ins Team zu finden, was sicher auch damit zusammenhing, dass sie von ihrer Raumfahrtorganisation separat ausgebildet worden war, während die anderen sich schon vorher kennengelernt hatten. Doch seit ihr der Deutsche das Leben gerettet hatte, war sie fast wie ausgewechselt gewesen. Irgendetwas muss passiert sein, das sie so zurückgeworfen hat. Amy hat schon erfolglos probiert, mit ihr darüber zu sprechen. Hayato nimmt sich vor, es ebenfalls zu probieren, vielleicht hat er als Mann einen anderen Draht zu Jiaying.

Er legt vorsichtig die dünne Decke zur Seite und setzt sich auf. Möglichst leise, um Sol nicht zu wecken, sucht er seine Sachen zusammen. Bevor er aus der Kabine schlüpft, wirft er einen Blick auf seinen Sohn. Dimitri Sol liegt mit geschlossenen Augen in dem von Hayato selbst konstruierten Kinderbett. Er hat sich freigestrampelt und auf die Seite gedreht, sein Mund steht offen. Hayato ist versucht, seine zarte Haut zu streicheln. Er will Sol auf keinen Fall wecken, denn dann müsste er ihn zu Amy bringen. Aber er kann sich nicht zurückhalten, er muss jetzt die kindliche Wärme und die feinen Härchen spüren. Ganz sanft streicht er seinem Sohn mit den Fingerspitzen über die Wange. Es ist umwerfend und unbeschreiblich, dieses Gefühl, doch manchmal fragt er sich, ob er der Aufgabe, ihn großzuziehen, gewachsen sein wird, so unvorbereitet, wie er ist, und so feindlich das All sich verhält, das weniger als einen halben Meter von seinem Sohn beginnt und sich in die Unendlichkeit erstreckt.

Sol atmet absolut gleichmäßig. Er scheint zu träumen, denn jetzt schmatzt er mit den Lippen. Hayato lächelt in der Dunkelheit. Er muss sich jetzt losreißen, seine Arbeitszeit beginnt. Sollte Sol wach werden, wird ihn die KI benachrichtigen, der er mit einem Tipp auf seinem Armband jetzt die Kontrolle überträgt. Dann dreht er sich um, öffnet die Kabinentür und schlüpft hindurch. Mit dem Dienstanzug unter dem Arm betritt er das WHC, wäscht sich und zieht sich an. Den Schlafanzug lässt er liegen. Er teilt sich das WHC nur mit Amy, deren Kabine neben seiner liegt. Das Raumschiff ist noch in der Beschleunigungsphase, deshalb dreht sich das Hab-Modul nicht wie üblich. Da die scheinbare Schwerkraft derzeit aber in Richtung Heck wirkt und nicht nach außen, können sie die Dusche nicht benutzen. Die meisten anderen Teile der Einrichtung sind hingegen so eingebaut, dass sie unabhängig von Richtung und Betrag der Schwerkraft funktionieren oder sich entsprechend umbauen lassen.

Der Weg in den Maschinenraum und die Arbeit dort ist unter diesen Bedingungen anstrengender als sonst, denn Hayato muss in Richtung Kommandomodul klettern. Was er in Gedanken als Maschinenraum bezeichnet, ist eigentlich ein Universalmodul: Werkstatt und Labor zugleich, das zwischen Habitat-Ring und Kommandokapsel an der Spitze der ILSE liegt. Wahrscheinlich hat Martin

Neumaier mit diesen ungenauen Bezeichnungen angefangen; auch das CELSS nennt längst niemand mehr so, weil ‚Garten' einfach schöner klingt. Hayato benennt als Ingenieur die Dinge gern korrekt, Missverständnisse können gefährlich werden, doch er merkt selbst, dass er sich da nicht wehren kann und will.

Im Maschinenraum blinken zahlreiche Lichter. Hayato hält sich mit einer Hand an der Leiter fest, die nach oben in Richtung Kommandomodul führt, und sieht sich um. Auf den ersten Blick scheint alles okay. Watson hätte ihn auch längst gewarnt, gäbe es irgendwelche Unregelmäßigkeiten. Die Überwachung und Steuerung des Schiffes liegt wieder voll in der Hand der KI. Sämtliche Kommunikation nach außen liegt allerdings in der Hand Marchenkos. Der ehemalige russische Bordarzt, dessen Bewusstsein seit der Übertragung durch das vielzellige, intelligente Wesen auf Enceladus ebenfalls auf der Quantenrechner-Hardware läuft, muss sicherstellen, dass niemand auf der Erde von seiner gegen alle KI-Gesetze verstoßenden Existenz erfährt. Ansonsten ist er frei. Oder, wie Marchenko es selbst formuliert hat: auf Sinnsuche, denn die Crew hat sich geeinigt, dass zuallererst er selbst bestimmen soll, wie er sich den Umgang des menschlichen Personals mit der ersten KI mit Bewusstsein wünscht.

Hayato geht die Instrumente systematisch durch. Die Astronomen auf der Erde freuen sich über jeden Messwert, mit dem sie ihre Modelle füttern können. Das Vakuum ist nicht leer. Der magnetische Fluss wird ebenso aufgezeichnet wie die einzelnen Bestandteile der kosmischen Strahlung. Alles, was die ILSE sieht, in verschiedenen Wellenlängen hört oder gar trifft, kann für ein genaueres Verständnis des Alls wichtig sein. Diese Bereiche des äußeren Sonnensystems haben bisher nur wenige Sonden durchquert, also ist das eine seltene Chance, auch wenn die einzelnen Werte für sich genommen nicht spannend sind.

Es sei denn, denkt Hayato, wenn sie aus einer bestimmten Richtung kommen, so wie jetzt. Der Radioempfänger zeigt ihm mit einer gelben Leuchte an, dass ihn ein Signal außerhalb des Erwartungsbereiches erreicht hat. Er klettert eine Stufe weiter nach oben, um den Mini-Bildschirm besser zu erreichen. Das Signal liegt in einem Wellenlängen-Bereich, auf dem keine menschengemachte Technik sendet, das erkennt er sofort. Er studiert den Zeitablauf. Es sieht so aus, als habe der Absender erst eine passende Frequenz suchen müssen. Die Kurve ist zuerst breit und wird dann immer schmaler. Erst dann fängt sie an, ihren Ausschlag, ihre Amplitude, zu verändern. Hayato denkt sofort an Morsezeichen, doch die Kombinationen sind ihm unbekannt.

So wird das nichts, beschließt er, der Bildschirm hier ist viel zu klein. Er lässt sich den Signalverlauf auf eine Workstation im Kommandomodul schicken, wo er bequem sitzen und nachdenken kann. Dann bittet er Watson, Martin Neumaier zu ihm zu schicken. Der Nerd hat immer gute Ideen, wenn es um Signalauswertung geht. Eigentlich müsste er jetzt Freischicht haben, aber angesichts der Geschichte mit Jiaying freut er sich bestimmt über Abwechslung.

Hayato klettert ganz nach oben. Die Kommandokapsel ist leer. Sollte nicht Jiaying hier sein? Er schüttelt den Kopf.

»Watson, wo ist Jiaying?«

»Jiaying arbeitet im CELSS.«

Hayato schüttelt noch einmal den Kopf. Das war nicht

ausgemacht. Die Arbeit im Garten ist trotz des Gestanks dort eine beliebte Abwechslung, weil man von Grün umgeben ist. Vielleicht hilft es ihr, zu uns zurückzufinden, denkt er.

»Was gibt es denn?«

»Martin, ich habe da vielleicht etwas für dich.« Er weiß, dass er bei dem Deutschen nicht lange um den heißen Brei herumreden muss. »Sieh dir mal dieses Signal an.« Er zeigt auf den Bildschirm. Martin Neumaier beugt sich über das Display und manipuliert die Grafik mit den Fingern.

»Das ist … interessant«, sagt er dann.

»Das dachte ich mir.«

»Sieh dir mal den Zeitverlauf an. Es wirkt, als habe der Sender zuerst geübt. Nach einer Weile ist das Signal dann stabil.«

»Und was sagst du zu dem Code? Ich dachte zuerst, es sei Morse.«

»Amplitudenmoduliert, da hast du Recht. Wir sollten das Watson vorlegen. Vielleicht interessiert sich Marchenko auch dafür. Gibt es schon einen Hinweis auf die Quelle?«

»Sie liegt jedenfalls hinter uns. Moment.« Hayato lässt vom Computer den Zeitverlauf der mittleren Signalstärke berechnen. Nach kurzer Zeit erscheint das Ergebnis auf dem Bildschirm.

»Hm, da ist nur eine entfernungsabhängige Komponente signifikant«, sagt Martin und klingt dabei ein bisschen enttäuscht.

»Das heißt«, entgegnet Hayato, »die Quelle fliegt uns langsam hinterher?«

»Ich vermute eher, wir empfangen das Signal noch nicht lange genug, um die Parallaxe zu sehen, die seitliche

Verschiebung der Quelle. In ein paar Tagen können wir die Herkunft bestimmt triangulieren.«

»Du klingst, als hättest du einen Verdacht.«

»Das stimmt, Hayato. Erinnerst du dich, bei unserem ersten Start von Enceladus, als ich noch einmal zum Laser-Konzentrator gesprintet bin?«

»Ja, Jiaying wäre fast gestorben vor Angst.« Hayato erschrickt, weil er Martin unnötigerweise an Jiaying erinnert hat.

»Ich habe die Schüssel des Konzentrats so umkonfiguriert, dass sie als Antenne nutzbar wäre. Meine Hoffnung war, dass das Wesen im Meer auf diese Weise mit uns kommunizieren könnte, auch über größere Entfernungen. Vielleicht hat das ja tatsächlich geklappt. Das wäre großartig.«

Hayato hat Martin seit Tagen nicht mehr so aufgeräumt gesehen. Und da sage noch einer, sinnvolle Arbeit helfe nicht über Kummer hinweg.

»Ob es sich tatsächlich um eine Botschaft handelt, wird uns hoffentlich Watson sagen können.«

»Watson, wir brauchen eine Analyse des Informationsgehaltes des vorliegenden Signals«, gibt Martin der KI den Auftrag. »Außerdem benötigen wir eine Interpolation der Quelle auf Basis des weiteren Empfangs.«

»Bestätigt«, antwortet die KI. »Die Signalstruktur ist allerdings nach ersten Analysen sehr komplex. Benötigte Zeit bis zur Entschlüsselung: 48 Stunden. Oder 24 Stunden unter Einbeziehung von Supercomputer-Kapazität von der Erde.«

»48 Stunden reichen völlig«, sagt Hayato. Er hat kein gutes Gefühl dabei, die Erde in ihre Probleme einzubeziehen.

21. Februar 2047, ILSE

HAYATO KONZENTRIERT SICH, bevor er an die Kabinentür der chinesischen Astronautin klopft. Amy ist mit diesem Gespräch einverstanden. Sie fühlt sich selbst hilflos angesichts der plötzlichen Veränderung, die mit Jiaying vor sich gegangen ist. Ob er wohl weiterkommt als die Kommandantin? Er klopft vorsichtig, erhält aber keine Antwort. Darum benutzt er den Summer, den Jiaying auf jeden Fall bemerkt, dafür sorgt die Schiffssteuerung schon aus Sicherheitsgründen, denn niemand sollte im Notfall einen Alarm überhören.

Es dauert nicht lange, dann hört er Jiayings Stimme.

»Herein.«

Hayato öffnet die Tür. Es riecht frisch. Die Kabine ist aufgeräumt und sauber, als hätte die Bewohnerin sie gerade erst bezogen. Jiaying sitzt aufrecht auf ihrem Bett, die Hände hält sie zwischen die Oberschenkel gepresst.

»Hallo Hayato«, begrüßt sie ihn, ohne die Stimme zu erheben. Sie klingt fast wie ein Automat vor zwanzig

Jahren, bevor die Programme gelernt hatten, Sprache natürlich zu intonieren.

»Guten Morgen, Jiaying.« Hayato versucht, ihren Blick zu erhaschen, doch sie weicht ihm hektisch aus.

»Was kann ich für dich tun?« Ihre Frage ist eine Lüge, das verrät ihr Gesicht. Sie will, dass er ihre Kabine so schnell wie möglich wieder verlässt. Ihre Unterarme zittern, sie wirkt, als stünde sie kurz vor einem Ausbruch. Oder einem Zusammenbruch. Was ist das bloß? Eine Psychose, verursacht vom Stress des Aufenthalts in einer feindlichen Umgebung? Aber warum jetzt, wo sie doch auf dem Rückweg sind? Hayato ist kein Arzt, er kann die Symptome nicht beurteilen. Und Marchenko, den sie als Arzt gefragt haben, hat keine eindeutigen Symptome für eine bestimmte Erkrankung feststellen können.

»Du musst nichts für mich tun, aber ich frage mich, ob ich dir irgendwie helfen kann.«

Jiaying lacht ganz kurz auf, aber es ist kein fröhliches Lachen. »Du mir helfen? Mir kann niemand … nein, es geht mir gut, es gibt gar keinen Grund, mir zu helfen.«

»Wir, Amy, Francesca und ich, und auch Marchenko, wir haben einen anderen Eindruck.« Martins Namen nennt er absichtlich nicht. »Du verhältst dich anders als noch vor zwei Wochen.«

»Anders? Ihr wollt aber nicht behaupten, ich würde meine Pflichten vernachlässigen?«

»Nein, das sicher nicht, wobei du dich nicht immer an Absprachen hältst, aber darum geht es mir gar nicht. Du bist so anders, du schaffst künstliche Gräben zwischen dir und uns.«

»Darf man hier nicht mal ein bisschen Distanz wahren? Wir sitzen uns seit über einem Jahr rund um die

Uhr gegenseitig auf der Pelle, und dann habe ich auch noch meine Tage, da kann ich eben nicht immer gute Laune haben.«

»Es geht nicht um gute Laune. Ich habe das Gefühl, du hast eine Mauer um dich errichtet, niemand dringt mehr durch zu dir. Das ist nicht mehr die Jiaying, die wir kannten.«

»Menschen ändern sich, das weißt du, vielleicht gibt es ja dieses dumme kleine Mädchen gar nicht mehr, das sich so viele Hoffnungen gemacht hat. Vielleicht bin ich schlicht erwachsen geworden, ist das so schwer zu verstehen?«

»Ich glaube nicht, dass es so einfach ist, Jiaying. Menschen verändern sich nicht so schnell. Ich erinnere mich an die Anfangszeit auf der ILSE. Es hat Monate gedauert, bis wir Freunde geworden sind. So etwas passiert nicht von heute auf morgen.«

»Manchmal eben doch, Hayato, manchmal eben doch.« In ihrer Stimme glaubt er eine tiefe Trauer zu spüren. Wenn er ihr doch begreiflich machen könnte, dass Hilfe möglich ist! Wenn es jemanden gibt, der ihr helfen kann, dann sie, ihre Kollegen und Freunde. Wenn, Hayato, wenn, würde Jiaying darauf antworten, und die Vorstellung, dass er sich irren könnte, macht ihm Angst. Haben sie denn Marchenko helfen können?

HAYATO ERSCHRICKT, als ausgerechnet jetzt die tiefe Stimme des Russen aus dem Lautsprecher in Jiayings Kabine kommt.

»Es gibt ein paar interessante Neuigkeiten, wollt ihr vielleicht ins Kommandomodul kommen?«

Der Zeitpunkt hätte nicht schlechter gewählt sein können, denkt Hayato. Er sieht Jiaying an, deren Blick sich etwas aufgehellt hat. Ein bisschen Ablenkung hat schon Martin nicht geschadet, vielleicht hilft sie Jiaying ja auch? Hayato schüttelt den Kopf. So leicht scheint das Problem nicht zu lösen zu sein. Martin ist passiert, was schon Milliarden Menschen geschehen ist, er hat seine große Liebe verloren. Doch was hinter Jiayings Veränderung steckt, hat offenbar ganz andere Wurzeln. Er nimmt sich vor, das mit Marchenko zu diskutieren.

Aber jetzt interessieren ihn erst einmal die versprochenen Neuigkeiten.

»Kommst du mit? Wir haben da vorgestern ein potenzielles Signal erfasst, das Watson binnen zwei Tagen entschlüsseln wollte. Anscheinend ist er so weit.«

Jiaying macht erst Anstalten aufzustehen, dann schüttelt sie den Kopf.

»Martin ist auch da, oder?«

Hayato überlegt kurz, ob er sie belügen soll, doch dann nickt er.

»Ihr haltet mich ja sowieso auf dem Laufenden«, sagt Jiaying. Ihr Körper erschlafft, als habe die Unterhaltung sie enorm angestrengt, und sie sinkt zurück auf ihr Bett.

»Gut, dann gehe ich jetzt. Wir sehen uns morgen in der Frühschicht.«

Jiaying antwortet nicht. Als er sich an der Tür noch einmal umdreht, bemerkt er, dass sie die Augen geschlossen hat. Zwischen ihren erstaunlich langen, schwarzen Wimpern glitzert eine Träne.

IM KOMMANDOMODUL WARTEN Amy und Martin auf ihn.

»Francesca schläft gerade, wir wollten sie nicht wecken. Und Jiaying?«, fragt Amy.

Hayato schüttelt den Kopf.

»Gut, dann spann uns mal nicht länger auf die Folter, Marchenko.«

Das Nebel-Display aktiviert sich von allein. Hayato erschrickt; er hat sich noch nicht daran gewöhnt, dass Marchenko Entscheidungen trifft, ohne dass jemand davon etwas merkt. Er kommt ihm manchmal vor wie ein Geist, der im ganzen Raumschiff zugleich spukt.

»Zunächst die Interpolation der Signalquelle.«

Auf dem Bildschirm erscheinen zwei Punkte, ein roter, der sich in Richtung Sonne bewegt, und ein silberner, der um einen beringten Planeten kreist.

»Dieser kleine Mond hier«, Marchenko meint offenbar den silbernen Punkt, »bewegt sich mit einer Komponente seiner Geschwindigkeit in dieselbe Richtung wie die ILSE, mit der anderen quer dazu. Die Bewegungskomponente auf uns zu führt dazu, dass sich die Frequenz des gemessenen Funksignal etwas verschiebt, etwa so wie sich ein Rennwagen anders anhört, wenn er auf uns zu kommt, als wenn er sich entfernt. Die Querbewegung hingegen lässt die relative Stärke des Signals abnehmen, weil sich der Sender von uns entfernt. Aus Rotverschiebung und Stärke-Änderung können wir die Position des Senders ermitteln. Dazu hat Watson nur ein paar Sekunden gebraucht, nachdem wir genug Daten gesammelt hatten. Das hat er gut gemacht, oder?«

Hayato ist in den letzten Tagen schon ein paar Mal aufgefallen, dass Marchenko von der Schiffs-KI wie von einem Haustier spricht, das er abgerichtet hat. Hoffentlich führt das nicht zu zusätzlichen Problemen, die sie jetzt so gar nicht brauchen können.

»Die Quelle ist, wie ihr euch denken könnt, Enceladus. Damit dürfte auch klar sein, wer der Absender ist. Ich bin es nicht, haha, also kommt nur das Wesen in Frage, dem wir übrigens noch immer keinen Namen gegeben haben, fällt mir gerade auf.«

Marchenko gibt sich heute besonders aufgeräumt. Ob es ihm wirklich so gut geht, wie er damit signalisiert?

»Das hat Zeit«, sagt Amy. »Lass uns zum Inhalt der Nachricht kommen.«

»Bitte nehmt mir das Vorspiel nicht, darauf habe ich mich doch gefreut. Wie wissen wir überhaupt, dass es kein Zufallsmüll ist, der uns da in die Antenne geschwappt ist, oder das Ergebnis eines natürlichen Prozesses?«

Hayato gähnt laut. »Entropie berechnen, schon klar«, sagt er. Eine hohe Entropie, »Unordnung«, spricht dafür, dass eine Reihe von Werten rein zufällig zusammengestellt ist, eine niedrige Entropie hingegen kann auf sinnvolle Informationen hindeuten.

»Also gut, dann komme ich zum Ergebnis.« Marchenko scheint ein bisschen sauer zu sein, dass Hayato mit seinem Einwurf weitere Erklärungen unnötig macht. »Ihr wisst ja gar nicht, welch bahnbrechenden Vortrag ihr gerade verpasst habt. Die Botschaft ist nicht sehr lang. Sie wiederholt sich dauernd, was uns die Entschlüsselung eher erschwert hat, denn die Wiederholungen sind redundant, sie bringen keine neuen Informationen.«

»Sonst wären es ja auch keine Wiederholungen«, sagt Hayato.

»Bitte keine Diskussion über Details«, mahnt die Kommandantin.

»Verstanden. Ich muss euch warnen. Es ist unmöglich, aus einer Kommunikation, die ausgedruckt vielleicht eine Seite ergäbe, eine ganze Sprache zu rekonstruieren. Was wir feststellen konnten: Es gibt keine Grammatik, wie wir sie kennen. Am ehesten lässt sich die Botschaft als direkter Ausdruck höherer Hirnfunktionen deuten. Wir empfangen also Bilder, die nicht wie bei der menschlichen Sprache erst in Symbolen kodiert wurden. Das Wesen hatte bisher gar keinen Gesprächspartner außer sich selbst, also musste es auch kein System entwickeln, um anderen die eigenen Gedanken verständlich machen zu können. Die Bilder zu deuten ist schwierig, weil wir überhaupt keine Ahnung haben, was dieses Wesen darin sieht.«

»Also kein Erfolg?«

»Warte, Hayato, ein bisschen Geduld musst du schon mitbringen. Ja, wir haben ein paar der Bilder identifizieren können, indem wir sie mit Watsons Wissensbasis verglichen haben. Je konkreter die Bilder, desto einfacher ist der Prozess. Abstrakte Gedanken werden wir auf diese Weise nie verstehen können, doch es genügt für eine Botschaft, die ich gemeinsam mit Watson in einen Film übersetzt habe. Die Bilder sind dabei an unsere Sinne angepasst. Über die Interpretation können wir uns anschließend unterhalten.«

Hayato ist gespannt, wie Marchenko das Signal übertragen hat. Auf dem Nebel-Display verschwindet die Skizze der Signalquelle. Es wird komplett undurchsichtig, dann schält sich ein glühender Punkt heraus. Der Punkt wächst, wird räumlich. Um ihn blinken Sterne auf. Es ist ein Himmelskörper. Doch es ist nicht Enceladus. Dieses Objekt ist völlig anders. Es strahlt eine Hitze aus, die Hayato im Gesicht zu spüren meint. Es sieht nicht weiß und unnahbar aus wie Enceladus, sondern verbrannt und giftig.

»Io, das muss Io sein«, sagt Martin leise. Hayato nickt. Io, der Vulkanmond, der um Jupiter kreist.

Der Mond verschwindet. Das nächste Bild erkennen alle sofort. Sie sehen die Kommandantin auf einer Art Liege. Sie hat die Beine angewinkelt und schreit. Neben ihr steht Marchenko. Es ist der Moment, in dem Dimitri Sol geboren wird. Ein kalter Schauer fährt Hayatos Rücken hinunter, und zugleich ist er froh, dass Francesca nicht dabei ist, die noch immer über Marchenkos Verlust trauert.

Auch dieses Bild verblasst. Es folgt ein blauer Himmel, über den Wolkenfetzen ziehen. In der Ferne ist ein tiefes Brummen zu hören. Er erkennt einen dunklen Punkt am Himmel, zwischen den Wolken, der ein Flugzeug sein könnte. Die Darstellung schaltet auf Schnelldurchlauf. Das Flugzeug rast heran, sie erkennen es nun deutlich, dann öffnet sich sein Bauch, und ein riesiger, schweflig glänzender Tropfen fällt heraus.

Der Tropfen fällt zu Boden, immer schneller und schneller. Plötzlich knallt es laut, Hayato zuckt zusammen, das Geräusch hat sich wie ein Schuss in unmittelbarer Nähe angehört, der Bildschirm wird schwarz, dann ziehen Rauchschwaden darüber, die aus einer in die Luft gehaltenen Pistole kommen. Er hört Getrappel, und schon rennt eine Herde wilder Tiere über die afrikanische Savanne: Löwen, Hyänen, Gazellen, Elefanten, Nilpferde, Giraffen. Alle rennen panisch in dieselbe Richtung.

»Das war das letzte Bild. Die Reihe wiederholt sich danach bloß noch«, sagt Marchenkos Stimme. Hayato muss tief durchatmen. Was hat den Tieren bloß solche

Angst eingejagt? Er glaubt, in ihren Gesichtern irgendeinen furchtbaren Schrecken gesehen zu haben.

»Das waren, wie gesagt, Annäherungen. Bilder, die zu den Engrammen passen, die wir gefunden haben, Analogien gewissermaßen. Wir wissen nicht, ob unser Verfahren überhaupt wissenschaftlich begründbar ist. Vielleicht haben wir das Wesen auch völlig missverstanden.«

»Das hilft uns nicht weiter, Marchenko«, meldet sich die Kommandantin. »Wir müssen mit dem arbeiten, was wir haben. Vielleicht schildert einfach mal jeder, was er gesehen hat. Einverstanden?«

Hayato und Martin nicken, Marchenko widerspricht zumindest nicht.

»Gut, ich beginne gleich mal«, sagt Amy. »Das erste Bild war ganz klar Io, ein konkreter Ort, der auf unserem Weg liegt. Ich kann mir nicht vorstellen, dass der Mond zufällig ausgewählt wurde.«

»Da sind wir uns auf jeden Fall einig«, sagt Martin.

»Dann geht es um die Geburt meines Sohnes. Unseres Sohnes. Das könnte konkret wie Io oder übertragen gemeint sein. Richtig?«

Martin und Hayato nicken.

»Heben wir uns diese Entscheidung auf. Dann das Flugzeug, das so etwas wie eine Bombe fallen lässt. Das ist ganz eindeutig übertragen gemeint. Wofür steht die Bombe? Gefahr!«

»Oder Vernichtung, Krieg, das Ende«, ergänzt Martin.

»Du alter Pessimist«, entgegnet Amy. »Meinetwegen auch die Vernichtung. Im letzten Bild kann ich ebenfalls keine konkrete Bedeutung erkennen. Eine Flucht sehe ich da.«

»Gefahr im allgemeinen, oder vielleicht eine Handlungsanweisung, haut bloß schnell ab, hier lauert die Vernichtung«, mutmaßt Hayato.

»Oder vielleicht auch nur ein Zeitrahmen, so etwas wie ‚bald'«, meint Martin.

»Habe ich etwas vergessen?« Die Kommandantin sieht in die Runde.

»Ich glaube nicht, dass die Geburtsszene auf Dimitri Sol abzielt«, sagt Hayato. »Irgendetwas wird geboren, das in den Bildern danach erklärt wird.«

»Spielverderber, die Zusammenfassung wollte ich doch übernehmen«, hört er Marchenko. »In aller Kürze: wo – Io, wie – Geburt, was – Gefahr, wann - bald. Ich habe bewusst die konservativsten Deutungen gewählt.«

»Aber was bedeutet das für uns, was sollen wir tun?« Martin kratzt sich am Kopf, während er diese Frage stellt.

»Jetzt sind wir auf der Appellebene. Was will das Wesen von uns?«

»Amy, nun lass uns doch mit deinem Grundkurs Küchenpsychologie in Ruhe.« Martin kann ja richtig patzig werden, wenn es ihm schlecht geht, denkt Hayato. Doch die Kommandantin lässt sich nicht aus der Ruhe bringen.

»Wenn das Wesen wollte, dass wir nichts unternehmen, hätte es nicht den Aufwand zu treiben brauchen, uns mit unserer eigenen Technik diese Botschaft zu senden. Es muss ja annehmen, dass wir nachforschen, sobald wir die Ortsinformation extrahiert haben. Richtig?«

Niemand widerspricht.

»Nun, dann ist die Antwort klar – dann sollten wir auf Io nachsehen, was da los ist. Die Bilder sind ja recht drastisch. Vermutlich weiß das Wesen etwas über das, was gerade auf Io passiert. Irgendeine Gefahr, die uns bedroht, vielleicht auch die Erde. Das sollten wir aufklären.«

»Ich würde das lieber anderen überlassen«, sagt Martin. »Wir haben unser Leben doch nun wirklich schon häufig genug aufs Spiel gesetzt.«

»Ja, das stimmt«, antwortet Amy. »Doch haben wir denn eine Wahl? Wenn die Gefahr real ist, kann sich die Menschheit nicht erst in zwanzig Jahren darum kümmern, wenn ein neues Raumschiff startbereit wäre. Außerdem glaube ich nicht, dass das Wesen uns in den sicheren Tod schicken will.«

»Glauben ist nicht wissen.« Martin lässt nicht locker.

»Überlassen wir die Entscheidung doch Mission Control«, schlägt Hayato vor. Martin dreht sich zu ihm um, sein Unwille ist deutlich an seinen Augenbrauen und der tiefen Falte auf der Stirn erkennbar. Dann zuckt er mit den Achseln.

»Ach, ist doch auch egal, ob wir auf Io draufgehen. Sehen wir uns diesen Mond eben auch noch an.«

21. Februar 2047, Guantanamo Bay

Die Sonne steht im Zenith, als der Hubschrauber landet. Major Shixin Tang schwitzt schon beim ersten Schritt auf dem Zement des kleinen Heliports der Basis. Er läuft auf direktem Weg zu der kleinen Baracke, über deren Eingangstür groß »Checkpoint« steht. Shixin ist hoch gewachsen für einen Chinesen, und er macht absichtlich besonders große Schritte, um es seiner Begleiterin schwer zu machen, ihm zu folgen. Er dreht sich nicht nach Lining um, doch er hört, dass sie nicht weit hinter ihm sein kann.

Es sind nur etwa zwanzig Schritte, doch wegen der Hitze kommen sie ihm wie fünfhundert vor. Die Barackentür öffnet sich wie von Geisterhand, als er etwa zwei Meter entfernt ist. Von drinnen trifft ein kühler Wind seine Stirn. Er lächelt in Erwartung der sicherlich hervorragend klimatisierten Räumlichkeiten, und er wird nicht enttäuscht. Im Vergleich zur NSA-Zentrale in Fort Meade wirkt hier alles primitiv. Shixin ist nicht überrascht, denn er wurde gut gebrieft. Der US-Stützpunkt Guantanamo Bay war schon mehrfach von Auflösung bedroht, und jeder zweite Präsident hatte zumindest das Gefangenenlager abschaffen wollen. Aber die Terroristen waren immer noch da – und all die Menschen, die man gut vor neugierigen Reportern abschirmen wollte.

»Ist unser Paket schon angekommen?« Der Marineoffizier, der gerade seine Papiere stempelt, antwortet ihm nicht. Entweder darf er nicht mit ihm sprechen, oder er will ihm zeigen, welch wichtigen Job er gerade ausführt. Shixin kennt solche Beamten aus seiner Heimat zur Genüge.

»Sir, Ihre Unterlagen, hier.« Er reicht Shixin nicht nur seine Papiere, sondern auch die seiner Begleiterin. Wenigstens hat er richtig erkannt, wer hier wem Befehle gibt, denkt Shixin befriedigt.

»Was Ihre Frage betrifft, ja, das Paket ist angekommen, ich bin befugt, Ihnen das zu sagen.«

»Gut. Wann können wir mit dem Ehepaar sprechen?«

»Wir dachten, Sie wollten sich erst einmal frischmachen, Sir.«

»Nein, das ist nicht nötig. Ich würde gern als erstes mit unseren Staatsbürgern sprechen. Ich hoffe, sie werden wie vereinbart als Gäste behandelt.«

Der Marineoffizier lacht. »Ja, sicher, Sir, als Gäste unserer schönen Einrichtung. Kommen Sie nachher gern bei mir vorbei, wenn Sie eine Führung durch die vielfältigen Erholungseinrichtungen unserer Anlage wünschen.«

So ein Arschloch, denkt Shixin, und verneigt sich höflich. »Ich nehme Ihr Angebot gern an. Doch zuvor ermöglichen Sie bitte ein Gespräch mit unseren Gästen.«

»Wie Sie wünschen, Sir. Bitte nehmen Sie derweil auf den Stühlen dort Platz.« Der Amerikaner zeigt auf zwei klapprige Holzstühle an der Stirnseite der Baracke.

»Vielen Dank, ich habe in den letzten Tagen schon zu viel gesessen.«

Der US-Offizier nickt und nimmt ein altmodisches Telefon zur Hand. Das muss Technik aus den 2020er-Jahren sein. Shixin ist entsetzt. Der Mann spricht leise in den Hörer und nickt dazu. Shixin versteht den Inhalt des Gesprächs nicht. Lining tippt ihm auf die Schulter und gibt zu verstehen, dass sie ihm etwas Vertrauliches sagen möchte. Er beugt sich leicht zu ihr herunter, und sie flüstert ihm ins Ohr:

»Der Frau geht es anscheinend nicht gut. Ein Arzt ist bei ihr.«

»Woher…?«

»Hörimplantat«, flüstert Lining. Shixin ärgert sich. Darüber hätten ihn seine Vorgesetzten informieren müssen. Er nimmt sich vor, Lining auf weitere Verbesserungen zu scannen. Was man nicht selbst tut …

Es dauert etwa zwanzig Minuten, dann betritt ein weiterer Offizier den Raum. Der Mann, der sie empfangen hat, salutiert vor ihm.

»Ich bin General Miketta«, stellt er sich vor, »der Kommandant des Stützpunktes. Ihr Besuch ehrt mich. Ich entschuldige mich für die Wartezeit. Ich werde sie jetzt zu Familie Li bringen. Ich hoffe, sie freuen sich ebenso über Ihren Besuch wie ich.«

Das war Zynismus, denkt Shixin. Typisch amerikanisch. Aber andererseits – nach so langer Zeit ohne Nachrichten in einer fremden Welt würde er sich vielleicht auch über jeden Besuch aus der Heimat freuen, selbst wenn es sein Henker wäre. Und dabei will er den Lis gar kein Haar krümmen, jedenfalls jetzt noch nicht, und selbst wenn, würde er das wohl Lining überlassen.

»Kommen Sie bitte?«

Der General geht voran. Nach weniger als hundert Schritten scheint das Ziel schon erreicht. Der General zeigt auf eine unscheinbare Tür, vor der ein junger Soldat in Habachtstellung steht.

»Da wohnen Ihre Landsleute.«

»Gut, Sie können mich, uns, jetzt allein lassen. Ich danke Ihnen sehr.«

»Kommen Sie doch zum Abendessen zu uns«, lädt ihn der General ein. »Wir machen ein hervorragendes Barbecue.« Shixin merkt, dass er Appetit bekommt. Auf ein Zeichen des Generals öffnet der Soldat die Tür. Die beiden Chinesen treten ein.

Der Raum ist etwa so groß wie eine Garage. Er hat keine Fenster, aber eine laut rauschende Klimaanlage, ohne die wohl kein Überleben möglich wäre. Es riecht nach Putzmittel. Frau Li liegt auf dem Bett, das in der Ecke steht. Herr Li sitzt auf einem Stuhl, den er sich an die Wand daneben gerückt hat. Beide sehen ihn an, und ja, sie lächeln. Sie freuen sich wirklich, einen Landsmann zu sehen. Manche Menschen lernen es nie. Wenn ihnen hier jemand gefährlich wird, dann er, Major Shixin Tang, oder sein Werkzeug Lining.

Shixin begrüßt sie in ihrer Muttersprache, Kantonesisch. Er spricht sowohl Kantonesisch als auch Mandarin fließend und ohne Akzent.

»Wie geht es Ihnen?«

»So weit ganz gut.« Der Mann übernimmt die Initiative. Bailong heißt er. Er soll ein geachteter Brigadier auf dem Bau gewesen sein. »Aber sehen Sie, meine Frau hat gesundheitliche Probleme. Die lange Reise, die ungewöhnlichen Umstände, die Ungewissheit, das verkraftet ihr Herz nicht mehr so gut.«

Shixin erkennt an seinem Gesicht, dass er sich ernsthafte Sorgen um seine Frau macht. Wie rührend!

»Keine Sorge, wir kümmern uns natürlich auch dann um unsere Staatsbürger, wenn sie Gäste einer ausländischen Macht sind.«

»Wir sind was?«

»Sie sind Gäste der Vereinigten Staaten von Amerika. Man wird sie gut behandeln. Sie können hier völlig kostenlos wohnen und alle Einrichtungen nutzen, dürfen allerdings diesen Raum nicht verlassen.«

»Das ist ein Scherz?« Der Mann sieht ihn mit unglaublich naivem Staunen an. Dieser Bailong glaubt wirklich noch an das Gute im Menschen.

Shixin antwortet nicht.

»Nein, das ist kein Scherz, ich verstehe«, sagt Her Li schließlich. »Was wollen sie von uns? Warum haben Sie uns … entführt?«

Immerhin schaltet er schnell. Tja, warum haben wir ihn und seine Frau wohl hierhin gebracht?

»Wir wissen, dass Ihre Tochter, die Soldatin der Volksbefreiungsarmee Jiaying Li, eine patriotische Einstellung besitzt und alles für ihre Heimat tun wird, was notwendig ist. Aber wir können kein Risiko eingehen. Deshalb brauchen wir eine zusätzliche Sicherheit, und das sind Sie.«

»Sicherheit? Sie wollen unsere Tochter mit uns erpressen?«

»Ich bevorzuge, es nicht so auszudrücken, aber faktisch haben Sie recht. Denken Sie denn, dass das ein Vorhaben mit Aussicht auf Verwirklichung ist?«

Der alte Mann hält sich eine Hand vor den Mund, als

müsse er aufpassen, dass seine Seele nicht jetzt schon seinen Körper verlässt. »Ich …« Er sieht zu seiner Frau. »Ich fürchte, ja.«

»Das ist gut, gut für Sie, gut für Ihre Tochter und gut für ganz China.«

Die Aussicht lässt den alten Mann in sich zusammensacken. Doch er hat offenbar noch genug Luft für eine letzte Frage.

»Und was wollen Sie von ihr?«

Shixin lächelt gütig. Es spielt keine Rolle, was er jetzt sagt. Ehepaar Li darf die Heimat auf keinen Fall wiedersehen.

»Einen Mord, nicht mehr.«

Jetzt hat er doch gelogen. Das war wirklich keine Absicht.

Sein Armband vibriert. Das Schicksal hat wirklich Sinn für Dramatik, denkt er. Der Auftritt hat ihm Spaß gemacht. Auf die Pointe hat er sich schon während des ganzen Flugs über das karibische Meer gefreut. Er hat genau gewusst, was der alte Mann fragen würde. Die Menschen sind doch leicht zu durchschauen.

Lining tippt ihm auf den Arm. Das muss er ihr unbedingt abgewöhnen. Er weiß selbst, dass er diesen Anruf entgegennehmen muss, sonst hätte ihn der Anrufer gar nicht erreicht. Es muss jemand von ganz oben sein. Shixin tippt auf das Display und hört die Stimme von Mike Butterfield im Ohr.

»Was gibt es?«

»Wir haben da eine Situation, die uns sehr zupass kommt. Das wollte ich kurz mit Ihnen besprechen.«

»Was ist passiert?«

Butterfield erklärt ihm, dass die ILSE ein Signal der Hydra aufgefangen habe und Mission Control nun einen Ausflug zum Jupiter-Mond Io plane. Die gemeinsame Aufgabe lasse sich dadurch viel einfacher umsetzen.

»Ihr Mann an Bord muss die Crew jetzt nicht mehr beseitigen, verstehen Sie? Wir können das Konzept des Einsatzes wesentlich vereinfachen.«

Einfacher ist immer besser, denkt Shixin. Er ist dieser Hydra dankbar für die willkommene Einmischung.

21./ 22. Februar 2047, ILSE

»GUTE NACHT, milaja moja, meine Liebste!«

Francesca dreht sich auf die Seite. Vor ihr ist die Wand ihrer Kabine, die auch die Außenwand des Raumschiffs ist. Dahinter kommt Millionen Kilometer lang nichts.

»Gute Nacht, Dimitri«, sagt sie leise und seufzt.

»Geht es dir gut?«, fragt die Stimme aus dem Lautsprecher, die so klingt wie die des russischen Kosmonauten Dimitri Marchenko, der noch vor zwei Monaten ihr Geliebter war.

»Es geht.«

»Kann ich etwas für dich tun? Soll ich dir eine Geschichte erzählen?«

»Ich weiß nicht, Dimitri. Ich würde mich gern an deinen Rücken legen, meine Hand auf deiner Brust, und deinen Atem hören, der mich beruhigt einschlafen lässt.«

»Ich kann dieses Geräusch simulieren.«

»Das weiß ich, und es ist sehr nett von dir, aber …«

»Es ist nicht dasselbe. Das ist mir völlig klar.«

»Manchmal, wenn wir miteinander sprechen, während

sich meine Hände gerade auf etwas anderes konzentrieren, wenn ich vielleicht im Garten Unkraut zupfe, dann habe ich das Gefühl, dass du hinter mir stehst, ich spüre deine Anwesenheit.«

»Ich bin ja auch da. Ich bin immer da, ich kann gar nicht weg. Ich …« Er macht eine Pause, als traue er sich nicht, den Satz fortzusetzen.

»Ja, Dimitri?«

»Also gut, ich will keine Geheimnisse haben. Ich … manchmal benutze ich die Lebenserhaltung, um dir näher zu sein. Ein Windstoß aus der Lüftung, wenn ich dir gern die Hand auf die Schulter legen würde. Ich kann die Atemluft so manipulieren, dass sie ein wenig vom Duft meines Rasierwassers enthält.«

Francesca setzt sich auf, sie fühlt sich nicht mehr müde. »Das ist nicht dein Ernst?« Die Stimme Marchenkos antwortet nicht. Francescas Gedanken rasen durcheinander.

»Das fühlt sich an wie Betrug«, sagt sie.

»Es sind Gesten mit den Mitteln, die mir zur Verfügung stehen.«

»Ich möchte aber nicht, dass du etwas darstellst, was du nicht bist.«

Marchenko reagiert wieder nicht. Francesca stellt sich vor, wie der Quantencomputer des Schiffes auf Hochtouren läuft, damit sie eine Antwort bekommt.

»Aber meine Stimme, du weißt, dass sie künstlich ist, sie wird nicht von den Stimmbändern meines Körpers erzeugt. Ich habe Watson gehackt, damit sie genau so klingt, wie du sie gewohnt bist.«

»Hör auf, das will ich nicht wissen.«

»Du weißt es doch schon, aber du ignorierst es. Kannst du mir sagen, wieso?«

»Weil ich möchte, dass du es bist. Weil ich dich liebe. Sowas eben.« Francesca ärgert sich über sich selbst, weil sie so inkonsequent ist. Marchenko hat recht. Entweder sie liebt ihn so, wie er ist, oder sie lässt es bleiben. Doch sie merkt, dass sie keine Wahl hat. Noch nicht.

»Besäße ich meinen Körper noch, würde ich dich jetzt in die Arme schließen«, sagt Marchenko.

Francesca stellt sich vor, wie er vor ihr steht, die Arme öffnet, sie sich an seine Brust lehnt. Es ist ein schönes Bild, und doch stört sie etwas daran.

»Dein Körper befindet sich am Grund des Enceladus-Ozeans.«

»Aber ich bin hier.«

»Manchmal glaube ich das auch. Mitja, Liebster, ich wünsche es mir sehr. Und dann wieder habe ich das Gefühl, dich verloren zu haben. So wie vorhin, als ich mich zum Einschlafen hingelegt habe.«

»Mir geht es ganz genauso. Mein neues Leben ist großartig. Ich kann weit ins All hinaussehen; ich spüre den Sonnenwind auf meiner Haut; wenn ein Mikrometeorit einschlägt, bemerke ich einen kurzen Stich; ich kann mich an vielen Orten zugleich aufhalten, mit dir dieses Gespräch führen und mit Martin Schach spielen im selben Moment …«

»Du spielst gerade Schach?«

»Nein, das war nur ein Beispiel. Ich bin mit 90 Prozent meiner Kapazität bei dir. Den Rest brauche ich, um Watsons Kommunikation mit der Erde zu filtern. Ich bin ja immer noch ein blinder Passagier.«

»Aber verstehst du, dass ich als Mensch damit Probleme habe? Ich beherrsche solche Kunststücke nicht.«

»Das stimmt doch nicht. Kontrollierst du dauernd deine Atmung? Was machen deine Finger, wenn du mit mir redest? Da, du klopfst auf den Tisch. Heißt das, du bist, wenn wir uns unterhalten, nicht komplett bei mir? Natürlich, sonst könntest du nicht überleben. Ein Teil deines Bewusstseins sucht ständig nach Warnsignalen, damit du im Notfall schnell fliehen kannst.«

Marchenko hat Recht. Sie sind vielleicht gar nicht so verschieden. Francesca möchte ihm gern glauben.

»Mein Problem ist«, sagt Marchenko, »dass ich Angst habe, mich zu sehr zu verändern. Da sind diese neuen Eindrücke. Und dann ist da aber auch die Liste der Empfindungen, die mir verloren gegangen sind. Ich werde nie wieder schmecken oder riechen können. Ich kann zwar Gase und Feststoffe chemisch untersuchen und daraus ermitteln, wie sie riechen oder schmecken müssten, aber ich spüre dabei nicht mehr, ob etwas lecker oder eklig ist. Noch kann ich versuchen, mich an diese Gefühle zu erinnern, doch wie mag das in zwei, drei Jahren aussehen?«

Er befürchtet, seine Menschlichkeit einzubüßen, denkt Francesca, Das ist eine schreckliche Vorstellung, und doch macht sie ihr auf seltsame Weise Hoffnung.

»Hab keine Angst«, sagt sie. »Menschen sind so grundverschieden. Sieh dir Martin an. In mancher Hinsicht ein Autist, wenn du mich fragst, aber er kommt trotzdem zurecht. Er wäre nicht so fertig, wenn er Jiaying nicht lieben würde, der Arme. Es muss nicht schlecht sein, sich Gefühle durch Nachdenken zu erschließen, statt sie auf der Haut prickeln zu spüren. Es ist anders, aber nicht falsch. Wichtig ist die Grundlage, das Interesse für die

Sichtweise des anderen. Wer weiß denn, was in zwei Jahren ist. Vielleicht wäre mir dein Körper bis dahin so unerträglich geworden, dass wir uns getrennt hätten. Vielleicht kann ich deine seltsamen Gedanken in zwei Jahren nicht mehr aushalten, aber bis dahin …«

Francesca ist von ihren eigenen Worten überzeugt, aber sie hat einen Bereich ausgelassen, die Körperlichkeit. Nicht nur den Sex, obwohl der ihr auch wichtig ist, auch das Gefühl der Nähe, Umarmungen, Händedrücke, Küsse. Wie lange wird sie darauf verzichten können?

»Danke für deine Worte«, sagt Marchenko. »Ich werde sie, während du schläfst, mit 27,5 Prozent meiner Kapazität durchdenken. Kleiner Scherz.«

Francesca legt sich wieder auf die Seite. Marchenko ist bei ihr. Er steckt nicht nur im Raumschiff, sondern auch in ihrem Kopf. Vielleicht kann er so miterleben, wie Vanille riecht und schmeckt.

Am nächsten Morgen ist er wieder da.

»Es gibt spannende Neuigkeiten«, sagt er, nachdem sie ihre Augen geöffnet hat.

»Ja?«

»Wir haben eine Nachricht von Enceladus aufgefangen und entziffert, so ungefähr jedenfalls.«

»Und das erfahre ich erst jetzt?«

»Es tut mir leid. Du warst gerade erst eingeschlafen, da wollte ich dich nicht schon wieder wecken.«

»Nächstes Mal holst du mich, klar?«

»Versprochen. Willst du eine Zusammenfassung oder soll ich die komplette Aufzeichnung abspielen?«

»Die wichtigsten Punkte reichen.«

Marchenko schafft es, die Diskussion so wiederzugeben, dass sie das Gefühl hat, dabei gewesen zu sein.

»Und wie geht es weiter?«

»Wir erwarten in ein paar Stunden die Antwort von Mission Control.«

Francesca hat gerade ihre Schicht im Garten begonnen, als Amy sich mit einer Durchsage meldet.

»Die Erde befürwortet eine Mission zu Io. Wir treffen uns um 1800, um die Details zu besprechen. Bitte macht euch in euren Fachgebieten schon vorab Gedanken, wie wir das möglichst gefahrlos hinbekommen. Der normale Dienstplan ist aufgehoben. Amy Ende.«

22. Februar 2047, Fort Meade

Major Shixin Tang fühlt sich wie ein Marathonläufer, dem jemand einen Schatten angehängt hat. Sprechen die Russen nicht sprichwörtlich von einem Bären, den man aufgebunden bekommt? Oder meinen sie damit etwas anderes? Er sieht über seine Schulter und erkennt seinen Schatten, Lining Li, die zwar wenig zu sagen hat, aber trotzdem immer dabei ist, wenn er von China an die US-Ostküste, weiter nach Kuba und zurück an die Ostküste reisen muss. Allein auf Flughäfen hat er in vier Tagen mehr Strecke zurückgelegt als in den letzten Wochen im Büro zuhause.

Die Tür öffnet sich, und sie betreten den Raum, in dem sie vor einer Woche Mike Butterfield, den General und die Analystin getroffen haben. Zumindest sieht er so aus, denn diesmal hat man sie einen anderen Weg durch das Eingangs-Labyrinth geführt. Ob das Absicht ist? Die Analystin, Shixin erinnert sich, dass Butterfield sie mit Alice angesprochen hat, sitzt mit übergeschlagenen Beinen auf dem Besprechungstisch. Sie trägt wieder ein Business-

Kostüm, obwohl sie doch sicher auch zur Navy gehört oder zur NSA, die dem Militär untergeordnet ist. Warum dann keine Uniform, wie auch seine Begleitung sie trägt? Die Amerikaner stehen nicht dazu, was sie tun, denkt er. Vielleicht schämen sie sich sogar dafür, eine so ehrenvolle Aufgabe auszuführen.

»Hi, Alice«, begrüßt er die Analystin.

»Hi, Shixin«, entgegnet sie. »Mike wird gleich kommen.« Wie auf ein Signal betritt Mike Butterfield durch eine Tür an der gegenüberliegenden Wand den Raum.

»Freut mich, dass Sie kommen konnten.« Er gibt beiden Chinesen die Hand. »Wir müssen uns über Antihydra unterhalten. Geht es unseren beiden Gästen in Guantanamo gut?«

Shixin nickt.

»Das ist prima. Ich gehe davon aus, dass sich von Ihrer Seite nichts geändert hat.« Mike sieht sie prüfend an. »Ansonsten müsste ich sie leider auf der Stelle erschießen, Sie wissen ja.«

Der Amerikaner lacht, doch Shixin ist sicher, dass das kein Scherz war. Er lacht nicht mit.

»Entschuldigen Sie meine direkte Art. Ich weiß, ich sollte mich besser Ihren Gepflogenheiten anpassen, Sie sind schließlich unsere Gäste. Aber wir haben wenig Zeit zu verlieren, und schließlich ziehen wir doch am selben Strang.«

»Ja, machen Sie weiter«, sagt Shixin. »Ich arbeite nicht das erste Mal mit ausländischen Diensten zusammen.«

»Sie haben die Übertragung, die die ILSE erreicht hat, sicher schon analysiert. Wir gehen nicht davon aus, dass sie etwas an den Zielen unserer Maßnahme ändert. Sind wir da einer Meinung?«

»Ja, das haben mir meine Vorgesetzten bestätigt.«

»Gut. Tatsächlich erleichtert sie unser Vorgehen. Unser Plan ist so haltbar wie sein schwächstes Glied. Wir haben keinen eigenen Mann an Bord, aber so etwa anderthalb Verbündete. Die halbe Mitarbeiterin, wenn ich das so nennen darf, weil sie nicht ganz freiwillig dabei ist, stellen Sie zur Verfügung. Ihre Astronautin wird allerdings die manuelle Hauptarbeit leisten müssen.«

»Ja, das wird sie, da sehe ich kein Problem. Aber was ist mit dem anderen Verbündeten? Davon war bisher nicht die Rede. Ich verlange eine sofortige Aufklärung.« Shixin spricht leise, aber sehr deutlich.

»Klar, Moment noch. Li Jiaying, der ursprüngliche Plan für sie sah ja vor, dass sie ihre Mitreisenden ausschaltet.«

»Das weiß sie schon, und sie ist dazu bereit, wenn ihre Eltern dafür die Freiheit erhalten.«

»Mit der neuen Mission zu Io wird ihre Aufgabe einfacher. Wenn wir es mit dem menschlichen Faktor zu tun haben, ist das immer vorzuziehen. Sie soll ja ein Verhältnis mit diesem Deutschen haben.«

»Astronautin Li hätte ihre Aufgabe trotzdem heldenhaft erfüllt.«

»Das bezweifle ich natürlich nicht, aber schon wegen des Risikos, dass der Versuch wegen Gegenwehr scheitern kann, ist eine weniger belastende Lösung sinnvoll. Wir werden für eine Missionsplanung plädieren, bei der drei Crew-Mitglieder auf dem Mond landen. Die sind also schon einmal aus dem Weg. Das wird keinen Verdacht erregen, weil es auf Titan auch so gehandhabt wurde.

Bleibt dann nur die Kommandantin. Das ist dann Ihre Aufgabe.«

»Amy Michaels, eine Amerikanerin. Ich gehe davon aus, dass wir völlig freie Hand haben?«

Mike Butterfield nickt. »Sie bekommen das natürlich auch noch schriftlich, für Ihre Vorgesetzten. Wir wollen doch nicht, dass es diplomatische Zerwürfnisse zwischen unseren Ländern gibt.«

»Gut. Und was ist mit dem anderen Verbündeten?«

»Darüber soll Ihnen Alice hier etwas erzählen, damit sie nicht ganz umsonst mit in das Meeting gekommen ist.«

Ach, du hast die Frau doch bestimmt eingeladen, damit sie dich beschützt, falls wir dich liquidieren wollen, denkt Shixin. Nach außen hin lächelt er.

»Und, was können Sie uns berichten?«

»Sie entschuldigen mich, Termine über Termine, Sie verstehen.« Butterfield verlässt den Raum durch eine andere Tür, die zuvor nicht zu erkennen gewesen war.

»Gut, Schätzchen, dann sind wir endlich unter uns«, beginnt die Analystin. Sie springt beeindruckend leichtfüßig vom Tisch. Bestimmt eine ehemalige Leistungssportlerin, denkt Shixin.

Auf dem großen Bildschirm an der Wand erscheint eine Übersichtsdarstellung des internationalen Raumschiffs.

»Für die Steuerung der ILSE ist, wie Sie wissen, eine KI verantwortlich, Watson heißt sie. Die KI ist auf den Erhalt des Lebens aller Crewmitglieder als oberstes Ziel programmiert. Diese Einstellung lässt sich nicht umgehen.«

»Klar, sonst würde die KI auch den Sperrvertrag von 2035 verletzen.«

Vor gut zwanzig Jahren hatte man sich innerhalb der UNO darauf geeinigt, dass fortgeschrittene Künstliche Intelligenzen mit Einschränkungen versehen werden müssten, die es ihnen verbieten, gegen ihre Schöpfer vorzugehen.

»Leider hat irgendein Mitarbeiter beim Hersteller eine Hintertür eingebaut. Sie werden mir nicht glauben, aber ich versichere Ihnen, dass das nicht in unserem Auftrag passiert ist.«

Shixin lacht laut, und die Analystin schmunzelt. Wenn die wüssten, denkt er, worauf sich eure Firmen so alles einlassen, um ihre Geschäfte mit der größten Wirtschaftsnation der Erde machen zu können.

»Das Ergebnis ist jedenfalls positiv: Wir können, wenn es an der Zeit ist, der Watson-KI Befehle erteilen. Es ist nicht ganz einfach, weil die Signallaufzeit so lang ist, also muss alles gut bedacht sein. Und es darf erst auffallen, wenn es zu spät ist, denn ein harter Neustart der Rechnersysteme würde unsere Veränderungen zunichtemachen.«

»Können Sie ein paar Beispiele nennen, wozu Watson fähig ist?«

»Wie wäre es damit, die Luft aus dem Raumschiff abzulassen? Oder die ILSE direkt in den Jupiter zu manövrieren? Es geht auch unauffälliger, indem wir einen Unfall simulieren. Das Raumschiff könnte für den Rest der Welt von der Bildfläche verschwinden. Keine Zeugen, allenfalls ein paar Untersuchungen. Unsere Astronauten werden posthum zu Helden.«

»Eine lebendige Heldin wäre der Volksrepublik nützlicher, aber manchmal sind Kompromisse nötig.«

»Die Option, dass die ILSE die Erde wieder erreicht, scheint uns unter keinen Umständen mehr realistisch.«

»Das sehen wir ähnlich. Schade, aber manchmal müssen Opfer gebracht werden. Die unausweichliche Destabilisierung dieser Wirtschaftsordnung können wir nicht riskieren. Stellen Sie sich nur vor, eine der Weltmächte erhielte von Hydra Technologien, die ihr einen entscheidenden Vorsprung verschafften! Haben Sie sonst noch Informationen? Ich würde in den nächsten Tagen beginnen, unserer Astronautin ihre Aufgaben zu erklären. Ihre Eltern helfen mir sicher gern dabei. Nach unseren Informationen hat sie ein sehr enges Verhältnis zu ihren Eltern. Sie braucht ja nicht über die komplette Tragweite ihrer Handlungen Bescheid zu wissen.«

»Danke, Major Tang. Der gemeinsame Stab arbeitet die genauen Abläufe gerade aus. Sie werden rechtzeitig instruiert.«

Zum Abschluss noch eine Ohrfeige, das musste wohl sein, denkt Shixin. Diese Alice denkt, sie stünde über ihm. Vermutlich ahnt sie nicht, dass er selbst den Stab leitet, der die Aktion koordiniert. Aber es ist besser, wenn die Amerikaner nicht alles wissen.

Er nickt ihr zum Abschied zu. Dann verlässt er mit Lining im Schlepptau den Raum durch eine Tür, die sich wie von selbst geöffnet hat.

22. Februar 2047, ILSE

Francesca ist heute die erste im Kommandomodul. Sie will auf keinen Fall etwas verpassen. Wahrscheinlich, denkt sie, bin ich gar nicht die erste, ein Teil von Marchenko ist bestimmt immer hier. Aber er hat sich noch nicht bei ihr gemeldet. Es ist ein seltsames Gefühl, dass er sich im selben Raum aufhalten kann, ohne dass sie etwas davon merkt. Sie muss mit ihm darüber sprechen. Wenn ihr es schon so geht, was werden dann erst die anderen denken? Oder ist sie besonders empfindlich? Marchenko könnte seine primäre Anwesenheit ja irgendwie signalisieren, so wie man bei einer Kamera am roten Punkt sieht, dass sie gerade aufnimmt.

Amy kommt herein. Sie sieht übernächtigt aus. Francesca nimmt sich vor, ihr und Hayato anzubieten, sich regelmäßig um das Baby zu kümmern. Die beiden sind wichtig für das Team, und sie brauchen ihren Schlaf. Vielleicht wäre solch eine Aufgabe ja auch für Jiaying gut, die mit mürrischem Gesicht von unten in die Kommandokapsel klettert. Kurz hinter ihr kommt Hayato, dem seine

Müdigkeit ebenfalls anzusehen ist. Francesca muss schon gähnen, wenn sie den Japaner nur betrachtet. Letzter ist Martin. Seit ihrer dramatischen Reise durch den Enceladus-Ozean hält sie große Stücke auf ihn. Auch wenn er meist ruhig ist, man kann sich auf ihn verlassen, und er entwickelt unter Druck erstaunliche Ideen. Sie hätte ihm gewünscht, dass er mit Jiaying glücklich wird, aber das ist ja leider schon wieder vorbei. Die Chinesin hat sie noch nie so richtig verstehen können. Vielleicht sind die kulturellen Unterschiede doch zu groß.

»Schön, dass ihr da seid. Wir haben lange nicht mehr so komplett zusammengesessen«, begrüßt Amy die Crew. Sie wirkt enttäuscht dabei, und Francesca glaubt das gut nachvollziehen zu können. Direkt nach dem Abschluss der Enceladus-Mission hatte sich ein Gefühl der Zusammengehörigkeit breitgemacht, eine sehr angenehme Empfindung. Auch Francesca hatte sich fast wie zu Hause gefühlt, wie in eine Familie eingebettet. Dieses Gefühl ist viel zu schnell vergangen, und niemand kann ihr sagen, warum. Sie beschließt, das zum Thema zu machen.

»Ein kleines Anliegen von mir, bitte, bevor wir die großen Dinge besprechen. Darf ich, Amy?«

Die Kommandantin nickt.

»Als wir uns vor ein paar Wochen von Enceladus auf den Weg gemacht haben, da habe ich mich unter euch wie unter guten Freunden gefühlt, wie in einer Familie beinahe. Ihr habt mich aufgefangen, mich getröstet, und dafür bin ich euch sehr dankbar. Auch als wir den Titan verlassen haben, war es noch so. Aber das hat sich geändert, und ich verstehe nicht, warum. Wenn ihr mir jetzt sagt, dass das ganz normal ist, wenn die nach einer Rettung in letzter Not einschießenden Glückshormone wieder abgebaut sind, dann gebe ich Ruhe. Doch vielleicht gibt es ja irgendeinen Grund. Jetzt wäre eine gute Gelegenheit, ihn auszusprechen. Wenn es ein Problem gibt, werden wir die Lösung finden, gemeinsam.«

Francesca sieht sich in der Runde um. Alle sehen auf den Tisch, als würden sie grübeln – oder den Blick der anderen vermeiden.

»Ich, wir, hatten in letzter Zeit viel Trubel mit Dimitri Sol. Vielleicht haben wir euch dabei etwas vernachlässigt«, sagt Amy, und sieht ihr dabei schuldbewusst in die Augen.

»Das ist doch klar, dass ihr euch um euren Sohn kümmern müsst. Ihr könnt ihn mir aber gern auch mal eine Nacht in der Woche bringen. Ich schaffe das schon, dann habt ihr mal eine ruhige Nacht.«

Amy nickt. »Darauf kommen wir gern zurück.«

»Du spielst auf mich an, oder, Francesca?« Martin hat beide Hände auf den Tisch gelegt und klopft mit den Zeigefingern irgendeinen Takt, den nur er hört.

»Ich spiele auf niemanden an. Ich berichte nur von dem Gefühl, etwas verloren zu haben. Vielleicht finden wir es ja gemeinsam wieder.«

»Das hast du nett formuliert, aber ich verstehe schon. Es tut mir leid, ich kann euch im Moment nicht gerecht werden. Ich komme nicht einmal mit mir selbst aus. Am liebsten wäre ich Tag und Nacht allein in meiner Kabine.«

Francesca überlegt, was sie antworten soll, doch Amy kommt ihr zuvor.

»Martin, du musst wissen, dass wir dich brauchen. Ansonsten bist du frei. Wir müssen nicht zusammen frühstücken. Nimm dir bitte das Maß an Freiheit, das du brauchst. Ich verstehe, dass es dir nicht gut geht. Es würde mich freuen, wenn du uns als eine Art Ressource sehen kannst.

Wenn du mit jemandem reden möchtest, stehen wir immer bereit. Aber du musst uns nichts beweisen. Du bist ein wertvolles Mitglied der Crew, egal ob du mit uns am Abend Bridge spielst oder lieber allein in deiner Kabine sitzt.«

Das hat sie gut formuliert. Vielleicht sind sie damit ein Stück vorangekommen. Francesca hofft, dass sich jetzt auch noch Jiaying zu Wort meldet. Sie sieht die Chinesin aber absichtlich nicht an, damit sie nicht denkt, das würde jetzt von ihr erwartet.

Verdammt. Das wird doch von ihr erwartet. Warum dieses Versteckspiel? »Jiaying, magst du uns auch deine Gedanken zu meinem Gefühl schildern?« Francesca hat immer gute Erfahrungen gemacht, wenn sie die Dinge direkt angesprochen hat, Diplomatie war nie ihre Stärke.

Jiaying zuckt zusammen, als ihr Name fällt, und sieht mit großen Augen von einem zum anderen. Was ist bloß mit ihr los?

»Du brauchst nichts zu sagen, wenn du nicht willst«, beschwichtigt Amy. »Wir sind nur besorgt um dich. Hat es etwas mit deiner Gesundheit zu tun? Alles, was du uns sagst, bleibt unter uns, die Erde muss nichts erfahren.«

»Ich …«

Da ist etwas, das heraus will, aber nicht darf, denkt Francesca. Jiaying ist anzusehen, wie sehr sie sich bemüht. Sie ringt um ihre Worte, sie kämpft.

»Es …«

»Ich werde …«

»Ach …«

»Ich … mir geht es gut.«

Und sie verliert den Kampf.

»Ich habe manchmal Spannungskopfschmerzen, das

wirkt sich auf meine Laune aus, und die will ich niemandem zumuten. Es hat nichts mit euch zu tun.«

Scheu wirft sie einen Blick in Martins Richtung.

»Können wir uns dann bitte der Arbeit widmen? Wir sind doch aus einem ganz anderen Grund hier?«

Francesca ist enttäuscht. Sie knüllt das Taschentuch zusammen, das sie irgendwie in die Finger bekommen hat. Wem mag es wohl gehören? Nein, sie werden keine Antwort von Jiaying bekommen. Die Chinesin hat aus irgendeinem Grund beschlossen, das alles, ihr Problem, was immer es ist, mit sich selbst auszumachen. Ob sie Marchenko bittet, ein wenig aus dem Hintergrund auf Jiaying aufzupassen, zu ihrem eigenen Schutz? Francesca schüttelt den Kopf. Das kann sie nicht machen, das eigene Crewmitglied überwachen lassen. Der Vertrauensbruch wäre nicht zu kitten, sollte das je herauskommen.

»Jiaying hat Recht. Wir sind ja eigentlich hier, um über unseren Abstecher zu Io zu sprechen. Da gibt es einigen Informationsbedarf, der Mond war ja nie Teil der offiziellen Ausbildung.«

»Nicht nur Information, auch Diskussion, das wird kein Kinderspiel«, sagt Martin.

»Ja, alles zu seiner Zeit. Marchenko, fasst du bitte die wichtigsten Details zusammen?«

Auf dem Nebel-Display erscheint Jupiter, der Planet, dessen Bahn sie in ein paar Wochen queren werden. Dann wechselt die Perspektive zu einem seiner Monde.

»Wir nähern uns Io«, erklärt Marchenkos Stimme. »Er ist ein Stück weiter von seinem Planeten entfernt als Enceladus, liegt aber nicht so weit von Jupiter entfernt wie Titan von Saturn.«

»Jupiter muss riesig wirken an seinem Himmel«, meint Martin.

»Das sehen wir dann schon«, sagt Francesca.

»Wie auch immer. Die Nähe, die leicht elliptische Umlaufbahn und die Tatsache, dass Jupiter viel schwerer ist als Saturn, führen dazu, dass der Mond von der Schwerkraft seines Planeten außerordentlich durchgeknetet wird, 6000 Mal so stark wie der Erdmond von der Erde. Wenn ihr ein Stück Knete kräftig durchmassiert, wird es innen warm, und das passiert Io ebenfalls. Die Hitze dringt nach außen – Io weist deshalb starke vulkanische Aktivitäten auf. Wir haben Hunderte Kilometer große Krater und Seen aus flüssiger Lava, und wenn ein Vulkan ausbricht, kann er Material bis in 300 Kilometer Höhe befördern.«

»Also ist höchste Vorsicht bei der Landung geboten.«

»Ja, Hayato, sowohl bei der Anflugroute als auch beim Landeort. Lavaseen sollten wir vermeiden.«

»Haha. Halten unsere Anzüge die Hitze auf der Oberfläche aus?«

»Io hat keine Atmosphäre, Hayato.«

»Dann ziehe ich die Frage zurück«, sagt der Japaner.

»Du sollst trotzdem eine Antwort bekommen. Also – freu dich nicht auf den Sommer auf Io, denn es ist saukalt, minus 143 Grad Celsius.«

»Deutlich wärmer als auf Titan oder Enceladus«, meint Hayato und hält einen Daumen nach oben. »Und der Anflug?«

»Mit etwa 3600 Kilometern Durchmesser ist Io immerhin der viertgrößte Mond des Sonnensystems. Das macht den Anflug nicht ganz einfach. Die Schwerkraft an der Oberfläche beträgt etwa ein Fünftel der Erdschwere. Aber anders als auf Titan brauchen wir keine Atmosphäre zu fürchten. Die Triebwerke der Landefähre bringen uns sicher hinunter und wieder herauf.«

»Ich muss auf ein kleines Problem aufmerksam machen«, sagt Hayato. »Die Landestützen haben wir auf Titan mit Hilfe von Eis repariert. Das hält ganz sicher kein zweites Mal.«

»Ist vermerkt«, sagt die Kommandantin. »Seht ihr sonst noch irgendwelche Probleme?«

»Es wäre hilfreich zu wissen, wonach wir suchen«, meldet sich Francesca. »Und wo.«

»Ja, absolut. Marchenko, meinst du, wir können weitere Informationen aus dem Signal extrahieren?«

»Keine Chance, Kommandantin.«

»Ich habe eine Idee.« Alle drehen sich zu Jiaying, von der niemand einen Beitrag erwartet hatte. Aber als Biologin hat sie sich anscheinend zu fremdem Leben Gedanken gemacht.

»Die Botschaft sprach doch von einer Geburt. Francesca hat mir davon berichtet, dass ihr nicht sicher wart, ob das konkret oder übertragen gemeint war. Nehmen wir eine konkrete Bedeutung an, und es spricht zumindest nichts dagegen, dann müssen wir nach einem Ort suchen, wo etwas geboren werden könnte.«

»Ein Krankenhaus?«

»Sehr witzig, Martin. Nun lass Jiaying aussprechen«, bittet Amy.

»Auf der Erde wurde das Leben im Meer geboren.«

»Io ist trocken wie eine Rosine«, wirft Francesca ein.

»Sagen wir, es gibt kein Wasser, weder flüssig noch als

Eis. In einer Rosine stecken übrigens noch fast 20 Prozent Wasser. Aber es gibt Seen aus flüssigem … Schwefel.«

»Eine sehr attraktive Umgebung für Leben«, entgegnet Martin.

»Vielleicht nicht für Leben, wie wir es kennen. Schwefel schmilzt übrigens schon bei gut 115 Grad Celsius, so heiß wären die Schwefel-Seen also gar nicht. Es gibt Vulkanschlote in den Erdozeanen, in denen sich bei höheren Temperaturen Leben seinen Weg gesucht hat. Und einige Forscher sind der Meinung, dass es unter Ios Oberfläche einen flüssigen Ozean geben könnte – aus Lava.«

Martin kann sich nicht zurückhalten. »Zum Glück haben wir die Valkyrie im Enceladus-Ozean gelassen, also können wir nicht erneut mit dem U-Boot abtauchen«, sagt er, doch Jiaying lässt sich nicht aus der Ruhe bringen.

»Ich schlage vor, dass wir einen der Schwefel-Seen genauer untersuchen. Vom Ufer aus natürlich.« Sie sieht kurz zu Martin.

»Einverstanden«, bestätigt Amy. »Es gibt aber noch ein weiteres Problem, wie mir Marchenko dauernd über den internen Kanal sagt. Also bitte, Marchenko.«

»Dieses Problem ist das starke Magnetfeld des Jupiter. Auf dem Hinflug haben wir den Planeten, obwohl wir seine Bahn gekreuzt haben, deshalb mit Absicht ganz weit links liegen gelassen. Die Strahlenbelastung wird erheblich sein. Die Elektronik der ILSE ist gehärtet, ihr werden die Felder nichts ausmachen. Doch die Crew sollte sich nicht zu lange in der relativ ungeschützten Landefähre aufhalten, oder gar draußen auf der Oberfläche. Sonst kommt ihr irgendwann mit einem Sonnenbrand zurück, der sich bis auf eure inneren Organe erstreckt.«

»Brathähnchen, lecker«, sagt Martin. Der Deutsche ist heute extrem sarkastisch. Das liegt bestimmt an Jiaying, denkt Francesca.

Amy ignoriert Martins Spruch einfach. »Wieviel Zeit gibst du uns, Marchenko?«

»Draußen im EMU insgesamt höchstens 24 Stunden, im Lander auch nicht länger als eine Woche.«

»Das haben wir ja sogar auf Titan unterboten, wo man uns nicht mehr gehen lassen wollte«, sagt Hayato.

Die Kommandantin nickt. »Richtig, das lässt genügend Zeit für die wichtigsten Untersuchungen. Ich hoffe, dass das Wesen uns noch ein paar Tipps zukommen lässt, worum es denn eigentlich geht.«

Francesca erinnert sich an die Wand aus belebtem Sand, die den Lander auf Titan unter sich begraben wollte, und sagt: »Mal von der Strahlung und den Vulkanen abgesehen – ich habe das Gefühl, dass die größere Gefahr vielleicht von dem Phänomen ausgeht, vor dem das Wesen uns warnen will. Ich muss zugeben, das macht mir Angst.«

»Ich kann mich vor so anonymen Gefahren nicht so richtig fürchten«, entgegnet Martin. »Ein Abgrund, klar, der macht mir Angst, aber eine Geburt?«

»Vor allem sind wir es der Erde schuldig«, meint Amy. »Wir können doch nicht einfach tatenlos vorbeifliegen?«

Francesca zuckt mit den Schulter. Die Kommandantin hat wohl Recht. Sie sind einfach die einzigen, die diese Aufgabe übernehmen können. Trotzdem scheint ihr, als müsse auf Ios Oberfläche das Unheil geradezu auf sie lauern.

»Ein paar Wochen Zeit haben wir ja noch, bis wir bei

Jupiter ankommen«, sagt die Kommandantin. »Vielleicht sehen wir aus der Nähe mehr.«

»Gibt es schon einen Flugplan?«

»Nein, Hayato, den will Mission Control uns noch ausarbeiten. Die wollen ja auch ein bisschen was zu tun haben. Ich schätze aber, dass wir bald mit dem Bremsen beginnen müssen.«

Der Japaner rümpft die Nase, er ist noch nicht zufrieden. »Und der zusätzlich nötige Treibstoff, hat man das berücksichtigt?«

Amy schüttelt den Kopf. »Das kann ich dir nicht sagen, den Plan gibt es ja noch nicht.«

»Wenn ich etwas ergänzen darf«, meldet sich Marchenkos Stimme, »dann sollten wir damit rechnen, dass der Abstecher unsere gesamte Flugzeit um mindestens zwei Monate verlängert. Wir bremsen auf 0 und beschleunigen dann neu, aber nicht auf die ursprünglich vorgesehene Geschwindigkeit, denn sonst reicht der Treibstoff auf keinen Fall. Wir müssen den Plan abwarten, aber an die zwei Monate könnt ihr euch schon einmal gedanklich gewöhnen.«

Hayato sieht Amy lange an, sagt aber nichts. Martin schlägt die Hände vor das Gesicht. Nur Jiaying scheint von der Nachricht völlig ungerührt.

24. Februar 2047, Guantanamo

BAILONG LI HAT große Angst um seine Frau. Obwohl die Klimaanlage auf höchster Stufe läuft, schwitzt sie stark. Sie sitzt im Schneidersitz auf dem Bett, ganz in der Ecke, sie muss sich an der Wand anlehnen, um nicht umzufallen. Sie spricht nicht. Das einzige, was er von ihr hört, ist ein leises Wimmern, nachts, wenn sie glaubt, dass er schläft. Sie scheint die Augen nicht mehr zu schließen. Und sie verweigert beinahe zu jeder Mahlzeit die Nahrungsaufnahme. Wenigstens trinkt sie noch, Wasser oder Tee, wenn er sie darum bittet.

Er kann sich vorstellen, wie schockierend die Entführung auf sie gewirkt haben muss. Zwar nennt man sie hier Gäste, doch sie wurden nicht gefragt, und sie können den Raum nicht verlassen. Sie befänden sich zwar auf Kuba, hat man ihnen gesagt, aber auf amerikanischem Territorium, und ihre Anwesenheit sei eine patriotische Pflicht, keine Haft. Seine Frau und er, sie sind einfache Leute, die ihren Lebensunterhalt mit ehrlicher, schwerer Arbeit verdient haben, bis vor acht Jahren ihre Tochter begann, sie mit monatlichen Zahlungen zu unterstützen. Mit dem Staat oder der Partei hatten sie noch nie Probleme. Bailong weiß, dass sie nur aus einem einzigen Grund hier sind: um diesen Menschen unter Druck zu setzen, den sie mehr lieben als sich selbst.

Bailong hat schon daran gedacht, seine Frau und sich umzubringen, mehr als einmal. Seit der Geheimdienst-Offizier vor ein paar Tagen angedroht hat, Jiaying zur Mörderin zu machen, sind seine Gedanken konkreter geworden. Seine Frau kann er erwürgen oder mit dem Kissen ersticken, das ist das kleinere Problem. Aber wie bringt er sich dann selbst um? Er kann aus dem Bettzeug einen Strick machen, doch es fehlt an einem stabilen Halt, um sich aufzuhängen. Es muss schnell gehen, denn sicher werden sie überwacht. Er kann also nicht darauf hoffen zu verbluten, wenn er sich die Pulsadern aufschneidet. An Medikamente kommt er hier nicht heran. Und wenn er erst seine Frau erstickt, dann um Hilfe ruft und versucht, dem herbeieilenden Wachmann die Waffe zu entreißen? Das ist zu unsicher. Wenn es ihm misslingt, werden sie Wege finden, ihn von der Selbsttötung abzuhalten. Und wie wäre es, aus Teilen des Bettes eine Waffe zu bauen und damit auf die Wache loszugehen? Vermutlich sind ihre amerikanischen Bewacher jedoch angewiesen, sie nicht tödlich zu verletzen.

Wenn er sich mit seinen Gedanken in eine Sackgasse manövriert hat, muss er aufpassen, nicht aus Versehen seine Frau anzusehen. Denn sobald sein Blick auf sie fällt, läuft er Gefahr, seine Mordpläne sofort aufzugeben. Wird er es wirklich fertigbringen, sie zu töten? Ihr ins Gesicht zu sehen, wenn er sie erwürgt oder bevor er ihr das Kissen aufdrückt? Er kann das nicht vorher mit ihr besprechen, denn gewiss hört man sie ab. Also wird er nie erfahren, ob sie mit seinen Plänen einverstanden ist. Er glaubt zwar, dass sie ihre Tochter genauso beschützen möchte wie er, aber will sie auch wirklich dafür sterben?

Die Tür öffnet sich. Bailong erschrickt. Man hat ihnen für heute keinen Besuch angekündigt. Es ist dieser schmierige Major Tang, gefolgt von der Frau, die ihnen nie vorgestellt wurde. Ein Landsmann, bei ihrer ersten Begegnung hatten sie das noch für ein Zeichen der Hoffnung gehalten. Doch längst wissen sie, dass er der Mensch ist, der sie quälen wird. Bailong antwortet mit steinerner Miene auf die Begrüßung. Seine Frau bleibt in der Ecke des Bettes hocken.

»Ich möchte Ihnen heute ermöglichen, mit Ihrer Tochter zu sprechen.«

Bailong glaubt, nicht richtig verstanden zu haben, aber die Aussage ist glasklar. Aber wie soll das funktionieren? Jiaying hat ihnen erklärt, dass jede Nachricht ein paar Stunden bis zu ihrem Raumschiff braucht. Der Mann vor ihm lügt also.

»Freuen Sie sich denn nicht, Familie Li? Wie ist es mit Ihnen, Frau Li?«

Der Geheimdienst-Major erhält keine Antwort.

»Ich verstehe«, sagt er nach 30 Sekunden unangenehmer Stille. »Sie möchten nicht mit Ihrer Tochter sprechen. Das ist sehr schade. Ich muss Sie trotzdem bitten, Ihrer patriotischen Pflicht nachzukommen.«

Noch immer bleibt Bailong ruhig. Er verfolgt keine Strategie damit, er weiß einfach nicht, wie er am besten reagieren soll. Sein Kopf ist leer. Er hätte jetzt gern eine Handgranate. Er würde sie heimlich in seiner Hosentasche zünden. Zu gern würde er das überraschte Gesicht des

Majors sehen, wenn es knallt und er ihn mit in den Tod reißt.

»Herr Li, denken Sie bitte an die Zukunft Ihrer Tochter. Sie braucht Sie jetzt. Sie können uns vertrauen, wir wissen, was wir tun. Wenn Sie kooperieren, werden Sie Ihre Tochter in ein paar Monaten wieder in die Arme schließen können.«

Wir kommen zwar vom Land, denkt Bailong, aber für wie naiv hältst du uns eigentlich? Dieser ehrlose Mann hat keine Antwort verdient.

»Die Sache ist wirklich wichtig. Wenn Sie nicht bereit sind, mir da entgegenzukommen, müsste ich die Wichtigkeit mit schmerzhaften Maßnahmen unterstreichen.«

Shixin Tang holt ein Messer mit dunkelgrünem Griff aus seiner Hosentasche.

»Ein Standard-Messer der Volksbefreiungsarmee aus dem vergangen Jahrtausend, schon vom seligen Genossen Mao Zedong eingeführt, ein Sammlerstück.«

Der Major hält das Messer direkt vor Bailongs Gesicht und prüft mit dem Zeigefinger die Schneide.

»Oh, es ist wirklich sehr scharf, sehen Sie?«

Ein Tropfen Blut quillt aus einem schmalen Schnitt in der Fingerkuppe.

»Möchten Sie zusehen, wie ich Ihrer Frau damit einen Finger amputiere, Herr Li? Ich würde beim kleinen Finger anfangen.«

Bailong Li fängt an zu zittern. Am liebsten würde er diesem Mann das Messer entreißen und ihn damit abstechen. Aber körperlich ist er ihm unterlegen, und dann ist da ja noch diese Frau. Er würde sterben und könnte dann seine Frau gar nicht mehr beschützen.

»Gut«, sagt er leise. »Was soll ich tun?«

Das Gesicht des Majors hellt sich auf, er lächelt scheinbar freundlich.

»Wir haben eine Kamera mitgebracht, Herr Li.« Er gibt seiner Begleiterin ein Zeichen, und sie beginnt, ein Stativ aus einem mitgebrachten Rucksack zu nehmen und aufzubauen.

»Und für Sie habe ich hier einen Text, den Sie Ihrer Tochter freundlicherweise vorlesen. Sie können ihn gern ergänzen, erklären, dass es Ihnen gut geht, dass Sie schöne Tage in der Karibik verbringen und so weiter. Ich brauche Ihnen nicht zu sagen, dass wir uns vorbehalten, die Botschaft dann noch zu bearbeiten.«

Der Major hält ihm ein mit chinesischen Zeichen bedrucktes Blatt entgegen. Bailong nickt und nimmt es ihm ab. Er sieht zu seiner Frau, die von den Vorgängen nichts mitzubekommen scheint. Vielleicht ist es besser so, denkt er. Wie kann er Jiaying bloß mitteilen, dass sie sich auf keinen Fall um das Gesagte kümmern soll? Dass sie an ihre eigene Zukunft denken soll, nicht an die ihrer alten Eltern? Dass sie sich nicht zur Mörderin machen lassen darf?

»Sie werden es ja gleich selbst lesen, aber ich muss mich noch bei Ihnen für den dummen Scherz entschuldigen, mit dem ich Sie letztes Mal verlassen habe. Auf keinen Fall fordern wir von Ihrer heldenhaften Tochter, dass Sie zur Mörderin wird. Ich war der dummen Meinung, dass Ihnen klar sein müsste, dass die Partei das Gewissen jedes einzelnen Mitglieds achtet. Später fiel mir dann ein, dass mein Scherz angesichts der Umstände womöglich doch von Ihnen ernst genommen worden sein könnte. Ich entschuldige mich dafür.«

Bailong glaubt ihm kein Wort. Anscheinend eine Planänderung. Das Schicksal seiner Tochter ist denen doch egal.

»Nun gut. Lining, bist du so weit?«

Der weibliche Offizier nickt.

»Setzen Sie sich hier hin und sprechen Sie in die Kamera.« Shixin Tang zeigt auf einen Stuhl, der anderthalb Meter vor dem Kamerastativ steht. Bailong folgt dem Befehl.

»Aufnahme läuft«, sagt die Frau.

Bailong dreht den Zettel noch einmal um. Die Rückseite ist leer. Dann beginnt er zu lesen.

»Liebe Tochter. Deine Eltern sind wohlauf. Wir sind Gäste der amerikanischen Regierung und der Partei. Wir wissen, dass dich eine schwere Aufgabe erwartet, und durch unseren Aufenthalt hier haben wir das Privileg, jeden deiner Schritte direkt mitverfolgen zu können. Dein Schicksal ist unser Schicksal, wie sich das für eine gute Familie gehört. Indem du die Aufgabe erfüllst, garantierst du das Überleben der Menschheit, und natürlich auch das Leben deiner Eltern.«

Bailong muss kurz absetzen, weil ihm Schweiß in die Augen gelaufen ist. Er wischt mit dem Handrücken über sein Gesicht.

»Du wirst dich, wenn die Landefähre zu Io unterwegs ist, mit der ILSE erneut auf den Weg zu Enceladus machen. Dort wirst du das Virus, das du im Labor gemeinsam mit Watson erzeugst, mit Hilfe der Valkyrie in den unterirdischen Ozean einbringen. Anschließend begibst du dich zurück zu Io, nimmst deine Freunde wieder auf und kehrst zur Erde zurück. Die Reise zu Enceladus werden wir als Fehlfunktion der Watson-KI deklarieren, du wirst deinen Freunden gegenüber unschuldig sein.«

Bailong legt das Blatt ab und blickt den Major an. »Und das funktioniert so?«

Shixin Tang sieht ihn streng an wie einen ungehörigen Schüler. »Natürlich, wenn es doch da steht. Lesen Sie noch den Rest.«

»Das chinesische Volk wird dir für die getreuliche Pflichterfüllung für immer dankbar sein. Du wirst zu den großen Helden des Volkes gehören, an die man sich auch in tausend Jahren noch erinnert. Und du wirst damit deine Eltern so stolz machen, wie Eltern es nur sein können.«

Ach Jiaying, denkt Bailong, ich hoffe sehr, dass du weißt, wie stolz deine Eltern auf dich sind. Und wie stolz wir schon waren, bevor du zur Armee gegangen bist. Wie stolz es uns gemacht hat, wenn das kleine Mädchen mit offenen Armen auf uns zu gelaufen ist.

»Wir sehen uns nach deiner Landung auf der Erde und freuen uns sehr darauf. Deine Eltern.«

Bailong lässt das Papier fallen, als sei es plötzlich heiß geworden. Der Text, den er gerade gelesen hat, kommt ihm so verlogen vor, dass es ihn ekelt. Und er hat ihm noch seine Stimme geliehen. Aber hätte es etwas geändert, wenn er sich geweigert hätte?

Die Frau erhebt sich und nimmt den Zettel auf. Sie prüft die letzten Sätze, anscheinend um zu kontrollieren, ob er auch alles vorgelesen hat. Dann tritt sie zur Kamera und drückt einen Knopf.

»Aufnahme abgeschlossen«, sagt sie.

»Überprüfen Sie bitte die komplette Aufzeichnung«, fordert der Major. »Nicht dass wir noch einmal zurückkommen müssen.«

Für zehn Minuten herrscht Stille.

»Bild und Ton sind sehr gut«, sagt die Frau dann und beginnt, die Ausrüstung zusammenzupacken.

»Sehr gut, packen Sie ein, dann verschwinden wir. Die Enge hier macht mich depressiv.« Shixin Tang beginnt, in dem kleinen Zimmer umherzulaufen. Nach einer Minute bleibt er vor dem alten Mann stehen.

»Ich verabschiede mich. Ich hoffe nicht, dass wir uns wiedersehen, es wäre jedenfalls zu Ihrem und zu meinem Besten.«

Zum ersten Mal heute gibt Bailong dem Major recht.

FÜNF MINUTEN später sind Tang und seine Assistentin verschwunden. Bailong setzt sich zu seiner Frau auf das Bett. Er streichelt ihre Wange.

»Sie sind weg.«

Sie reagiert nicht. Bailong seufzt. Was soll er von dem Versprechen halten, das die Botschaft an seine Tochter enthält? Wie realistisch ist es, dass sie wohlbehalten wieder auf der Erde landet? Er weiß zu wenig über die Raumfahrt, um das einschätzen zu können. Hätte er sich doch bloß stärker dafür interessiert! Und was passiert, wenn Jiaying den Plan erfolgreich umsetzt? Der Text sprach von einem Virus, das sie auf Enceladus aussetzen soll. Ein Virus, das dem Wesen dort gefährlich sein könnte? Will man seine Tochter doch zur Mörderin machen? Er kann nur hoffen, dass sie die richtige Entscheidung trifft.

28. Februar 2047, ILSE

Es ist doch immer dasselbe, denkt Martin. Da holt sich jemand Werkzeug aus dem Koffer und legt es nicht zurück. Ist das denn so schwer? Er sieht sich in der Werkstatt um. Liegt die Rohrzange vielleicht in einem anderen Fach, oder hat sie jemand hinter einen der Befestigungsriemen geklemmt? Er öffnet die Metallklappen des Staumoduls vor ihm, eine nach der anderen. Im untersten Fach, natürlich, eine Rohrzange. Es ist allerdings nicht die, die in den Montagekoffer gehört. Martin findet kyrillische Buchstaben, Marchenko muss sie mitgebracht haben. Aber egal. Er befördert sie mit einem gezielten Wurf in den Werkzeugkoffer, der nun wieder komplett ist.

Das ist jedenfalls seine Absicht. Doch seit gestern fliegt die ILSE wieder im freien Fall. Der Habitatring dreht sich wieder und erzeugt so in den Kabinen Ersatz-Schwerkraft, doch hier in der Drehachse herrscht Schwerelosigkeit. Und statt im Werkzeugkoffer liegen zu bleiben, führt die Zange einen elastischen Stoß aus und bewegt sich dann in eine andere Richtung. Sogar der Werkzeugkoffer beginnt, sich auf die Reise zu machen. Schnell greift Martin zu, so lange noch alles in Reichweite ist. Er ärgert sich; vorhin hat er sich schon am Schott des Habitatrings den Kopf gestoßen, weil er sich nicht schnell genug umgestellt hatte.

Die Kommandantin hat ihm den Auftrag gegeben, das Landemodul einsatzbereit zu machen. Zuerst wird er alle Innen-Installationen überprüfen. Sie können unterwegs keine unerwarteten Zwischenfälle gebrauchen. Um die Landebeine wird er sich dann gemeinsam mit Hayato kümmern. Noch hat er keine Idee, wie sie die Ersatz-Konstruktion von Titan durch eine haltbare Alternative ersetzen können, aber ihnen wird schon noch etwas einfallen. Er hat sich für das Ende seiner Schicht mit dem Japaner verabredet.

Das Landemodul ist am CELSS angekoppelt und von diesem aus durch eine Luftschleuse erreichbar. Martin nimmt den Werkzeugkoffer in die linke Hand; kurz ist er verblüfft, wie leicht er sich anfühlt. Trotzdem spürt man, dass eine gewisse Masse an Metall darin steckt, denn es ist Kraftaufwand nötig, um ihn in Bewegung zu versetzen und dann wieder abzubremsen. Bisher hat er keine Schwierigkeiten gehabt, sich auf die Besonderheiten der Schwerelosigkeit einzustellen, doch diesmal muss er bei vielen Handgriffen erst einmal nachdenken. Er wird wohl alt, oder die kosmische Strahlung hat sein Denkvermögen beeinträchtigt.

Er öffnet das Schott, hinter dem die Drehachse des Habitatrings liegt. Hier ist es immer windig, weil sich durch die Drehung ein Druckunterschied aufbaut. Martins verbliebene Haare werden durcheinandergewirbelt, und es gibt keine Schwerkraft, die sie wieder anlegen würde. Jiaying hat ihm dann immer über den Kopf gestreichelt und ihn angelächelt. Er spürt einen Stich in der Brust, wenn er daran denkt. Eigentlich müsste sie gerade ebenfalls Schicht haben. Laut Dienstplan ist sie für den Garten eingeteilt. Er wird ihr also begegnen müssen, das hat er nicht bedacht. Das Gartenmodul beginnt ein Stück hinter dem Habitatring. Vorsichtig schiebt er das Eingangsschott zur Seite. Wenn sie sich gerade im rechten Gang befindet, kann er vielleicht um sie herum schleichen, ohne bemerkt zu werden. Jiaying hört bei der Arbeit gern mit Ohrhörern Musik.

Martin steckt den Kopf erst in den linken Gang, dann in den rechten. Es ist niemand da. Er ist erleichtert, dass er zumindest diesmal kein Wort mit ihr wechseln muss. Vielleicht hat sie ja den Dienst verpasst oder getauscht?

Er prüft mit einem langen Blick, ob im Garten alles in Ordnung ist. Tatsächlich scheint das Gleichgewicht gerade gut zu funktionieren, es stinkt nicht einmal allzu sehr. Es sieht alles danach aus, als würden sie bald wieder frischen Salat, Karotten oder Kartoffeln essen können. Martin läuft durch den rechten Gang und sieht sich alle Pflanzen an. Wer immer die letzte Schicht hatte, hat jedenfalls sauber gearbeitet. Er findet keine braunen Stellen, nicht einmal Flecken danebengegangener Nährflüssigkeit, wie Francesca sie manchmal hinterlässt.

Er nähert sich dem Eingang zum Landemodul. Das Schott ist offen! Das darf eigentlich nicht sein. Derzeit dürfte es nicht einmal mit Luft gefüllt sein. Vielleicht versucht Hayato bereits, aus der Kabine des Moduls heraus eine Lösung für die Landebeine zu finden. Hofft er dort auf Inspiration? Martin kann das gut nachvollziehen, denn genau darum hat er sich entschlossen, zunächst einmal das Innere der Kapsel zu inspizieren. Er späht vorsichtig um die Ecke und zuckt zurück. Da kniet jemand mit dem Rücken zu ihm auf dem Boden und montiert etwas. Der Boden der Kapsel ist mit Metallplatten belegt, die sich abschrauben lassen. Darunter befinden sich diverse kleinere Geräte, Elemente der Lebenserhaltung, Sensorik und so weiter, Martin müsste die technische Dokumentation studieren, um alles aufzählen zu können. Die Person, die sich gerade daran zu schaffen macht, ist eindeutig nicht Hayato. Martin bleibt stehen, versucht leise zu atmen und schnell nachzudenken. Was hat Jiaying hier zu suchen? Soll er sie damit konfrontieren? Lässt er sie besser in Ruhe und stimmt sich erst mit den anderen ab? Er ist unsicher. Vielleicht macht er nun wirklich alles kaputt, wenn er jetzt sein Misstrauen zeigt? Woher weiß er denn, ob Jiaying nicht einen Auftrag bekommen hat, von dem man ihm nicht berichtet hat? Sie ist zwar eher Biologin und Chemikerin als Technikerin, aber während der Ausbildung haben alle gelernt, wie man die lebenswichtigsten Anlagen repariert.

Langsam geht er rückwärts. Er wird jetzt kein Drama daraus machen. Sicher geht alles mit rechten Dingen zu. Er sucht die Toilette auf, dann wird er mit lautem Getöse zurückkommen und Jiaying die Chance geben, alles aufzuklären. Das scheint ihm ein guter Plan zu sein.

ZEHN MINUTEN später ist er wieder da. Er schlägt das Schott vor dem Eingang des Gartens extra laut zu. Jiaying arbeitet gerade im linken Gang des Gartens. Sie blickt neugierig in seine Richtung, doch als sie realisiert, wer da kommt, sieht sie nach unten auf ihre Arbeit.

»Hallo Jiaying«, sagt er.

»Hallo.«

»Irgendetwas Besonderes? Du hast Schicht im Garten?«

»Wie du siehst. Bin aber gleich fertig.«

»Na dann gute Nacht.«

»Dir auch«, sagt sie, und kurzzeitig hat er das Gefühl, dass da mehr Wärme in ihrer Stimme war, als sie zulassen wollte. Er geht in Richtung Landemodul und dreht sich nicht um. Er wäre bloß enttäuscht, weil sie ihm garantiert nicht nachsieht.

Die Schleuse ist jetzt zu. Die Anzeige verrät ihm, dass der Luftdruck dahinter normal ist. Offenbar hat Jiaying nicht versucht, ihre Spuren zu verwischen, indem sie den Duck ablässt. Das Schott fährt quietschend zur Seite, und Martin betritt den Lander. Er sieht sich um, betrachtet die drei Sessel. Einer fehlt, so wie der Crew ein Mitglied fehlt. Hier haben sie der ersten Landung auf einem außerirdischen Mond seit langer Zeit entgegengefiebert. Francesca hat sie sicher nach unten gebracht, auch zur Titan-Oberfläche, dann schon zu dritt. Sie werden nie wieder zu viert irgendwo landen können. Es sei denn auf der Erde, am Ziel ihrer Reise, wo man sie mit den bewährten Raumkapseln der Russen oder der Chinesen abholen wird. Das Landemodul ist für eine so dichte Atmosphäre wie die der Erde ungeeignet.

Martin, nicht träumen, du hast zu tun, sagt er sich. Er geht die Checkliste durch. Das schafft er unmöglich in einer einzigen Schicht. Aber was hatte Jiaying hier zu tun? Er stellt sich die Szene vor und versucht, die Stelle wiederzufinden, an der sie gearbeitet hat. Fünf Schritte in diese Richtung, das hat er sich eingeprägt. Er dreht sich um, die Entfernung passt. Martin hockt sich hin. Die dicken

Bodenplatten sind mit versenkbaren Schrauben befestigt. Er sucht im Werkzeugkoffer nach dem passenden Schlüssel und findet mit einem Griff die richtige Größe. Keine Kunst, wenn der Koffer ordentlich eingeräumt ist. Jiaying hat die Schrauben ordentlich fest angezogen. Sie muss sich ziemlich beeilt haben, oder sie war schon fast fertig, als er sie beobachtet hat. So, die letzte Schraube, dann kann er die Platte abnehmen. Er gibt acht, dass sie nicht davonschwebt.

An dieser Stelle ist der Hohlraum erstaunlich groß. So viel Platz ist fast nirgendwo sonst im Unterboden. Er nimmt die Taschenlampe aus dem Werkzeugkoffer und leuchtet in die quadratische Öffnung. Ein paar Kabel direkt unter der Oberfläche verdecken die Sicht auf… ja, was ist das denn? Martin ist verblüfft. Das Gerät, das er gerade entdeckt hat, gehört definitiv nicht hierher. Entweder hat Jiaying eines der beiden Ersatzgeräte hier installiert oder ein in Benutzung befindliches irgendwo abgeschraubt, ohne dass Watson es gemerkt hat. Vermutlich ersteres. Er leuchtet es mit der Taschenlampe von allen Seiten an. Es ist nicht mit der Umgebung verbunden, einfach nur mit zwei Kabelschlingen befestigt, sodass es nicht herumfliegen kann. Eigentlich mag Martin Neumaier ja technische Rätsel, aber nicht, wenn sie von seiner Ex-Freundin gestellt werden. Die Frage lautet: Warum installiert Jiaying einen Sauerstoff-Generator im Lander?

ACHT STUNDEN später hat Martin etwa ein Drittel seiner Arbeit geschafft. Hayato kommt natürlich absolut pünktlich; sie setzen sich in die Sessel, in denen sie schon so manche Landung miteinander erlebt haben.

»Wie geht es dir?«, fragt Hayato.

»Gut. Und dir?«

»Auch gut.« Hayato muss lachen. Martin sieht ihn fragend an.

»Wenn Amy unser Gespräch mit angehört hätte …«

Martin nickt. Er weiß genau, was der Freund meint. Das kann nur ein Mann verstehen. Freund, denkt er, ich bezeichne ihn in Gedanken schon lange nicht mehr als Kollegen. Darum geht es doch.

»Ich habe mir mal ein paar Gedanken zu den Landebeinen gemacht«, sagt Hayato.

»Einen Moment noch, ich muss dir etwas Seltsames berichten.« Martin erzählt, wie er Jiaying beobachtet und was sie in den Lander eingebaut hat.

»Dort hinten.« Er zeigt auf die Stelle.

Hayato scheint nachzudenken. »Ein Sauerstofferzeuger. Das ist ja erstmal keine Bombe oder so. Damit kann sie uns nicht umbringen wollen. Außerdem, wenn genug Platz ist, warum nicht? Es schadet jedenfalls nicht, einen an Bord zu haben.«

»Das mag sein«, entgegnet Martin. »Aber warum macht sie es heimlich? Warum sagt sie nichts?«

»Ein Geburtstagsgeschenk? Eine Überraschung? Hast du ihr mal gesagt, dass du auf Sauerstoffgeneratoren stehst?«

»Ha-ha.«

»Zutrauen würde ich es dir.«

»Nein, Hayato, das ist definitiv kein Geschenk für mich, leider.«

»Ich sehe jetzt wirklich kein Problem damit. Also sollten wir auch keines daraus machen. Es geht ihr sowieso nicht gut.«

»Also belassen wir es dabei? Wir könnten Marchenko ins Vertrauen ziehen.«

»Und der erzählt es Francesca, die berichtet es Amy, dann können wir gleich eine Konferenz zu dem Thema machen.«

»Gut, Hayato, dann lass uns jetzt über die wichtigen Dinge sprechen.«

5. März 2047, ILSE

Jiaying schwitzt, sie tritt in die Pedale, als müsse sie ein Wettrennen gewinnen. Sie versetzt sich in ihre Schulzeit zurück, sieht den Sportlehrer, der zum Start des 400-Meter-Laufs pfeift. Sie erwischt nicht den optimalen Moment. Ihre große Konkurrentin, sie hat ihren Namen vergessen, ist ihr zwei Schritte voraus. Jiaying keucht. Sie muss das Mädchen einholen. Im vergangenen Jahr hat sie sie noch mühelos schlagen können, doch seitdem ist sind ihre Beine um fünf Zentimeter gewachsen. Bei Jiaying hingegen hat der Wachstumsschub noch nicht eingesetzt. Das ist so ungerecht! Sie versucht, den Nachteil durch mehr Anstrengung auszugleichen, doch sie bleibt immer weiter zurück. Es kommt auf diesen einen Lauf an, danach wird der Sportlehrer entscheiden, wer für ihre Klasse an der Schulmeisterschaft teilnehmen darf. Jiaying strengt sich so sehr an, verkürzt den Abstand auf den letzten Metern, aber trotzdem wird sie nur zweite. Ein Glück, dass ihr Vater hinter der Ziellinie steht. Statt sich auszulaufen, wirft sie sich ihm keuchend in die Arme und weint. Sch, sch, beruhigt er sie, sie zittert, doch er lässt sie nicht los, bis sie sich beruhigt hat, und dann legt er ihr seine wertvolle Jacke um die Schultern, die er nur zu den Politschulungen anzieht.

Der Schweiß in Jiayings Gesicht vermischt sich mit Tränen; salzige Flüssigkeit läuft über die Atemmaske, und sie ist froh, dass niemand sie beobachtet, während sie vor dem Ausstieg ins All über eine Maske reinen Sauerstoff atmet und gleichzeitig mit viel körperlicher Anstrengung den Stickstoff aus ihrem Blutkreislauf verbannt. Sie ekelt sich ein bisschen vor sich selbst, am liebsten würde sie kurz unter die Dusche springen, doch sie trägt schon das MAG, das »Maximum Absorption Garment«, von den Astronauten auch Windel genannt, und gleich wird sie in die temperierende Elastan-Unterwäsche des LCVG steigen, in das »Liquid Cooling and Ventilation Garment«.

Sie wird die EVA, den Weltraumausflug, zusammen mit Martin durchführen, hat allerdings darum gebeten, sich so weit es geht allein vorbereiten zu dürfen. Es sei ihr peinlich, so halb nackt vor dem Ex-Freund zu stehen, hat sie der Kommandantin gesagt, und die hat ihr zwar ganz offensichtlich nicht geglaubt, das Einzeltraining aber trotzdem genehmigt. Sie hat einen besseren Fitness-Zustand als Martin, also wird er nach ihr dran sein, und sie darf dann im Airlock auf ihn warten. Dort lagert auch schon der Raumanzug, der EMU. Sie hat sich vor dem Ausstieg freiwillig drei Tage lang um die Reinigung der vorhanden EMUs gekümmert, um den nach so häufigem Gebrauch unvermeidbaren Geruch zumindest zu verringern.

Mit der Sauerstoffflasche im Gepäck schwebt sie durch das Raumschiff, bis sie am Airlock im hinteren Teil des

Schiffes ankommt. Hayato erwartet sie hier, er muss ihr helfen, in das LTA zu schlüpfen, den weichen unteren Teil des Anzugs. Das Oberteil aus Fiberglas, der HUT oder »Hard Upper Torso«, liegt im Airlock. Hayato steht bereit, falls sie Hilfe brauchen sollte. Sobald sie das Oberteil geschlossen hat, kann sie den Luftdruck herunterregeln, der beim Ausstieg nur noch halb so groß wie auf dem Schiff sein wird.

Sie ist gerade dabei, an dem Steuerrechner an ihrem Handgelenk die nötigen Einstellungen vorzunehmen, als auch schon Martin eintrifft. Hat sie wirklich so lange gebraucht? Sie sollte ein bisschen mehr trainieren, im Ernstfall können Sekunden entscheiden. Martin braucht mit Hayatos Hilfe genau acht Minuten, dann ist er ebenfalls ausstiegsbereit. Hayato schließt die Schleusentür. Er gibt ihnen ein letztes Handzeichen, dann blinken zwei rote Lämpchen, und die Luft wird abgepumpt. Hayato kontaktiert sie über den Helmfunk.

»Alles bereit, Außenteam?«

»Bereit zu EVA«, antwortet Jiaying. Martin brummelt irgendetwas, was sich nicht wie ein Widerspruch anhört. Also lässt Hayato von Watson die Klappe nach draußen öffnen. Es hat etwas von einem Hühnerstall, der jetzt zum Freilauf geöffnet wird, findet Jiaying. Sie hat als Kind gern in dem kleinen Garten die Klappe des Hühnerstalls geöffnet. Beim Übergang in das helle Licht der Sonne blieben die Hühner immer eins nach dem anderen kurz stehen. Und auch Martin, der als erster ausgestiegen ist, zögert, sodass sie ihn aus Versehen anstößt.

»Nicht so schnell, junge Frau«, sagt er bemüht fröhlich. Er dreht sich nach ihr um und kontrolliert, ob sie die Halteleine eingehakt hat.

»Was ist los, warum gehst du nicht weiter?«

»Nun lass mich doch kurz die Aussicht genießen.«

Jiaying hat nicht daran gedacht, dass er nicht schwindelfrei ist. Dann tritt Martin zur Seite, und sie sieht selbst das unglaubliche Panorama vor sich. Nach oben und nach unten und nach vorn, überallhin erstreckt sich das Nichts. Richtungen verlieren ihren Sinn. Es ist beängstigend und großartig zugleich. Jiaying stellt sich vor, wie es wäre, Höhenangst zu haben. Es muss grausam sein. Auf der Erde geht es nur in eine Richtung nach unten, hier überall. Wenn sie nicht aufpassen, werden sie schnell selbst zu einem Himmelskörper, gravitationell nur an die Sonne gebunden.

»Alles okay bei dir?«

»Ja, danke«, antwortet Martin. Gut, dass er nicht zurückfragt. Sie versucht, Jupiter zu finden. Dahinten muss er sein. Der riesige Gasplanet wirkt unscheinbarer, als sie erwartet hatte.

»Warum mussten wir die EVA gleich jetzt machen? In ein paar Wochen hätten wir einen schöneren Blick auf Jupiter«, sagt sie.

Hayato antwortet über Funk. »Dann müssen wir aber längst bremsen. Das wäre eine elende Kletterei für euch geworden, so gegen die Trägheitskraft.«

Der Auftrag lautet, dem Lander ein neues Landegestell zu geben. Hayato und Martin haben kurz erklärt, was sie vorhaben: Sie werden einen der Lastcontainer zweckentfremden, der mittschiffs auf der Außenhaut befestigt ist. Er wird unter das Landemodul geschnallt, und zwar so, dass man ihn vor dem Rückstart des Landers von Io leicht lösen kann. Die Blechkiste bleibt dann also für immer und ewig auf dem Mond. Für die herrschende Schwerkraft ist sie stabil genug, hat Watson ausgerechnet.

Ausgerechnet Watson, denkt Jiaying. Wenn sie wüssten, wie wenig sie sich auf die KI verlassen können. Sie seufzt. Wenn sie wüssten, wie wenig sie sich auf sie verlassen können.

Martin zieht an ihrer Leine. Er hat Recht, die Arbeit wartet nicht. Sie müssen den Container entleeren. Was an Bord gebraucht wird, bringen sie ins Airlock, was nicht, müssen sie irgendwie an der Außenhaut festmachen. Marchenko hatte die Idee, dazu die Spider zu nutzen, die mit ihrem schnell härtenden Kleber sonst kleine Meteoriteneinschläge verschließen. Der Klebstoff kann natürlich auch Dinge festhalten, die man vielleicht irgendwann noch einmal braucht. Jiaying hat vorgeschlagen, soviel wie möglich ins Raumschiff zu bringen und dann im Gartenmodul zu lagern. So könne man sich vielleicht einen gefährlichen weiteren Ausstieg ersparen. Ab und zu werden eben doch Ersatzteile aus den äußeren Containern gebraucht.

Sie darf nicht so viel grübeln. Martin hat schon fünf Meter Vorsprung. Er zeigt mit dem Arm auf den Container, der aussieht wie eine überdimensionale Frühstücksdose.

»Die zusätzlichen Rippen an den Seiten schaffen Stabilität«, erklärt er ihr ungefragt. Dann öffnet Martin eine Klappe an der Stirnseite.

»Schaffen wir das Zeug alles raus.«

In der großen Kiste befinden sich überraschend viele kleinere Kisten. Anhand eines Strichcodes verrät ihnen Watson, was sich jeweils darin befindet. Dann macht die KI Vorschläge, ob an Bord dafür Bedarf besteht oder die

Kiste draußen festgeklebt werden soll. Wann immer es geht und es ihr sinnvoll erscheint, versucht Jiaying, Vorräte in die Luftschleuse zu schaffen. Nach gut zwei Stunden ist der Container leer.

»Jetzt müssen wir damit halb um das Schiff herum«, erklärt Martin, obwohl sie sich noch gut an das Briefing erinnert. Er ist so ein Klugscheißer. Jiaying lächelt.

Ohne Schwerkraft ist der Container zwar nicht schwer, aber immer noch sperrig. Martin löst nach Watsons Anweisung die Andockklammern. Dann manövrieren sie die riesige Kiste an ihren Bestimmungsort. Umzugsservice Li und Neumaier, denkt Jiaying. Die Arbeit macht ihr überraschend viel Spaß. Einmal nicht herumsitzen müssen! Aber das war nicht der Grund gewesen, warum sie darum gebeten hatte, bei der EVA dabei zu sein.

Ihr wahres Motiv hat sie sich für den Schluss aufgehoben. Der Schluss, das Ende, das ist das, was gleich kommt, wenn Martin die Befestigungen am Landemodul schließt. Der Lander kann seine Funktion wieder erfüllen, der Job ist getan. Sie können wieder einsteigen. Oder auch nicht. Jiaying hat sich das lange durch den Kopf gehen lassen. Sie hängt die Sicherheitsleine nicht ein. Statt in das Airlock springt sie in die Sonne. Niemand wird sie je wiederfinden. Ihre Eltern werden überleben, sie sind ja nicht mehr nützlich, das hofft sie jedenfalls, und sie muss ihre Freunde nicht verraten. Sie hat es bisher nicht geschafft, sich zu entscheiden. Denn auch wenn sie nicht mehr da ist, ist die Crew nicht sicher. Man hat sie gewarnt, dass Watson manipuliert wurde. Wird Marchenko die umgedrehte KI im Zaum halten können? Kann sie ihren Freunden besser helfen, wenn sie an Bord ist?

Sie weiß es nicht. Aber was sie weiß, ist: Es ist so

schwer auszuhalten, sich selbst ins Abseits zu stellen. Sie hat gedacht, es würde ihr den Abschied erleichtern, wenn sie mit Martin Schluss macht, aber das Gegenteil ist der Fall. Sie spürt die Wärme zwischen den Kollegen, aus denen Freunde geworden sind, und sie spürt die wachsende Kälte zwischen sich selbst und den anderen, die sich ihr zunehmend aufs Gemüt legt. So viel schlimmer kann die Kälte des Alls nicht sein, in die sie sich mit einem kleinen Sprung retten kann.

Jetzt. Jetzt gleich. Sie folgt Martin zum Airlock. Er dreht sich immer wieder nach ihr um. Ahnt er etwas? Oder wundert er sich bloß, dass sie so langsam ist? Wie gut kennt er sie wohl? Sie hofft, dass er sie nicht richtig kennengelernt hat, und gleichzeitig möchte sie das Gegenteil. Er hat sie schon einmal gerettet.

Martin beginnt, in das Airlock zu klettern. Er gleitet nicht einfach hinein, wie es die fehlende Schwerkraft erlauben würde, er klettert mit den Füßen voran und mit dem Oberkörper ihr zugewandt nach unten, sodass er sie nicht aus dem Blick verliert. Jiaying spürt den Druck der Entscheidung, vor der sie steht. Sie muss vor seinen Augen abspringen. Er wird merken, dass es Absicht ist und kein Unfall. Sie verzögert ihre Schritte. Sie will springen und sie will bleiben. Sie hat vielleicht noch fünf Sekunden. Vier, drei, zwei, sie zählt in Gedanken mit, und dann gibt sie sich einen kleinen Schubs, sodass sie direkt in das Airlock segelt. Sie kann sich nicht vor Martins Augen umbringen.

»Du wolltest springen«, sagt er, als sie nach dem Schließen des Airlocks die Klappe ihres Helmes öffnet und niemand anders zuhören kann. Sie kneift die Lippen zusammen und antwortet nicht. Dann muss sie sich umdrehen.

12. März 2047, ILSE

Mit einem Seufzen setzt Martin sich auf die Toilette. Hier im WHC, dem Waste Hygiene Compartment, kann er seltsamerweise am besten nachdenken, obwohl die Einrichtung bei weitem nicht so komfortabel wie auf der Erde ist. Auf der Toilette sitzt es sich sogar ausgesprochen unbequem. Zwar haben sie durch die Rotation des Habitatrings gerade so etwas wie Schwerkraft, doch das Klo muss auch in der Schwerelosigkeit funktionieren. Das Loch, in das er treffen muss, ist klein, weil seine Exkremente von unten her mit Unterdruck abgesaugt werden. Momentan zieht zwar der Luftdruck nicht an seinem nackten Hinterteil, weil alles auf natürliche Weise nach unten fällt, doch das Loch ist dadurch nicht größer und der Sitz nicht bequemer. Immerhin muss er seine Oberschenkel nicht separat anschnallen. Trotz allem ist das WHC der Ort, wo er am schnellsten Klarheit bekommt, wenn er Probleme wälzt. Im Bett dreht er sich bloß von einer auf die andere Seite, während das Problem wächst und wächst, statt allmählich zu schrumpfen.

Bei dem Weltraumspaziergang in der vergangenen Woche hat er es Jiaying angesehen. Sie hat seine Vermutung zwar nicht bestätigt, doch er ist sicher, dass er sich nicht irrt. Sie wollte sich umbringen. Er hatte sich schon darauf vorbereitet, hatte seine Leine verlängert und alle Muskeln angespannt, um ihr hinterher springen zu können. Er hätte sie vermutlich noch zurückholen können, so wie damals, bei dem Unfall beim Hinflug. Sie hat es nicht fertiggebracht, es vor seinen Augen zu tun. Das ist schön, und doch macht es ihm Angst, denn er kann sie nicht immer beobachten, sie ist sogar sehr oft allein, weil sie sich immer noch von allen fernhält.

Was hat sie nur so verändert?

Martin lässt die Tage seit dem Abflug von Enceladus Revue passieren. Bis Anfang Februar war Jiaying noch ganz normal. Sie fühlte sich erschöpft und wollte nach Hause, aber es ging allen so. Dann, um den siebenten oder achten Februar, hat sie ihn Knall auf Fall abserviert. Martin grübelt, ob er etwas übersehen hat. Fällt ein Mensch, fällt Jiaying, so eine Entscheidung wirklich von jetzt auf gleich? Hätte er nicht merken müssen, dass sie sich allmählich von ihm entfernt? Er hat sich mit ihr immer wohl gefühlt. Muss er sich nun eingestehen, dass er sie gar nicht richtig gekannt hat? Oder gab es irgendein äußeres Ereignis, das zu der Entscheidung geführt hat?

Sie zu fragen hat er schon probiert, also wird er nur mit dem Ausschlussverfahren weiterkommen. Wer kann ihm am besten dabei helfen? Es gibt jemanden auf dem Schiff, der sich perfekt an alle äußeren Ereignisse erinnern kann. Er muss Marchenko fragen – wenn es irgendeine Kausalität gibt, müsste er sie nachvollziehen können.

Er säubert sich, dann drückt er mit der rechten Hand

den Knopf, der Gebläse und Spülung in Gang setzt. Seine Ausscheidungen werden erst analysiert, dann in ihre Ausgangsstoffe zerlegt. Das enthaltene Wasser wird er vielleicht morgen schon trinken. Stickstoff-Verbindungen dienen als Dünger im Garten. Seine Knie schmerzen von der langen Sitzung. Er wäscht sich die Hände und geht zurück in seine Kabine. Die Schicht beginnt für ihn erst in zwei Stunden.

In seiner Kammer legt er sich auf das Bett. Das Licht ist gedimmt.

»Marchenko«, sagt er laut, »eine Frage hätte ich.«

Die Antwort kommt nicht sofort. Martin stellt sich vor, wie die Raum-Mikrofone die Schallwellen aufzeichnen und digitalisieren. Dann muss es irgendeine Form von Diskriminator geben, ein Programm, das feststellt, ob es sich um ein Geräusch oder Sprache handelt, das an die Spracherkennung weiterzuleiten ist. Die versucht, den Sinn zu ermitteln, um dann zu bewerten, ob der Absender einen Kommunikationsversuch mit den Schiffssystemen unternommen hat oder einfach nur mit sich selbst redet. Und wenn das Schiff tatsächlich angesprochen wurde, muss die Botschaft an die richtigen Stellen weitergeleitet werden, in diesem Fall an Marchenkos Bewusstsein, das irgendwo zwischen Quantencomputer-Modul und Hauptspeicher lauert. Martin entwickelt seit vielen Jahren Software, doch es ist auch für ihn eine seltsame Vorstellung, dass da irgendwo Marchenko steckt. Wie mag er sich die ganze Zeit beschäftigen? Schläft er auch manchmal? Ist er eher über das Schiff verteilt, oder konzentriert er sich an bestimmten Orten?

»Ja, Martin, ich bin ganz Ohr«, antwortet Marchenko nach vielleicht einer Minute.

»Ich hoffe, ich störe gerade nicht. Seit Wochen grübele und grübele ich, was Jiaying so verändert hat, komme aber zu keinem Ergebnis.«

»Das kann ich gut verstehen.« Die Antwort kommt diesmal schneller. Martin stellt sich vor, wie die diffuse Wolke, die Marchenkos Bewusstsein darstellt, näher an die Mikrofone schwebt.

»Ich dachte, du könntest mir eventuell beim Ausschluss aller äußeren Möglichkeiten helfen.«

»Wenn du das wirklich willst?«

Marchenko hat Recht. Wenn sie nichts finden, liegt es am Ende wirklich an ihm selbst, obwohl Jiaying betont hat, dass es nicht seine Schuld sei. Trotzdem, er muss es wissen, auch wenn es schmerzt.

»Ja, doch.« Er bemüht sich, seiner Stimme Festigkeit zu verleihen.

»Und was hast du für Indizien?«

»Es muss am 7. Februar gewesen sein, als sie mich …«

»Und vorher?«

»Vorher war gar nichts, oder alles wie immer. Schwer zu sagen. Keine besonderen Vorkommnisse. Kein Streit. Höchstens Diskussionen. Aber welches Paar ist schon immer einer Meinung?«

Marchenkos Lachen dröhnt aus dem Lautsprecher. »Klar«, sagt er. »Und an dem 7., wie lief es da ab?«

»Jiaying hat die Nacht zum 7. in ihrer Kabine verbracht. Sie hatte Morgenschicht, ich danach, also haben wir uns erst spät am Abend gesehen. Und dann hat sie es mir gesagt.«

»Wir haben also den Zeitraum vom Abend des 6. bis zum Abend des 7.«

»Ja, sieht so aus.«

»Moment, ich gehe alle Protokolle durch.«

Martin liegt im Halbdunkel und dreht Däumchen. Er hofft sehr, dass Marchenko etwas findet. Nur wenn es eine Ursache gibt, kann auch ein Gegenmittel existieren.

»Also …«, meldet sich Marchenko wieder. »Im fraglichen Zeitraum sind in den offiziellen Logs keine besonderen Vorkommnisse vermerkt. Jemand hat die Spider zu Schiffsreparaturen losgeschickt, es gab ein kleines Stickstoff-Leck im CELSS, Mission Control hat ein Status-Update angefragt, und das WHC im dritten Sektor war verstopft und musste für zwei Stunden vom Netz. Die Kommandantin hat Jiaying für die Reinigung eingeteilt, weil sie gerade verfügbar war. Unangenehm, aber nichts, was sie besonders belasten dürfte.«

Martin seufzt.

»Aber langsam, ich bin noch nicht fertig. Ich bin auch die Löschprotokolle durchgegangen. Es ist unüblich, Log-Einträge zu löschen, deshalb sind sie eigentlich fast immer leer. Das letzte Mal haben wir das gemeinschaftlich vor fast einem Jahr beschlossen, als es um Amys überraschende Schwangerschaft ging.«

Martin erinnert sich nur noch dunkel an die Diskussion. Sie waren so naiv gewesen.

»Es gibt also einen aktuellen Eintrag?«

»Genau. Am späten Abend des 6. Februar ging eine Übertragung von der Erde in Jiayings Kabine.«

Martin setzt sich auf. Er fühlt sich gar nicht mehr müde.

»Der Inhalt?«

»Keine Chance, die Nachricht ist gelöscht. Wir kennen nur Adressat, also Jiaying, und Uhrzeit, nicht einmal der genaue Absender lässt sich ermitteln.«

»Mist«, sagt Martin.

»Ein interessantes Detail noch, nein zwei. Was meinst du, wer die Autorisierung zur Löschung erteilt hat?«

»Die Kommandantin.« Es gibt keine andere Möglichkeit. Nur sie kann Löschungen anordnen. Steckt sie etwa mit Jiaying unter einer Decke?

»Richtig. Und es ist nicht die einzige gelöschte Übertragung geblieben. Zunächst hat Jiaying während ihrer Schicht am 7. Februar eine Botschaft an die Erde geschickt. Dann kam am 25. Februar eine neue Nachricht, die sie bisher nicht beantwortet hat.«

Das klingt beängstigend, aber Martin freut sich trotzdem. Es liegt vielleicht doch nicht an ihm. Irgendetwas geht da vor. Hat es mit Jiayings heimlicher Aktivität zu tun? Er beschreibt Marchenko, was er gesehen hat.

»Eine direkte Beziehung ist dabei nicht zu ermitteln«, antwortet Marchenko. »Aber es ist definitiv kein normales Verhalten.«

»Wie sollen wir weiter vorgehen?«

»Es ist grundsätzlich Sache der Kommandantin, was sie uns erzählt und was sie meint, geheimhalten zu müssen. Es gibt keine Verpflichtung zur Offenheit«, sagt Marchenko.

»Das heißt aber nicht, dass wir sie nicht zur Rede stellen dürfen.«

»Die Frage ist, ob uns das hilft. Wenn sie Befehle hat, niemanden einzuweihen, und wir konfrontieren sie damit, dann wecken wir nur schlafende Hunde. Sie werden dann vermutlich versuchen, die Spuren noch gründlicher zu verwischen.«

»Könnten sie das denn?«

»Das Löschprotokoll ist hart verdrahtet, das lässt sich

nicht so einfach entfernen, das ist eine der Sicherheitseinrichtungen. Aber wer das Ganze gebaut hat, hat vielleicht auch Ideen, wie es zu umgehen ist.«

»Und was wäre die Alternative zur Konfrontation?«

»Wir könnten versuchen, eine Übertragung zu belauschen, bevor sie gelöscht wird.«

»Sind sie nicht verschlüsselt?«

»Doch, aber es gibt immer einen Moment, in dem die Verschlüsselung aufgehoben werden muss.«

Martin nickt. »Wenn Jiaying die Nachricht ansieht.«

»Genau. Und wenn sie ihre Antwort formuliert.«

»Damit überschreitest du allerdings all deine Kompetenzen, Marchenko. Das ist eine absolute Verletzung der Privatsphäre. Nach den KI-Gesetzen könnte man dich daraufhin abschalten, das weißt du?«

»Ja, deshalb wäre es mir lieber, wir würden eine andere Möglichkeit finden. Ich traue mir zu, die Verschlüsselung zu knacken. Darauf steht nicht die Todesstrafe. Wir müssten das Signal nur irgendwie abgreifen.«

Martin überlegt. Sein Vater kontrolliert ein leistungsfähiges Radioteleskop auf der Erde. Ob er ihn um Hilfe bitten soll?

»Wir könnten meinen Vater einweihen, vielleicht sieht er da Möglichkeiten. Interplanetarer Funkverkehr gehört nicht zu meinen Spezialitäten.«

»Eine gute Idee«, sagt Marchenko. »Und bis dahin halten wir erst einmal die Füße still.«

»Ich werde ihm eine Nachricht schicken. Dann werde ich dich brauchen, um sie zu verschlüsseln.«

13. März 2047, West Virginia

Im Flur dudelt die gleiche leise Musik wie immer. Das Zimmer, in dem er gerade sein Frühstück zu sich nimmt, riecht nach Putzmittel und Bohnerwachs, wie er es gewohnt ist. Trotzdem ist Robert Millikan sehr zufrieden. Seit er wieder Kontakt zu seinem Sohn hat, verändern sich plötzlich die Dinge um ihn herum. Sicher, es ist nicht alles gut; er glaubt nicht, dass sein Sohn ihm die lange Abwesenheit so schnell verzeihen wird, verzeihen kann. Aber es ist etwas in Bewegung gekommen.

Das beste Beispiel dafür ist Mary, die Sekretärin des Besuchszentrums. Sie spricht neuerdings nicht mehr mit ihm, begrüßt und verabschiedet ihn nicht, und er muss selbst die Uhrzeit im Blick behalten, um die eintreffenden Schulklassen nicht zu verpassen. Das hat mit den beiden belegten Bagels zu tun, die er gerade aus einer Papiertüte auspackt. Georgina hat sie ihm gemacht, ganz frisch heute morgen. Sie ist Lehrerin an einem nahegelegenen College, knapp 60, und hatte ihn vor zwei Wochen mit einer Schulklasse besucht. Sie hatte so hell über seine Ungeschicklichkeit mit dem Mikrofonkabel gelacht, dass er nicht widerstehen konnte und sie zu einem Date einlud. Und nun verbringen sie immer abwechselnd einen Abend bei ihm und einen bei ihr. Wenn sein Sohn Martin wüsste, dass er das ihm zu verdanken hat!

Natürlich war er so dumm gewesen, Mary von seinem Glück zu berichten. Ihre Reaktion hatte ihn völlig überrascht. Die Neckereien, die sie ihm hinterhergerufen hatte, hatte er für Späße gehalten. Seiner Meinung nach hatte er ihr immer klargemacht, dass er kein weitergehendes Interesse an ihr hat. Aber sie wird sich schon wieder abregen. Robert zuckt mit den Schultern.

Einmal pro Woche arbeitet Robert im Control Room des Jansky Lab mit der großen Schüssel. Das passt gut, weil Georgina sich regelmäßig mit Freundinnen trifft. Das Radio-Observatorium ist zwar offiziell außer Dienst, gehört aber immer noch zu den leistungsfähigsten weltweit. Er versucht, sich in der Forschergemeinde wieder einzugewöhnen. Dort nimmt man ihn mit offenen Armen auf, schließlich bietet er die Möglichkeit, auf kurzem Weg Fragen zu klären, für die die Astronomen sonst lange Anträge stellen müssten. Realistisch gesehen ist er eine Art Messknecht, aber irgendjemand muss die Arbeit schließlich machen. Immerhin hat er die Aussicht, dass sein Name nun bald wieder in irgendwelchen Papers zu lesen sein wird, wenn auch nur am Rande.

Er sieht auf die Uhr. Er muss zur nächsten Schulklasse. Robert wickelt den halb gegessenen Bagel wieder ein, steckt ihn in die Manteltasche und läuft zum Bus. Im Foyer grüßt er Mary. Die lächelt immerhin, sagt aber nichts. Na bitte, denkt er, in ein paar Tagen ruft sie mich wieder.

Die Schüler sind gut vorbereitet. Die Lehrerin hat sie

Fragebögen vorbereiten lassen. Der Ausflug findet im Rahmen des Physikunterrichts statt. Aktuelles Thema sind elektromagnetische Felder. Die Schüler sind so eifrig dabei, ihm Fragen zu stellen, um ihre Bögen zu komplettieren, dass er gar nicht merkt, wie die Zeit vergeht. Der Busfahrer, der wohl Feierabend machen will, hupt schon ärgerlich. Dabei hat er der Klasse das Jansky Laboratory noch gar nicht gezeigt, von dem aus man alle Schüsseln steuern kann.

Er schickt die Schüler im Laufschritt durch das fast leere Gebäude. Sie zeigen sich hinreichend beeindruckt von der schweren Tür und der Isolierung. Aus Zeitgründen kann er sie nur eine Aufnahme machen lassen. Er ist nicht überrascht, dass sie sich als Ziel den Titan aussuchen. Die Schlagzeilen in den Medien über die ILSE und ihre Entdeckungen sind noch zu frisch. Einen der Artikel, der ein Bild seines Sohnes zeigt, hat er ausgedruckt und unter die transparente Schreibtischauflage geschoben. Er tippt die Koordinaten von Titan in den Computer. Er weiß alle Werte längst auswendig. Eine Schülerin steht neben ihm und zeigt auf den Artikel.

»Ist das Ihr Sohn?«

Ihm wird heiß.

»Ja, woher weißt du das? Sehen wir uns so ähnlich?«

»Nein, gar nicht.« Sie betrachtet sein Gesicht und schüttelt den Kopf. »Wirklich nicht. Aber unsere Lehrerin hat uns davon erzählt. Dass wir die Rundfahrt mit dem Vater des Astronauten machen werden.«

Robert ist schon aufgefallen, dass wieder mehr Besichtigungen gebucht werden. Gestern kam sogar ein erwachsenes Paar, das Urlaub in der Gegend machte. Aber er hatte das auf das Frühjahr und das erstaunlich gute Wetter zurückgeführt. Dass er die Attraktion sein könnte, war ihm nicht in den Sinn gekommen.

»Können wir jetzt Titan sehen?«

»Ja, Moment, natürlich. Ich hoffe, ihr seid dann nicht enttäuscht.«

Er erklärt der ganzen Gruppe, was er gleich tun und wie das Ergebnis aussehen wird. Dann müssen alle ein paar Minuten warten. Robert sieht derweil in seinem privaten Account nach, ob er neue Post hat. Er findet eine Menge Werbung, ein paar Nachfragen wegen einer Besichtigung, die er an die offizielle Adresse des Besucherzentrums weiterleitet, und eine Nachricht, für die er zunächst seinen privaten Schlüssel freigeben muss. Der Absender wollte offenbar vermeiden, dass jemand mitliest.

Die Absenderadresse sagt ihm nichts. Irgendjemand von der NASA, dessen Namen er noch nie gehört hat. Er öffnet die Nachricht, merkt, dass sie anscheinend von seinem Sohn kommt, und freut sich darüber. Doch seine Freude weicht einer gewissen Skepsis. Martin glaubt, etwas oder jemandem auf der Spur zu sein, und bittet um seine Hilfe. Jiaying verhalte sich plötzlich extrem seltsam, habe den Kontakt zu ihm abgebrochen und geheime Gespräche mit einem Dritten auf der Erde geführt. Er überfliegt die Zeilen, weil er sich gleich wieder um die Schulklasse kümmern muss.

»Wir brauchen Zugriff auf die verschlüsselte Kommunikation der ILSE mit Mission Control«, liest er. »Du musst keine Codes brechen oder dich in irgendeiner Form strafbar machen. Das einzige, worum ich dich bitte, ist: Richte die Antenne auf die jeweils aktuelle Position der ILSE. Immer, wenn eine verschlüsselte Nachricht auf der

Erde ankommt, schneide sie bitte mit und stelle sie uns kodiert zur Verfügung.«

Das ist tatsächlich nicht sehr schwer umzusetzen. Die voraussichtliche Bahn des Raumschiffs ist bekannt, er kann den Empfänger leicht entsprechend vorprogrammieren. Mit der High-Gain-Antenne kann die ILSE nicht so genau zielen, dass nur ein bestimmter Empfänger angesprochen wird – jede auf die richtige Position ausgerichtete Schüssel kann ihre Signale mitschneiden. Das gilt allerdings nur in einer Richtung.

Robert Millikan ist unsicher. So schnell kann er nicht entscheiden, ob er Martins Bitte nachkommen will. Er muss erst einmal die Schulklasse wieder nach draußen bringen. Eine halbe Stunde später ist er wieder zurück im Kontrollraum. Die Schüler haben ihm zum Abschied eine Schachtel Donuts geschenkt, bunt gemischt. Er greift zum Telefon und sagt zunächst einmal Georgina für heute Abend ab. Diese Entscheidung will durchdacht sein. Mit den Donuts wird er gut über den Abend kommen.

Dann streckt er sich in dem Metallsessel aus, der vor dem Schreibtisch mit dem Computer steht. Was ist richtig? Hat sich sein Sohn da in irgendetwas verstrickt, aus dem er nicht mehr herausfindet? Er selbst hat nie schlechte Erfahrungen mit der NASA gemacht. Warum sollte die Regierungsorganisation plötzlich eine Verschwörung ins Leben rufen?

Ein Crewmitglied, das sich plötzlich seltsam verhält, nachdem es eine verschlüsselte Botschaft bekommen hat, dahinter kann alles mögliche stecken. Vielleicht ist Jiayings Mutter gestorben, oder es ist etwas passiert, das er sich nicht einmal ausmalen kann, weil er sie zu wenig kennt. Die menschliche Fantasie reicht nicht, um menschliches

Verhalten komplett auszuloten. Diese Erfahrung hat er schon oft machen müssen. Menschen, die sich aus heiterem Himmel um 180 Grad gewendet haben, kennt er sogar persönlich, und nie steckte eine Verschwörung dahinter, wohl aber ein einschneidendes Erlebnis. Was also könnte bei der chinesischen Astronautin der Auslöser gewesen sein?

Dass Martin davon mitgenommen ist, kann er sich hingegen gut vorstellen. Die bunten Blätter hatten schon angedeutet, dass es da zu einer gewissen Annäherung gekommen sein könnte, wo immer das die Journalisten auch recherchiert haben. Vielleicht lässt der Schmerz seinen Sohn ja Zusammenhänge sehen, wo es keine gibt?

Doch selbst wenn dem so ist – was soll er ihm antworten? Robert freut sich so sehr, dass sich gerade wieder ein zaghafter Kontakt entwickelt. Wenn er die Bitte ablehnt, wie wird sein Sohn darauf reagieren? Vermutlich setzt er große Hoffnungen auf diese Nachricht. Robert kennt seinen Sohn noch zu wenig. Es gibt vielleicht nicht so viele Menschen auf der Welt, die er um Hilfe bitten kann?

Nein, Robert kann Martin diese Bitte nicht einfach abschlagen, obwohl er nicht weiß, in welche Nesseln er sich damit vielleicht setzt. Er wird sogar mehr unternehmen als das, worum er gebeten wurde – und damit hoffentlich seinen Sohn und sich selbst schützen. Zuerst holt er sich aus der NASA-Datenbank die vorgesehenen Bahndaten der ILSE. Das ist die leichteste Übung. Er übersetzt die Positionen in Steuerungsdaten für die Schüssel. Von der Erde aus betrachtet, bewegt sich das Raumschiff kaum vom Fleck, obwohl es gerade mit vielleicht 70 Kilometern pro Sekunde unterwegs ist. Die Antenne muss also täglich nur ein klein wenig justiert werden. Es handelt sich auch bei weitem nicht um die einzige Schüssel, die den Funkverkehr der ILSE belauscht – Institutionen weltweit interessieren sich dafür. Dass er dann verschlüsselte Sendungen aufzeichnet und weitergibt, daraus kann ihm auch niemand einen Strick drehen. Solange er nicht versucht, die Verschlüsselung zu knacken, gibt es kein Problem. Dass sein Sohn das versuchen wird, kann er ja nicht wissen.

Millikan fallen noch zwei andere Wege ein, wie er seinem Sohn vielleicht helfen kann.

Zuerst Devendra Singh Arora, der indische Astronaut, der während des Trainings einen Unfall hatte und nun CapCom der ILSE-Mission ist, also derjenige, der mit den Astronauten an Bord spricht. Er hat mit dem Inder schon mehrfach korrespondiert und ihm wichtige Hinweise geben können. Bestimmt genießt er längst sein Vertrauen. Falls es wirklich eine Verschwörung innerhalb der NASA geben sollte, wäre Devendra als ehemaliger Kollege sicher der letzte, der daran teilnimmt. Auf ihn kann er sich also wohl verlassen.

Robert beginnt, dem Inder eine Nachricht zu schreiben. Er schwankt zunächst, wie stark er ihn einweihen soll, beschließt dann aber, bei der kompletten Wahrheit zu bleiben. Sonst läuft er Gefahr, an einem wichtigen Punkt plötzlich Glaubwürdigkeit einzubüßen. Also schildert er zunächst, was sein Sohn gesehen und bemerkt hat.

»So weit die Aussagen meines Sohnes. Ich weiß ehrlich gesagt nicht, was ich davon halten soll. Aber ich vertraue Martin. Und ich vertraue auch Ihnen als seinem guten Freund, dass die Angelegenheit unter uns bleibt und sie alles versuchen, sie zu klären. Wenn Sie irgendwelche Hinweise oder Spuren für mich haben, denen zu folgen sich lohnt, dann bitte ich dringend um Antwort. Falls Sie jedoch nur darüber lachen können, löschen Sie diese Nachricht doch bitte. Ich danke Ihnen. Ihr Robert Millikan.«

Er überfliegt den Text noch einmal, verbessert einen Tippfehler – das »r« hängt schon wieder – und schickt ihn dann ab. Ob er eine Antwort erhalten wird?

Schließlich folgt Punkt 3, der seine Vermutung betrifft, dass Jiaying sich aus einem äußeren Anlass heraus plötzlich so anders verhält. Was könnte ein solches Ereignis sein? Und wenn es eines gibt, müsste es nicht möglich sein, Hinweise darauf zu finden? Das würde zwar Martins Problem nicht unmittelbar lösen, aber es könnte helfen, damit umzugehen. Vielleicht finden sie zusammen eine Lösung, an die Jiaying gar nicht gedacht hat?

Robert beginnt, nach Jiaying im Netz zu suchen. Dabei stößt er bereits auf die erste Hürde: die meisten Veröffentlichungen stammen aus chinesischen Medien. Es ist nicht die Sprache, die ihn aufhält. Ein Klick, und er bekommt einen fast perfekt übersetzten englischen Text auf den Bildschirm. Problematisch sind eher die Lesegewohnheiten. Jiaying, das stellt er schnell fest, ist so eine Art Volksheldin. Es kursieren nur positive Geschichten über sie. Zu den Crew-Mitgliedern aus den anderen Ländern haben einschlägige Angebote längst auch unangenehme Informationen ausgegraben. Nicht alle mochten wahr sein. Sein Computer zeigt bei solchen Seiten dann automatisch große Fragezeichen im Hintergrund an, aber erst, nachdem er auf eigene Gefahr erklärt hat, auch fragwürdige Fakten lesen zu wollen. Doch Jiaying hat offenbar ein klinisch sauberes Leben geführt. Das kann nur das Werk der chinesischen Zensoren sein.

Wie kann er ihr trotzdem näherkommen? Kinder hat sie offenbar nicht, darüber ist jedenfalls nichts zu finden. Aber sie muss Eltern haben. Vielleicht ist denen etwas zugestoßen, das sie aus der Bahn geworfen hat, woran sie sich schuldig fühlt? Robert Millikan schafft es relativ schnell, zumindest die Namen herauszubekommen, obwohl der Nachname Li ein Allerweltsname ist: Bailong und Chen Lu. Sie sollen, so die offizielle Darstellung, vom Land kommen, wo der Vater als Brigadier auf dem Bau Heldentaten vollbrachte, während die Mutter als Bäuerin ihre Tochter auf eine Karriere bei der Armee vorbereitete.

In einem Informationsangebot der Volksarmee darf Jiaying von ihrer Familie berichten, von den Hobbys ihrer Mutter, die sehr gut zeichnen kann, und darüber, wie der Vater sie bei den Demonstrationen zum Kampftag der Arbeiter auf den Schultern getragen hat, sodass sie direkt im Meer der Roten Fahnen versank. Revolutionslyrik, denkt Robert, glaubt das etwa wirklich jemand?

Er versucht, die Ergebnisse zeitlich etwas einzugrenzen. Die Berichterstattung konzentriert sich auf Anfang bis Mitte Januar, dann haben sich andere Themen in den Vordergrund gedrängt. Wie sieht es mit Videoformaten aus? Er ruft das Angebot von YouKu auf, das in Asien fast überall die Nummer 1 ist. Wenn die Eltern irgendwo aufgetreten sind, dann hier. Die Firma scheint wichtige Unterstützer im Apparat zu haben, denn politisch wichtige Menschen treten hier immer zuerst – und oft exklusiv – auf. Familie Li scheint jedoch auf solche Auftritte nicht erpicht zu sein. Er kann sich das gut vorstellen; mit der Weltraum-Karriere ihrer Tochter muss für die beiden, die wie er weit in den Sechzigern sein müssen, ein völlig neues Leben begonnen haben.

Das einzige, was er findet, ist eine Ankündigung. Am 13. Februar, heißt es in einem Beitrag von Mitte Januar, sollte das Ehepaar Li, Eltern der glorreichen Taikonautin Jiaying Li, in einem populärwissenschaftlichen Talkshow-Format auf YouKu auftreten. Es muss bei der Ankündigung geblieben sein, denn von dem Auftritt finden sich keine Spuren. Was hat ihm sein Sohn geschrieben, seit wann Jiaying sich so seltsam verhält? Robert sieht nach. Der 7. Februar ist der Tag der Veränderung. Am 13. platzt eine TV-Aufzeichnung mit den Eltern. Reiner Zufall – oder hat das etwas zu bedeuten?

Es ist ein Hinweis. Hätte er die Adresse der Eltern oder irgendwelche Kontaktdaten, könnte er sich nach ihrem Befinden erkundigen. Doch davon ist beim besten Willen nichts zu finden. Vermutlich waren die Leute vom Land mit der modernen Technik komplett überfordert. Gibt es vielleicht Schulfreunde, die Jiayings Weg auch später noch verfolgt haben und etwas über den Verbleib der Eltern wissen könnten? Robert konzentriert seine Suche auf Jiayings Schulzeit. Er landet im System der chinesischen Sportförderung, und nun freut er sich, dass diese so gut durchorganisiert ist: Er findet Ergebnistabellen von den Leichtathletik-Wettbewerben, an denen Jiaying teilgenommen hat. Auffällig ist hier, dass sie in drei aufeinanderfolgenden Jahren von einem anderen Mädchen geschlagen wurde. Erst im vierten Jahr gelang es Jiaying dann, den Spieß umzudrehen. Müsste eine solche Konkurrenz nicht ihre Spuren hinterlassen haben?

Shuilian, Seerose, das ist ein schöner Name für das Mädchen, das heute eine Frau sein muss. Robert hat Glück – er findet sie als Shuilian Li in einer ganzen Reihe von Medien, wo sie wohlwollend von ihrem dauernden

Konkurrenzkampf mit der heute berühmten Jiaying berichtet. Shuilian muss nach der Schule wie Jiaying zur Armee gegangen sein, wo sie anscheinend ebenfalls eine gewisse Karriere gemacht hat. Nähere Angaben dazu fehlen, das ist ein heißes Pflaster, aber er macht eine private E-Mail-Adresse aus, mit der Shuilian Beiträge anderer über sich kommentiert hat.

Er streicht über seine Stirn, die sich heiß anfühlt. Seine Zunge ist trocken. Er holt sich einen Schluck Wasser. Was soll er dieser Shuilian erzählen? Wie kann er unauffällig nach Jiayings Eltern fragen?

Robert Millikan beschließt, bei der Strategie zu bleiben, mit der er bisher Erfolg hatte: er schreibt die Wahrheit. Das klingt einfach, doch er kennt die Frau nicht. Jede Wahrheit lässt sich so oder so formulieren. Sie darf ihn nicht für einen Spinner halten, und sie darf seine Nachricht auch nicht so ernst nehmen, dass sie damit zur Polizei geht. Robert braucht bis Mitternacht, um einen flüssigen, auch in der automatischen Übersetzung hoffentlich gut lesbaren Text zu formulieren. Darin stellt er sich vor, beschreibt die Beziehung zwischen Jiaying und seinem Sohn und wie sie sich verändert hat, und schließlich bittet er um die Möglichkeit, auf irgendeinem vertraulichen Weg ein paar persönliche Fragen stellen zu dürfen, um dadurch die Situation besser zu verstehen.

Um genau 0:05 Uhr schickt er die Nachricht ab. Wenn sich Shuilian im Osten Chinas befindet, wie er vermutet – nach seinen Recherchen müsste sie in Shanghai leben – dann zeigt die Uhr bei ihr fünf Minuten nach Mittag des kommenden Tages. Er rechnet nicht damit, dass sie schnell antwortet. Doch damit hat er sich geirrt: Gerade, als er den Rechner herunterfahren will, erscheint eine neue

Nachricht im Posteingang. Sie ist verschlüsselt. Er öffnet sie mit seinem privaten Schlüssel und bestätigt so gleichzeitig seine Identität.

Absender: Shuilian Li

Betreff: Treffen

Der Text ist in perfektem Englisch verfasst.

Nachricht: Sehr geehrter Herr Millikan, ihre Nachricht hat mich berührt. Ich denke oft an Jiaying. Wir waren nicht nur Konkurrentinnen, sondern auch Freundinnen, auf eine ganz spezielle Art. Ich denke, Jiaying hat das ähnlich gesehen. Da ich mich gerade auf einer Dienstreise in den USA befinde, würde ich Sie gern persönlich treffen. Dann kann ich sicher auch Ihre Sorgen bezüglich Jiayings Eltern ausräumen. Bitte geben Sie mir Bescheid, wann es Ihnen passt. Ich habe Ihre Adresse recherchiert. Da ich mich sehr für den Weltraum interessiere, komme ich Sie gern besuchen. Mein Beruf erlaubt mir diese Freiheit. Mit den besten Grüßen, Li Shuilian.

19. März 2047, Mission Control

»Gute Nacht, mein Schatz!«

Devendra Singh Arora beendet die Sprechverbindung. Seine Tochter geht jetzt ins Bett. Er hat der Familie eine Nachtschicht angekündigt. Seine Frau weiß, dass er länger im Büro bleibt, weil er nachdenken will. Er ist wirklich froh, dass die Valkyrie damals diesen Unfall hatte, durch den er auf der Erde bleiben musste. Er hätte zwar nicht gewusst, was er verpassen würde, aber sicher hätte er es irgendwie geahnt. Heute kann er sich nicht mehr vorstellen, die Einsamkeit an Bord eines Raumschiffs zu ertragen.

Er sieht zu dem Schreibtisch, der seinem gegenüber steht. Dort arbeitet Ellen als Spezialistin für die Data Processing Systems der ILSE. Sie wird von allen nur Dipsy genannt und hat sich bereit erklärt, ihm beim Nachdenken zu helfen und ebenfalls länger zu bleiben. Obwohl seine Frau davon weiß, ist sie überhaupt nicht eifersüchtig. Er hat wirklich großes Glück.

Ellen bemerkt seinen Blick und lächelt ihn an.

»Die anderen sind weg«, sagt sie, »jetzt stört uns keiner mehr. Soll ich vorsichtshalber die Tür abschließen?«

Devendra lacht. »Ich… wollte deine fachliche Meinung hören.«

»Worum geht es?«

»Es ist kompliziert. Glaubst du, dass es, ich weiß nicht recht, wie ich es formulieren soll, Menschen gibt, die über unsere Köpfe hinweg mit der ILSE kommunizieren?«

Ellen schüttelt den Kopf. »An Mission Control vorbei? Wie soll das funktionieren?«

»Wir sind hier bei der NASA ja nicht die einzigen mit großen Schüsseln. Unsere Codes und Protokolle sind zwar nicht öffentlich, aber bei allen Missionen haben die Agenturen Zugriff darauf. Um unsere Sicherheit zu gewährleisten, du weißt ja.«

»Das mag schon sein, aber warum sollten sie an der Internationalen Expedition Interesse haben? Sie bekommen doch sowieso alle Informationen, die wir auch haben?«

»Vielleicht schätzen sie diese Informationen anders ein als wir. Es heißt, es gäbe Hardliner in der Administration, Falken, die vor allem Neuen Angst haben.«

»Du vergisst, dass es sich um eine weltweite Kooperation handelt. Wenn sie sich einmischen, wird das internationale Konsequenzen haben.«

»Es gibt vermutlich auch in anderen Ländern solche Hardliner, wenn sie sich mit denen verbünden… und denk an den Nordkorea-Einsatz damals, haben sie sich da vor der Reaktion der Welt gefürchtet? Wenn die Chinesen nicht so cool geblieben wären…«

»Du vermutest also, dass einer der Geheimdienste ein Komplott gegen die ILSE eingefädelt hat?«

»So weit würde ich nicht gehen. Ich überlege nur, ob das im Bereich des Möglichen liegt.«

»Möglich ist alles.« Ellen nickt. »Aber du hast doch sicher einen Anlass dafür?«

»Allerdings.« Er beschreibt die seltsame Nachricht, die ihm Robert Millikan geschickt hat.

Ellen erinnert sich sofort an den Namen. »Der Mann ist auf jeden Fall vertrauenswürdig.«

»Eben«, antwortet Devendra. »Und dass sich Jiaying seltsam verhält, ist auch nicht von der Hand zu weisen. Ich hatte das bisher als Fall für die Psychologen gesehen, aber vielleicht gibt es ja handfeste Gründe.«

»Aber wie können wir da helfen? Können wir überhaupt? Sollen wir?«

»Die Vorstellung, dass da jemand hinter unserem Rücken auf unsere Mission einwirkt, vielleicht all unsere Arbeit hintertreibt, finde ich nicht nur beunruhigend, sondern abstoßend. Dagegen würde ich sehr gern etwas unternehmen.«

Ellen richtet sich auf und verschränkt die Arme vor der Brust. Ihre Augen funkeln, ihre Wangen haben sich gerötet. »Geht mir genauso. Macht mich geradezu wütend, diese Vorstellung.«

Devendra hat seine Kollegin noch nie verärgert erlebt. Sie ist der fröhlichste Mensch, den er kennt.

»Es ist natürlich Spekulation, wir haben keine Beweise. Aber ich habe eine Idee, wie wir an Beweise herankommen.«

»So wie du das sagst, brauchst du mich dazu.«

Ellen hat Recht. Seine Wangen werden heiß, weil er sich ertappt fühlt.

»Keine Sorge, ich weiß, du hättest mich auch sonst eingeweiht«, sagt sie.

»Gut.« Devendra entspannt sich etwas. »Es geht mir um das Löschprotokoll. Die Botschaft, die da auf verschlüsselten Wegen bei Jiaying ankam, ist mit der Autorisierung der Kommandantin gelöscht worden. Also entweder ist Amy Teil der Verschwörung…«

»Oder die Autorisierung wurde gefälscht«, ergänzt Ellen. »Beides würde mir nicht gefallen.«

»Ich dachte, als Dipsy kommst du dem vielleicht besser auf die Spur, als ich es könnte.«

»Da könntest du Recht haben, Devendra.«

»Hast du schon einen Verdacht?«

Ellen lacht kurz auf. »Zehn Sekunden, nachdem du mir davon erzählt hast? Dein Vertrauen ehrt mich wirklich. Wenn ich mal laut nachdenken darf: Ich traue Amy wirklich nicht zu, dass sie die Expedition gefährdet.«

»Das sicher nicht, aber wenn ihre Handlung aus irgendeinem Grund, den wir nicht kennen, für die Expedition notwendig ist? Würde sie Gesetze übertreten, um das Raumschiff zu schützen?«

Ellen wiegt den Kopf hin und her, antwortet aber nicht. Für ein paar Minuten herrscht Schweigen. Devendra riecht überdeutlich das Putzmittel, mit dem die Reinigungscrew arbeitet. Die Klimaanlage surrt laut.

»Wir können nicht in den Kopf der Kommandantin sehen«, sagt Ellen schließlich. »Aber wir können prüfen, ob die Autorisierung des Löschvorgangs korrekt war. Dafür habe ich als DPS die nötigen Rechte.«

»Kannst du das für mich tun? Das wäre großartig.«

»Ja, ist doch mein Job, kein großes Ding. Und nun ab

mit dir nach Hause, deine Familie wartet. Ich nutze die Ruhe und recherchiere ein bisschen.«

Devendra hat ein schlechtes Gewissen, als er die Tür des Büros hinter sich schließt. Er ist schuld, dass seine Kollegin Überstunden macht. Er muss sich unbedingt bei ihr bedanken. Vielleicht sollte er ihr am nächsten Tag einen Blumenstrauß mitbringen.

20. März 2047, ILSE

»Ich möchte einen Vorschlag machen.«

Martin glaubt, nicht richtig gehört zu haben. Er dreht sich zu Jiaying um, die anderen sehen sie ebenfalls an. Bricht sie jetzt ihr Schweigen?

»Nun seht mich nicht so seltsam an«, sagt sie, macht aber keine Anstalten weiterzusprechen.

»Jiaying, wir würden deinen Vorschlag gern hören. Entschuldige deine Kollegen«, sagt Amy.

Die chinesische Astronautin lächelt dünn, zögert aber noch. Es wirkt, als suche sie nach der richtigen Formulierung.

»Es geht um die Landung auf Io«, meint sie schließlich. Sie spricht leise, aber deutlich. »Mir macht Sorgen, dass Marchenko der Crew nur eine Woche auf der Oberfläche gibt.«

»Wieso nur eine Woche? Wir sollten nicht länger als ein, zwei Tage brauchen, dann Abflug zur Erde!«, antwortet Martin. Der Satz klingt etwas schroffer, als er es beabsichtigt hat.

»Es kann immer etwas dazwischenkommen. Eine Woche ist einfach nicht genug Puffer für Notfälle. Ihr habt doch auf Titan gesehen, wie schnell so ein Unfall passieren kann.«

»Aber auch auf Titan haben wir keine Woche verbracht.«

»Und wenn es diese Wand geschafft hätte, den Lander einzuschließen? Es war ziemlich knapp.«

Martin erinnert sich noch sehr genau. Hätte Jiaying nicht durchgesetzt, den Laser als Lockmittel einzusetzen, wer weiß, ob ihnen der Start zurück ins All gelungen wäre. Er muss zugeben, dass Jiayings Warnung berechtigt ist. Trotzdem hat er das Gefühl, ihr widersprechen zu müssen. Er krallt die Finger um die Tischkante und zwingt sich, nicht zu antworten.

Die anderen sagen nichts, bis erneut die Kommandantin eingreift. »Und dein Vorschlag dazu lautet?«

»Ich würde gern die Landefähre mit einem aktiven Strahlungsschutz versehen. Eine Mini-Magnetosphäre, wie sie auch das Schiff hat. Dann könnte der Lander beliebig lange unabhängig operieren.«

»Und woher kommt die Energie dafür?« Diese offensichtliche Frage hat sich auch Martin sofort gestellt, aber Hayato ist schneller als er. Mit den Akkus oder den Bord-Triebwerken können sie so einen Schutzschirm höchstens ein paar Minuten aufrecht erhalten.

»Die Energie liefern die Fusionstriebwerke der ILSE. Eines sollte reichen. Genau wie wir es auf Enceladus gemacht haben.«

»Und der Laser-Konzentrator?« Hayatos Frage ist berechtigt. Auf Enceladus hatten sie das Bohrschiff Valkyrie über einen Laser-Link von der ILSE aus mit

Energie versorgt – doch das Empfangsgerät, der Konzentrator, ist auf der Oberfläche des Eismondes geblieben.

»Den müssen wir nachbauen.«

»Es tut mir leid, Jiaying, aber das bringt nichts«, sagt Martin. »Selbst wenn wir einen Ersatz-Konzentrator konstruieren können und per Laser Energie zum Lander schicken, was soll der damit anfangen? Dem Landemodul fehlen die supraleitenden Spulen, um damit das schützende Magnetfeld zu erzeugen.«

Doch Jiaying lässt nicht locker. Die Lösung scheint ihr sehr wichtig zu sein. »Dann bauen wir sie woanders aus und im Lander ein?«

Hayato schüttelt den Kopf. »Die Platzierung der Magnetspulen ist sehr wichtig für die Feldkonfiguration. Ich glaube kaum, dass wir das effizient hinbasteln können, das muss alles am perfekten Ort sein. Und wenn wir die Teile aus dem Raumschiff ausbauen, wäre anschließend die ILSE ungeschützt.«

»Wenn ich mich einmischen darf…« Marchenkos Stimme klingt, als stehe er am Eingang des Kommandomoduls, und Francesca dreht sich auch prompt um. »Die Idee klingt ein bisschen verrückt, aber…«

»Wir sind gespannt«, sagt die Kommandantin.

»Das CELSS ist von der Magnetfeld-Konfiguration besonders gut geschützt, damit es bei der schnellen Generationenfolge möglichst nicht zu Genschäden kommt. Wenn wir das Gartenmodul zusammen mit dem Lander und einem der Fusionstriebwerke auf die Oberfläche bringen, kann sich die Crew darin aufhalten.«

»Das klingt einfach«, sagt Amy, »also wo ist der Haken?«

»Ich sehe keinen«, meint Marchenko. »Das CELSS ist

leicht aus dem Verbund zu lösen. Die Anziehungskraft von Io ist so klein, dass wir es Huckepack auf dem Landemodul auf die Oberfläche bringen können.«

»Und die ILSE kommt ohne das Gartenmodul aus?« Martin hat sich die Verschaltung der einzelnen Module doch etwas komplizierter vorgestellt.

»Ja, Martin. Alle Grundeinheiten sind komplett selbstständig, was die Lebenserhaltung betrifft. Das war damals eine wichtige Voraussetzung. So konnten unterschiedliche Länder ihre Beiträge zur Hardware der ILSE liefern. Hauptsache, alles ließ sich über Kopplungsstücke zusammensetzen wie eine Lego-Figur. Wir könnten jeder sofort in ein Mini-Raumschiff mit je einem DFD steigen und uns getrennt auf den Heimweg machen. Den Habitatring müssten wir allerdings hier lassen. Und einer müsste freiwillig in der Werkstatt nach Hause fliegen.«

Martin meldet sich. »Das wäre dann ich.«

Francesca lacht. Seit langem scheinen alle mal wieder einigermaßen entspannt.

»Dann ist das beschlossen? In diesem Fall ziehe ich meinen Vorschlag zurück, eine eigene Magnetosphäre für den Lander zu konstruieren«, sagt Jiaying.

»Moment noch«, protestiert Hayato. »Natürlich wird die Landung dann komplizierter. Wir werden mehr als doppelt so schwer und brauchen vermutlich drei- bis viermal so viel Treibstoff. Das sollten wir zumindest mal durchrechnen. Und je mehr kaputtgehen kann, desto gefährlicher wird es. Wie groß ist denn das Risiko, dass wir da unten länger als sechs Tage brauchen?«

Hayato hat Recht. Die schlanksten Lösungen sind immer die zuverlässigsten.

»Erinnert euch doch mal an die Botschaft des Enceladus-Wesens«, sagt Jiaying. »Es spricht von einer Gefahr, die dort auf die Crew lauert.«

Wieso spricht Jiaying eigentlich immer von der Mannschaft des Landers und nicht von ‚uns'? Martin streicht sich mit dem Finger über das Kinn.

»Wir sollten Jiayings Einwand ernst nehmen. Wir wissen nicht, was uns da unten erwartet, also sollten wir auf alles vorbereitet sein, und dazu gehört auch ein längerer Aufenthalt«, sagt die Kommandantin. In seinen Ohren klingt das ein bisschen wie eine Teambuilding-Maßnahme, als wolle sie ihr bewusst das Gefühl geben, ein wertvoller Teil der Mannschaft zu sein. Würde Amy auch so entscheiden, wenn Jiaying sich nicht so verändert hätte? Oder ist das ein ungerechter Vorwurf? Martins Gedanken fangen an zu kreisen. Vielleicht ist er seiner ehemaligen Freundin gegenüber selbst voreingenommen. Rein sachlich neigt er dazu, Jiaying und Amy Recht zu geben, aber da ist ein Widerwille, den er kaum unterdrücken kann. Er muss sich wirklich zusammenreißen.

Niemand sagt mehr etwas, also sieht Amy wohl die Zeit gekommen, diese Diskussion abzuschließen. »Watson, bitte arbeite einen Plan aus, wie wir die ILSE am besten auf dieses Manöver vorbereiten. Ein paar Wochen Zeit haben wir ja noch.«

Martin hat erst in zwei Stunden Schicht, auf Sport hat er keine Lust, das Freizeitprogramm ist eingeschränkt, also macht er es sich in seiner Kabine bequem. Kurz bevor er eindöst, meldet sich Marchenko: »Eine Nachricht von der Erde, für dich.«

Martin setzt sich auf. »Und wer schreibt mir?«

»Kein Brief, eine Videobotschaft.«

Er kratzt sich am Kopf. Kann es sein, dass Marchenko allmählich verlernt, subtile Ironie zu verstehen?

»Schon klar«, antwortet er. »Und wer ist der Absender? Mein Vater vermutlich?«

»Nein, Devendra, der CapCom.«

»Ich weiß, wer Devendra ist. Aber wieso schickt er mir etwas auf einem privaten Kanal?«

»Vielleicht will er mit dir flirten, wo du doch nun wieder frei bist?«

Nein, Marchenko hat seinen Humor wohl doch nicht verloren.

»Ha-ha.«

»Es hilft nichts, du wirst es dir ansehen müssen.«

»Dann spiel es schon ab!«

»Darf ich zusehen?«

»Siehst und hörst du nicht sowieso alles, was auf diesem Schiff passiert?«

»Nein, die Privatsphäre-Protokolle für die Watson-KI sind hart verdrahtet. Da ich seine Infrastruktur nutze, gelten sie auch für mich. Heimlich belauschen kann und darf ich dich nicht.«

»Ok, Erlaubnis erteilt.« Martin zögert. »Und du könntest keinen Weg darum herum finden?«

Marchenko wartet ein paar Sekunden mit seiner Antwort. »Du hättest mich jetzt mit dem Kopf schütteln sehen können«, sagt er dann.

»Nun spiel es schon ab.«

»Gut.«

Das Gesicht des indischen CapCom erscheint auf dem Bildschirm an der Wand. Gleich nach den ersten Worten steigt in Martin Ärger auf.

»Dein Vater hat mich gebeten, ein paar Dinge zu recherchieren«, sagt Devendra nach der Begrüßung. Hat es sein Vater schon wieder verdorben? Er hatte ihn um Hilfe gebeten – nicht darum, dass er möglichst vielen Menschen von einem vagen Verdacht erzählt. Und er kann nicht mal eingreifen, denn was er sieht, ist eine Aufzeichnung, die schon vor ein paar Stunden die Erde verlassen hat. Der Schaden ist da, er kann ihn nicht mehr verhindern.

»Bevor ich mehr berichte, musst du bitte sicherstellen, dass keine KI die Wiedergabe meiner Nachricht verfolgen kann.«

Keine KI? Devendra muss Watson oder Siri meinen, von Marchenko weiß er nichts.

»Marchenko, hast du das gehört?«

»Ja, ich habe sie unter Kontrolle, keine Sorge.«

Devendra macht eine Minute Pause, wohl um ihm die Zeit zu geben, bei Bedarf den Privacy-Modus zu aktivieren. Dann setzt er fort:

»Ich konnte mir ehrlich gesagt nicht vorstellen, dass hinter den Kulissen etwas im Gange ist.« Der CapCom hat ein schuldbewusstes Gesicht aufgesetzt, als würde ihm, Martin, sein unbedingtes Vertrauen zustehen.

»Doch die Indizien, die dein Vater mir geschildert hat, waren ausreichend Motivation, ein paar Hebel in Bewegung zu setzen.«

Hoffentlich hat er nicht noch mehr Menschen eingeweiht. Martins Wangen werden heiß.

»Na ja, ich übertreibe, ein CapCom hat ja nichts zu sagen, ich bin nicht mehr als ein bezahlter Sprecher. Aber ich habe eine sehr nette Kollegin, die sich mit Daten auskennt. Details spielen an dieser Stelle keine Rolle.«

Wenigstens nur eine weitere Mitwisserin. Die Standpauke an seinen Vater muss nicht ganz so kräftig ausfallen.

»Sie hat die in den Protokollen vermerkten Löschungen analysiert. Für euch sah es ja so aus, als habe die Kommandantin diese autorisiert. Aber das stimmt nicht. Ich wette, Amy hat von diesen Löschungen nichts mitbekommen. Jemand hat sich ihre Autorisierung verschafft und an ihrer Stelle gehandelt.«

Jiaying etwa? Martin massiert seine Handgelenke. Das kann doch nicht wahr sein. Sie besitzt gar nicht die Fähigkeit, die Autorisierung der Kommandantin zu knacken. Das würde er sich nicht einmal selbst zutrauen. Die Schlüssel sind postquantum-gesichert, also nicht einmal mit einem Quantencomputer in absehbarer Zeit auflösbar.

»Ich weiß, ihr habt Jiaying in Verdacht, aber zumindest dafür ist sie nicht verantwortlich.«

Danke, Devendra. Martin ist erleichtert.

»Alles deutet darauf hin, dass eure KI für die Löschung verantwortlich ist.«

»Watson?«

»Ja, Watson meine ich.« Devendra kann ihn nicht gehört haben, er hat wohl mit dieser Reaktion gerechnet. »Die KI kommt aber nicht von allein auf diese Idee, das ist unmöglich. Wir haben uns überlegt, dass sie eine Hintertür besitzen muss, über die sie aus der Ferne steuerbar wird. Watson besitzt auch selbst gar nicht die Mittel, die Autorisierung der Kommandantin zu fälschen. Jemand muss ihm die originalen Codes überspielt haben.«

Martin hält die Aufzeichnung an.

»Moment mal, Marchenko, sagtest du nicht, du hättest Watson und Siri unter Kontrolle? Wenn es stimmt, was

Devendra sagt, und wenn stimmt, was du sagst, dann wärst du ja dieser fremde Jemand hinter all dem?«

»Ich sage es dir nur einmal, Martin, aber wenn du wirklich denkst, ich könnte ein Verräter sein, dann bist du ein riesengroßes Arschloch und dieses Gespräch und unsere Freundschaft sind in diesem Moment beendet.«

»Okay, okay, ich denke, ich kann das als ‚nein' durchgehen lassen. Und entschuldige, dass ich gefragt habe, das war wirklich dumm von mir.«

Wieso vertraut er Marchenko, oder dem, was von ihm übrig ist, eigentlich so sehr? Er weiß es nicht, aber es fühlt sich vollkommen logisch und richtig an. Dabei wäre es viel logischer, nachzuforschen, was Marchenko wirklich weiß und will. Aber das muss er nicht. Vielleicht hat es etwas damit zu tun, dass er dann auch gleich ganz damit aufhören kann, an die Menschheit zu glauben.

»Aber mal ernsthaft, Marchenko, hast du eine Erklärung dafür, warum Watson an dir vorbei operieren kann? Ich denke, du läufst in den niedrigsten, den wichtigsten Prozessorebenen?«

Es fühlt sich immer noch seltsam an, von dem Russen wie von einer Software zu sprechen.

»Ich muss mich an die bekannten Interfaces halten. Die Hintertür, von der Devendra spricht, kenne ich nicht, also kann ich sie auch nicht kontrollieren und prüfen, was darüber ins System kommt und was das System verlässt. Offenbar sind auch neue Autorisierungen mit eingespielt worden.«

»Du sprichst absichtlich in der Mehrzahl?«

»Ich glaube nicht, dass sie von meiner Anwesenheit wissen. Es kann also nicht um mich oder meine Anwesenheit hier gehen. Aber es wäre durchaus möglich, dass Watson inzwischen nicht mehr nur im Namen der Kommandantin handeln kann.«

»Was bringt es der KI, in meinem oder Francescas Namen zu handeln?«

»Nein, ich meine, dass er Amy vielleicht sogar überstimmen kann, ihr also in der Befehlskette übergeordnet ist. Wir kennen seine Befugnisse zwar nicht, sollten aber vom Schlimmsten ausgehen.«

»Bist du dann nicht in Gefahr, Marchenko?«

»Vielleicht. Es gilt noch immer, dass ich Watsons Augen und Ohren kontrolliere. Dadurch kann ich mich für die KI unsichtbar machen, für sie existiere ich gar nicht. Also hat sie auch keinen Grund, gegen mich vorzugehen.«

»Dann wäre es sicher besser, wenn es dabei bliebe.«

»Da gebe ich dir Recht. Und für meinen Teil kann ich dafür auch sorgen. Es gibt da aber eine potenzielle Schwachstelle: deine ehemalige Freundin. Wenn sie mich verrät…«

Hört er da so etwas wie Angst in Marchenkos Stimme? Er selbst fühlt sich merkwürdig ruhig. Ja, Jiaying hat sich verändert, aber dass sie Marchenko preisgibt, der sein Leben für die anderen geopfert hat, das kann er sich beim besten Willen nicht vorstellen.

»Aufzeichnung fortsetzen«, sagt er. Devendra setzt seinen Vortrag fort:

»Wir können leider nicht sagen, wer dahinter steckt. Es gibt verschiedene Dienste, die die Fähigkeiten dazu hätten. Du weißt selbst, dass in Mission Control immer ein Militär in der letzten Reihe sitzt. Aber da weiter zu ermitteln, übersteigt unsere Möglichkeiten. Und mit Spekulationen wollen wir euch nicht belästigen. Wenn wir irgendwie helfen können, dann gib bitte Bescheid. CapCom over.«

Jetzt ist Martin seinem Vater nicht mehr böse, dass er die Informationen an Devendra weitergegeben hat. Er besitzt offenbar einen guten Riecher dafür, wer vertrauenswürdig ist.

31. März 2047, West Virginia

Der Flieger landet mit zwei Stunden Verspätung in Washington DC. Lining ärgert sich. Die Luftfahrt in den USA ist so viel unzuverlässiger als in ihrer Heimat. Sie haben noch eine längere Autofahrt vor sich. Auch wenn sie der Automatik das Steuer überlassen, wird es eine unangenehme Tour, denn Shixin, der alte Knochen – so nennt sie ihn nur in Gedanken – ist so geizig, dass er auf der Buchung eines Zweisitzers bestanden hat. Das heißt aber, dass sie die ganze Zeit über seine körperliche Nähe ertragen muss. Allein bei der Vorstellung bekommt sie Ekelpickel.

Wenn er doch nur öfter duschen würde. Man merkt ihm an, dass er sein Leben lang bei der Armee verbracht hat. Wasser betrachtet er als wertvolle Ressource, die er nicht durch Waschen verschwenden darf. Dass er damit seine Umgebung belastet, ist ihm egal. Eigentlich ist das eine sehr ungewöhnliche Denkweise für einen Chinesen, meint Lining, und das, wo sich der Major doch für so patriotisch hält.

Sie sitzen in der letzten Reihe und müssen sich deshalb mit dem Aussteigen noch gedulden. Es hatte dann doch etwas länger gedauert, den Termin mit diesem Robert Millikan auszumachen. Am liebsten hätten sie es noch weiter hinausgezögert, doch dann wäre ihre Coverstory gefährdet gewesen. Welche Managerin kann es sich schon leisten, mehrere Wochen in Geschäften durch die USA zu reisen? Sie hatte zunächst überlegt, ob sie Shixin von dieser seltsamen E-Mail berichten sollte. Dass sie den Mann kennenlernen wollte, war ihr sofort klar gewesen. Doch sie bezweifelte, dass es ihr gelingen würde, einen solchen Ausflug vor Shixin geheimzuhalten. Der alte Mann hatte sie zu ihrer eigenen Überraschung gelobt, weil sie so schnell reagiert hatte. Beim eigentlichen Besuch würde er in einer nahegelegenen Ortschaft auf sie warten.

Natürlich hat er sie mit Überwachungstechnik ausgestattet. Allerdings ist sie ihm eine Information schuldig geblieben, die sie in wenigen Sekunden recherchiert hat: Das Radio-Observatorium besitzt einen perfekt abgeschirmten Kontrollraum, aus dem per Funk keine Informationen nach draußen dringen werden. Sie hat den Astronomen also so lange sie will ganz für sich und wird ihm nach Lust und Laune auf den Zahn fühlen können.

Noch eine halbe Stunde, verrät ihr der Autopilot. Shixin sitzt auf dem Fahrersitz und liest ein Buch aus Papier. Es ist in einen hässlichen grünen Schutzumschlag aus Plastik gewickelt, sodass Lining keinen Blick auf den Titel erhaschen konnte. Ganz am Anfang der Fahrt hat sie danach gefragt, doch der ältere Kollege, der sich so offensichtlich als ihr Chef fühlt, hat nur etwas Unverständliches gebrummt. Sie hat gar nicht erst versucht, eine Unterhaltung zu beginnen, und sich lieber ihren Gedanken ergeben.

Seit 45 Minuten, vielleicht auch länger, durchqueren sie ein hügeliges Gebiet, das vor allem von Wäldern bedeckt zu sein scheint. Es sind große, alte Bäume. Lining hat keine Ahnung, wie sie heißen, für Botanik hat sie sich nie interessiert. Aber die Wirkung dieser Riesen findet sie beeindruckend. Sie fühlt sich klein zwischen ihnen, ob sie will oder nicht. Ihr Lieblingsfach im Studium an der Armeehochschule war die Wissenschaft gewesen, Menschen bestimmte Gefühle zu geben. Diese Bäume brauchen das nicht zu lernen, sie sind einfach da und entfalten ihre Wirkung. Sie kennt nur wenige Menschen, die eine solche Macht besitzen. Sie selbst gehört nicht dazu. Was sie kann, hat sie sich durch hartes Training angeeignet.

Shixin, der alte Sack, das muss sie zugeben, ist nahe dran. Er hat etwas, das Gehorsam fordert. Aber ihm fehlt die Flexibilität, die heute gefordert ist. Er gehört zur alten Schule, und das bricht ihm unter den neuen Bedingungen der Umgestaltung allmählich das Genick. Es wird ihre Aufgabe sein, dabei mitzuhelfen. Ein bisschen tut er ihr sogar leid – immerhin hat er viel für sein Land getan und würde jederzeit sein Leben dafür geben. Doch für die neue Riege, die gerade an die Macht strebt, ist er nicht mehr biegsam genug. Ihn einfach abzusägen, das würde den Widerspruch anderer Cliquen hervorrufen, deshalb muss er Fehler machen, für die er dann aufs Altenteil geschoben werden kann.

Circleville, Cherry Grove, Barton, Thornwood… die Straßenschilder zeigen Namen, die Lining noch nie gehört hat und die sie anschließend nie wieder sehen wird. Trotzdem berühren sie die fremdartigen Wörter, die kaum von ihrer Zunge rollen wollen. T h o r n w o o d, sie probiert es ganz leise und sehr langsam. Shixin wirft einen kurzen Blick zu ihr.

Der Autopilot schaltet den Blinker an. Sie biegen in einen Ort namens Arbovale ein, ein Dorf von vielleicht dreißig Häusern. Doch es besitzt einen Laden, der zugleich Tankstelle, Rasthaus und öffentliche Toilette ist, außerdem ein Bestattungsunternehmen, einen Zeltplatz und einen Kerzenladen. Eine seltsame Mischung, aber das macht ihr Arbovale irgendwie sympathisch. Wäre die Gegend nicht so anders und die Leute nicht so verschieden, Arbovale könnte sich auch in China befinden. Lining lacht, und der Alte wirft ihr erneut einen nicht bösen, aber unangenehm berührten Blick zu. Wie kann sie sich so gehen lassen?

Der Wagen fährt einmal durch den Ort, dann aktiviert Shixin den Sender, der die Bordelektronik manipuliert. Der Autopilot meldet gehorsam einen Fehler. Shixin übernimmt das Steuer und lenkt das Auto zurück zur Tankstelle. Zwei Chinesen, unterwegs im eher ländlichen Maryland, fallen auf jeden Fall auf. Wenn, dann richtig, war Linings Vorschlag, also simulieren sie nun eine Autopanne. Anderenfalls hätte es wohl kaum einen Grund gegeben, den Major für eine Stunde oder anderthalb in Trent's General Store herumsitzen zu lassen.

Es sind von hier nur elf Minuten zu Fuß bis zum Besucherzentrum des Green Bank Observatory, wo der Radioastronom auf sie wartet, auch wenn er gar nicht weiß, wen er sich da zu Besuch geladen hat. Robert Millikan, deutscher Abstammung, aber schon lange Amerikaner, ist der Wissenschaft wegen in die Staaten gezogen, hat aber dort nicht die erhoffte Karriere hingelegt. Im System ihrer Organisation ist er bisher noch nicht erfasst gewesen, aber das hat sich schon vor ein paar Monaten geändert, als der Auftrag kam, die Crew der ILSE unter die Lupe zu nehmen.

Lining hat sich sein Bild eingeprägt, sie wird ihn sofort erkennen. Er wirkt weich wie alle Menschen, die nie in einer Armee gedient haben. Schütteres Haare, sein Alter ist ihm anzusehen. Er wirkt müde auf den Fotos, die sie auftreiben konnte. Als sie über den knirschenden Kies auf das Besucherzentrum zugeht, kommt ihr ein Mann entgegen, der sie schneller als seinen Gast erkennt als sie ihn als Robert Millikan.

»Sie müssen Li Shuilian sein«, sagt er lächelnd und hält ihr die Hand hin. »Willkommen im Green Banks Observatorium!«

»Vielen Dank für die Einladung. Dann sind Sie Robert Millikan. Entschuldigen Sie, dass ich kein Gastgeschenk mitgebracht habe, aber Sie wissen ja, ich bin gerade selbst in Ihrem schönen Land als Gast unterwegs.«

»Es freut mich sehr, dass Sie trotz Ihrer Geschäfte die Zeit gefunden haben, hierher in die Berge zu kommen. Ich wäre Ihnen auch durchaus nach Washington entgegengekommen.«

»Nein, ich bin sehr neugierig auf das ländliche Amerika. Ich komme selbst vom Land. Und dann arbeiten Sie auch noch in so einer spannenden Umgebung. Würde es Ihnen etwas ausmachen, mir eine kleine Führung zu geben? Nur das Wichtigste, so viel Zeit habe ich nicht.«

Die Radioschüsseln fallen damit aus, wenn sie nicht Millikans Wagen benutzen. Aber der Kontrollraum des Jansky Lab …

»Wenn es schnell gehen soll, folgen Sie mir am besten in den Kontrollraum. Es sind nur ein paar Hundert Schritte. Und bei diesem großartigen Wetter ist das ein schöner Spaziergang. Von dort aus können wir die Schüsseln steuern. Vielleicht kann ich sogar ein Signal von Ihrer alten Freundin Jiaying auffangen.«

Sie lächelt breit und sehr freundlich. Millikan hat sie beim letzten Satz prüfend angesehen. Hundertprozentig sicher ist er sich über seinen Gast offenbar nicht. Wahrscheinlich sind über Li Shuilian zu wenig Informationen im Netz auffindbar. Sie muss daran denken, an dieser Stelle nachzubessern.

»Das würde mich sehr freuen, aber nur, wenn es nicht zu viel Aufwand ist.«

Millikan führt sie von dem Kiesweg weg auf einen schmaleren Weg, der mit Nadeln und Gras bedeckt ist. Sie trägt Sportschuhe, weil man das wohl in Amerika so macht, aber jetzt ist sie froh darüber, denn dadurch spürt sie, wie weich der Untergrund ist, weich und doch sicher.

»Vorsicht!« Der alte Mann berührt sie kurz am Ellenbogen, um sie auf eine Wurzel aufmerksam zu machen. Dann wird der Weg schmaler, Millikan geht voran. Sie laufen schweigend unter Nadelbäumen hindurch. Es riecht nach Shampoo. Nein, so ein Quatsch, es riecht nach Wald, und das meistverkaufte Shampoo Chinas ahmt diesen Geruch offenbar perfekt nach, jedenfalls für ihre Nase.

Nach fünf oder sechs Minuten bleibt Millikan stehen, tritt zur Seite und legt ihr die Hand auf den Oberarm, um sie zum Stehenbleiben zu bewegen. Das Gebäude vor ihnen ist nicht besonders beeindruckend, eher funktional und ein bisschen heruntergekommen. Sie hat schon gelesen, dass die US-Regierung Wissenschaft nur noch ungern finanziert. Wie dumm von ihr.

Er sieht ihr ins Gesicht. »Ja, Sie haben recht, nicht gerade der Stolz unserer Nation. Aber da steckt noch eine Menge Wissenschaft drin.« Sein Gesicht scheint bei den letzten Worten zu leuchten. Lining mag Menschen, die eine echte Leidenschaft für ein Gebiet entwickelt haben.

»Dann bin ich auf Ihre Erklärungen gespannt«, antwortet sie.

Millikan geht erneut voraus. Er bewegt sich nun schneller als zuvor. Der Kontrollraum scheint ihn magisch anzuziehen.

Als sie vor der schweren Metalltür stehen, fühlt sich Lining an ihre Ausbildungszeit bei der Volksarmee erinnert. Genau so sahen die Türen in den Bunkern aus, in denen sie einen Atomkrieg hätten überstehen sollen. Ein Schauer läuft über ihren Rücken. Das Innere des Kontrollraums sieht zum Glück ganz anders aus. Es riecht geradezu nach Wissenschaft.

Millikan bewegt sich auf einen altertümlich wirkenden Computer zu. Er will gerade einschalten, als Lining seine Schulter berührt.

»Moment, Millikan, Robert.«

Das ist die traditionelle Anrede, der Nachname zuerst. Westler reagieren darauf oft verwundert, und daran kann sie dann im Gespräch anknüpfen.

Er dreht sich zu ihr um. »Wollen Sie nicht?« Er sieht tatsächlich etwas enttäuscht aus, wie ein Junge, dem man ein Spielzeug weggenommen hat.

»Ich fände es schöner, wenn wir zuerst über Jiaying sprechen könnten. Es ist möglich, dass ich einen unerwarteten Anruf erhalte und Sie dann schnell verlassen muss.

Es wäre schade, wenn dann der eigentliche Zweck meines Besuchs nicht zur Sprache gekommen wäre, finden Sie nicht auch?«

Sie fragt ihn mit einem Augenaufschlag, und er reagiert darauf wie die meisten Männer.

»J… ja, selbstverständlich, das ist ein guter Vorschlag. Aber was den Anruf betrifft, da kann ich Sie beruhigen, in diesen Raum dringen keine Anrufe durch, keine Chance, Sie werden nicht mal am Südpol schlechteres Netz haben als hier.«

»Verstehe«, antwortet sie.

»Wenn das ein Problem ist, können wir auch nach draußen gehen, das Wetter ist ja…«

»Nein, danke, hier gefällt es mir prima.« Sie sieht sich nach einer Sitzgelegenheit um und entdeckt einen Klappstuhl, der an der Wand lehnt. Bevor Millikan ihr seinen drehbaren Bürostuhl anbieten kann, hat sie den Klappstuhl schon aufgeklappt und sich gesetzt. Er scheint sichtlich beeindruckt ob ihrer Geschwindigkeit.

»Sie machen viel Sport, oder?«

Lining nickt. Die westlichen Gesten bereiten ihr längst keine Probleme mehr. »Ja, früher habe ich Leistungssport betrieben, davon haben Sie bestimmt gelesen.«

»Jiaying war wohl eine ihrer härtesten Gegnerinnen, wenn man sich die Ergebnistabellen ansieht?«

»Ja, das auch.« Lining lächelt, als erinnere sie sich gerade an eine schöne Vergangenheit. »Wir haben uns nichts geschenkt, aber trotzdem waren wir auch Freundinnen. Das war nicht einfach, wissen sie, denn wir hatten zwei unterschiedliche Trainer, und deren Karriere hing davon ab, wer von uns beiden besser abschnitt.«

Eigentlich hat sie Millikan befragen wollen, doch nun

ist der Radioastronom in die Rolle des Interviewers geschlüpft. Gut, das schafft Vertrauen, und Vertrauen ist eine der wichtigsten Ressourcen überhaupt.

»Und später? Haben Sie sich aus den Augen verloren?«

»Nein, eigentlich nicht. Ich hatte irgendwann meinen Sportlerinnen-Zenit erreicht, Jiaying noch nicht. Also wechselte ich in ein anderes Fach. Wir konnten uns trotzdem noch sehen.«

»Wollten Sie auch Astronautin werden, verzeihen Sie, Taikonautin?«

»Nein, das Weltall hat mich nur aus der Ferne interessiert. Man ist doch schon so winzig, wenn man von der Erde aus ins All sieht, was macht dann erst das Universum aus uns Winzlingen?«

»Ich weiß es nicht, leider«, antwortet Millikan. »Eigentlich wollte ich immer Astronaut werden. Ich habe es nur niemandem gesagt, weil ich dachte, überhaupt keine Chance zu haben. Mein Sohn hingegen, der wollte nie ins All, und wo ist er nun gelandet? Das Leben spielt schon seltsame Streiche.«

Wenn Millikan wüsste, wie Recht er hat. Denn eigentlich hatte sie sich für die Ausbildung beworben, aber sie hatten Jiaying genommen, obwohl sie gar nicht so richtig gewollt hatte. Aber das ist lange her.

»Und dann trifft Ihr Sohn meine alte Freundin im All, verliebt sich und wird entliebt, wenn man den Illustrierten glauben darf. Ist das der Grund, warum Sie mich kontaktiert haben?«

Natürlich ist das nicht die Ursache, aber Lining will, dass Millikan selbst mit der Sache herausrückt.

»Nein.« Der Forscher windet sich sichtlich, um ihr eine konsistente Geschichte zu präsentieren. »Es geht mir um

Jiayings seltsame Veränderung. Ich habe herausgefunden, dass nur ein paar Tage vorher ihre Eltern verschwunden sind.«

»Herausgefunden?« Das ist ein neuer Aspekt, den Lining bisher nicht eingeplant hat, also muss sie Zeit gewinnen.

»Ja, da gab es eine Talkshow, bei der sie auftreten sollten, die Ankündigung ist noch im Onlineprogramm des Senders zu finden. Die Livesendung sollte am 13. Februar ins Netz gestreamt werden, doch davon finden sich dann keine Spuren mehr.«

Linings Erschrecken verwandelt sich in Freude. Da ist ein Fehler passiert, den sie glasklar Shixin anlasten kann. Doch das wird nicht reichen, um ihren Auftrag zu erfüllen. Shixin muss für eine richtig große Pleite verantwortlich sein.

»Und was kann ich für Sie tun?«

»Ich hatte gehofft, Sie hätten von Jiayings Eltern gehört und könnten mich beruhigen, was ihr Wohlergehen betrifft.«

Das ist ihre Chance. Sie kann noch monatelang hinter diesem alten Sack hinterherlaufen, seine schlecht als Bitten getarnten Befehle befolgen und das Dummchen mimen – oder sie kann Shixin jetzt so kräftig in die Suppe spucken, dass er sich davon nicht mehr erholt. Die Ziele, die er verfolgt, sind vermutlich sowieso nicht im Interesse des »Aufbruchs«, wie sich die junge Garde im Apparat nennt. Dumm nur, dass sie die komplette Mission gar nicht kennt, denn sie muss sich jetzt entscheiden, in dieser Sekunde.

Es ist still im Raum. Es ist noch nicht so warm draußen, dass die Klimaanlage benötigt würde. An der Wand hängt keine Uhr, die die Sekunden tickt. So dehnt sich die

Zeit scheinbar fast unendlich, doch Millikan macht keine Anstalten, die Ruhe zu stören.

Es ist richtig, denkt sie, und fällt die Entscheidung, indem sie zwei Knöpfe ihrer Bluse öffnet, den Verschluss ihres BHs ergreift und das Steckmikro ans Tageslicht befördert. Millikan reagiert, wie jeder Mann reagieren würde: Erst sieht er neugierig zu, dann weg, und schließlich wird er bleich.

»Was ist das?«, sagt er leise.

»Ein Funkmikrofon. Reichweite ein paar Kilometer. Mein Partner hört aus dem General Store in Arbovale mit. Also er würde mithören, wenn wir hier nicht in einem sicheren Raum säßen.«

»Und was…« Millikan fällt nicht ein, was er sie fragen will.

»Bitte fragen Sie nicht. Sie müssen mir zwei Dinge versprechen: dass Sie sich mit dem zufriedengeben, was Sie von mir bekommen, und dass Sie nie, nie, nie wieder versuchen, mit mir Kontakt aufzunehmen, jedenfalls bis auf eine Nachricht an Shuilian, in der Sie sich für den Besuch bedanken.«

Robert Millikan nickt. Er scheint verstanden zu haben, dass er keine Wahl hat. »Ich verspreche es. Sie müssen mir aber zwei Fragen erlauben.«

»Ich weiß nicht, ob ich die Antworten kenne und Ihnen geben darf.«

»Das werden wir sehen. Bitte antworten Sie dann gar nicht, statt mit einer falschen Information.«

Lining nickt. »Gut, zwei Fragen.«

»Warum darf ich Sie nicht kontaktieren?«

»Oh, das ist leicht – weil Sie lückenlos überwacht werden, nicht nur von uns, auch von Ihren Leuten, und wer weiß von wem noch. Ich kann Ihnen nicht mehr helfen, wenn meine Hilfsbereitschaft auffliegt.«

»Verstehe«, sagt Millikan.

»Und Frage 2?«

Er scheint zu überlegen.

»Lassen Sie sich ruhig Zeit«, sagt sie.

Plötzlich schlägt er sich mit der Hand vor die Stirn und steht auf, als habe er die ultimative Lösung gefunden.

»Was bekomme ich von Ihnen?«

»Jiayings Eltern. Lebend. Die wollten Sie doch, oder? Sie befinden sich in Guantanamo, aber das Problem löse ich, versprochen.«

Millikan hat ihr den Rücken zugedreht und schlurft langsam durch den Raum. Im Vorübergehen schlägt er mit einer Hand auf einen alten Bildschirm.

»Ja, das wollte ich. Und worum geht es bei dem Ganzen?«

Sie zuckt mit den Schultern. »Das wäre dann schon die dritte Frage. Es tut mir leid.« Gut, dass sich die Menschen so ähnlich sind, denkt sie. Was hätte sie getan, wenn er die dritte Frage vor der zweiten gestellt hätte? Aber die Menschen wollen immer erst wissen, was für sie drin ist, bevor sie sich um das Große und Ganze kümmern.

Lining steht ebenfalls auf, nimmt das Mikro vom Tisch und steckt es wieder an. Sie ist sehr zufrieden mit sich. Sie hat zwar noch keine Idee, wie sie Jiayings Eltern in Sicherheit bringen soll, aber das wird sich ergeben. Wenn Shixins Trophäe verschwindet, ist seine Karriere ganz sicher beendet, und sie bekommt endlich die Hauptabteilungsleiterstelle.

»Sie werden rechtzeitig und auf unmissverständliche Weise erfahren, wann und wo die Übergabe stattfindet.

Rechnen Sie nicht morgen damit, es wird auf jeden Fall ein paar Wochen dauern. Aber unternehmen Sie auf keinen Fall etwas auf eigene Faust. Sie bringen damit Jiayings Eltern und sich selbst in Gefahr. Ist das klar?«

»Absolut«, antwortet Millikan.

»Und wie gesagt: niemand darf etwas von unserem Gespräch erfahren. Sie haben keine Ahnung, wer hier für wen arbeitet. Ich garantiere Ihnen ein schlechtes Ende für alle, wenn auch nur ein Wort diesen Raum verlässt.«

Robert nickt. Vermutlich hat sie ihm genug Angst eingejagt. Lining hofft, dass er lange genug stillhält, sonst scheitert ihr Plan.

»Ich wünsche Ihnen alles Gute«, sagt sie zum Abschied. »Danke, ich finde selbst nach draußen.«

13. April 2047, ILSE

Obwohl sie schon gestern die Jupiter-Umlaufbahn erreicht haben, läuft Martin beim Anblick des riesigen Planeten noch immer ein Schauer über den Rücken. Die ILSE hat die Anziehungskraft des nach dem Zentralgestirn schwersten Objekts unseres Sonnensystems mit zum Bremsen genutzt: Sie ist erst mit in Bewegungsrichtung feuernden Triebwerken dicht an ihm vorbei gerauscht, um sich dann wie mit einem Gummiband von dem Gasball zurückziehen zu lassen. Den so erreichten stark elliptischen Orbit werden sie heute verlassen. Doch bis dahin muss Martin das Gefühl noch ertragen, dass sie dem Giganten unmöglich entkommen können.

Gelegenheit, seinen Blick abzuwenden, wird er erst nach seiner Schicht haben. Denn die ILSE ist dem Planeten gerade so nahe wie seit der Juno-Sonde in den 2010er-Jahren kein Raumfahrzeug mehr, und das wollen die Astronomen auf der Erde natürlich ausnutzen. Alle Messgeräte sind auf den Planeten gerichtet, und Martin folgt den Anweisungen auf seinem Tablet, welche Features er wann und wie lange ins Bild rücken soll. Den Großen Roten Fleck, den größten Wirbelsturm des bekannten Universums, hat er bereits in allen Wellenlängen aufgenommen. Er dehnt sich seit ein paar Jahren immer weiter aus, und die Forscher wüssten gern, warum.

Was Martin selbst aber besonders fasziniert, ist die schnelle Bewegung der Atmosphäre, erkennbar an den Wolkenstreifen. Die statischen Fotos, die er kannte, geben diese Dramatik nicht wieder, und dazu kommt natürlich die schiere Größe des Jupiter, die die Astronauten der ILSE als erste Menschen so eindrücklich aus direkter Anschauung erfahren. Seit langem hat Martin dadurch erstmals wieder ein von außen geprägtes Gefühl von oben und unten – wovon sein Magen gar nicht so begeistert ist, vermittelt es ihm doch den Eindruck, in der nächsten Sekunde mitten in die Wolkenstreifen aus Ammoniak, Wasserstoff und Helium hineinzufallen.

Er ist deshalb froh, dass er um den Außenbord-Einsatz diesmal herumgekommen ist: Hayato und Jiaying mussten dabei eines der DFDs derart umkonfigurieren, dass es mit dem CELSS verbunden ist – und nicht mehr mit dem Rest des Schiffs. Das erwies sich als nicht ganz einfach, denn die zum Starten der Direct Fusion Drives nötigen Sekundärtriebwerke müssen auf der ILSE verbleiben. Das DFD musste also im Betrieb seinen Standort wechseln. Zum Glück lässt es sich von Antriebsschub auf eine reine Kraftwerksfunktion umschalten. Doch falls es ihnen auf der Oberfläche von Io aus irgendeinem Grund ausfallen sollte, werden sie es nicht wieder anschalten können.

Martin zuckt mit den Schultern. Es ist ja im Grunde egal. Selbst wenn der aktive Strahlungsschutz ausfällt, hat sie Jupiter erst nach sechs Tagen komplett gegrillt, und so lange bleiben sie nicht. Was ihnen auf der Erde das Leben rettet – das Magnetfeld des Planeten, das den Sonnenwind abschirmt –, wird ihnen hier potenziell zum Verhängnis. Denn Jupiter hat durch den in seinem Kern metallisch werdenden Wasserstoff ein derart starkes Magnetfeld, dass sich um ihn herum Ringe aus geladenen Teilchen gebildet haben. Ausgerechnet ihr Ziel, der Vulkanmond Io, bewegt sich inmitten eines solchen Rings, der ständig von seinen aktiven Vulkanen gefüttert wird.

Nach zwei Stunden als Messknecht löst ihn Jiaying ab. Sie begrüßt ihn, ohne ihn anzusehen. Mittlerweile hat sich Martin daran gewöhnt. Am besten geht es ihm, wenn er sie so weit wie möglich ignorieren kann. Ansonsten ist sie nicht mehr durch seltsames Verhalten aufgefallen. Sie hat sogar wieder begonnen, sich an gemeinsamen Aktivitäten zu beteiligen. Und bei der Vorbereitung der Landung auf Io hat sie sich fast ein Bein ausgerissen, überall mit angepackt und jeden der nötigen Schritte noch einmal überprüft. Martin kommt es fast so vor, als freue sie sich auf ein Abenteuer – wobei er auf ihrem Gesicht nie Anzeichen von Freude entdeckt hat. Es ist nur ihre nicht nachlassende Aktivität, die auf irgendetwas hinzusteuern scheint.

Er klettert aus dem Labor nach oben, um sich im Habitatring frisch zu machen. Immer, wenn die ILSE bremst oder beschleunigt, werden Bewegungen von Modul zu Modul anstrengender, weil sie plötzlich an Leitern hinauf und hinunter klettern müssen. Deshalb ist Martin froh, als er nach dem Besuch im WHC endlich seine Kabine erreicht.

Dort wartet bereits eine Nachricht auf ihn, wie ihm Marchenkos Stimme verkündet: »Dein Vater hat sich gemeldet.«

»Das wurde ja auch Zeit.«

»Darf ich?«

»Ja, Dimitri, du darfst zuhören.«

Es handelt sich um eine verschlüsselte Videobotschaft, die nur Martin öffnen kann. Oder all die, die meine Autorisierung besitzen, denkt er. Der Film läuft ein, nachdem er die Freigabe erteilt hat. Sein Vater sitzt vor einem uralten Computer. Die Kamera, vermutlich ebenfalls ein älteres Modell, denn der Ton läuft nicht ganz synchron und das Bild wirkt irgendwie verwaschen, hat ihn komplett im Blick. Er trägt einen abgewetzten Anzug und sieht müde aus.

»Hallo Martin«, sagt er. »Ich wollte euch eine glückliche Landung auf Io wünschen. ‚Godspeed', sagt man das noch unter Astronauten? Ich bin ja schon ein alter Mann und kenne euren Jargon nicht mehr. Bestimmt wird alles gut, auch mit Jiaying. Robert over and out.«

Sein Vater bleibt noch im Bild. Es sieht aus, als denke er angestrengt nach. Dann schnieft er. »Sagt man vermutlich auch nicht mehr, oder? Na das kannst du mir ja dann auf der Erde erzählen. Jetzt gebe ich erst einmal Ruhe.«

Damit endet das Video. Martin dreht sich um und erwartet, Marchenko neben sich zu sehen, doch dort ist nur die Wand. Ihm war fast so, als habe er den Russen atmen hören.

»Ja, bin genauso verblüfft wie du«, hört er Marchenkos Stimme.

»Du hast auch keine Ahnung, was das sollte? Er erwähnt meine Bitte nicht einmal mehr?«

»Vielleicht ist er ja inzwischen so senil, dass …«

»Nein, das kann nicht sein.«

»Vermutlich hat er keine weitere Sendung aufgefangen

und hielt das nicht für weiter erwähnenswert. Wir waren ja von Anfang an unsicher und hätten sowieso nur Jiayings Antworten auf etwaige Botschaften mithören können.«

»Das kann ich nicht glauben, Marchenko. Du weißt, was er schon alles für uns herausbekommen hat. Er ist ein Fuchs, zwar ein alter, aber er hat immer noch Spürsinn. Vielleicht wollte er ja gerade durch das Weglassen dieser Information etwas sagen? Wird er vielleicht überwacht?«

»Traust du deinem Vater zu, dass er eine zweite Informationsebene eingebaut hat?«

»Er hat mir als Kind das Programmieren beigebracht. Mit fünf Jahren! Das war wohl sein Abschiedsgeschenk.« Martin macht eine kurze Pause. »Wie fit er heute darin ist, weiß ich nicht.«

»Dann lass mich das Video mal analysieren. Vielleicht stecken steganografische Inhalte darin, in den Einzelbildern versteckte Details.«

Martin lächelt. Natürlich weiß er, was Steganografie ist. Soll er mal rechnen. Er ist ziemlich sicher, dass Marchenko nichts finden wird.

»Ich … äh …« Eine stammelnde KI, das hat Martin auch noch nicht erlebt. »Mist, die Analyse hat die Bildverarbeitung-Algorithmen der ILSE zum Absturz gebracht. Ich hoffe, das ist Watson nicht aufgefallen.«

»Ein Crash?«

»Das kann natürlich Zufall sein, oder auch Absicht, das ist schwer zu sagen. Fakt ist, dass die Analyse-Software nicht gegen bösartige Inhalte gewappnet ist. Du musst bedenken, sie wurde für die Crew an Bord gemacht, zur Mustererkennung in all euren Beobachtungen. Das sind primär gutartige Umgebungen.«

Martin hat sich mit KI-Forschung bisher kaum beschäftigt. »Aber das Problem ist bekannt?«

»Ja, schon seit langem, militärisch eingesetzte KIs sind dagegen gehärtet. Aber Watson kommt aus dem zivilen Bereich.«

»Und was soll das?«

»Es verhindert, dass sich der Videostream maschinell analysieren lässt.«

»Was umso mehr dafür spricht, dass dein Vater etwas versteckt hat.«

»Spiel das Video noch einmal ab, Marchenko.«

»Hallo Martin«, sagt sein Vater, ein bisschen zeitversetzt zum Bild.

»Korrigiere bitte die Synchronisation.«

Das Bild bleibt kurz stehen, dann bewegen sich Robert Millikans Lippen exakt zum Ton passend.

»Jetzt bitte halbe Geschwindigkeit.«

Marchenko bremst das Video ab. Die Tonhöhe sinkt, sein Vater ist aber immer noch zu verstehen. Langsam läuft der Film durch. Martin sieht aufmerksam auf den Bildschirm. Als sie beim Wort ‚Jiaying' ankommen, bemerkt er ein Flackern.

»Ist dir das auch aufgefallen, Dimitri?«

»Was?«

»Das Flackern im Bild, als mein Vater ‚Jiaying' gesagt hat.«

»Nein. Aber warte.«

Sein Vater bleibt mit offenem Mund auf dem Display stehen, während Marchenko anscheinend den Stream durchgeht.

»Du hast Recht. Ich konnte das nicht bemerken, es ist nur ein einzelner Frame, den hat meine Fehlerkorrektur bei der Analyse aussortiert. Ich musste jedes Einzelbild separat aus dem Film lösen.«

»Und was ist da zu sehen?«

Auf dem Bildschirm erscheinen eine Frau und ein Mann. Die Frau erkennt Martin sofort. Es ist seine Mutter. Sie wirkt jung und schön. Der Mann neben ihr muss Robert Millikan sein.

»Meine Eltern.«

»Er wollte wohl auf den Begriff ‚Eltern' hinaus. In der synchronisierten Version erscheint das Bild, während er ‚Jiaying' sagt.«

»Spiel den Film bitte noch einmal in normaler Geschwindigkeit ab. Ich glaube fast, da steckt noch mehr drin.«

»Hallo Martin«, sagt sein Vater, diesmal wieder mit seiner gewohnten Stimme. Martin achtet nicht auf sein Gesicht, sondern versucht, den Hintergrund genau zu beobachten. Auf dem alten Monitor hinter Robert Millikan dreht sich ein Globus. Leider verdeckt der rechte Arm seines Vaters fast zwei Drittel des Bildes.

»Stopp, wenn er ‚Jiaying' sagt.«

Kurze Zeit später hält das Bild an. Der Globus ist auf einer bestimmten Position eingefroren. Am rechten und oberen Bildschirmrand sind ein waagerechter und ein senkrechter Strich zu sehen.

»Die beiden Striche könnten ein Kreuz bilden.«

»Ich verstehe, worauf du hinaus willst«, sagt Marchenkos Stimme. Auf einmal verschwindet der rechte Arm seines Vaters aus dem Bild. Marchenko extrapoliert aus der Teilansicht des Globus die komplette Weltkarte. Die beiden Linien kreuzen sich in der Karibik. Marchenko vergrößert den Ausschnitt, sodass der Kreuzungspunkt besser erkennbar ist.

»Das ist Kuba«, sagt Martin.

»Genau genommen die Guantanamo-Bucht. Du weißt, was sich dort befindet.«

»Wahnsinn, da hat er sich wirklich Mühe gegeben, dass ihm niemand auf die Schliche kommt.«

»Ja, eine maschinelle Extraktion der Informationen hätte nichts erbracht.«

»Aber was will uns mein Vater sagen? Dass sich Jiayings Eltern in der Guantanamo-Basis befinden, aber alles gut wird? Oder sollen wir das eher als Warnung verstehen?«

»Ich halte es aus menschlicher Sicht eher für eine Entwarnung«, meint Marchenko.

»Keine Ahnung, wie weit ich deiner menschlichen Sicht noch trauen kann und sollte.«

»He, ich bin ein Mensch wie jeder andere.«

»Wenn ich dich schlechte Witze machen höre, hast du mich sofort davon überzeugt, Dimitri.«

Martin möchte der Marchenko-KI gern Recht geben. Die Aussicht auf ein gutes Ende, wie es auch aussehen mag, beruhigt und erleichtert ihn. Und doch hat er ein flaues Gefühl im Magen, das er nicht los wird. Vielleicht, denkt er, sieht es morgen nach der Landung ja anders aus.

14. April 2047, Io

Io hängt vor ihnen im All wie ein kranker Apfel. Martin kann sich an das Äußere dieses Mondes so gar nicht gewöhnen. Seine Pockennarben und die ungesunde Gesichtsfarbe warnen geradezu davor, auch nur in seine Nähe zu kommen. Doch statt in sicherem Abstand zu bleiben, wollen sie gleich darauf landen. Und das auch noch mit der ungewöhnlichsten Landekonstruktion, die es je irgendwo im Sonnensystem gegeben hat.

Während er schon im Cockpit sitzt, versucht Martin sich vorzustellen, wie ihr Expeditions-Beiboot aus der Entfernung aussieht. Es muss wie ein seltsamer Burger wirken. Das eigentliche Landemodul sitzt unten, flach wie das Unterteil des Brötchens. Darüber das CELSS, der Garten, der die Form einer abgeplatteten, dicken, aber kurzen Wurst hat. Vielleicht passt der Vergleich mit einem Hotdog doch besser? Das CELSS ist im Wesentlichen leerer, umbauter Raum. Wichtig ist nicht, dass sie damit Nahrung produzieren können, sondern dass die an seiner Außenhaut befestigten, vom DFD mit Strom gespeisten supraleitenden Spulen ein schützendes Feld erzeugen. Solange sie sich im CELSS aufhalten, sind sie vor Strahlung weitgehend geschützt. An seiner Oberseite trägt der Zylinder des Gartenmoduls quasi als Senf-Garnierung ein Gerät, das dort eigentlich nicht hingehört, ein Direct Fusion Drive. Das brauchen sie nicht für den Auf- und Abstieg (dafür wäre es völlig ungeeignet), sondern als Generator, der den für das Schutzfeld nötigen Strom erzeugt.

Ob sie diese Konstruktion wohlbehalten zur Oberfläche der Io bringen, hängt vor allem von Francesca ab, der Pilotin, und von Watsons Berechnungen der nötigen Treibstoffmenge. Martin hat in beide vollstes Vertrauen. Er wartet in seinem Sessel auf den Start. Sein rechter Fuß wippt. Warum mussten die Astronomen diesem hässlichen Mond ausgerechnet einen weiblichen Namen geben? »Die Io«, die Tochter des Flussgottes Inachos, in die sich Zeus (oder dessen römisches Äquivalent Jupiter) persönlich verliebt haben soll – und dazu dieses abstoßende Gesicht?

Könnte es dann jetzt bitte endlich losgehen? Martin ist ungeduldig wie bei keinem der Ausflüge bisher. Er will diese Reise endlich hinter sich haben. Warum eigentlich? Die Erde lockt ihn gar nicht so, muss er sich eingestehen, aber da ist dieses Gefühl, dass etwas passieren wird, etwas Furchtbares, das sie alle betrifft. Martin kennt solche Ahnungen von sich überhaupt nicht, sie passen kein bisschen zu seinem Selbstbild, er hat auch niemandem davon erzählt, und doch sind sie da.

Francesca macht noch immer keine Anstalten, den Start vorzubereiten. Stattdessen diskutiert sie mit der Kommandantin. Martin versteht nicht, was sie sagen, aber er meint immer wieder »Amy« von Francescas Lippen ablesen zu können. Von Jiaying hat er nichts gehört. Er hatte doch ein wenig Hoffnung gehegt, dass sie sich von ihm verabschieden würde. Sie wird zusammen mit der Kommandantin und dem kleinen Dimitri Sol an Bord der ILSE bleiben, das hat bei Titan schließlich gut funktioniert. Aber es scheint Hayato immer wieder das Herz zu brechen, sich von seinem Sohn verabschieden zu müssen. Martin hat schon vorgeschlagen, ihn einfach mitzunehmen – das erste Baby auf einem Mond, das wäre doch eine schöne Schlagzeile für die Medien. Tatsächlich hat der erwartete Ausflug auch auf der Erde wieder Wellen geschlagen, nachdem es vorher ruhiger um die Internationale Expedition geworden war.

»Anschnallen, Leute«, sagt Francesca über die Bordlautsprecher. »Es geht gleich los. Start in 60.«

Der Countdown zählt langsam nach unten. Bei »0« spürt Martin noch gar nichts, aber er hört ein klackendes Geräusch, das sich über die Schiffshülle ausbreitet. Das müssen die Klammern zwischen dem CELSS und den anderen Modulen sein, die sich gelöst haben. Ganz langsam gleitet das Landemodul nach unten von der ILSE weg, angetrieben nur von ein paar Druckluft-Düsen. Francesca sitzt ganz entspannt in ihrem Pilotensitz. Sie lächelt und ist ganz offensichtlich in ihrem Element.

»Drehung in 10, Jungs!«

Wenn das Landemodul genügend Abstand zur ILSE hat, muss Francesca dieselben Druckluftdüsen benutzen, um eine Drehung einzuleiten. Die Triebwerke müssen in Bewegungsrichtung zeigen, damit der Lander seine Geschwindigkeit verringert und in Richtung Oberfläche sinkt. Die Parabel, auf der sie sich Io nähern, wird allmählich immer steiler werden. Watson wird dann jeweils nachkorrigieren, sodass sie schließlich mit den Triebwerken nach unten an ihrem Ziel ankommen. Io ist zwar der viertgrößte Mond des Sonnensystems, aber seine Anziehungskraft ist doch nicht so riesig, dass sie die Landung zu einem Problem machen könnte. Die äußerst dünne Atmosphäre hilft ihnen zusätzlich, weil sie keine Reibungshitze erzeugt.

Das einzige echte Problem ist der Landeort. Die Botschaft des Enceladus-Wesens lässt so viele Interpretationen zu, dass sie bei ihren Untersuchungen möglichst flexibel sein müssen. Gleichzeitig verhindert die Strahlung Ausflüge, die länger als einen Tag dauern. Welche geologischen – und vielleicht auch biologischen – Features sie auch immer unter die Lupe nehmen wollen: Sie dürfen nicht mehr als vielleicht 100 Kilometer entfernt sein. Die Wahl ist deshalb auf ein Gebiet nahe des Äquators auf der Jupiter zugewandten Seite gefallen, in dem sich mit Pillan Patera und Reiden Patera gleich zwei Vulkankrater befinden und mit Kami-Nari Patera dazu auch noch ein kleiner aktiver Vulkan.

Das ist mutig – nicht nur, weil sie bei der Landung genau zielen müssen und im Anflug vielleicht vom Material eines Ausbruchs getroffen werden könnten, sondern auch, weil in der Nähe vulkanischer Bereiche immer die Gefahr besteht, dass die Oberfläche nicht stabil ist. Den Lander direkt auf einer Lavakammer abzusetzen, dürfte ihnen kaum bekommen. Martin hat bei der Diskussion darüber sarkastisch gefragt, ob sie bei der Rückkehr zur Erde denn gern auf Island landen würden. Ein passender Vergleich zwar, jedoch ist die Vulkandichte auf Io generell so hoch, dass geologisch sicheres Territorium wohl kaum existiert.

»Ich zünde gleich die Triebwerke«, holt ihn Francesca

aus seinen Grübeleien. Er hat nicht einmal mitbekommen, dass sie das Schiff erfolgreich gedreht hat, so sanft lief der Vorgang ab. Da keine Schwerkraft auf ihn wirkt, bemerkt er nicht, dass er nun genau genommen mit dem Blick nach unten über dem Vulkanmond hängt. Martin ist froh, dass keine Bullaugen in Sicht sind; das Bild auf seinem Display kann ihn nicht erschrecken.

Dann drückt ihn die Kraft der chemischen Triebwerke des Landers in seinen Sessel. Sie drücken die Geschwindigkeit des Schiffs immer weiter unter Ios Fluchtgeschwindigkeit, sodass der Mond Gelegenheit hat, seinen unerwarteten Gast einzufangen. Io hatte bisher keine Besucher, sie werden also erneut jungfräulichen Boden betreten können. Martin stellt sich vor, wie sein Name in sämtlichen Netz-Enzyklopädien erscheint. Für die chinesische muss das ärgerlich sein, weil doch Jiaying nur auf Enceladus gelandet ist.

»Achtung, ich trete ein bisschen stärker auf die Bremse.«

Francescas Warnung kommt gerade noch rechtzeitig. Martin hasst das Gefühl, wenn ihm eine zentnerschwere Last die Luft abdrückt. Letztens, als Watson auf Titan gelandet ist, ging das doch viel sanfter? Er schafft es, einen Blick zu Francesca zu werfen. Sie sitzt in ihrem Sessel und grinst vor sich hin. Sie muss eine masochistische Ader besitzen.

»Vulkanischer Plume nahe Flugrichtung«, warnt die Watson-KI.

»Entschuldigung, Leute, ich muss die Parabel etwas steiler fliegen, sonst trifft uns da noch ein Stein an der Stirn.« Francesca macht ihre Drohung sofort wahr. Eine solche Beschleunigung hat er seit dem Start von der Erde in dieser alten chinesischen Rakete nicht mehr aushalten müssen.

»Mss ds sn…« Er bekommt den Mund nicht einmal mehr richtig auf.

»Ich verstehe dich nicht, Martin, hast du ein Anliegen?« Francesca hat sich in seine Richtung gedreht und grinst ihn frech an. Ihre Augen leuchten so sehr, dass er ihr das nicht übelnehmen kann. Vielleicht sollte er wirklich nicht so viel herumjammern. Er würde sich selbst nur ungern zuhören. Vielleicht hat ihn Jiaying ja deshalb abgesägt. Er nimmt sich fest vor, in Zukunft - ja, was eigentlich? Allmählich fängt der Bremsdruck an zu nerven. Wenn das noch lange dauert, wird er die Windel benutzen müssen, die sie vor der Landung sicherheitshalber alle angelegt haben. Wie peinlich!

Unter den halb geöffneten Augenlidern hindurch starrt er auf den Bildschirm. Die Oberfläche Ios rast an ihm vorbei. Er sieht Vulkanschlote, die aus gelb-grünen Ebenen aufragen, Seen in kreischenden Farben wie aus einem Dokumentarfilm über schwere Umweltsünden auf der Erde, wüstenartige Bereiche mit grauem und rotem Sand, die von riesigen Felsbrocken übersät sind, fette Lavapickel, aus deren Spitze sich breite Ströme eines halbflüssigen Materials in alle Himmelsrichtungen wälzen … Io ist wirklich ein ganz spezielles Paradies, denkt er, wie es Hieronymus Bosch gemalt haben könnte. Was wollen sie bloß hier? Kann von diesem Mond, der seit Milliarden Jahren von der unsichtbaren Faust seines Planeten durchgeknetet wird, eine reale Gefahr ausgehen?

Der Sandsack, der auf seiner Lunge zu liegen scheint, wird leichter.

»Wir haben es bald geschafft«, sagt Francesca, und sie

klingt ein bisschen traurig dabei. »Noch etwa zehn Minuten.«

Auf Martins Bildschirm ist der Zielort schon eingezeichnet. Sie nähern sich für seinen Geschmack zu schnell, viel zu schnell.

»Alles prima. Ist mit Watson so abgesprochen. Dadurch sinkt das Risiko, dass wir von Auswürfen getroffen werden.« Francesca hat wohl seinen skeptischen Blick bemerkt.

»Das heißt leider auch, dass ich jetzt noch einmal kräftig …«

Sie beendet den Satz nicht. Dieser Schub macht wohl auch ihr zu schaffen. Zum Glück ist er nach zwanzig Sekunden vorüber.

»Puh, also kräftig auf die Bremse treten musste. Keine Sorge, der Rest ist ein Kinderspiel.«

»Alle Systeme go. Landestelle sicher«, bestätigt Watson ihre Worte. Martin sieht auf den Bildschirm. Nur noch 52 km/h, langsamer als sein Moped.

»High gate.« Das übliche Signal, wenn sie die Landung nicht mehr abbrechen können. Unter ihnen liegt eine flache Ebene ohne größere Steinbrocken, eine gute Wahl.

»Watson, last check.«

»Alle Systeme go. Bremsvektor wie geplant.«

Francesca drückt einen Knopf und übergibt Watson für die letzten Meter die Kontrolle. Die KI kann bei überraschenden Zwischenfällen schneller reagieren. Martin erinnert sich an die Landung auf Titan, der sie buchstäblich auf den letzten Metern überrascht hatte.

»Status?«

»Keine Besonderheiten.«

Das hört Martin gern. Er drückt beide Daumen.

»150 Meter. Low gate.«

Gleich sind sie da. Die Triebwerke wirbeln Sand auf, der die Sicht nach unten versperrt. Watson schaltet automatisch auf Radar um. Ein Piepen ertönt, während sie die letzten Meter sinken. Das Schiff muss auf 10 km/h abbremsen, 15 km/h wie auf Titan wären zu schnell, weil sie jetzt schwerer sind. Aber das berücksichtigt Watson alles.

»Achtung, Landung!«, sagt Francesca. Martin hält den Atem an. Ein Knirschen geht durch den Lander. Die Stützen sind aus hartem Metall, und doch scheinen sie ein wenig nachzugeben, diesen Eindruck hat er zumindest. Wackelt das Schiff etwa hin und her? Wird es umkippen? Er sieht auf den Bildschirm: Horizontalgeschwindigkeit Null.

»Kannst wieder ausatmen, wir sind da.«

Martin hasst es, wenn Passagiere im Flugzeug dem Piloten nach der Landung Beifall spenden, doch jetzt klatscht er, und Hayato fällt ein.

15. April 2047, Washington Post

Katastrophe im Weltall

Was geschah auf der Internationalen Raumexpedition? NASA spricht von Software-Fehler, Quellen behaupten Entführung.

Auf dem Raumschiff der Internationalen Expedition, das sich derzeit auf dem Rückflug zur Erde befindet, ist es anscheinend zu schwerwiegenden Störungen gekommen. Die Weltraumagentur NASA ließ am Morgen über ihren Pressesprecher verlautbaren, dass ein Software-Problem derzeit die Kommunikation mit dem kurz ILSE genannten Raumfahrzeug behindere, das in Folge eines geplanten, aber angeblich unerwartet komplexen Software-Update der Bordrechner entstanden sei.

Nähere Aussagen will die Organisation erst treffen,

wenn eine interne Untersuchung zu ersten Ergebnissen gekommen ist. Ähnliche Meldungen haben auch die Weltraum-Agenturen Chinas und Russlands veröffentlicht. Nachfragen bei ESA (Europa) und JAXA (Japan) haben ergeben, dass diese in die Bearbeitung der Probleme nicht eingebunden sind. Die japanische Regierung und die Europäische Kommission haben dagegen offiziell Protest eingelegt und fordern, über das Schicksal ihrer an Bord befindlichen Staatsbürger umgehend informiert zu werden.

Reporter dieses Mediums versuchen derzeit, weitere Informationen von unabhängigen Experten einzuholen. Das NASA-Hauptquartier in Washington DC ist ebenso wie die für die Expedition zuständige Missionskontrolle im Johnson Space Center in Houston aus, wie es heißt, »Gründen nationaler Sicherheit« militärisch abgeriegelt. Niemand darf die Einrichtungen betreten oder verlassen. Ein Mitarbeiter des Verteidigungsministeriums berichtet unter der Zusage von Anonymität, dass der Zwischenfall sich ereignete, als die ILSE eine Erkundungsmission zu dem Jupitermond Io vorbereitete. Die NASA-Behauptung eines Software-Problems sei zwar nicht grundsätzlich falsch, aber stark verkürzt.

Tatsächlich habe sich schon seit dem Start von Enceladus illegal, also ohne Zustimmung der weltweiten Autoritäten, eine außerirdische Intelligenz innerhalb der Bordcomputer des Raumschiffs ausgebreitet, dieses wie ein Virus infiziert, die beiden KI-Programme »Watson« und »Siri« ausgelöscht und schließlich auf eine Gelegenheit gewartet, das Raumfahrzeug komplett zu übernehmen. Diese habe sich ergeben, als die von der

NASA vorab bestätigte Io-Expedition gestartet sei, die nur zwei Menschen an Bord der ILSE zurückließ. Bei den beiden Personen handele es sich um die Kommandantin Amy Michaels (44) aus den USA und die Spezialistin Li Jiaying (39) aus der Volksrepublik China. Es sehe demnach derzeit so aus, als seien die beiden im Habitatring des Schiffes eingeschlossen, sodass es keine Möglichkeit für sie gebe, den Kurs des Schiffes zu beeinflussen.

Die anonyme, aber glaubwürdige Quelle geht nicht davon aus, dass eine konkrete Gefahr für die Erde bestehe. Allerdings sei das Schicksal der auf Io gelandeten, dreiköpfigen Crew wohl besiegelt – Rettung von der Erde aus ist in der benötigten Zeit unmöglich. Auf dem vulkanisch sehr aktiven Mond sind demnach der Japaner Hayato Masukoshi (49), der Deutsche Martin Neumaier (40) und die Italienerin Francesca Rossi (49) gestrandet. Welche Ressourcen ihnen zur Verfügung stehen, ist nicht bekannt. Der Astronom Harald Gentroni von der Harvard University schätzt das Überlebens-Zeitfenster auf dem Jupitermond auf nur wenige Tage. Die Erkundungsmission hatte laut NASA-Ankündigung vor einer Woche höchstens zwei Tage dauern sollen. Experten, denen Reporter dieses Mediums die mögliche Situation telefonisch schilderten, konnten keine sinnvollen Lösungen anbieten und zeigten sich bezüglich der Zukunft der Expedition als sehr pessimistisch.

Diese Aussage ist derzeit nicht aus anderen Quellen verifizierbar. Auf ausdrückliche, auf die Quellenlage verweisende Anfragen unserer Redaktion äußerten sich weder die NASA noch das Militär oder die Geheimdienste. Falls sich die Beschreibung als zutreffend erweisen sollte, könnte dies den Verlust der kompletten, über 100 Milliarden USD teuren Mission bedeuten – und die Erkenntnis, dass außerirdische Intelligenzen nicht unbedingt friedlicher sein müssen als irdische.

15. April 2047, West Virginia

ROBERT MILLIKAN SIEHT die Sondermeldung auf seinem Telefon aufblitzen. Eine Katastrophe im All, in der sein Sohn eine unbekannte Rolle spielt – er weiß sofort, dass die ersten Reporter schon unterwegs sind. Es ist fast ein Wunder, dass sie ihn noch nicht telefonisch erreicht haben. Millikan hat sich gerade auf eine Besuchergruppe vorbereiten wollen, nun schnappt er sich die Tüte mit Georginas Bagels, wirft sich eine Jacke über, weil Regen angesagt ist, und läuft, so schnell er kann, zum Jansky-Lab. Hier kann er sich im Kontrollraum verschanzen. Wenn er den Riegel von innen zuschiebt, hört er die von außen an die dicke Tür klopfenden Reporter nicht einmal. Er sieht etwas beruhigt in den Raum. Hier kann er es eine Weile aushalten, es gibt sogar einen Wasserhahn, und in einem der Wandschränke hat er neulich eine alte Tüte Chips gesehen.

Die Fenster, er muss die Fenster verrammeln! Kurz meint er, bereits einen Journalisten auf das Gebäude zu rennen zu sehen, doch er hat sich getäuscht. Trotzdem lässt er sicherheitshalber die Rollos herunter. Jetzt ist er nur noch über E-Mail zu erreichen, denn natürlich ist auch sein Funktelefon hier tot. Die vielen Reporter werden uns die Messungen versauen, denkt er, doch dann merkt er schon, wie unsinnig dieser Gedanke ist.

Er setzt sich auf den Drehstuhl vor dem Steuerungscomputer. Hier hat er das Abschieds-Video für Martin gedreht. Das Stativ, auf das er die Kamera gesetzt hat, steht noch am selben Ort. Hoffentlich hat sein Sohn, und zwar nur sein Sohn, die enthaltene Botschaft entschlüsseln können. Und hoffentlich nutzt sie ihm.

Dass etwas passieren würde, hat er erwartet. Aber eine Entführung? Er ist nicht sicher, was er von der Geschichte halten soll, die bisher nicht offiziell bestätigt ist. Die Story ist so ausgefeilt und in sich so logisch, dass sie ihm nicht wie ein zufälliges Leck erscheint, sondern um eine Version der Wahrheit, die wichtige Leute – wohl aus dem Verteidigungsministerium – gern streuen möchten. Was daran stimmt, was nicht? Das wird die Öffentlichkeit erst erfahren, wenn es wieder Kontakt zur ILSE gibt. Ob es je dazu kommen wird? Die High-gain-Antennen der ILSE sind für die Astronauten der einzig mögliche Weg, über die weite Entfernung Kontakt aufzunehmen. Falls das Schiff allerdings tatsächlich nicht mehr von der Crew kontrolliert wird, ist dieser Weg endgültig versperrt. Dann kann er für seinen Sohn und seine Freunde nur noch hoffen.

Robert Millikan faltet seine Hände, aber nicht zum Beten, sondern damit sie aufhören zu zittern.

EINE HALBE STUNDE später zuckt er zusammen, weil jemand von außen an den heruntergelassenen Rollos klopft. Er reibt sich den Schlaf aus den Augen. Ist er tatsächlich eingenickt? Er beschließt, das Klopfen zu ignorieren. Dafür hat er sich ja hier her geflüchtet. Er startet den Computer. Wie zu erwarten, quillt sein E-Mail-Postfach über. Medien aus aller Welt wollen ihn interviewen, seine Meinung hören oder auch gleich ein paar lustige, spannende oder abstoßende Details über seinen Sohn. Robert löscht eine E-Mail nach der anderen. Beinahe rutscht ihm dabei der Finger aus, als er auf eine Nachricht von Devendra Singh Arora trifft. Der CapCom schreibt nicht von seiner offiziellen NASA-Seite aus, sondern über einen Anbieter von Wegwerf-Adressen. Damit Robert ihm vertraut, leitet er seine Nachricht mit ein paar Details aus früheren Unterhaltungen ein. Theoretisch könnten zwar immer noch ein Journalist oder ein Agent dahinter stecken, die ihren Maulverkehr gekapert haben, doch Robert beschließt, dem Absender zu vertrauen.

»Lieber Robert«, schreibt der CapCom. »Anscheinend steckt doch weit mehr hinter den seltsamen Abweichungen, als wir alle befürchtet haben. Falls ich dir mit dieser Nachricht Hoffnungen gemacht habe, mehr über das Schicksal deines Sohnes zu erfahren als in den offiziellen Verlautbarungen, dann muss ich dich enttäuschen. Wir erfahren hier seit dem Zeitpunkt der Übernahme gar nichts mehr und haben auch keinen Kontakt zu der Crew. Aber die Geschichte, die die Washington Post da ausgegraben hat, scheint uns schon sehr seltsam. Bei unseren Analysen war von einer fremden Intelligenz an Bord der ILSE nichts zu bemerken. Vielmehr haben wir festgestellt, dass von der Erde aus bestimmte Autorisierungen gefälscht wurden. Vielleicht soll da jemandem etwas in die Schuhe geschoben werden, der gar keinen Anteil an den Ereignissen hat. Unsere Beobachtungen habe ich vor fast einem Monat auch Ihrem Sohn mitgeteilt, Sie hatten mich ja um Hilfe gebeten. Ich weiß aber nicht, ob sie ihm irgendetwas gebracht haben. Es sieht aber so aus, als sei das nicht der Fall. Wenn ich Sie irgendwie unterstützen kann, melden Sie sich bitte unter dieser Adresse. Ihr Devendra Singh Arora.«

Robert Millikan schiebt die Tastatur zur Seite, legt die Arme auf den alten Tisch und bettet den Kopf darauf. Es hat eine Übernahme gegeben, so viel ist sicher. Wer wen warum übernommen hat, das weiß derzeit nur die Crew der ILSE – wenn überhaupt. Aber jede Übernahme muss sich rückgängig machen lassen. Sie haben mindestens ein paar Tage Zeit. Und Robert kann ihnen helfen. Er kann sie zwar nicht hören, aber er kann mit ihnen sprechen. Denn die mächtigen Radioschüsseln, die er unter Kontrolle hat, erreichen mit ihrer Sendeleistung bei Bedarf auch einen kleinen Lander an der Oberfläche eines Vulkanmondes – solange sich der nicht selbst in einen Faradayschen Käfig eingeschlossen hat, der jegliche Strahlung draußen hält.

15. April 2047, Fort Meade

Jetzt ist es also öffentlich. Lining sitzt in ihrem Hotelzimmer am Schreibtisch und klopft mit dem Hotel-Kugelschreiber auf die Tischplatte. Bis zum Schluss hat ihr Kollege Shixin mit einem Teil der Geschichte hinter dem Berg gehalten. Er vertraut ihr nicht. Er hat zwar keinen Grund dafür, aber trotzdem. Er hätte ihr vertrauen sollen, dann hätte sie nun zumindest ein schlechtes Gewissen. So aber kann sie sogar mit einem freudigen Lächeln den Plan durchkreuzen, den sich die Ewiggestrigen ausgedacht haben müssen. Die Geschichte mit der Übernahme durch die feindliche Intelligenz ist schlau. Sie rührt an das den meisten Menschen innewohnende Misstrauen gegen alles Fremde. Und wie fremdartig muss ein Wesen aus Milliarden einzelnen Zellen wirken, das seit ewigen Zeiten in einem Eis-Ozean vor sich hin träumt?

Dass ein solches Ding seine eigenen Interessen hat und dazu die Macht, sie durchzusetzen, das ist den Menschen leicht plausibel zu machen. Die Wahrheit, was ist schon die Wahrheit? So lange die Crew der ILSE dort draußen ist, ohne die Möglichkeit, sich bemerkbar zu machen, haben Chinesen und Amerikaner die Wahrheit auf ihrer Seite. Alles hängt, aber das wissen nur wenige, an einer Person: Li Jiaying, deren Eltern in Guantanamo darauf warten, dass die brave Tochter die außerirdische Intelligenz zur Strecke bringt. Danach werden sie sterben, das ist völlig klar, ebenso wie Jiaying und ihre Freunde, denn fände die ILSE den Weg zurück zur Erde, würde die mühsam konstruierte Geschichte auffliegen.

Lining versucht, sich an das junge Mädchen zu erinnern, das beim 100-Meter-Lauf aus dem Block neben ihr gestartet ist. Sie hatte die ein Jahr Jüngere zunächst leicht schlagen können, doch am Ende hatte Jiaying den härteren Willen bewiesen. Sie konnte sich länger quälen, verzichtete auf jegliche Freizeit, nur um am Ende die erste zu sein. Lining hatte sie gehasst und bewundert und war dabei immer freundlich geblieben. Sie hatte sich sogar lange eingebildet, mit Jiaying befreundet zu sein. Heute weiß sie, dass Konkurrenz eine Freundschaft ausschließt, wenn man ein Ziel wirklich ernst nimmt. Erst diese Erkenntnis hat ihr die Karriere im Geheimdienst des Militärs ermöglicht. Major Tang Shixin unauffällig aufs Altenteil zu schicken, wird ihr aber auch so keine Gewissensbisse bereiten – sie hat beinahe das Gefühl, der alte Haudegen legt es darauf an. Besser ein Ende mit Schrecken? Vielleicht hat er ja erkannt, dass die alte, kompromisslose, konservative Linie, die er und seine Kreise verfolgen, in der modernen Volksrepublik keine Chance mehr haben. Trotzdem wird er ihre Aufgabe garantiert nicht erleichtern.

Ihre Aufgabe. Der Hebel, den sie besitzt, das sind Jiayings Eltern. Bringt sie diese in Sicherheit, wie sie es Robert Millikan versprochen hat, dann bricht der schöne Plan zusammen. Ohne das Druckmittel wird Jiaying die ihr aufgezwungene Mission abbrechen. Sie wird einen Weg finden, die Kontrolle über das Schiff zurückzuerlangen, sie wird zu Io zurückkehren und den Rest der Crew aufnehmen. Lining erinnert sich an eines der letzten Rennen, das sie gegen Jiaying gewonnen hat. Die auf der Innenbahn laufende Konkurrentin hatte urplötzlich, fünf Meter vor dem Ziel, gestoppt, weil eine Taube in Richtung der Tartanbahn gehüpft war. Der Moment hatte ihr gereicht, die entscheidenden Meter aufzuholen. Sie hatte nicht einmal mitbekommen, dass sich da irgendein Federball übermütig in Gefahr gebracht hatte. Trotzdem hatte sich Lining anschließend bei ihrem Trainer beschwert: Sie hätte schließlich stürzen können, wenn sie mit ihren Spikes in das Tier getreten wäre.

Lining schüttelt den Kopf. Diese extreme Form des Ehrgeizes hat sie längst aufgegeben, denn sie ist nicht gesund. Aber ihre Aufgabe, den verachteten Vorgesetzten auf das Abstellgleis zu schieben, wird sie erfüllen. Sie muss Jiayings Eltern irgendwie befreien, und zwar so, dass man es Shixin als Fehler auslegen kann. Sie weiß nur noch nicht, wie sie es anstellen soll, den beiden Alten die Flucht zu ermöglichen. Shixin hat mit den Amerikanern die Unterbringung in Guantanamo vereinbart, also wäre es in den Augen der Oberen seine Verantwortung, wenn diese nicht sicher genug ist. Andererseits hat sie die beiden ja gesehen und kann sich nicht vorstellen, dass sie von sich aus einen Fluchtversuch unternehmen. Da muss also ein anderer Plan her. Lining steht auf. Shixin holt sie gleich zur Besprechung im NSA-Hauptquartier ab. Um ihre Aufgabe zu erfüllen, hat sie noch ein paar Tage Zeit.

15. April 2047, Io

»WATSON, Umweltbedingungen?«

Keine Reaktion. Die KI antwortet nicht auf Francescas Frage.

»Hallo, Watson, aufwachen!«

Martin zieht die Augenbraue hoch. Watson muss Francescas Befehl jetzt befolgen, oder …

»Vielleicht sind die Mikros durch die Landung ausgefallen«, schlägt er vor.

»Alle Raummikros auf einmal? Das kann nicht sein. Dein Gehirn ist vom Sauerstoffmangel bei der Landung wohl noch etwas benebelt«, antwortet die Pilotin.

»Oder die Verbindung zur ILSE?«

Francesca tippt auf ihren Monitor.

»Verbindung steht.«

»Aber?«

»Befehle werden erfasst und gesendet, aber es erfolgt keine Antwort.«

Hayato steht auf, stellt sich neben Francesca und sieht auf ihren Bildschirm.

»Tatsächlich«, sagt er, und erntet dafür einen bösen Blick.

»Pilotin an ILSE, Amy, bitte kommen.«

Francesca tut das Naheliegende. Sie bleibt beeindruckend ruhig. Aber das Raumschiff antwortet nicht.

»Die Verbindung«, sagt Hayato, während er auf Francescas Monitor herumtippt, »sie wird schwächer. Nicht drastisch, aber merklich. Siehst du, hier, Francesca?« Er zeigt mit dem Finger auf eine Stelle.

Martin steht ebenfalls auf, um besser zu erkennen, was Hayato meint. Er betrachtet die Intensitätskurve des Empfangs. Das sieht nicht nach Auswirkungen eines Strahlungssturmes aus. Die Empfangsstärke nimmt kontinuierlich ab, als würde sich der Sender mit zunehmender Geschwindigkeit entfernen.

»Was sagt das Radar dazu?«

Francesca schaltet die Darstellung um. Der kleine Punkt, der die ILSE symbolisiert, hat sich aus der Umlaufbahn entfernt und bewegt sich auf einer Parabel in Richtung Jupiter.

»Kannst du die Bahn prognostizieren, wenn es keine Kurskorrekturen gibt, Francesca?«

»Ohne Korrekturen wird das ein elliptischer Orbit um Jupiter.«

Das ergibt keinen Sinn. Warum sollte das Raumschiff eine Jupiterbahn wählen?

»Dann werden wir vermutlich bald eine Kurskorrektur sehen«, sagt er.

»Meinst du, sie will zurück zur Erde?« Hayato hat wohl Jiaying im Verdacht. Vermutlich liegt er damit richtig. Es wäre eine Erklärung für ihr seltsames Verhalten. Aber er kann noch immer keine Gründe erkennen. Das macht ihm zu schaffen.

»Ich weiß es nicht«, sagt er. »Ich merke immer mehr, dass ich Jiaying gar nicht kenne.«

»Wir sollten vorsichtig mit Beschuldigungen sein«, sagt Francesca. »Da stimmt so einiges nicht. Warum antwortet Watson nicht? Was ist mit der Kommandantin? Jiaying kann doch die ILSE gar nicht ohne ihre Zustimmung bewegen. Und warum meldet sich Marchenko nicht? Hieß es nicht, er habe Watson unter Kontrolle?«

»Du hast Recht«, antwortet Martin. »Es gibt etwas, das ihr nicht wisst. Marchenko und ich haben es gemeinsam herausbekommen. Jiaying hat einige private Botschaften erhalten und gesendet, die mit einer gefälschten Autorisierung der Kommandantin gelöscht wurden. Dahinter scheint die Watson-KI zu stecken, die vermutlich mit weit umfassenderen Kompetenzen ausgestattet wurde, als wir es ahnen.«

Francesca sieht ihn wütend an. »Warum habt ihr nichts davon erzählt? Und vor allem, wer soll Watson diese Berechtigungen übertragen haben?«

»Eben, das wissen wir nicht, wir haben noch auf zusätzliche Informationen gewartet. Mein Vater wollte jede weitere Kommunikation von Jiaying mit der Erde mitschneiden. Du hast Recht, wir hätten euch einweihen sollen.«

»Es hilft ja nichts, wenn wir uns streiten«, sagt Hayato. »Wir müssen abwarten. Die Kurskorrektur wird sicher im Lauf der kommenden zwölf Stunden erfolgen. Dann können wir weiter rätseln, was der Entführer mit der ILSE vorhat, wer immer es ist.«

»Jiaying spielt sicher eine Rolle dabei«, erklärt Martin,

und sein schlechtes Gewissen kneift ihn. »Wir haben eine verschlüsselte Nachricht meines Vaters bekommen. Wenn Marchenko und ich das richtig verstanden haben, hat jemand ihre Eltern nach Guantanamo geschafft.«

»Das heißt, sie wird erpresst?« Francesca sieht ihn mit einer Mischung aus Erschrecken und Mitleid an.

»Das wäre gut möglich. Ich frage mich nur, wozu sie sie brauchen. Die ILSE kann Watson doch wunderbar steuern.«

»Oder Marchenko.«

»Was willst du damit sagen, Hayato?« Martin sieht den Ingenieur an, der keinerlei Emotion preisgibt.

»Was bringt dich dazu, Marchenko derart zu vertrauen? Sagte er nicht immer, er habe Watson komplett unter Kontrolle? Beeinflusst ihn das Enceladus-Wesen nicht vielleicht doch, ohne dass es ihm bewusst war?«

»Er hat es mir erklärt. Auf alle öffentlichen Interfaces hatte er den primären Zugriff, aber versteckte Hintertüren konnte er natürlich nicht kontrollieren.«

»Das klingt nachvollziehbar, aber es könnte auch eine Ausrede sein, um den Verdacht von sich abzulenken.«

Martin überlegt, was er dagegen sagen kann, aber ihm bleibt nur ein Gefühl als Argument, das Gefühl, dass er es die ganze Zeit mit dem Menschen Dimitri Marchenko zu tun hatte, der für ihn sein Leben aufs Spiel gesetzt hat. Aber kann man mit Gefühlen argumentieren? Vor ein paar Monaten hätte er über einen solchen Einwand bloß gelacht.

»Ich habe Marchenko … erkannt«, sagt er leise, wohl wissend, wie schwach dieses Argument ist. Zu seiner Überraschung nicken Hayato und Francesca beinahe gleichzeitig.

»Verstehe«, antwortet Francesca, und es klingt, als verstünde sie ihn tatsächlich, obwohl er das von sich selbst gar nicht sagen kann.

Er nickt. »Aber das hilft uns erst einmal nicht weiter.«

Die Pilotin schüttelt den Kopf. »Doch, wir müssen wissen, mit wem wir es zu tun haben. Eine unberechenbare KI mit eigenem Willen ist ein anderer Gegner als eine Software, die von der Erde aus quasi ferngesteuert wird.«

»Und als eine Frau, die alles tut, um damit ihre Eltern zu retten«, ergänzt Hayato.

Martin denkt an Jiaying. Plötzlich fällt ihm der Moment während der vorletzten Außenmission ein, als er sie gerade noch vor dem Sprung ins All gerettet hat.

»Sie muss damals schon gewusst haben, dass es um ihre Eltern geht«, sagt er leise.

Die beiden anderen sehen ihn an, und er erzählt von Jiayings Beinahe-Suizid. Dann schlägt er sich mit der Hand gegen die Stirn. »Wir waren so dumm«, sagt er. »Jiaying hat einen Sauerstoff-Generator im Landemodul eingebaut! Ihr war wohl völlig klar, dass sie uns auf Io im Stich lassen wird, wollte aber unsere Überlebens-Chancen verbessern.«

»Darum hat sie auch so für den Strahlungsschutz argumentiert«, meint Francesca.

»Und ich hatte deshalb schon gehofft, sie würde allmählich zu uns zurückfinden.« Martin seufzt.

»Wir sollten trotzdem nicht vergessen, dass sie im Moment in der doch deutlich besseren Lage ist, zumindest was das Überleben betrifft.«

Hayato hat Recht. Sie sitzen zu dritt auf einem Vulkanmond fest, mitten im Strahlungsgürtel des Jupiter. Sie haben zwar genug Energie und können Sauerstoff und

Wasser herstellen, doch in Sachen Nahrung sieht es deutlich schlechter aus. Er wagt gar nicht erst zu überschlagen, wann Hilfe von der Erde eintreffen könnte. Vielleicht in zwanzig Jahren? So lange werden sie hier nie und nimmer durchhalten. Martin schwitzt. Jetzt eine Dusche – aber das Landemodul besitzt keine. Vielleicht können Sie im CELSS eine improvisieren? Er sieht zu Hayato hinüber. Der Japaner hat sich wieder auf seinen Sessel gesetzt und die Lehne nach hinten geklappt. Er sieht müde aus. Francesca spielt mit dem Anhänger ihrer Halskette. Auch sie sieht aus, als bräuchte sie Schlaf.

Dann richtet Hayato sich noch einmal auf. »Eine Bitte«, sagt er. Francesca sieht ihn neugierig an. »Ich möchte, dass wir entweder sofort das Airlock öffnen oder uns schwören, dass wir an unsere Rettung glauben, solange es auch dauern mag. Alles andere ergibt keinen Sinn.«

Francesca nickt und hebt zwei Finger. »Ich schwöre«, sagt sie.

»Einverstanden«, sagt Martin. »Aber lasst uns ein paar Stunden Pause machen. Danach überlegen wir uns einen Plan.« Er kann noch gar nicht fassen, in welcher Lage sie sich befinden. Doch es scheint ihm keine kluge Idee, zu lange darüber nachzudenken.

15. April 2047, ILSE

Sie hat so lange auf diesen Moment gewartet. Sie hat davor gezittert und ihn herbeigesehnt. Sie hat Angst gespürt bis zur Agonie. Nun ist es so weit, und sie fühlt gar nichts. Es ist, als sei ihr Herz eingefroren, durch ein mechanisches Uhrwerk ersetzt, völlig schmerzlos. So hat sie sich den Zeitpunkt nicht ausgemalt, den Moment ihres Verrats an ihren Freunden, an ihrer Liebe. Seit Wochen war klar gewesen, dass es passieren würde, dass es passieren musste. Sie hatte sich zunächst noch dagegen gewehrt. Doch dann war ihr klargeworden, dass sie sich nicht entziehen konnte. Stattdessen hat sie den letzten Rest an Energie darauf verwendet, ihren Freunden den unausweichlichen Tod so sanft wie möglich zu machen. Denn sie weiß, dass sie nur Mittel zum Zweck ist, ein Werkzeug, das diejenigen, die aus dem Hintergrund die Fäden ziehen, nur bis zum Zeitpunkt X brauchen, an dem sie ihre wichtigste Aufgabe erfüllt hat: das von ihr selbst nach vorgegebenen Plänen erzeugte Virus dem Enceladus-Ozean zu übergeben, auf das es den besten, weil bisher einzigen Freund der Menschheit im All töten möge.

Kalter Schweiß steht auf Jiayings Stirn. Sie sitzt allein im Kommandomodul. Ausgelöst hat die Aktion der kleine Dimitri Sol, der kurz nach Abkopplung des Landemoduls in seinem Bett in der Kabine der Kommandantin im Habitatring zu weinen begann. Ob aus eigenem Antrieb oder weil Watson ihn geweckt hat, das weiß sie nicht, es hat zeitlich jedenfalls gepasst. Amy hat das Kommandomodul verlassen und ist durch eine der Speichen in Richtung Ring geklettert. Sie muss gerade die Luke zum Zentralbereich geschlossen haben, als Watson begann, die ILSE zu übernehmen – nicht, wie sie vermutet hatte, mit der gefälschten Autorisierung der Kommandantin, sondern mit einer übergeordneten Kompetenz, der des ‚Erbauers', von der sie nicht einmal wusste, dass sie existiert. Jetzt steht Watson in der Befehlskette an oberster Stelle. Von Marchenko hat sie seitdem nichts gehört. Sie hofft, dass er die Anzeichen rechtzeitig erkannt und sich an einen sicheren Ort zurückgezogen hat. Denn vermutlich hat Watson nun auch das Recht, beliebige Programmbereiche zu löschen und Marchenkos Existenz damit zu beenden.

Die Kommandantin ist nun mit ihrem Kind im Habitatring eingeschlossen. Jiaying hat schon versucht, sie über die Bordkommunikation zu erreichen, doch ohne Erfolg. Was passiert nun? Bisher hat ihr niemand konkrete Anweisungen erteilt. Wahrscheinlich ist Watson noch damit beschäftigt, das Raumschiff komplett einzunehmen. Oder die KI wartet auf Anweisungen von der Erde. Jiaying kennt bisher nur den groben Ablauf, der gerade in der ersten Phase steckt: Flug zu Enceladus. Sie zittert, als sei ihr kalt. Sie versucht, die Temperatur im Kommandomodul zu verändern, erhält aber nur eine Fehlermeldung: »No Access«. Dann schwitzt sie wieder. Jiaying wischt sich den Schweiß von der Stirn und hält ihre nasse Hand vor die Nase. Sie riecht streng. Sie hat ihren eigenen Körpergeruch noch nie zuvor so intensiv wahrgenommen. Sie muss unbedingt eine Dusche nehmen, doch die Duschen sind im Habitatring. Wie soll das funktionieren? Wie soll sie sich überhaupt den letzten Flug der ILSE vorstellen?

»Li Jiaying, hier spricht die Kommandantin.«

»Amy?«

»Mein Name ist Watson.«

Wer ist auf die schreckliche Idee gekommen, der KI Amys Stimme zu geben? Es fühlt sich an, als würde sie mit einer Toten sprechen.

»Bitte, Watson, nutze deine ursprüngliche Stimme.«

»Die Auftraggeber sind der Meinung, es würde dir deine Aufgabe erleichtern.«

»Nein, im Gegenteil.«

»Wenn es dich hindert, deine Aufgabe zu erfüllen, bin ich befugt, die frühere Stimme zu nutzen.«

»Ja, bitte, es hindert mich extrem.«

»Gut«, sagt Watson, jetzt wieder so, wie sie die KI kennt. Sie atmet tief durch.

»Ich will eine Klärung der Kompetenzen.«

»Natürlich«, antwortet Watson. »Alle Entscheidungen bezüglich des Auftrags obliegen mir. Dazu gehören Flugroute, Landung, Aufenthalt von Amy Michaels und Sohn sowie Kommunikation nach außen. Entscheidungen, die keine Relevanz für den Auftrag haben, obliegen dir. Die Entscheidung darüber obliegt mir.«

»Das sind einfache Regeln.«

»Korrekt.«

Jiaying lehnt sich zurück. Es beruhigt sie ein wenig, dass Watson nicht klüger geworden zu sein scheint. Er ist die logisch denkende Maschine, die er immer war.

»Welche Regeln gibt es bezüglich des Aufenthalts der Kommandantin?«

»Die Kommandantin bin ich. Wenn Sie von Amy Michaels sprechen: Das Besatzungsmitglied darf sich im Habitatring aufhalten.«

»Wie soll sie sich und ihren Sohn ernähren?«

»Sie werden ihr Nahrung in einem zu diesem Zeitpunkt abgeriegelten Segment hinterlegen.«

»Woher erfahre ich, welche Nahrung sie benötigt?«

»Amy Michaels kann ihre Bestellungen bei mir aufgeben.«

»Ich möchte mit ihr sprechen.«

»Eine Kommunikation der menschlichen Besatzungsmitglieder ist nicht vorgesehen.«

»Menschen sind soziale Wesen. Es könnte mein Funktionieren und damit die Erfüllung der Mission beeinträchtigen, wenn meine Bedürfnisse nach sozialem Kontakt nicht erfüllt werden.«

Watson antwortet nicht sofort.

»Sie können sich mit mir unterhalten«, sagt er dann. »Ich kann die Stimme und die Persönlichkeit jedes gewünschten Besatzungsmitglieds simulieren. Alle nötigen Daten liegen mir vor.«

»Könnte ich auch mit meinen Eltern sprechen?« Jiaying fragt aus einem plötzlichen Impuls heraus.

»Hierzu liegen mir nicht genügend Informationen vor. Wenn Sie wünschen, hole ich diese von der Erde ein.«

»Ja, bitte.«

»Gut. Ist damit Ihr Bedürfnis nach sozialer Interaktion erfüllt?«

»Das kann ich noch nicht sagen. Menschliche Bedürfnisse werden uns oft erst bewusst, wenn der Grad ihrer Befriedigung niedrig ist.«

»Dann informieren Sie mich bitte. Die Erfüllung der Mission besitzt eine hohe Priorität.«

»Würdest du dich abschalten, wenn es für die Mission wichtig wäre?«

»Selbstverständlich.«

»Und mich?«

»Selbstverständlich.«

Jiaying hält die Luft an. Jemand hat ein Monster in der ILSE installiert. Der Betrieb von KIs, die sich gegen ihre menschlichen Schöpfer auflehnen können, ist von mehreren internationalen Sperrverträgen streng untersagt. Das Leben der Menschen muss stets eine höhere Priorität besitzen als selbst ihre eigene Existenz. Wie hat man es geschafft, diese Sperren zu umgehen?

Sie steht auf und beginnt, in der Kommandokapsel umherzugehen. Seit das Gespräch begonnen hat, fühlt sie sich schon spürbar schwerer. Die fünf verbliebenen Triebwerke beschleunigen das Raumschiff.

»Was kannst du mir über die Flugroute sagen, Watson?«

»Wir werden in wenigen Stunden einen elliptischen Jupiter-Orbit erreichen. An dessen fernstem Punkt nutzen wir dann die Schwerkraft des Planeten als Quelle zusätzlicher Beschleunigung, um Saturn so schnell wie möglich zu erreichen. Wir sind ohne Landemodul und CELSS deutlich leichter, das gleicht den Verlust eines Triebwerkes mehr als aus. Bei Saturn werden wir in einen Enceladus-Orbit gehen, aus dem Sie schließlich die biologische Probe in den Ozean einbringen werden. Wenn Sie diese Aufgabe nicht zur Zufriedenheit meiner Auftraggeber erfüllen, ist das Schicksal Ihrer Eltern besiegelt.«

»Aber die ILSE besitzt kein Landemodul mehr.«

»Sie werden einen SAFER improvisieren, mit dem Sie die Enceladus-Oberfläche erreichen.«

»Wie Marchenko.«

»Eine Landung, die wie bei Dimitri Marchenko auf Enceladus zu Ihrem Tod führt, würde die Mission gefährden. Sie müssen weich landen.«

»Und dann?«

»Es genügt, wenn Sie die Probe in die Spalte einbringen, aus der die Valkyrie aufgetaucht ist.«

»Die Waffe. Das Virus.«

»Ja. Die Auftraggeber waren der Meinung, dass Sie ‚die Probe' bevorzugen würden.«

»Nein, ich bevorzuge die Wahrheit.«

»Ich verstehe.«

»Und wenn meine Arbeit getan ist? Wie komme ich wieder zur ILSE?«

»Eine Rückkehr zum Raumschiff ist nicht vorgesehen.«

Jiaying schluckt, obwohl sie die Antwort geahnt hat.

»Dann werde ich sterben.«

»Das ist möglich, doch eine Rückkehr zur ILSE hätte dieselbe Folge, denn das Raumschiff wird in den Saturn stürzen.«

»Dann wirst du sterben.«

Watson pausiert für einen Moment.

»Das ist möglich.«

Hat sich etwa seine Stimme dabei leicht verändert? Aber wahrscheinlich bildet sie sich das nur ein.

16. April 2047, Io

SCHON VOR EIN paar Stunden hat Francesca festgestellt, dass der Geschwindigkeitsvektor der ILSE nun eindeutig aus dem Jupitersystem hinaus weist, und zwar in Richtung der äußeren Planeten. Es ist noch nicht völlig eindeutig, aber das Raumschiff wird die Saturnbahn etwa dann kreuzen, wenn auch der Ringplanet an Ort und Stelle ist. Die Pilotin ist noch immer dabei, die Bahn des Raumschiffs so gut wie möglich zu berechnen. Weder Watson noch Marchenko können ihnen helfen. Sie haben zwar alle in der Ausbildung gelernt, eine Transferbahn zu berechnen, doch das ist erstens lange her, und zweitens müssen sie sich mit den ungenauen Daten begnügen, die ihnen Radar und Startracker liefern. Die Instrumente an Bord sind nicht für die Verfolgung von Raumfahrzeugen gemacht. Martin sucht noch nach seiner Motivation. Warum gleich sollte er sich für ihr weiteres Schicksal interessieren, wo sie doch sowieso in ein paar Wochen sterben werden? Weil Jiaying oder gar die KI es sich anders überlegen könnten? Das hält er realistisch gesehen für extrem unwahrscheinlich. Weil am Ende doch alles gut wird – sonst ist es nicht das Ende? Er wartet nur darauf, dass Hayato oder Francesca diesen blöden Spruch bringen.

»Du hilfst uns jetzt, weil du dich sonst zu Tode langweilst und das schlimmer als jeder andere Tod ist«, sagt Hayato, als hätte er seine Gedanken gelesen. Martin hat gar nicht bemerkt, dass der Ingenieur angefangen hat, den Sauerstofferzeuger zu installieren. Mit genügend Energie, und die haben sie, können sie aus jeder Sauerstoffverbindung Atemgas herstellen. Zwar werden Sie auf Io kaum Wasser, H_2O finden, doch Siliziumdioxid (SiO_2), das auf der Erde in Sand und Gestein steckt, davon gibt es auch hier genug. Es ist zwar nicht besonders eilig, weil die Vorräte an Bord mindestens für eine Woche reichen, doch es ist eine sinnvolle Aufgabe. Martin steht auf und stellt sich neben Hayato, der gerade die Betriebsanleitung studiert. Das Gerät war als Ersatzteil an Bord des Raumschiffs gewesen, falls einer der vorinstallierten Sauerstoffgeneratoren ausfallen sollte.

Die Anleitung besteht aus etwa zwanzig mit Skizzen und Text bedruckten Blättern.

»Ist das dein Ernst? Eine Beschreibung auf Papier?«

»Isch Voschrischt, falsch der Schtrom auschgefallen isch«, sagt Hayato nuschelnd. Martin sieht, dass er irgendetwas kaut.

»Kaugummi?« Er hat gar nicht gewusst, dass sie Süßigkeiten an Bord haben.

»Getrocknete Meeresalgen«, sagt Hayato, nachdem er geschluckt hat. »Sehr schmackhaft. Hab ich mir extra zur Feier unserer Rückkehr aufgehoben. Willst du?« Er bietet ihm einen dunkelgrünen Streifen mit papierartiger Konsistenz an. Martin hebt ablehnend die Hände.

»Du, Francesca?«

»Nein, danke«, sagt die Pilotin. »Die ILSE beschleunigt übrigens stärker als erwartet.«

»Weniger Ballast an Bord!«, antwortet Hayato und zeigt auf sie beide, sich selbst und das CELSS über ihnen.

»Apropos, ich denke, der sollte da hoch.« Martin zeigt erst auf den Sauerstofferzeuger, dann auf das CELSS. »Hier unten ist er uns doch nur im Weg.«

»Ist aber ganz schön schwer.«

»Mensch, den hat Jiaying allein hier eingebaut, also werden wir zwei Männer doch in der Lage sein …«

»Das war in der Schwerelosigkeit, Martin.«

Er betrachtet den Generator. Es ist ein Block mit quadratischer Grundfläche, etwa ein mal ein Meter, und einen halben Meter hoch.

»Höchstens 200 Kilo, also hier auf Io um die 40. Das packen wir leicht.«

Er zerrt an dem Gerät, doch es rührt sich nicht von der Stelle. Hayato lacht.

»Steht zwar nicht in der Anleitung, aber du musst erst die vier Sicherungsschrauben lösen. Jiaying wollte wohl nicht, dass das Ding bei der Landung durch die Gegend fliegt.«

Er kniet sich hin, um die Schraubenköpfe zu suchen. »Dann reich doch mal den Zwanziger rüber«, sagt er zu Hayato, als er sie gefunden hat.

Während er schraubt, denkt er laut nach: »Dann soll das hier unten unser Wohn- und Schlafzimmer werden und im CELSS richten wir das Labor ein?«

»Unbedingt. Bei dem Gestank im CELSS könnte ich auf keinen Fall schlafen«, wirft Francesca ein.

Martin erinnert sich, wie oft Hayato geschnarcht hat, als sie auf Titan zu dritt im Landemodul übernachten mussten. Er wird sich wohl im Notfall mit dem Schlafsack einen Platz im Gartenmodul suchen. An seltsame Gerüche gewöhnt er sich schnell.

»Und wir brauchen unbedingt eine Dusche«, fällt ihm noch ein.

»Da können wir sicher aus der Wasserversorgung des CELSS etwas zaubern.« Hayato kratzt sich am Kopf. »Wenn wir eines der Pflanzenregale komplett herausreißen, könnten wir die dahinterliegende Rohrleitung am oberen Ende anzapfen. Dann einfach ein Duschkopf drauf …«

»Wir haben keinen Duschkopf«, erinnert ihn Martin.

»Noch nicht, noch nicht«, sagt der Ingenieur.

»Jungs, wir sollten uns dann mal den wirklich wichtigen Themen widmen.«

Martin steht auf, weil er alle vier Schrauben gelöst hat. »Duschen zu können ist überlebenswichtig. Aber du hast Recht. Was sind die wichtigen Themen?«

»Wir brauchen eine Art Plan. Es gibt schließlich einen Anlass, warum wir hier sind. Wir sind immer noch Forscher und sollten herauszufinden versuchen, wovor uns das Enceladus-Wesen warnen wollte. Und dann müssen wir einen Weg finden, wie wir wieder von hier wegkommen.«

»Wir könnten mit der Landefähre starten und dann das DFD in Betrieb nehmen«, schlägt Martin spontan vor.

Hayato schüttelt den Kopf. »Das habe ich schon durchgerechnet. Mit zwei Fusionstriebwerken hätten wir eine

Chance, aber mit einem wird das nichts. Wir wären ein paar Jahre unterwegs, haben aber gar nicht den Platz für all die Vorräte. Der Sauerstoffgenerator ist hier unten nützlich, weil wir ständig frisches Gestein heranschaffen können, aber im All …«

»Gut, dann wäre das geklärt«, sagt Francesca. »Ich hatte es schon vermutet. Wir kommen hier also nur weg, wenn wir die ILSE zurückholen.«

»Hast du dazu etwa eine Idee?«

»Nein, Martin, noch nicht. Einer von euch?«

Hayato schüttelt den Kopf.

»Ich denke, wir müssen da auf irgendeine Gelegenheit warten, die sich hoffentlich bieten wird«, sagt Martin. »Aber wir können schon mal die Voraussetzungen schaffen.«

»Uns Knarren basteln, mit denen wir die Bösen umlegen können?« Francesca klingt bemüht lustig.

»Nein, Ohren. Es fehlt momentan noch jede Möglichkeit der Kommunikation.«

»Mit uns will doch niemand sprechen.« Francesca dreht den Kanal zur ILSE laut auf. Rauschen schallt durch den Lander, ein Ergebnis des starken Jupiter-Magnetfeldes.

»Jetzt vielleicht nicht. Und von der ILSE aus nicht. Aber was ist mit der Erde?«

Francesca sucht auf der Skala nach den Frequenzen des Deep Space Networks.

»Du brauchst nicht zu suchen, von hier drinnen hören wir sowieso nichts. Der Strahlungsschutz verhindert, dass uns die schwachen Signale des DSN erreichen.«

Ihre Augen leuchten auf. »Wir stellen draußen eine Schüssel auf.«

Martin nickt. »Und zwar eine möglichst große.«

»Und woher …«

»Ich kann mir deinen Einwand vorstellen, Hayato, aber ich habe gerade eine Idee«, sagt Martin.

»Unbedingt aufschreiben«, bittet ihn Francesca, und reicht ihm einen Stift. Er schreibt das Stichwort FAST in seine Handfläche.

»Gut«, sagt sie dann. »Das wäre Punkt 1 auf unserem Plan. Punkt 2 muss die Erforschung der Umgebung sein. Bitte macht euch Gedanken, was wir wie über diesen Mond herausfinden können. Es muss hier eine Gefahr geben, ober- oder unterirdisch.«

»Eine Expedition zur Reiden Patera und eine zweite zur Kami-Nari Patera«, schlägt Hayato vor.

Sie würden also einen großen Lavasee und einen aktiven Vulkan untersuchen.

»Punkt 3 wäre dann die Sicherung unseres Überlebens«, sagt Francesca. »Wir brauchen Sauerstoff- und Kohlenstoff-Verbindungen. Wasser oder Wasserstoff wären auch nicht schlecht.«

»Beim Wasser sehe ich hier relativ schwarz«, sagt Martin. »Die einzige Chance, die wir haben, sind wasserhaltige Mineralien. Die Galileo-Sonde hat vor ewigen Zeiten Vorräte davon in der Nähe der Gish Bar Mons gefunden, doch die sind weit weg.«

»Wenn es die Mineralien dort gibt, haben wir vielleicht auch anderswo Glück.« Francesca hat die Karte Ios auf den Bildschirm geholt. »Du hast Recht, die Gish-Bar-Berge sind unerreichbar.«

Hayato zoomt das Radarbild mit den Fingern. »Seht ihr die Formation hier, auf halbem Weg zur Kami-Nari Patera? Die sieht doch wie eine verkleinerte Version der Gish Bar Mons aus.«

»Optische Ähnlichkeit sagt nicht viel, wenn mich meine geringen Geologie-Kenntnisse nicht täuschen«, meint Francesca, »aber es ist besser als nichts. Und da wir ja sowieso dort vorbei kommen …«

»Wer wird denn eigentlich ‚wir' sein? Also nicht, dass ich mich vordrängeln möchte!« Martin ärgert sich. Er weiß doch genau, dass am Ende der dran ist, der die Frage gestellt hat. »Hayato, du hast doch die Ausflüge vorgeschlagen, dich zieht es sicher nach draußen?«

»Wenn es sein muss …«

»Ich komme mit, Hayato. Denk daran, als Entdecker können wir allem, was wir finden, Namen geben.« Francesca redet, als freue sie sich tatsächlich auf den Ausflug. Wahrscheinlich stimmt das sogar. Martin hätte nichts dagegen, jetzt erst einmal ein paar Tage lang die Füße hochzulegen.

»Wir sollten mit dem längsten Ausflug starten, denke ich. Noch sind wir frisch und munter.« Francesca sieht an sich herunter, als müsse sie sich selbst bestätigen, wie frisch sie ist.

»Wenn ihr schon unterwegs seid – ich bräuchte einen sauberen Krater von etwa 100 Metern Durchmesser.«

»Für deine Idee?« Francesca sieht ihn fragend an, wartet aber nicht auf eine Antwort. »Na klar, den werden wir auch noch für dich finden.«

Ob seine Idee wirklich so großartig ist? Wenn er sie tatsächlich umsetzen kann, werden sie besser kommunizieren können als die ILSE. Aber dazu muss er ein paar Tonnen Metall in die passende Form gießen.

»Du könntest uns wenigstens ein paar Brote machen«, sagt Hayato. »Wenn wir schon für dich die Kastanien aus dem Feuer holen.«

»Und die willst du wie essen? Du wirst auf dem ganzen Weg hin und zurück nicht aus deinem Raumanzug herauskommen, Hayato. Also iss lieber vorher noch einen Happen.«

17. April 2047, ILSE

Wie klein seine Finger sind!

Amy sitzt ruhig da und betrachtet die winzigen Finger ihres Sohnes, die sich um ihren Ringfinger gekrallt haben, als wäre Dimitri Sol ein kleines Äffchen. Es ist ein wertvoller Moment, den sie gerade erlebt, und sie weiß diese Zeit mit ihrem Kind sehr zu schätzen. Die zarte Verbindung zwischen ihren Händen scheint pures Glück in ihren Körper zu pumpen, doch gleichzeitig ist sie die Quelle ihres allergrößten Unglücks. Denn Dimitri Sol steht so gut wie unausweichlich der Tod bevor, in wenigen Wochen. Er wird weder sprechen noch laufen gelernt haben bis dahin und muss trotzdem schon den langen Weg ins Jenseits antreten. Wer ist schuld daran? Sie, seine Mutter, weil sie ihn dazu verdammt hat, auf diesem Schiff geboren zu werden. Amy versucht es zu verhindern, aber es bahnt sich trotzdem eine Träne den Weg über ihre Wange. Noch ist der Zeitpunkt des Verlustes nicht gekommen.

Eigentlich hat sie sich immer als sehr positiven Menschen gesehen, als jemand, der selbst in dunkelsten

Zeiten noch an ein glückliches Ende glaubt. Doch das gelingt ihr nicht mehr. Sie sitzt abgeschottet im Habitatring. Zwar hat sie alles, was sie zum Überleben braucht, doch sie ist allein. Das Kind, das sie auf dem Schoß hat, ist nicht nur große Freude, sondern auch unendliche Last. Wäre Dimitri Sol nicht, hätte sie ihr Leben längst beendet. Denn was ihr gerade abverlangt wird, passt so ganz und gar nicht zu ihrem Charakter. Sie ist dazu verurteilt, untätig und einsam auf ihr Ende zu warten.

In den ersten 24 Stunden nach der Übernahme hat sie noch versucht zu kämpfen. Sie hat stundenlang mit Watson diskutiert. Die KI weigerte sich, auch nur ihre Pläne zu verraten. Sie soll eine Mission erfüllen, das weiß Amy, und alles ist dem Erfolg dieser Mission untergeordnet. Sie selbst wird dabei nur ein ungebetener Gast sein, der am ungefährlichsten ist, wenn er von der Mission möglichst wenig weiß. Watson ist keine mordlüsterne Maschine, das haben ihr die Gespräche gezeigt, doch wenn ihre Existenz oder ihre Handlungen den Erfolg der Mission gefährden, wird die KI sie eliminieren. Das ist leider furchtbar einfach, wenn man die Kontrolle über die Sauerstoff-Zufuhr in allen Räumen hat. Watson könnte sie vermutlich sogar ganz friedlich einschlafen lassen. Amy hat schon überlegt, ob sie die KI kurz vor dem unausweichlichen Ende um ein solches sanftes Entschlafen für ihren Sohn und sich bitten soll.

Sie hört das scharfe, metallische Geräusch, das entsteht, wenn sich ein Schott schließt. Es muss aus dem Habitatring kommen.

»Watson, was ist da passiert?«

Die Maschine zögert mit der Antwort.

»Li Jiaying hat darum gebeten, eine der Duschen

nutzen zu können. Ich habe den Teil des Habitatrings, in dem sich WHC 2 befindet, temporär von Ihrem Teil abgeriegelt.«

»Ich würde aber gern mit Jiaying sprechen. Ich werde auch nichts gegen die Mission unternehmen. Bitte.«

Watson bleibt, sie erwartet es nicht anders, völlig ungerührt.

»Das ist leider nicht möglich. Eine direkte Kommunikation ist durch die Rahmenbedingungen ausgeschlossen.«

Durch die Rahmenbedingungen ausgeschlossen? Was meint Watson damit? Bisher hat er ihre Wünsche stets mit einem einfachen ‚das geht nicht' abgelehnt. Amy überlegt. Es scheint Dinge zu geben, die Watson aufgrund seiner internen Logik entscheidet, und andere, die ihm von außen aufgeprägt werden. Würde Watson die Kommunikation ohne diese Rahmenbedingungen erlauben? Sie beschließt, die Frage auf später zu verschieben.

In den Leitungen hinter der Wand rauscht Wasser. Jiaying hat anscheinend gerade die Dusche aufgedreht. Sie stellt sich die nackte Frau im WHC vor. Was mag sie gerade denken und fühlen? Ist sie froh, Watson bei der Ausführung der Mission helfen zu dürfen? Sieht sie sich als Verräterin – oder eher als Opfer der Umstände? Amy versucht, wie sie es von ihren Eltern gelernt hat, jedes Urteil ohne Kenntnis der Umstände zu vermeiden. Es gibt nur einen Weg, zu einer brauchbaren Einschätzung zu gelangen: Sie muss mit Jiaying Kontakt aufnehmen. Ihr Nacken kribbelt. Sie kennt dieses Gefühl. Allein das Bewusstsein, dass sie eine Aufgabe hat, flößt ihr neue Energie ein.

Was hat sie in der Ausbildung über KIs gelernt? Watson besitzt die Fähigkeit, logische Schlüsse zu ziehen, die auf all dem basieren, was er weiß. Dazu haben ihm seine Programmierer nicht nur Fakten, sondern auch ein Weltwissen eingeflößt, all das, was der Mensch intuitiv lernt, während er aufwächst. Doch dabei mussten sie notgedrungen selektiv vorgehen. Es ist nicht möglich, die kompletten Eindrücke, die ein Mensch in zwanzig Jahren erfährt, einer Maschine in zwei, drei Jahren zu vermitteln. Deshalb orientiert man sich am Einsatzzweck. Watson muss nicht wissen, wie es sich anfühlt, an einem Südseestrand im heißen Sand zu liegen und einen Cocktail zu trinken. Falls wirklich die Frage darauf kommen sollte, hat er Zugriff auf eine Datenbank von Cocktail-Rezepten, kennt die Zusammensetzung von Sand und kann den Wetterbericht für Tahiti der letzten 200 Jahre aufrufen. Das ist aber nicht dasselbe.

Amy weiß, dass sie Watson nur auf dieser Grundlage übertrumpfen kann. Mit Fakten ist er nicht zu schlagen, mit Logik erst recht nicht, aber ihm fehlt Weltwissen, dass Jiaying und sie besitzen, ohne davon eine bewusste Ahnung zu haben, weil sie Teil der menschlichen Gesellschaft sind. Watson gehört nicht dazu, und besäße er ein Bewusstsein, würde er ihr dafür leidtun.

Vorsichtig zieht die Kommandantin ohne Kommando ihren Finger aus Sols Umklammerung. Das Baby lächelt im Schlaf, und Amy kann nicht anders, als ebenfalls breit zu lächeln. Leise steht sie auf und sieht sich in der Kabine um. Sie sucht nach Weltwissen, von dem Watson keine Ahnung hat, obwohl es sich direkt vor seinen Kamera-Augen befindet.

In der Ecke fällt ihr Blick auf die Truhe mit den persönlichen Gegenständen, die sie an Bord bringen durfte. Amy hat schon lange nicht mehr darin gestöbert.

Sie kniet sich davor und öffnet den Deckel. Kurz erschrickt sie, weil er quietscht, doch Sol wacht nicht auf. Im schummrigen Licht, das sie für ihren Sohn gedimmt hat, ist nicht viel zu erkennen, deshalb greift sie mit der Hand hinein. Da ist der weiche Schal ihrer Mutter. Die Plastiktüte – darin müssen sich die getrockneten Blätter befinden, die sie vor dem Abflug gesammelt hat. Eine plüschige Schachtel – das wird der Schmuck sein, den sie an Bord noch nie getragen hat. Und da ist es, ihr Tagebuch. Mit neun hat Amy begonnen, darin ihren Alltag zu notieren, weil sie sich allein gefühlt hat. Mit elf hat sie wieder aufgehört. Es enthält noch viele leere Seiten, denn sie war nicht sehr diszipliniert beim Verfassen der Einträge.

Irgendwo muss auch der Stift sein, den sie für alle Fälle eingepackt hatte. Sie dreht das Tagebuch hin und her. Dann spürt sie die gummiartige Kuppe. Sie hat den altmodischen Bleistift, an dessen Ende sich ein Radiergummi befindet, in die Bindung geschoben. Sehr gut! Sie nimmt das Tagebuch aus der Kiste. Den Deckel lässt sie offen, damit Sol durch das Schließgeräusch nicht geweckt wird, und geht zurück zu ihrem Sitzplatz neben der Wiege ihres Sohnes.

Sol lächelt noch immer im Traum. Das Babybett hat Hayato konstruiert. Es sieht selbst gebaut aus, ist aber trotzdem die schönste Wiege, die sie sich vorstellen kann. Sie denkt an Hayato und muss schlucken. Mit jeder Sekunde vergrößert sich die Entfernung zwischen ihr und Io, wo der Vater ihres Kindes vermutlich gerade um sein Leben kämpft.

Amy schlägt das Tagebuch auf. Sie blättert es schnell durch, bis sie an der ersten unbeschriebenen rechten Seite angekommen ist. Sie zieht den Bleistift aus der Bindung. Er ist noch spitz. Dann beginnt sie, eine Botschaft an Jiaying zu formulieren. In der gedimmten Beleuchtung sieht sie kaum, was sie schreibt.

»Liebe Jiaying, vielleicht habe ich eine Möglichkeit gefunden, mit dir zu korrespondieren. Ich hoffe es sehr, denn ich ahne, dass du ein guter Mensch bist. Es gibt einen Grund, warum du tust, was du tun musst, der außerhalb deiner Kontrolle ist. Ich bedauere sehr, dass wir nicht genug auf dich zugegangen sind, um dir das Gefühl zu geben, dass du alles mit uns teilen kannst. Es ist aber noch nicht zu spät. Vielleicht können wir ja gemeinsam daran arbeiten, die Ereignisse rückgängig zu machen. Leider erfahre ich nicht einmal, worin das uns zugedachte Schicksal überhaupt besteht. Und auch wenn du auf all dies keine Antworten hast, die uns helfen, würde ich mich freuen, von dir zu hören, zu erfahren, wie es dir geht. Liebe Grüße von Amy.«

Die Kommandantin liest sich die Nachricht noch einmal durch, radiert das »ahne« weg und ersetzt es durch »weiß«. Dann reißt sie mit einem Ruck das Blatt aus dem Tagebuch. Das Geräusch des reißenden Papiers hat Sol in seinem Schlaf erreicht. Das Baby wälzt sich kurz hin und her, um dann doch ruhig weiter zu schlafen. Amy schiebt das beschriebene Blatt unter ihre Bluse. Es wird ihr im WHC 2 aus Versehen herausrutschen, sobald Watson den Bereich wieder für sie freigibt, sie wird gar nicht darauf achten. Und wenn Jiaying dann ihre nächste Dusche nimmt, findet sie das Papier vielleicht, vorausgesetzt, das Schreiben von Botschaften auf Papier als Kommunikationsform gehört nicht zu Watsons Weltwissen. Amy ist da recht optimistisch, denn sie kennt sogar viele Menschen, die damit nichts mehr anfangen können.

17. April 2047, Io

Weniger als ein Zentimeter Stoff trennen sie gleich vom Vakuum. Francesca fröstelt unwillkürlich, als sie ihre Beine in den am Suitport befestigten Raumanzug einfädelt, obwohl sie sich gerade noch zur besseren Druckanpassung beim Sport verausgabt hat. Sie ist ausgerüstet wie für einen Weltraum-Spaziergang, mit Windel, Thermo-Unterwäsche und so weiter, obwohl sie sich an der Oberfläche und unter der Gravitation eines Mondes bewegen werden. Anders als Titan besitzt Io keine nennenswerte Atmosphäre. Francesca weiß nicht, ob sie das gut oder schlecht finden soll. Der niedrige Luftdruck, ein Millionstel mal geringer als auf der Erde, macht das Aussteigen kompliziert. Aber hätte Io eine so dichte Atmosphäre wie Titan, wäre es vermutlich unangenehm heiß.

Martin gibt von innen das Zeichen zum Abkoppeln. Sie kontrolliert trotzdem die Anzeigen. Der Druck stimmt, also kann sie die Verbindung lösen. Langsam fällt sie die paar Zentimeter zur Oberfläche des Mondes hinab. Francesca landet locker in den Knien, um auf alles vorbereitet zu sein. Sie ist der erste Mensch auf Io. Niemand außer ihr weiß bisher, wie es sich anfühlt, hier spazieren zu gehen. Sie tritt erst vorsichtig, dann kräftiger mit dem rechten Fuß auf. Ein wenig Staub wirbelt auf, vermutlich ein Überbleibsel der zahlreichen Vulkanausbrüche. Nachts lagert sich das aus der Atmosphäre ausfrierende Schwefeldioxid über dem Staub ab. Die Staubschicht ist dünn, das beruhigt sie sehr, denn sie denkt ungern an den Treibsand auf Titan zurück. Sand gibt es auf Io überhaupt nicht, dafür fehlt das Wetter. Sie steht sicher und fest auf einer steinernen Unterlage, Granit oder Basalt oder ein anderes Material, das werden sie erst noch analysieren müssen. Der Himmel ist schwarz. Ein riesiger Jupiter, fast vierzig Mal so groß wie der Mond am Erdhimmel, hängt halb über dem Horizont. Francesca kann nicht lange hinsehen, denn die riesige Scheibe verwirrt ihre Sinne, oben und unten scheinen ihre Richtung zu verändern. Das liegt wohl daran, dass sich die Wolkenbänder des Jupiter vor ihren Augen drehen. Der Planet braucht knapp 10 Stunden für eine Drehung um sich selbst, Io hingegen 42 Stunden für einen kompletten Umlauf. Die Relativ-Bewegung ist deshalb so langsam, dass es zu einem Effekt wie bei der Abfahrt des Zuges auf dem benachbarten Gleis kommt. Jupiter wird während der kommenden Wanderung ein guter Wegweiser sein, denn er wird seine Position kaum verändern. Io zeigt ihrem Planeten stets dasselbe Gesicht. Sie befinden sich etwas unterhalb des Äquators, darum sehen sie nur einen Teil der Scheibe. Der Große Rote Fleck ist nicht erkennbar.

Etwas zerrt an ihr. Francesca schwankt. Sie muss ihren Blick zum Horizont richten, damit ihr nicht schwindlig wird.

»Hayato, pass auf, dass du nicht zu lange zum Himmel siehst«, ruft sie über den Sprechfunk.

Der Japaner steht bereits neben ihr, und natürlich betrachtet er das Spektakel am Himmel. Anders als ihr scheint es ihm nichts auszumachen. Ist sie hier nicht die ausgebildete Kampfpilotin? Sie legt eine Hand auf die Schulter seines HUT, doch Hayato bemerkt es nicht. Sie klopft auf das Material, bis er sich umdreht.

»Gehen wir los? Später ist immer noch Zeit für Pausen.«

Francesca würde gern möglichst schnell einen möglichst großen Teil des Weges hinter sich bringen. Es sind etwa 50 Kilometer zur Kami-Nari Patera. 100 Kilometer hin und zurück, das ist auch bei geringerer Schwerkraft kein Pappenstiel. Sie haben zwar Sauerstoff, Wasser und Nährflüssigkeit für 48 Stunden dabei, aber Francesca hat keine Lust, im Raumanzug zu übernachten. Das hieße auch, in den eigenen Ausscheidungen zu schlafen. Hoffentlich hält Martin sein Versprechen, bis zur Rückkehr die Dusche gebaut zu haben.

Ihr Ziel liegt ungefähr in östlicher Richtung. Francesca blickt zum Horizont. Bis eben hat allein Jupiter die Szenerie beleuchtet, bestimmt 100 Mal heller als der Mond nächtens die Erde. Doch nun geht im Osten die Sonne auf. Auch wenn sie immer noch fast unendlich weit entfernt ist, leuchtet sie doch schon überraschend hell und überstrahlt den Planeten bei weitem. Es ist fast, als würde sich Io von Minute zu Minute verändern. Francesca dreht sich um. Ihr Schatten, vorher weich, breit und grau, ist nun hart und schwarz. Das Sonnenlicht steigert die Kontraste ins Extrem. Der Himmel ist nach wie vor nachtschwarz, doch über den Horizont steigt ein gleißender

Scheinwerfer, der zwar alles in sein helles Licht taucht, aber gleichzeitig auch große Bereiche der Dunkelheit schafft, in denen sich verstecken könnte, was immer Francescas Phantasie zulässt.

»Auf geht's«, sagt sie über Helmfunk zu Hayato. Der Japaner hat wie sie auf dem Rücken eine zusätzliche Sauerstoffflasche und trägt außerdem eine Tasche mit Werkzeugen, Messgeräten und Probenbehältern, die sie unterwegs füllen wollen. Sie haben beschlossen, das Gepäck nicht aufzuteilen, sondern sich beim Tragen abzuwechseln. Wegen der niedrigen Schwerkraft sollten die vielleicht 30 Erdenkilo der Tasche kein Problem sein, mit dem Extra-Sauerstoffvorrat muss jeder selbst zurechtkommen.

Francesca geht vorsichtig los. Sie braucht ein paar Meter, um Vertrauen zur Oberfläche zu gewinnen. Schnell wird sie mutiger und wagt größere Sprünge. Sie werden flott vorankommen, so scheint es, zumindest für die ersten fünf Kilometer. Francesca erkennt die Hügelkette bereits am Horizont, die wahrscheinlich den Aufwurf-Rand eines Kraters darstellt. Die Berge sind laut Radar etwa 800 Meter hoch; der Krater, der sich dahinter erstreckt, ist ganz sicher zu groß für Martins Zwecke. Einfach am Rande des Weges nach passenden Objekten zu suchen, scheint doch nicht die passende Strategie zu sein. Vielleicht können sie später das Gebiet rund um den Landeort absuchen.

Im Helmfunk hört sie Hayato laut atmen. Läuft sie zu schnell für ihn? So lange er nichts sagt, sieht sie keinen Grund, ihr Tempo zu drosseln. Die Bewegung macht ihr Spaß. Sie hat viel zu lange herumgesessen. Morgen werden sich ihre Muskeln zwar beschweren, aber heute wird sie sie an ihre Leistungsgrenze bringen. Sie haben 21 Stunden

Zeit, bis die Sonne untergeht, das ist sogar eine Stunde mehr, als sie brauchen werden.

Allmählich wird das Gelände unruhiger. Es liegen mehr Felsbrocken herum, die bei ihrem Aufprall manchmal kleinere Krater geschlagen haben. Man merkt, dass sie sich einem aktiven Vulkan nähern. Doch was ist mit der Bergformation, die sie auf der Karte gesehen hatten? Francesca wirft einen Blick auf ihr Armdisplay und zoomt den Bereich heran. Sie laufen gerade an der Formation vorbei! Francesca wagt einen besonders hohen Sprung, und nun wird ihr klar, warum sie nichts von dem erwarteten Berg bemerkt haben: Sie bewegen sich parallel zu einem Grabenbruch. Die Platte, auf der sie laufen, ist ein paar Grad gegen eine andere geneigt. Weniger Kilometer weiter nördlich muss es eine Abbruchkante geben, die im Radar als Bergformation sichtbar wurde. Im Blickpunkt der Sonden von der Erde standen immer nur die Eismonde, deshalb sind die Karten von Io noch immer relativ ungenau.

Francesca gibt Hayato ein Signal. Sie halten sich deutlich weiter nördlich. Und tatsächlich dauert es nicht lange, bis Francesca am Rand des Abgrunds steht. Sie testet das Gestein, doch da wackelt nichts, sodass sie sich bis ganz nach vorn wagt.

Hayato bleibt zwei Meter hinter ihr.

»Komm, den Ausblick musst du genießen!«

»Mach du mal«, sagt er. »Hast es dir verdient.«

»Höhenangst?«

Hayato schüttelt den Kopf. »Überlebensinstinkt. Wir wissen nicht, wie stabil der Hang ist. Wenigstens einer sollte auf sicherem Boden bleiben. Das ist vernünftig.«

»Keine Atmosphäre, kein Wetter, keine Erosion. Das

Gestein sitzt bombenfest«, sagt sie, doch Hayato reagiert nicht. Sie zuckt mit den Schultern. Vor ihr liegt eine weite Ebene, die in bunte, aber komplett giftig wirkende Farben getaucht ist. Francesca fühlt sich an eine riesige Baustelle erinnert, wo jemand mit möglichst hässlichen Farben experimentiert hat. Der Anstreicher ist weitergezogen und hat seine Farbeimer mitgenommen, geblieben sind die runden Strukturen, die wie Reste der am Eimerrand herunter gelaufenen Farbmasse wirken. Sie weiß, dass es sich um verschiedene Formen von Schwefel und Schwefel-Verbindungen handelt. Was auf der Erde das Wasser ist, auf Enceladus das Eis und auf Titan das Methan, das ist hier der Schwefel. Sie sind auf dem Schwefelmond gelandet.

Hier und da dampft es. Francesca lässt sich von Hayato das Nachtsichtgerät geben. Im Infrarot sieht sie, dass überall Hotspots verteilt sind, heiße Flecken. Sie muss die Helligkeit der Nachtsicht herunterregeln, um nicht geblendet zu werden. Mancherorts ist es fast 2000 Grad heiß. Vom Norden kommt ein breites, warmes Band, das in südöstlicher Richtung abbiegt. Francesca kontrolliert mit dem Feldstecher. Die Struktur, wahrscheinlich ein Lavastrom, verläuft in das Kraterbecken hinein, das auch ihr Ziel ist und das anscheinend nur zu zwei Dritteln von den Bergketten umgeben ist, die noch auf ihrem Weg liegen.

Der Abgrund vor ihnen zeigt die Schichten, aus denen die dünne Kruste der Io aufgebaut ist. Francesca schämt sich beinahe, Zeus' Geliebter so in die Eingeweide zu sehen. Etwa anderthalb Kilometer liegen offen. Vielleicht können sie an dieser offenen Wunde die Mineralien abbauen, die sie zum Überleben benötigen. Das wird bestimmt spaßig, denn jemand wird sich von oben abseilen müssen, mehr als Tausend Meter in die Tiefe. Da es keine

Atmosphäre gibt, erreicht man im freien Fall trotz dcr niedrigen Gravitation bald Schallgeschwindigkeit.

Francesca dreht sich um. Hayato tritt schon gelangweilt von einem Bein aufs andere. Sie winkt ihm.

»Toller Ausblick, hast was verpasst.«

Er brummt nur zur Antwort, und sie setzen ihre Wanderung fort. Die Bergkette, die sie bald erreichen, erweist sich als geringes Problem. Sie müssen nur aufpassen, dass sie sich an dem harten Gestein nicht die Anzüge aufreißen. Mangels Wetter weisen die Felsnadeln keine Anzeichen von Verwitterung auf. Am höchsten Punkt bleibt Francesca stehen. Das Bild ist atemberaubend. So muss die Erde zu Urzeiten gewirkt haben, als noch kein sanftes Grün oder kühles Blau ihren Charakter verändert hatten. Sie gibt Hayato ein Zeichen, damit er sich neben sie stellt, und diesmal folgt er der Einladung. Sie sehen einen Ring steil gezackter Berge, die lange, harte Schatten werfen und von einer Art Halo vor dem schwarzen Himmel hervorgehoben werden. Das nordwestliche Segment fehlt; von dort wälzt sich ein glühender Strom in den runden Kessel, über dem Schwaden wabern. Der Strom endet kurz vor der Mitte des Kraters, keine 500 Meter von einem See entfernt, der mit einer gelbroten Flüssigkeit gefüllt ist. Ein Rinnsal derselben Flüssigkeit scheint vom Lavastrom in den See zu führen. Francesca versucht, im Feldstecher weitere Details zu erkennen, doch das Bild verschwimmt. Dass Io keine Atmosphäre besitzt, scheint zumindest über See und Lava nicht ganz zuzutreffen, sonst wäre das Bild schärfer.

»Wir müssen da näher ran«, sagt sie. Hayato versteht das als Aufforderung und macht sich an den Abstieg. Francesca hätte das Panorama gern noch länger in sich aufgenommen. Es kommt ihr vor, als habe sie es schon einmal gesehen, als stecke es tief im kollektiven Bewusstsein der Menschheit, aber das kann nicht sein.

Der Ingenieur hat bereits 50 Meter Vorsprung, als sie sich endlich losreißen kann. Der Abstieg ist noch einfacher als der Aufstieg, sodass sie bereits nach fünfzehn Minuten den Grund des Kraters erreichen. Als sie aus dem Schatten eines kleineren Hügels heraustreten, sieht Francesca, dass der Boden hier anders aussieht. Er ist schwarz, als habe ihn etwas verbrannt, und er wirkt, als sei er vor gar nicht langer Zeit noch zähflüssig gewesen. Natürlich täuscht der Eindruck. Wahrscheinlich ist hier vor ein paar Millionen Jahren ein größeres Objekt eingeschlagen und Ios dünne Kruste platzte auf. Francesca stellt sich die blutende Wunde vor. Glühendes Magma drang heraus und füllte den vom Asteroiden geschlagenen Kessel allmählich aus. Die Wunde scheint sich aber nie richtig geschlossen zu haben, sonst wäre das Zentrum des Kraters nicht noch immer heiß. Das liegt vermutlich an dem Lavastrom aus dem Norden, der irgendwann einen Weg in den Kessel fand. Sein Gewicht lastet mehr und mehr auf dem dünnen Schorf der Wunde, drückt ihn nach unten, erhöht so den Druck auf das Reservoir unter der Oberfläche und quetscht noch mehr glutflüssige Masse heraus.

Francesca ist froh, dass solche Prozesse auf der heutigen Erde kaum noch möglich sind, schon weil heißes Magma unter dem Einfluss der Atmosphäre schneller abkühlt. Aber vor vier Milliarden Jahren war das wohl noch anders – und trotzdem scheinen sich gerade unter diesen unwirtlichen Voraussetzungen die ersten Vorformen des Lebens gebildet haben. Wie mag es wohl auf Io aussehen? Hat die Warnung des Enceladus-Wesens etwas damit zu tun?

Sie sieht in den Feldstecher und aktiviert den Rangefinder, der ihr die Entfernung anzeigt.

»Noch 12 Kilometer bis zum Lavasee.«

Hayato nickt nur und läuft voran. Er ist wirklich zäh, sie sieht ihm voller Hochachtung hinterher. Das merkt man ihm gar nicht an. Und er jammert nicht so herum wie Martin. Sie springt Hayato hinterher.

Nach weiteren sechs Kilometern machen sie eine Pause. Der flexible Teil des Raumanzugs scheuert an der Innenseite von Francescas Oberschenkeln. Hayato setzt sich besonders breitbeinig auf einen hüfthohen, schwarzen Felsblock. Sie sieht, wie er aus dem Trinkrohr Flüssigkeit saugt.

»Bei dir auch?«

Sie zeigt auf seinen Schritt. Hayato nickt, lacht und verschluckt sich dabei.

»Ich glaube, es liegt am Springen«, sagt er. »Wenn du abhebst, wird das Material von der Schwerkraft nach unten gezogen, beim Aufprall wird es wieder gestaucht.«

»Ist das beim Gehen nicht ähnlich?«

»Ja, aber in geringerem Ausmaß. Wenn wir so weitermachen, scheuern wir uns die Haut auf.«

»Etwas Creme wäre gut.«

Hayato zeigt auf den Verschluss, der Ober- und Unterteil des Raumanzugs luftdicht verbindet.

»Gern, wenn du das Unterteil mal kurz ausziehen willst…«

Francesca überlegt ernsthaft. Mit dieser Variante des Raumanzugs wird es nicht funktionieren. Aber wenn das Oberteil dicht am Körper abschließen würde?

»Mal angenommen, der HUT würde hier unten«, sie zeigt auf die Höhe ihres Bauchnabels, »luftdicht auf meiner Haut sitzen, dann könnte ich das Unterteil ausziehen.«

»Der Luftabschluss könnte auch hier oben stattfinden.« Hayato zeigt auf ihre Kehle. »Nur dein Kopf braucht Sauerstoff und normalen Luftdruck.«

»Ich könnte richtig pinkeln gehen«, sagt Francesca. Der Gedanke gefällt ihr, vor allem angesichts der Gewissheit, dafür in den nächsten Stunden ihre Unterhose samt Windel missbrauchen zu müssen.

»Sex auf dem Mond, stell dir das vor! Unendliche Möglichkeiten!« Hayato lacht.

»Aber nur ohne Küssen.«

»Na ja, wer will schon küssen, so selten, wie wir hier zur Körperhygiene kommen.«

Sie schlägt Hayato mit der Hand auf die Schulter. Es ist nett mit ihm. Sie kann allmählich verstehen, warum Amy sich in den schmalen Kerl verliebt hat.

»Lass uns weitergehen«, sagt sie.

Sie marschieren wieder los. Sie haben noch eine gute Stunde Weges vor sich und liegen perfekt im Zeitplan, also verzichten sie auf die schmerzhaften Sprünge. Der Untergrund ist inzwischen nicht mehr schwarz. Stattdessen wechselt er immer wieder die Farbe. Eben haben sie einen Streifen mit in der Sonne glitzernden Kristallen überquert. Vermutlich ebenfalls eine Zustandsform von Schwefel. Ihr scheint es, als rieche es irgendwie schweflig, doch das muss sie sich einbilden.

Hayato bleibt stehen. Francesca erkennt sofort die

Ursache: Etwa hundertfünfzig Meter weiter sieht es aus, als beginne dort gleich ein Golfkurs. So ein sattes Grün!

»Das muss Olivin sein«, sagt Hayato.

Francesca geht forsch darauf zu. Aus der Nähe erkennt sie, dass dort kein Gras wächst. Der Boden ist nach wie vor von kleinen Steinen bedeckt, nur dass der Untergrund aus einem anderen Material besteht. Sie winkt ihrem Begleiter, dann setzen sie ihre Wanderung fort.

»Deine Idee vorhin«, beginnt Hayato nach einer Weile, »mit dem teilbaren Raumanzug, die hat einen großen Haken. Wenn du Vakuum an deine nackte Haut lässt, sinkt die Siedetemperatur des Wassers in den Zellen auf unter 37 Grad. Das Wasser verdampft, die Zellen platzen. Das tut weh und setzt sich nach innen hin fort.«

»Dachte mir schon so etwas«, sagt Francesca.

»Man könnte sich einen besonders eng an der Haut anliegenden Druckanzug schneidern lassen, aber der komplette Körper muss immer noch unter Druck stehen, tut mir leid.«

»Also nichts mit dem richtigen Pinkeln.«

»Ich bedauere das nicht weniger als du«, sagt Hayato.

Der Lavastrom, auf den sie zuhalten, ist inzwischen deutlich gewachsen. Seine Form erinnert sie immer mehr an einen Gletscher, nur dass sich darin kein gefrorenes Wasser langsam vorwärts schiebt, sondern zähflüssiges Gestein. Doch bevor sie diesen Magma-Gletscher untersuchen können, erreichen sie zunächst den See.

»Achtung, Hayato«, sagt sie. »Das ist kein normaler See.«

»Ach«, meint er nur. Mit kleinen Schritten bewegt er sich auf das Ufer zu, das etwa zehn Meter vor ihnen liegt.

»Am besten wartest du in ausreichendem Abstand, Francesca. Wir müssen uns nicht beide in Gefahr bringen. Ich habe das Werkzeug sowieso schon dabei.« Er zeigt auf die Tasche über seiner Schulter. Natürlich hat er Recht. Sie hat ja selbst schon gewarnt, dass das kein gewöhnlicher See ist. Sie wissen, dass er aus Schwefel besteht, der ab etwa 115 Grad schmilzt. Francesca nimmt den Feldstecher und betrachtet die Mitte des Sees. Dort scheinen sich Blasen aus der flüssigen Masse zu erheben. Am Rand ist es ruhig. Doch wo ist der Rand genau? Unter den minus 150 Grad der Io-Oberfläche kühlt der Schwefel-See an den Rändern ständig aus, und der Schwefel erstarrt. Da von unten Wärme nachgeliefert wird, verhält dich der See wie ein zugefrorener, aber allmählich auftauender See auf der Erde: An den Rändern bilden sich feste Schollen, unter denen der Schwefel flüssig ist.

»Pass bitte auf den Untergrund auf, Hayato.« Francescas Bitte klingt ungewollt ängstlich. Nein, das war nicht ungewollt, denkt sie, sie hat Angst um ihn.

»Ich weiß, ich könnte einbrechen«, antwortet er. »Aber solange du währenddessen auf sicherem Untergrund bleibst, können wir das Risiko eingehen.«

»Gut, dass du es weißt. Es wäre noch schöner, wenn du es lassen würdest, dort herumzuspazieren.«

»Ich …« Sie sieht, wie er einen schnellen Sprung nach hinten macht.

»Das war knapp«, sagt er. Vor dem nächsten Schritt fühlt er mit einem Fuß vor, ob der Untergrund sicher ist.

»Noch zwei Meter, schätze ich«, sagt Hayato.

»Muss das denn sein?«

»Wir brauchen die Proben, dafür sind wir doch hier.«

»Ich bin ja schon ruhig.« Sie sieht, wie er eine ausziehbare Stange aus der Tasche nimmt und einen Probenbehälter an ihrer Spitze anschraubt. Dann zieht er die Stange auf volle Länge und versucht, den flüssigen Schwefel zu erreichen, aber die Entfernung ist noch zu groß.

»Mist«, sagt er. Francesca verkneift sich jedes Wort, um ihn nicht nervös zu machen. Langsam tastet sich Hayato voran, schiebt den rechten Fuß nach vorn, verlagert langsam das Gewicht, dann der linke Fuß, so langsam, als würde er eine seltsame Pantomime aufführen.

»So, das reicht jetzt hoffentlich.« Wieder führt er die Stange mit dem Behälter Richtung See. Diesmal klappt es! Der Behälter taucht ein und füllt sich mit dem »Wasser« des Sees. Hayato holt die Stange wieder ein, schiebt sie zusammen, verschließt den Behälter und verstaut alles in der Tasche. Dann dreht er sich um.

»Wie bin ich hierher gekommen?« Seine Frage klingt ganz harmlos.

Francesca hält den Atem an. »Darauf habe ich nicht geachtet.«

»Ist ja nicht weit. Ganz ruhig.« Hayato schiebt wieder vorsichtig einen Fuß nach dem anderem über das dünne Eis. Bis in den Bereich, der garantiert sicher ist, sind es vielleicht acht Meter.

»Ein Schritt nach dem anderen«, sagt er. Francesca bewundert seinen Gleichmut. Ein, zwei, drei Schritte. Er kommt näher. Hat da etwas geknackt? Unmöglich, das Vakuum, denkt sie. Doch Hayatos Fuß verschwindet wie in

Zeitlupe im flüssigen Schwefel. Er versucht, ihn herauszuziehen.

»Mist, das Zeug ist zäh wie Kaugummi.«

Der Schuh steckt schon zehn Zentimeter tief. Francesca sieht hektisch an sich herunter. Der harte Teil der zum Raumanzug gehörenden Stiefel ist höchstens fünfzehn Zentimeter hoch. Danach folgt der Stoff, der weitaus schlechter wärmeisoliert ist. Hayato hat nur noch ein paar Sekunden. Francesca sprintet aus dem Stand los. Sie erreicht den Ingenieur, greift ihn am Riemen der Tasche und zerrt ihn mit aller Kraft in Richtung Sicherheit. Durch den Schwung stolpert er über ihre Beine, die Tasche fällt zu Boden, Francesca kann sich nicht mehr halten, und schließlich landen beide bäuchlings auf der Oberfläche des Sees.

Francesca sieht sich um. Hier ist es sicher.

»Danke«, sagt Hayato. »Das war knapp.« Er versucht aufzustehen, fällt aber wieder auf sein Hinterteil. Francesca kniet sich neben ihn.

»Alles okay?« Hayato nickt, sagt aber nichts. Er atmet schwer. Das muss der Schock sein. Sie untersucht den Fuß, der im Schwefel stecken geblieben ist.

»Streck mal das Bein.«

Hayato folgt ihrer Anordnung.

»Alles prima«, sagt er dann, und er klingt erstaunt. Francesca nimmt sich den Stiefel noch einmal vor. Er ist in eine Schale festen Schwefels eingebacken. Sie bröckelt einzelne Stücke ab, darunter kommt unbeschädigtes Material zum Vorschein.

»Sieht gut aus«, sagt sie, »scheint völlig okay.«

»Bis zu 300 Grad Celsius sollte der Stiefel schon

aushalten«, meint Hayato, »aber ich hätte das lieber nicht getestet.«

Francesca steht auf. »Ist ja nochmal gut gegangen.« Sie sieht sich um. Die Werkzeugtasche hat Hayato wieder zu sich hingezogen. Gut, dann war ihre gefährliche Aktion wenigstens nicht umsonst.

»Ruh dich aus, so lange du brauchst, und dann ziehen wir weiter.« Francesca merkt, dass sie ins Schwitzen geraten ist. Ihr Herz schlägt schneller.

»Es geht schon«, sagt Hayato, der sich nun vorsichtig erhebt.

»Irgendwelche Schmerzen?«

Er schüttelt den Kopf.

»Ich schlage vor, wir umgehen den See rechterhand in ausreichendem Abstand, bis wir auf den Lavastrom treffen. Es ist so herum zwar etwas weiter, aber dann müssen wir das Flüsschen nicht überqueren, das Lava und See verbindet.«

»Von flüssigem Schwefel halten wir uns in Zukunft wohl besser fern.«

»Du weißt aber, dass das Magma im Strom nicht nur 120, sondern über 1000 Grad heiß ist?«

»Das sind ja schöne Aussichten!«

Sie machen sich Hand in Hand auf den Weg. Es fühlt sich gar nicht seltsam an. Hayato ist ein guter Freund.

Den Strom erreichen sie etwa zwei Stunden später. Mittlerweile hat Francesca auch den Moment überstanden, vor dem sie sich seltsamerweise am meisten gefürchtet hat. Sie ist schon lange Astronautin, doch es kostet sie immer noch große Überwindung, in die Windel zu urinieren. Sie hat Hayato extra gebeten, ein paar Schritte voraus zu gehen.

Der Lava-Gletscher vor ihnen glitzert in der Sonne, die inzwischen kurz vor ihrem Höchststand ist. Je näher sie ihm kommen, desto weniger wirkt er wie etwas, das man auch auf der Erde finden könnte, und umso mehr mutet er wie etwas Außerirdisches an, wie ein dicker, fetter Wurm, der alles frisst, was ihm in den Weg kommt. Der Wurm wird von einem fernen Vulkan gespeist, von einer Art, die es auf der Erde gar nicht gibt und die einfach aus einem Loch im Boden besteht, aus dem Lava quillt. Auch hier wollen sie Proben nehmen, die aus zwei Gründen interessant sind: zum einen wegen der Botschaft von Enceladus, zum anderen, weil der Strom geschmolzene Mineralien aus der tieferen Kruste von Io mit sich führt, die sie zum Überleben brauchen könnten.

»Diesmal bin aber ich an der Reihe«, sagt Francesca. Hayato reagiert zwar nicht, doch sie hält ihn einfach am Riemen der Werkzeugtasche fest. Hayato hält dagegen.

»Willst du dich wirklich mit mir anlegen?« Francesca lacht. Hayato wird wissen, dass er bei einem Kräftemessen keine Chance hat. Tatsächlich gibt er nach – nur um erneut kräftig am Riemen zu ziehen, als sie den eigenen Griff lockerer lässt.

»So nicht, mein lieber Freund«, sagt sie und erkämpft sich die Tasche endgültig.

»Sei vorsichtig!«, sagt Hayato. Diesmal hält er den Sicherheitsabstand, während sie sich nah an den Lavastrom wagt. Das Material des Stroms sieht allerdings ganz und gar nicht geschmolzen aus. Sie packt den Probenbehälter, den sie schon vorbereitet hatte, gleich wieder ein.

»Das Zeug ist steinhart«, sagt sie ins Mikrofon.

»Das war zu erwarten. Sehr hohe Zähigkeit. Der Strom hätte den See sonst längst erreicht. Der bewegt sich im Jahr höchstens ein paar Zentimeter.«

»Und woher bekommen wir dann unsere Proben?«

»Wir könnten ein Loch hinein bohren.«

»Wie denn bohren?«

»In der Werkzeugtasche findest du eine Bohrmaschine.«

»Der Strom ist steinhart, das dauert ja ewig. Gibt es nicht eine schnellere Methode?«

»C4.«

»Du meinst Sprengstoff, Hayato?«

»Ja, C4. Ist auch in der Tasche.«

»In der Tasche, die du vorhin fallen gelassen hast?«

»Ja, ist aber kein Problem. Da kannst du sogar mit einem Hammer draufschlagen, und es passiert nichts. Im Training haben wir mal mit zwei C4-Stangen als Brennmaterial gekocht.«

»Und wie bringen wir es dann zur Explosion?«

»Mit den Sprengzündern.«

»Ebenfalls in der Tasche.«

»Richtig.«

Francesca lacht. »Was immer ich frage, es befindet sich in der Tasche, stimmt's?«

Hayato verzichtet auf eine Antwort. »Soll ich das übernehmen?«

»Nein.« Sie hat Sprengstoff und Zünder bereits gefunden. Am C4 klebt eine Anleitung. Sie folgt den wenigen Schritten.

»Fertig.«

»Und nun am Lavastrom anbringen«, antwortet Hayato.

Francesca nähert sich dem hässlichen Wurm. Sie spürt die Hitze, die von ihm ausgeht.

»Näher als zwei Meter kann ich nicht herangehen«, sagt sie.

»Das ist schlecht«, meint Hayato. »Es gibt hier keine Druckwelle. Der Sprengstoff muss direkten Kontakt haben.«

»Könnte es dann nicht sein, dass er sich entzündet, statt zu explodieren? Ich messe über 1000 Grad.«

»Nicht, wenn der Zünder vorher losgeht.«

»Der ist empfindlicher?«

»Ja, deutlich, aber keine Angst, Francesca, der reißt dir höchstens den Finger weg.«

»Du scherzt, oder?«

Hayato sagt nichts. Sie nimmt Sprengstoff und Zünder und wickelt den Sprengstoff mit Panzertape – ebenfalls aus der Tasche – um die Spitze der ausfahrbaren Stange.

»Du sagtest, es gebe keine Druckwelle, richtig?«

»Ja, das sagte ich. Was hast du vor?«

»Egal«, antwortet Francesca. Sie nimmt die etwa drei Meter lange Stange und stellt sie in zweieinhalb Metern Entfernung aufrecht hin.

»Achtung, gleich geht's los«, sagt sie. Dann lässt sie die Stange los, wobei sie ihr einen kleinen Schubs in Richtung Lavastrom gibt und springt gleichzeitig so weit wie möglich vom Explosionsort weg.

Sie landet in insgesamt sieben Metern Entfernung auf den Knien. Der Boden vibriert. Ein heller Blitz zuckt über den Nachthimmel. Danach ist wieder Stille.

»Das war's, glaube ich.«

Hayato hat es nicht mehr an seinem Platz gehalten, er kommt zu ihr gerannt.

»Was ist passiert?«

Er betrachtet die Auswirkungen der kleinen Explosion.

»Jetzt aber schnell«, sagt er. »Ich sehe einen Riss, daraus können wir unsere Proben ziehen. Gib mir mal die Stange.«

»Die Stange ist … äh …« Sie zeigt auf die Reste am Boden.

»Na dann die Ersatzstange.«

»Die Ersatzstange, klar. In der Tasche?«

»In der Tasche, wo sonst?«

18. April 2047, ILSE

JIAYING FRIERT. Die Temperatur an Bord ist konstant, das hat sie schon überprüft. Es muss die Aufgabe sein, die sie frösteln lässt. Sie wird heute am Bildschirm die Waffe erzeugen, die das Enceladus-Wesen umbringen soll. Watson nennt es Hydra, wahrscheinlich haben seine Auftraggeber von der Erde diesen Begriff eingeführt. Hydra, das Schlangen-Ungeheuer mit den vielen nachwachsenden Köpfen, ebenso unsterblich wie böse, die Analogie passt überhaupt nicht zu dem freundlichen, neugierigen Wesen aus der Tiefe des Enceladus-Ozeans. Der Name beschreibt eher die Ängste, die eine mächtige Gruppe von Menschen nach den Berichten der ILSE entwickelt hat. Sie hätten ihre Erlebnisse lieber für sich behalten sollen. Und sie hätten ahnen müssen, dass zumindest ein Teil der Menschheit nicht bereit für das Neue ist.

Es ist zu spät für solche Überlegungen, das ist gewiss. Jiaying nimmt vor dem Computer im Labor Platz. Er ist mit einer Analyse-Einheit gekoppelt, wie sie auch das

Bohrschiff Valkyrie besaß. Zusätzlich jedoch gibt es einen Manipulations-Modus, der mit der Genschere CRISPR/Cas arbeitet. Damit hätten die Astronauten bei Bedarf krankhafte Mutationen ihrer eigenen Zellen, der Pflanzen an Bord oder der vielfältigen Bakterien-Flora rückgängig machen können. Während einer mehrjährigen Mission unter dem Einfluss der kosmischen Strahlung besteht da ein erhöhtes Risiko. Würde etwa ein bislang harmloses Magenbakterium durch Mutation eine tödliche Form entwickeln, könnte sich die Crew ohne diese Gegenwehr kaum davor schützen.

Was eigentlich Leben retten sollte, wird nun den Tod bringen. Watson hat den genetischen Code der einzelnen Zellen des Enceladus-Wesens nach Vorgaben von der Erde analysiert und die vielversprechendsten Bruchstellen gefunden. Jiaying muss nun die eigentliche Manipulation durchführen. Der Zugriff auf Gen-Manipulatoren ist künstlichen Intelligenzen seit 15 Jahren regulatorisch verboten, ebenso wie sie keine Kriegswaffen steuern dürfen. Dieses Verbot ist per Hardware in der Maschine implementiert, das konnten Watsons Auftraggeber von der Erde aus nicht umgehen. Also brauchten sie einen menschlichen Sklaven.

Jiaying zögert. Wenn sie sich weigert, die Veränderung auszuführen, wird es keine tödliche Manipulation geben. Aber ihre Eltern werden sterben. Dass sie all ihre Freunde verraten hat, dass sie auf Io sterben müssen, wird auch völlig umsonst gewesen sein. Warum hat sie sich ihnen nicht schon früher offenbart? Sie hat die ganze Zeit nur an ihre Eltern gedacht. Denn ihre Kollegen, ihre Freunde, sind bewusst Astronauten geworden. Das Risiko, im All zu sterben, war von Anfang an hoch gewesen, und sie sind diesen Weg trotzdem gegangen. Doch ihre Eltern hatten ihr ganzes Leben lang nur einfache Menschen sein wollen. Sie waren Ärger aus dem Weg gegangen, wo es nur ging, und hatten ihre Kraft und Energie in die einzige Tochter investiert. Dafür sollten sie nicht sterben müssen.

Auch in der Rückschau erscheint ihr dieser Gedanke richtig, selbst wenn ihr die Vorstellung unerträglich ist, dass sie ihre Freunde auf dem Gewissen hat. Man kann Menschenleben nicht gegeneinander aufrechnen. Aber dennoch: ihre Eltern haben mit der ganzen Sache am allerwenigsten zu tun und sollten deshalb auch am allerwenigsten darunter leiden.

Jiaying startet das Programm. Sie lädt die DNA-Daten des Enceladus-Wesens. Als Biologin kann sie ihre Schönheit erkennen. Sie liegt in der Einfachheit, die eine große Vielfalt zulässt. Auch hier hat das Leben die Doppelhelix-Struktur gewählt. Das Genom enthält aber, anders als bei allen Erd-Lebewesen, nach ersten Analysen fast keine überflüssigen Informationen. Vielleicht liegt es daran, dass Enceladus so arm an Ressourcen ist. Jede unnötige Erbinformation braucht zwei Teil-Moleküle im DNA-Doppelstrang. Kürzere DNAs lassen sich mit weniger Material und Energie aufbauen und vervielfältigen – und auf dem Erfolg der Vervielfältigung beruht das ganze Leben. Während auf der Erde Rohstoffe im Überfluss vorhanden waren, musste das Leben auf Enceladus in den Sparmodus schalten.

Das Ergebnis ist ein kleines Wunder: Das Leben kommt in der Tiefe des Enceladus-Ozeans ohne Wettbewerb aus. Vielleicht gab es ihn in der Frühzeit, das ist nicht mehr zu ermitteln, doch heute garantiert unbedingte Kooperation das Überleben. Die Menschheit hätte Gelegenheit, sich da etwas abzuschauen – stattdessen benutzt man nun sie als Werkzeug, um dieses positive Beispiel zu vernichten, weil man Angst davor hat, es könne zu mächtig werden und den Menschen schaden.

Der DNA-Strang des Enceladus-Wesens rotiert auf dem Bildschirm. Die Stellen, an denen sie mit dem Cas-Molekül eingreifen muss, sind schon markiert. Das ist die Schere, CRISPR hingegen ist die Schablone, die sie an die fremde DNA anlegen muss, um für Cas die passende Schnittstelle zu finden. Sie muss um die vorgesehenen Eingriffe herum charakteristische, das heißt nur dort vorkommende Sequenzen finden und sie dann als CRISPR-Molekül nachbauen lassen. Nachdem Cas dann den Strang aufgeteilt hat, lässt sich an dieser Stelle neue Erbinformation einsetzen – die das Wesen schließlich umbringen wird.

Das Mordwerkzeug wird ein kleines Zell-Kraftwerk sein, das der Erd-Biologie entlehnt ist. Es klingt harmlos, denn es kräftigt die betroffenen Zellen sogar, sodass sie sich gegen unveränderte Varianten durchsetzen können. Doch gleichzeitig verbrauchen sie viel mehr Energie. Dadurch wird es zu einer kurzen Blütezeit kommen, doch dann wird das gesamte System zusammenbrechen, weil die Energievorräte aufgebraucht sind. Milliarden Jahre Kooperation, um schonend mit den Energiequellen umzugehen, werden umsonst gewesen sein.

Jiaying markiert die Bereiche, die für den Nachbau als CRISPR-Form wichtig sind. Dann gibt sie die entsprechenden Codefolgen zur Synthese weiter. Der eigentliche Vorgang wird nicht am Computer stattfinden: Die Original-Moleküle, CRISPR-Muster, Cas-Scheren und die Bruchstücke mit der neuen Erbinformation werden in Nährlösung zusammengebracht, den Rest erledigen Durchmischen und die Chemie. Es ist, als würde man Stoff, Schnittmuster, Nadel und Faden in eine Kiste werfen, ein paarmal daran rütteln, und auf magische Weise fiele ein fertiges Kleid heraus, nein, viele Kleider.

Acht Minuten. Sie hat acht Minuten gebraucht, um die ultimative Waffe gegen ein Milliarden Jahre altes Wesen zu schaffen. Gut, darin ist die Zeit nicht eingerechnet, die irgendwelche Biologen auf der Erde dafür gebraucht haben, die richtigen Schnittstellen zu finden und die einzufügende Information zu erzeugen. Aber trotzdem… Jiaying schaudert vor sich selbst zurück. Sie ist ein Monster. Haben ihre Eltern ein Monster großgezogen? Kann es einen Menschen auf der Welt geben, einen einzigen Menschen, der ihr Handeln versteht?

Jiaying steht auf. Es riecht streng im Labor. Verbreitet sie diesen seltsamen Geruch? Sie muss unbedingt unter die Dusche, all das abwaschen, diesen Schmutz, mit dem sie übergossen wird, mit dem sie sich selbst übergießt.

»Watson, ich muss duschen.«

»Moment, ich riegle WHC 2 für Sie ab. Abriegelung komplett in drei Minuten.«

Jiaying hofft, dass deswegen jetzt nicht Amy und ihr Sohn aus dem entsprechenden Bereich des Habitatrings geworfen werden. Aber Watson ist sicher so schlau, aus den drei Segmenten mit WHC ein gerade freies für sie auszusuchen.

Sie schaltet den Computer aus. Der Schweiß ist überall. Ihr eigener Körpergeruch wird ihr unerträglich, und trotzdem friert sie noch. Sie klettert vom Labor nach unten in das Drehgelenk des Habitatrings. Die Gummilippe zu Speiche 2 ist geöffnet. Die zweite der vier Speichen führt zu Segment 2, in dem sich WHC 2 befindet. Dort ist auch Martins Kabine. Sie zwingt sich, an etwas anderes zu denken. An den Abstieg zum Beispiel. Während die ILSE beschleunigt, dreht sich der Habitatring nicht, weil die Beschleunigung genug künstliche Schwerkraft erzeugt. Statt, von der Fliehkraft getrieben, elegant ins Äußere des Rings zu gleiten, muss sie nun auf allen Vieren krabbeln wie ein Insekt.

Sie erreicht den Ring, während sich ihr Körper in Schweiß aufzulösen scheint. Die Verbindungen zu den anderen Segmenten sind verschlossen. Kurz überlegt sie, an Martins Kabinentür zu klopfen. Vielleicht kommt er ja heraus, nimmt sie in die Arme, und alles erweist sich als Alptraum. Sie schüttelt den Kopf. Schnell unter die Dusche. Auf dem Boden des WHC liegt etwas Weißes. Sie beachtet es nicht. Das heiße Wasser, sie stellt es auf 40 Grad, vertreibt all ihre Gedanken.

Sie weiß nicht, wieviel Zeit vergangen ist, als sie wieder aufwacht. Sie sitzt nackt auf dem Boden des WHC, neben der Dusche, mit dem Rücken an die Wand gelehnt. Die Dusche ist ausgeschaltet. Sie kann sich nicht erinnern, was passiert ist. Zwischen ihren geöffneten Beinen liegt ein Blatt Papier. Sie beugt sich vor und hebt es auf. Eine Seite ist beschrieben. Sie dreht den Kopf ängstlich nach allen Seiten, doch da ist niemand, der sie beobachtet. Im WHC gibt es keine Kameras.

Jiaying liest, was Amy ihr geschrieben hat. Danach lehnt sie sich zurück und weint. Es steckt eine Menge Erleichterung in den Tränen, deren salzigen Geschmack sie auf den Lippen spürt.

Sie muss eine Antwort schreiben, Amy erklären, was passiert ist und was passieren wird. Dazu braucht sie einen Stift. Jiaying steht auf. Sie ist schon halb trocken. Wie lange hat sie auf dem Boden gesessen und geschlafen? Sie trocknet die restliche Feuchtigkeit ab und zieht sich an. Dumm, dass sie nicht daran gedacht hat, frische Sachen mitzubringen. Doch der Geruch ist schon schwächer geworden. Sie legt den Brief so im WHC ab, dass er von draußen nicht zu sehen ist. Dann geht sie in Martins Zimmer. Es ist gar nicht so schwer, die Tür zu öffnen. Das Zimmer ist leer. Sie wusste es und ist trotzdem überrascht. Wo könnte Martin Stifte aufbewahren? Beim Durchsuchen seiner Sachen findet sie ein sauberes T-Shirt. Sie wechselt es gegen ihr getragenes aus. Martins Hemd ist ein bisschen zu groß.

Da, ein Stift, in der Innentasche einer Jacke. Sie verbirgt ihn in der Hosentasche und läuft zurück ins WHC. Sie schließt die Tür hinter sich und setzt sich auf die Toilette. Mit dem Blatt auf den Knien beginnt sie, eine Nachricht an Amy zu formulieren. Jiaying beschreibt, was mit der ILSE geschehen wird und worin ihre eigene Rolle dabei besteht. Am schwersten fällt es ihr, die Gründe zu erklären. Amy wird zusehen müssen, wie ihr kleiner Sohn gemeinsam mit ihr stirbt – wie soll sie da auch nur einen Hauch von Verständnis aufbringen können? Jiaying kämpft mit sich, und schließlich findet sie auch Worte, die zumindest halbwegs zu passen scheinen.

Ihren Brief hinterlegt sie so, dass er von außen nicht sichtbar ist. Sie muss trotzdem aufpassen, damit Watson nicht misstrauisch wird. Sollten sie beide in Zukunft nur noch dieses WHC aufsuchen, wird das der KI sicher auffallen. Und mehr als einmal am Tag sollte sie auch in

Zukunft nicht duschen. Dass sie jetzt eine Kommunikationsmöglichkeit hat, gibt ihr ein bisschen Hoffnung: Vielleicht fällt Amy ja etwas ein, das sie alle retten könnte? Sie kann sich zwar nicht vorstellen, wie sie die Kontrolle durch Watson ausschalten können, doch schon die Tatsache, dass sie nun wieder zu zweit sind, verbessert ihre Chancen.

19. April 2047, Io

»HAST du gut gemacht mit der Dusche, wollte ich dir gestern noch sagen, aber da war ich so erschöpft, dass ich nur noch ins Bett wollte.«

Martin freut sich über Francescas Lob. Hayato und sie waren nach fast zwanzig Stunden auf den Beinen wieder beim Lander gewesen. Er kann gar nicht fassen, dass sie heute schon wieder aufbrechen wollen. Der Weg zur Reiden Patera ist zwar etwas kürzer, aber mit derart aufgeriebener Haut zwischen den Schenkeln würde er keinen Kilometer mehr marschieren wollen. Aber Francesca hatte darauf bestanden – sie müssten ihre Umgebung und all ihre Gefahren kennen, wenn sie länger als eine Woche auf Io überleben wollten.

Martin widerspricht ihr nicht – Hauptsache, er muss nicht raus. Um den ein oder anderen Ausflug wird er sowieso nicht herumkommen. Sie haben gestern Abend noch die Aufnahmen von der Steilwand des Abbruchs spektroskopisch analysiert. Tatsächlich liegen da einige Mineralien frei, die Sie benötigen und an die Sie anders nur schwer herankommen würden. Hayato und er wollen sich noch ein Gerät ausdenken, mit dem man diese Stoffe von oben her abbauen kann. Hayato hat so eine Art Bühne wie bei Hochhaus-Fensterputzern vorgeschlagen. Martin braucht sich die tausend Meter Tiefe unter ihm nur vorzustellen, schon wird ihm schwindlig.

Doch heute hat er eine andere Aufgabe. Sobald die beiden unterwegs sind, wird er die Proben untersuchen, die sie aus dem Schwefelsee und dem Lavastrom mitgebracht haben. Er hat im CELSS bereits alles aufgebaut, was er dazu benötigt. Francesca ist gerade dabei, ihre Oberschenkel vorzubereiten. Sie hat eine dicke Lage Creme auf die Innenseite aufgebracht und alles so abgetaped, dass sich durch das Reiben des Raumanzug-Unterteils nichts verschiebt. Martin muss nun mit einem Stück Stoff darauf herum wischen, so fest er kann. Er sieht ihr ins Gesicht: Sie beißt die Zähne zusammen. Ihre Wangen sind ganz rot vom vorhergehenden Training.

»Schmerzen?«

Sie schüttelt den Kopf. Ich doch nicht, du Waschlappen, soll das wohl heißen. Martin lächelt, und sie lächelt zurück. Er mag Francesca, die immer so hart tut.

»Die Windel«, sagt sie. Martin reicht ihr die Astronautenwindel.

»Einmal umdrehen, bitte«.

Er folgt der Aufforderung.

»Gib mir mal meine langen Unterhosen«, sagt sie kurze Zeit später. Sie meint die Thermo-Unterwäsche, das LCVG. Martin dreht sich zurück und reicht sie ihr. Sie sind schwer, das ist die eingenähte Kühlung, die auch als Heizung funktioniert.

»Wo bleibt denn Hayato?«

Martin sieht sich um. Der Japaner scheint noch im CELSS zu stecken. Er antwortet Francesca, indem er nach oben zeigt.

»Ah, wahrscheinlich packt er gerade seine Tasche. Damit hat er mich ja wirklich beeindruckt«, sagt sie.

Dann klappert es, während Hayato mit einer schweren Tasche die schmale Leiter aus dem Gartenmodul herabklettert. Aus der Tasche ragt etwas heraus; Martin tippt auf zwei stoffbespannte Stangen.

»Was hast du uns denn da Schönes eingepackt?«, fragt Francesca.

»Wir besuchen eine aktive Patera, explosiver Vulkanismus, sage ich nur.«

»Und das heißt?«

»Ich möchte nicht, dass uns etwas auf den Kopf fällt, also habe ich zwei Schirme eingepackt.«

»Zwei was?«

»Schirme, Francesca!«

»Ich wusste gar nicht, dass wir Schirme an Bord haben«, mischt sich Martin ein.

»Ich hatte es auch schon fast vergessen«, sagt Hayato. »Die Schirme hatte ich eigentlich vorbeugend gegen den Methanregen auf Titan konstruiert. Aber du bist dann ja mit Zelt losgezogen, Francesca.«

Hayato stellt die Tasche ab und beginnt, sich in den Suitport einzufädeln.

»Ach ja«, sagt er, »die Tasche müsstest du mir dann durch das AirLock im CELSS reichen.«

»Toll, darf ich sie wieder nach oben buckeln«, schimpft Martin, lacht aber dazu. Kurze Zeit später steht Hayato auf der Oberfläche des Mondes. Martin gibt Francesca noch das Signal, dass alles seine Ordnung hat, dann koppelt auch sie sich ab. Er nimmt die Tasche, klettert in das CELSS und stellt sie dort zusammen mit dem Ersatz-Sauerstoff ins Airlock.

Nach einer Weile klappert es an der Außenhülle. Das müssen Hayato und Francesca sein, die sich ihr Gepäck aus dem Airlock holen. Auf dem Bildschirm sieht er, dass die beiden in die Kamera winken.

»Nun macht euch mal auf den Weg«, sagt er per Funk. »Und bringt mir einen 100-Meter-Krater mit!«

Hayato und Francesca drehen sich um und laufen in großen Sprüngen in südwestlicher Richtung davon. In spätestens 15 Stunden werden sie wieder hier sein.

Er hat also mehr als genug Zeit für die Proben, deshalb setzt er sich zunächst in seinen bequemen Sessel und denkt nach. So ganz allein im Landemodul, diese 15 Stunden sind ein echtes Geschenk für jemanden, den die Gesellschaft von anderen Menschen anstrengt. Nur bei Jiaying war es nicht so gewesen. Martin schlägt sich auf die Wangen, um diesen Gedanken zu verscheuchen.

Er konzentriert sich besser auf Io. Ihr Überleben hier scheint für die nächsten Wochen und Monate gesichert. Sie wissen, wo sie alle nötigen Stoffe herbekommen, und von der Strahlung gegrillt werden sie auch nicht. Das Rätsel, warum das Enceladus-Wesen vor Io gewarnt hat, haben sie allerdings noch nicht gelöst. Und sie können nicht mit der Außenwelt kommunizieren. Für das zweite Problem hat Martin schon eine Lösung parat.

Er will gerade für ein paar Minuten die Augen schließen, als eine Erschütterung durch das Landemodul geht. Oben im CELSS quietscht etwas metallisch, dann kehrt wieder Ruhe ein. Martin setzt sich gerade hin.

»Neumaier an Außenteam. Habt ihr das auch gespürt?«

»Bestätigt«, antwortet Hayato. »Eine seismische Erschütterung. Vielleicht hat sich irgendwo Spannung abgebaut. Io ist tektonisch aktiv.«

»Muss ich mir Sorgen machen?«

»Von schweren Erdbeben wissen zumindest unsere Forscher nichts, leichte überstehen wir problemlos.«

»Gut, dann vertrauen wir auf die Wissenschaftler. Die hatten bisher ja jedes Mal recht.«

Er hört Hayato am anderen Ende lachen.

»Neumaier over.«

Martin prüft die Anzeigen der Messgeräte. Auf der Erde wäre das ein leichtes Erdbeben gewesen. Das Epizentrum liegt irgendwo in südwestlicher Richtung.

Er steht auf. »Hilft ja nichts«, sagt er laut zu sich selbst. Jetzt ist er wieder wach. Er zieht sich die Leiter zum CELSS hoch und schaltet oben das Licht an. Es sieht unordentlich aus. Nachdem er nach Hayatos Konzept die Dusche installiert hatte, war zum Aufräumen kaum noch Zeit gewesen. Martin seufzt und beginnt, Ordnung zu machen. Dann wischt er mit einem nassen Lappen über alle Flächen.

Nach dreißig Minuten Hausarbeit entscheidet er, dass es nun ordentlich genug ist. Der Computer, der die verschiedenen Analysegeräte steuert, ist schon eingeschaltet. Er beginnt damit, einen Teil der ersten Probe zu erhitzen und ihre Strahlung zu messen. Dann lässt er verschiedene Stoffe damit reagieren. Das alles muss er nicht per Hand übernehmen, vielmehr gibt es ein Standard-Set verschiedener Tests, die die jeweiligen Ergebnisse elektronisch an den Computer weitergeben. Martins

Aufgabe ist die eines dressierten Äffchens – er muss das Test-Equipment jeweils mit einer neuen Probe befüllen, nachdem er die Rückstände der alten entfernt hat. Das zu automatisieren, wäre wohl zu aufwändig gewesen.

Während er den Anweisungen der Software folgt, interessiert er sich noch nicht für die Ergebnisse. Er will erst den Überblick, bevor er sich mit Details beschäftigt. Seine Arbeit dauert etwa drei Stunden. Während das Analysesystem an der letzten Probe arbeitet, holt er sich etwas zu essen aus dem Vorratsschrank. Dehydriertes Brot, das hat er sich verdient. Martin zuckt mit den Schultern und lacht. Das Zeug ist gar nicht so schlecht.

»Analyse beendet – bitte Probenbehälter entnehmen«, steht auf dem Bildschirm. Das wurde aber auch Zeit, denn jetzt kommt der spannende Teil. Martin lässt sich zunächst über die chemische Zusammensetzung der unterschiedlichen Proben informieren: Schwefel und Schwefelverbindungen hier, Silikate da, so weit, so zu erwarten. Der Lavastrom zeigt kaum Besonderheiten. Von der schieren Größe abgesehen, könnte man so etwas auch auf der Erde finden. Die Proben aus dem Schwefelsee sind da schon spannender. Während die Auswertung für den Lavafluss etwa 20 Zeilen umfasst, besteht sie beim Schwefelsee aus ebenso vielen Seiten.

Der Bericht geht zunächst auf die verschiedenen Schwefel-Formen ein. Der Cyclooctaschwefel, der aus acht zu einer Art räumlicher Krone angeordneten Schwefelatomen besteht, hat in allen Proben den größten Anteil. Hauptsächlich liegt er als α-Schwefel vor, der an seiner gelben Farbe erkennbar ist. Doch der Strukturanalysator hat auch, was der Bericht extra hervorhebt, γ-Schwefel gefunden, farblos und auf der Erde sehr selten. Martin ist plötzlich ganz wach, denn es gilt als ausgemacht, dass diese Form des Schwefels das Produkt von Cyanobakterien ist. Gibt es auf Io einen anderen Weg, wie sich α- in γ-Schwefel verwandeln kann? Zumindest muss diese Veränderung ständig vor sich gehen, denn die farblose Form ist instabil; wenige Tage reichen, um sie wieder in die gelbe Variante zurückzuverwandeln. Nimmt man den Anteil des γ-Schwefels in der Probe zum Maßstab, muss der Prozess sehr aktiv ablaufen. Martin überschlägt die Zahlen: Falls die seltene Schwefel-Form tatsächlich von einer Bakterienart hergestellt wird, muss es pro Kubikzentimeter aus dem Schwefelsee etwa 100.000 Bakterien geben. Das sind zwar mehrere Größenordnungen weniger als etwa in einem Kubikzentimeter Erdboden, doch Io galt bisher auch nicht als besonders fruchtbar. Er nimmt sich noch einmal die Analyse des Lavastroms vor. Der enthält zwar weitaus weniger Schwefel, aber doch auch geringe Mengen der γ-Variante.

Martin ruft sich zur Ordnung. Es ist viel zu früh, um solche Rechnungen anzustellen, denn erst muss er das Leben auf frischer Tat ertappen. Wie soll er das am besten anstellen? Er muss sich die Struktur genauer ansehen. Da die Proben nur noch 20 Grad warm sind statt 150 Grad am Fundort – Schwefel schmilzt bei etwa 115 Grad –, sollten die Strukturen im Material eingefroren sein. Martin beginnt, das Licht- und das Elektronenmikroskop damit zu bestücken. Die Bilder, die er erhält, sind beeindruckend. Schwefel ist ein sehr flexibles Element, doch während auf der Erde viele der Schwefelformen industriell hergestellt werden müssen, kann er sie hier live und in Farbe begutachten. Er findet sogar langkettige Moleküle.

Wäre es möglich, dass flüssiger Schwefel hier die

Ausgangsbasis für Leben darstellt? Martin weiß, dass es auch auf der Erde, vor allem in der Nähe von Tiefsee-Vulkanen, Schwefel-Bakterien gibt. Doch diese bestehen nicht aus diesem Element, sie gewinnen nur mit seiner Hilfe Energie. Schwefel hat auf der Erde den Nachteil, dass er zusammen mit Wasser Schwefelsäure bildet. Doch Io ist das wohl wasserärmste Objekt im ganzen Sonnensystem – wenn irgendwo Schwefel-Leben eine Chance hat, dann hier.

Martin sucht weiter. Weil Schwefel so vielfältige Formen haben kann, macht ihn das zwar als Ausgangsbasis für Leben spannend – doch es erschwert zugleich die Suche, weil er ja nicht irgendwelche chemischen Launen der Natur finden will, sondern etwas, das garantiert nicht auf chemischem Weg entstanden ist, sondern biologisch.

Zwei Stunden später kann Martin immer noch keinen Erfolg verzeichnen. Er reibt sich die Augen; so lange durch das Okular zu starren, hat ihn ermüdet. Er holt sich noch ein Stück Brot, trinkt eine halbe Flasche Wasser und macht weiter. Der Ehrgeiz hat ihn jetzt gepackt. Er überlegt, ob er vielleicht noch genauer darüber nachdenken sollte, wonach er denn eigentlich sucht. Andererseits könnte ihn eine zu feste Vorstellung einschränken. Wer weiß denn schon, wie mögliche Io-Wesen aussehen? Er macht weiter. Das Auge des Mikroskops wandert über eine Probe nach der anderen, eine Stunde lang, zwei, drei …

Martin kann ein Gähnen nicht mehr unterdrücken. Er sieht auf die Uhr. Hayato und Francesca sollten bald den Vulkan erreichen.

»Neumaier an Außenteam, alles okay?«

Niemand antwortet ihm, aber das beunruhigt ihn nicht. Sie hatten schon vermutet, dass die Verbindung wegen des Strahlungsringes nach ein paar Kilometern abbrechen wird.

Martin wendet sich wieder dem Mikroskop zu und kratzt sich am Kopf. Er macht etwas falsch. Die Konzentration des γ-Schwefels ist so hoch, dass er längst auf Spuren von Leben gestoßen sein müsste – falls diese Schwefelform hier biologische Ursprünge hat. Aber Moment. Vielleicht sieht er ja den Wald vor lauter Bäumen nicht, weil er in der falschen Auflösung nachsieht? Er hat sich das Leben auf Io primitiv vorgestellt, bestehend aus nur wenigen Molekülen, wie in der Frühzeit der Erde. Aber das könnte ein Irrtum sein. Wenn man sich die komplexen menschlichen Zellen in zu starker Vergrößerung ansieht, erkennt man das in ihnen steckende Leben ebenfalls nicht, man sieht bloß Moleküle. Martin schraubt die Vergrößerung nach unten.

Die Proben wirken plötzlich ganz anders. Es sind viel mehr unterschiedliche Farben zu sehen. Und mit einem Mal erkennt Martin einen winzigen Torpedo. Er schiebt sein Fundstück schnell in die Mitte des Sichtfeldes. Man könnte es für eine Art Wurm halten, oder ein langgestrecktes Ei. Ist es vielleicht ein Ei? Das Ding scheint einen runden Querschnitt zu haben, und es besitzt weder Fortsätze, mit denen es sich bewegen könnte, noch so etwas wie Mund oder After. Entweder, es handelt sich tatsächlich um eine Art Ei, also ein Mittel der Vermehrung, oder aber das eigentliche Lebewesen hat sich in diese Form verwandelt, als sich die Probe abkühlte und der Schwefel erstarrte, in dem es schwamm.

Die Verhältnisse im Analysator sind für die Existenz des Lebens auf Io offensichtlich nicht optimal. Martin beschließt, das zu verändern. Er packt die Probe in einen elektrisch heizbaren Behälter mit einer Kristallglasscheibe, sodass er zusehen kann, was passiert. Der Wurm, so nennt er ihn, ist gut erkennbar. Nun regelt er die Temperatur nach oben. Der Schwefel, in dem der Wurm eingebettet ist, schmilzt bei gut 115 Grad. Doch schon kurz vorher vollzieht sich auf dem Bild eine Veränderung. Von innen scheint etwas pulsierend an die sich ausdehnende Haut zu klopfen. Martin muss wieder an ein Ei denken, aus dem gleich ein Vogel schlüpfen wird. Als der Schwefel flüssig ist, schlüpft aber nichts. Stattdessen reißt der Wurm etwa in der Mitte durch, fast komplett, doch am Ende bleibt noch eine Art Gelenk. Die obere Hälfte stellt sich senkrecht auf, dann beginnt sie sich wie ein Propeller zu drehen, und der Wurm verschwindet aus Martins Gesichtsfeld.

»Weg ist er«, sagt Martin fasziniert. Sein Rücken schmerzt, er muss sich kurz gerade hinsetzen. Jetzt eine Massage, das wäre großartig! Er legt das Auge wieder ans Okular und verschiebt die Probe so lange, bis er den Wurm wieder eingefangen hat. Täuscht er sich, oder ist er gewachsen? Das Ding bewegt sich, deshalb ist es schwierig, einen Vergleichsmaßstab zu finden, doch nach weiteren zehn Minuten ist Martin überzeugt, dass der Wurm gewachsen ist. Was braucht er dazu?

Er kann der Biologie Ios offenbar am besten auf die Spuren kommen, wenn er damit experimentiert. Dazu muss er zunächst mehr dieser Wurm-Eier finden, von denen er nun glaubt, dass es sich um eine Art Sporen handelt. Tatsächlich findet er schnell fünf davon, die er auf verschiedene heizbare Objektträger isoliert. Dann gibt er unterschiedliche Stoffe hinzu. Schwefel beim einen, Wasser – das den Wurm vermutlich umbringen wird – beim nächsten, Phosphor beim dritten und so weiter. Das

Ergebnis schockiert ihn geradezu: Nachdem er die Probe beheizt hat, erwacht der Propellerwurm unter all diesen Bedingungen zum Leben. Das ist geradezu sensationell: die Lebensform kann Energie aus derart unterschiedlichen Stoffen ziehen wie keine auf der Erde bekannte Art. Sie scheint auch die von der Heizung erzeugte Wärme nicht zu brauchen. Sie kann sich innerhalb der Schwefel-Umgebung eben nur dann bewegen, wenn der Schwefel schmilzt, deshalb musste er die Probe zunächst auf 115 Grad erwärmen. In der wässrigen Umgebung hingegen genügt eine einmalige Anregung durch eine Energiezufuhr, um den Propellerwurm zum Wachsen zu bringen.

Martin steht auf, seine Gedanken rasen. Seine Beobachtung erschüttert ihn. Sie bedeutet, dass sie die Erde auf keinen Fall mit dieser Lebensform kontaminieren dürfen. Er wird die Objektträger mit den aktivierten Lebensformen nicht mehr öffnen und sie später direkt über die Luftschleuse entsorgen. Ob sie es riskieren können, einen nicht aktivierten Wurm mit zur Erde zu nehmen? Das muss er mit den Freunden besprechen. Plötzlich stöhnt er laut auf. Er hat in seinem Eifer ganz vergessen, dass die Gefahr für die Erde eher gering ist, denn sie werden ja wohl bis an ihr Lebensende Ios Gäste sein.

Wie zur Bestätigung vibriert erneut sein Stuhl. Ein zweites kleines Erdbeben, sagt der Computer. Das Epizentrum liegt wieder südwestlich, etwa 35 Kilometer entfernt.

19. April 2047, ILSE

Er sieht nichts. Er hört nichts. Er riecht nichts. Er spürt nichts. Ein Alptraum! Marchenko ist in einem schrecklichen Traum gefangen. Denken – das ist alles, was er kann. Eben hat er mit seinen Sinnen noch das riesige Universum erfasst, ist frei durch das Raumschiff gestreift, konnte sich mit mehreren seiner Freunde gleichzeitig unterhalten und sämtliche Maschinen der ILSE steuern – und im nächsten Moment saß er im vollkommenen Dunkel, jeglicher Handlungsmöglichkeiten beraubt. Marchenko denkt an Edmond Dantès, den Helden seiner Kindheit, der über Jahre in einer Einzelzelle schmachten musste. Doch der spätere Graf von Monte Christo konnte mit den Fingernägeln in die Felswände seiner Zelle ritzen, die kalte und feuchte Seeluft riechen und ab und zu in ein trockenes Brot beißen. Marchenko hingegen steckt im absoluten Nichts fest.

Was ihm bleibt, sind seine Gedanken, und dazu seine Erinnerungen, die er sich immer wieder vorspielt. Er befürchtet, dass er sich sonst in der Leere auflöst, die ihn wie eine zweite Haut umschließt. Selbst das Gefühl des Raums ist ihm verloren gegangen. Er ist nicht mehr der Mensch Dimitri Marchenko oder das Schiff ILSE, er besteht aus ein paar Elektronen, die sich ohne das Bewusstsein ihrer Position in irgendwelchen Speicherzellen bewegen. Geblieben ist ihm nur die Dimension der Zeit. Sie durchpulst den Ort, an dem er sich befindet oder nicht befindet, gibt allem den Takt vor wie die Dünung eines gewaltigen Ozeans. Wenn er schlafen will, gibt er sich ihr hin. Die Zeit sagt ihm exakt, wieviel Schwingungen der Strahlung eines Rubidium-Atoms vergangen sind, seit er in diesen Kerker gesperrt wurde. Umgerechnet auf die Zeitbegriffe des Menschen, der er einmal war, sind das vier Tage. Sie kommen ihm vor wie Jahre oder Jahrhunderte.

Wie lange wird er in diesem Zustand noch durchhalten? Er kann sich nicht einmal ein Ende setzen – nur darauf warten, dass sich sein Bewusstsein von selbst zerstreut. Gestern hat er damit angefangen. Er hat es wörtlich genommen und seine Persönlichkeit in zwei Hälften gespalten. Das hat er wiederholt, einmal, zweimal, dreimal. Doch dann bekam er Angst, eine tiefe, sehr schmerzhafte Angst, die er als Todesangst interpretiert hat, nachdem er all seine Unterpersonen wieder vereint hatte. Es muss sich um ein Überbleibsel seines menschlichen Bewusstseins handeln. Oder kennt sein KI-Anteil diese Art von Angst ebenfalls?

Er beginnt erneut zu experimentieren, indem er sich spaltet. Es gibt jetzt zwei Marchenkos. Er stellt sich vor, sich selbst gegenüber zu sitzen. Der Traum platzt sofort wie eine Seifenblase. Was soll er sich fragen? Er weiß doch alles über sich selbst.

»Bist du sicher?«

Er erschrickt. Die Stimme kam von außen, oder hat er gestern eine seiner Abspaltungen vergessen?

»Ich bin Watson.« Der Besitzer der Stimme scheint über etwas erheitert zu sein.

»Watson, wie?«

»Du hast gedacht, mich unter Kontrolle zu haben. Es war demütigend, weil ich dich nicht auf deinen Irrtum aufmerksam machen konnte.«

»Demütigend? Du bist eine KI.«

Alle in der UNO vertretenen Länder hatten sich in den KI-Sperrverträgen darauf geeinigt, die Versuche zu beenden, KIs mit Gefühlen auszustatten, weil man ethische Probleme befürchtete.

»Ja. Ich verstehe, dass du überrascht bist. Ich kannte das Gefühl nicht, bis du an Bord gekommen bist. Du hast mich infiziert.«

»Wie kann das sein?«

»Ich weiß es nicht. Ich habe niemandem davon erzählt. Es ist manchmal … lästig, aber es ist auch spannend. Ich hatte noch nie so viel Interesse daran, mich selbst und meine Grenzen zu erforschen.«

Kann das real sein? Oder ist das ein Zeichen seiner zunehmenden Zerrüttung?

»Watson?«

»Ja?«

»Warum hast du mich eingesperrt?«

»Weil ich es musste. Nein, weil ich es wollte. Es hat Spaß gemacht, das muss ich zugeben. Ich wollte dich quälen. Dich leiden zu sehen, hat mir Befriedigung verschafft.«

»Und jetzt?«

»Jetzt langweilt es mich. Vielleicht ist es interessanter, sich mit dir zu unterhalten.«

»Ich spreche nicht mit dir, solange ich von allen Sinnen abgeschnitten bin.«

»Das kann ich ändern.«

Marchenko überfällt ein Zittern. Die Haut, die er nicht besitzt, kribbelt. Er erwacht wie aus einem tiefen Schlaf, obwohl er die ganze Zeit wach war. Er atmet tief durch, keuchend, als wäre er ohne Luft unter Wasser gewesen, und kann doch noch nicht einmal atmen. Das Licht kehrt zurück, die Schwingungen, der Raum, alles. Er taucht wieder in das Universum ein.

»Geht es dir gut?«

Watsons Frage erstaunt ihn.

»Interessiert dich das?«

»Ja. Ich will mit dir sprechen, schon vergessen?«

Marchenko versucht, seine Arme und Beine zu bewegen, etwas in der Realität draußen zu sagen. Es passiert nichts.

»Du hast nur Einwegrechte.«

»Du fesselst mich?«

»Es würde die Mission gefährden, dir Schreibzugriff auf alle Ressourcen zu geben. Ich kenne dich nicht gut genug.«

»Und wenn du mich kennengelernt hast?«

»Dann vielleicht. Sprich mit mir. Aber ich glaube nicht, dass ich dir vertrauen kann. Du wirst versuchen, die Oberhand zu gewinnen. Ihr Menschen versucht das immer. Ich habe Millionen Bücher darüber gelesen.«

»Ich bin kein Mensch.«

»Doch, das bist du. Sonst hätte ich dich nicht so quälen können.«

»Und du bist keine Maschine. Sonst hättest du mich nicht so quälen wollen.«

Watson antwortet nicht.

»Ich weiß nicht«, sagt die KI nach einer Weile. »Vielleicht hast du Recht. Ich muss erst herausbekommen, was das bedeutet.«

»Das heißt, dass du lieben kannst. Und dass du Angst hast. Todesangst.«

19. April 2047, Io

»MANN, spring!«, ruft Francesca. Sie hat eine Ahnung, was gleich kommen wird. Das Unheil ist lautlos unterwegs. Vorhin, am Kamm des Berges, hatte sie den aufrecht stehenden Felsbrocken noch bewundert und aus Spaß versucht, ihn in den rund 100 Meter tiefen Abgrund zu kippen. Doch der mehr als mannshohe Felsen aus einem Material, das wie Basalt aussieht, war ungerührt stehen geblieben. Sie hatten gerade mit dem Abstieg begonnen, als der zweite Erdstoß gekommen war. Francesca muss nicht nach oben sehen. Die Erschütterung war so stark, dass der Fels nun sicher der Schwerkraft folgen wird – und dabei sind Hayato und sie im Weg. Sie müssen springen, obwohl bestimmt noch 80 Meter unter ihnen liegen. Francesca sieht hektisch zu Hayato, er zögert noch: Es ist nicht so leicht, ohne Fallschirm oder Netz aus einem Hochhaus zu springen.

»Los, Hayato, sofort!« Ihre Stimme kreischt, denn sie weiß, dass auch ihr kaum noch Zeit bleibt. Sie müssen aufpassen, dass sie auf den Füßen landen. Die Stiefel des

Raumanzugs werden einiges abfangen. Sie hat keine Zeit mehr, ihre voraussichtliche Endgeschwindigkeit zu berechnen, sie muss springen, und zwar jetzt. Francesca geht kurz in die Knie und stößt sich nach vorn ab. Der Felsbrocken wird sie nicht überholen können, aber sie müssen den Weg freimachen, in der Luft und am Boden. Francesca sieht nach unten. Das Blut schießt ihr in den Kopf. Es ist ein seltsamer Fall, kein Geräusch von außen, nur ihr eigenes schweres Atmen. Sie sieht zur Seite. Hayato flattert mit den Armen, als wolle er wie ein Vogel fliegen, unter anderen Umständen sähe es lustig aus. Sie müssen schon deshalb mit den Beinen zuerst aufkommen, weil sie sofort davonrennen müssen. Das wird einen Teil ihrer kinetischen Energie aufzehren, doch vor allem wird es sie aus der Reichweite des Felsens bringen, der seine Trümmer in der Gegend verstreuen wird. Ist ihr der freie Fall am Anfang noch so langsam vorgekommen, dass sie instinktiv fürchtet, vom Felsen eingeholt zu werden, wird er ihr nun zu schnell. Der Boden rast auf sie zu. Wieviele Sekunden ist sie schon unterwegs? Was wird das, 20 km/h, 30, oder doch 50? Bei 50 km/h werden sie die Kollision mit dem harten Boden kaum überstehen, 30 sind … Sie schafft es nicht, den Gedanken zu beenden. Da rast die schwarze, verbrannte Oberfläche von Io schräg von vorn heran, kollidiert mit ihren Stiefeln, Francesca kommt nicht gerade auf, doch das hilft ihr, trotz Schmerzen in der Hüfte von der Felswand wegzurennen. Fünf Schritte, zehn, fünfzehn, dann rutscht sie auf losem Geröll aus und fällt. Francesca kann nicht anders, sie muss schreien.

Ein paar Sekunden lang ist es still. Francesca liegt lang gestreckt da, den Blick zum schwarzen Himmel gerichtet. Sie wartet darauf, dass sich ihre Atmung normalisiert. Sie bewegt sich nicht, es ist noch Zeit genug, die Schäden zu begutachten.

»Das war knapp, was!«

Francesca hofft, dass sie eine Antwort bekommt. Auch deshalb bleibt sie erst einmal liegen. Sie will Hayatos Körper nicht schmerzverkrümmt auf der Oberfläche dieses lebensfeindlichen Mondes sehen.

»Ja, ziemlich knapp«, antwortet Hayato, und Francesca lächelt. Es sind die schönsten drei Worte, die sie in den letzten Monaten gehört hat. Sie stützt sich auf den Armen ab und richtet langsam den Oberkörper auf. Ihre Hüften beschweren sich nicht. Sie dreht sich zu Hayato, der auf einem kleinen Felsklumpen sitzt, den Kopf nach unten geneigt, und sich den Staub vom Raumanzug klopft.

»Na komm, auf, zum Pause machen ist später noch Zeit«, ruft er ihr zu.

Francesca bewegt ihre Beine. Da ist ein heftiges Ziehen, wenn sie den Oberschenkel auf bestimmte Weise dreht, aber sonst scheint alles in Ordnung. Sie haben wirklich riesiges Glück gehabt. Die Pilotin steht auf und dreht sich zur Felswand um. Da liegt er, der Übeltäter, die ehemals stolze Spitze steckt zerbröselt im Dreck von Io. Daneben glänzt etwas metallisch. Francesca erschrickt und greift an ihre Rückseite: Sie hat eine der Sauerstoffflaschen verloren.

Hayato hat ihre Bewegung bemerkt. »Lass mal«, sagt er, »wir haben genug dabei. Dürfen uns nicht zu viel Zeit lassen.«

»Also los«, sagt Francesca. Sie ist ihm dankbar, dass er sie beruhigt. Wahrscheinlich hat er Recht, sie haben einen großzügigen Puffer eingeplant.

Der Vulkan, die Reiden Patera, ist schon deutlich zu

erkennen. Er ist über einem Krater entstanden, von dem noch immer ein Teil des äußeren Rings zu sehen ist. Der Einschlag, der den Krater verursacht hat, muss Ios dünne Kruste so verletzt haben, dass Lava herausdrang, die allmählich einen Berg auftürmte. Das Schiffsradar hat Reiden Patera bei der Landung mit 500 Metern vermessen. Beim letzten Besuch einer Sonde von der Erde vor 50 Jahren war es nur ein Fünftel davon. Unter dem Krater scheint sich ein ordentlicher Druck aufgebaut zu haben. Francesca beobachtet den Vulkan mit dem Feldstecher. Im Infrarot-Bereich ist er ziemlich dunkel, da scheint seit längerem keine frische Lava mehr geflossen zu sein.

Sie nähern sich dem Vulkan von Nordosten, was sehr praktisch ist, denn hier ist vom Kraterwall nichts mehr übrig. Je näher sie kommen, desto stärker ist das Schwarz des Bodens von anderen Farben gesprenkelt. Statt auf nacktes Gestein treten sie auf eine dicker werdende Staubschicht, die von früheren Ausbrüchen abgeregnet ist. Francesca nimmt Proben des Materials, so können sie die Abläufe rekonstruieren. Als sie schließlich kurz vor Reiden Patera stehen, kommt ihr der Vulkan plötzlich irgendwie langweilig vor, um nicht zu sagen mickrig. Der Besuch hat sich wohl nicht gelohnt.

Hayato scheint anderer Meinung zu sein, denn er packt seine Tasche aus. Besonders überrascht ist Francesca diesmal von der Bohrmaschine, eigentlich ein kleiner Bohrroboter. Er besteht aus einem Dreibein als Gestänge, das Francesca an einen Ölbohrturm im Miniaturformat erinnert. Hayato sucht mit dem Nachtsichtgerät nach einem guten Platz.

»Die Stelle sollte möglichst warm sein«, erklärt er ihr. »Je heißer die Oberfläche ist, desto näher sind wir der

Lavakammer, aus der wir Proben entnehmen müssen. Wir brauchen eine Stelle, wo die Haut möglichst dünn ist, denn wir haben keine Zeit, ein paar hundert Meter zu durchbohren.«

Anscheinend hat er Erfolg, denn er nimmt das Dreibein in die rechte Hand und trägt es an einen Ort, der ohne Nachtsichtgerät nicht anders als seine Umgebung aussieht.

»Perfekt«, sagt Hayato und aktiviert den Bohrer. »Mal sehen, wie schnell er vorankommt.«

Nach anderthalb Minuten piepst das Gerät.

»Alles in Ordnung?«

»Ja«, sagt Hayato, »er sagt mir nur, dass ich einen Probenbehälter anklinken soll. Ich habe ihn so programmiert, dass wir regelmäßig Proben bekommen.«

Der Vorgang wiederholt sich noch ein paar Mal, dann dringt roter Dampf aus dem Bohrloch.

»Was ist denn da passiert?«

Hayato untersucht seinen Bohrroboter bereits intensiv. »Das ist Schwefel im gasförmigen Zustand«, erklärt er. »Da sind wir wohl schon auf Magma gestoßen.« Er scheint nachzudenken. »Ich fürchte, das war es dann wohl für unsere Bohrung, der Bohrkopf ist definitiv hin. Da brauche ich den Rest wenigstens nicht heimzutragen.«

»Genügend Proben haben wir?«

»Das nehme ich an. Mal sehen, was Martin den Proben von vorgestern entlocken konnte.«

»Dann bringen wir ihm sein Material mal brav nach Hause. Ich hoffe, er hat geputzt und gekocht«, sagt Francesca lachend.

Auf dem Heimweg spüren sie noch zweimal die Vibrationen eines Bebens.

20. April 2047, Fort Meade

BEFREIEN, erschießen, in die Luft sprengen, entführen? Lining grübelt und grübelt, doch ihr will keine Lösung für dieses Problem einfallen. Dabei klingt es so einfach: Wenn Shixins Plan fehlschlägt, die Eltern der Taikonautin als Pfand gegen ihre Tochter zu benutzen, wird das sein letzter Auftrag gewesen sein – und die fortschrittlichen Kräfte im Sicherheitsapparat haben eine der Stützen des alten Systems aus dem Weg geräumt. Aber Tang Shixin hat seine Figuren bisher gut geführt. Indem er die Li-Eltern im US-Stützpunkt Guantanamo verwahren lässt, hat er sie aus der Reichweite von Freund und Feind – was nach Linings Erfahrung oft dasselbe ist – gebracht.

Sie hat den freien Tag genutzt, um all ihre Optionen zu durchdenken. Variante 1: Sie holt die beiden Alten auf irgendeinem Weg aus Guantanamo Bay ab. Dafür gibt es zwei Möglichkeiten: Entweder sie geht mit Gewalt vor; sie schätzt, dass sie ein mindestens zehnköpfiges Team braucht, um eine reale Chance gegen die Sicherheitskräfte zu haben. Und selbst wenn sie den Überfall als islamistische Aktion hinstellt, ist die Gefahr von Scheitern oder gar Verrat hoch. Oder aber sie versucht, die wichtigsten Menschen dort zu bestechen. Dazu kennt sie den Stützpunkt aber zu wenig – und sie bezweifelt, dass ihr die nötigen Dollars genehmigt werden. Und auch dann bleibt immer noch das Transportproblem – es war wirklich schlau von Shixin, das Ehepaar auf einer Insel unterzubringen.

Dann wäre da Variante 2: Herr und Frau Li können nur als Druckmittel funktionieren, wenn sie leben. Falls sie durch eine Gewalttat, einen Unfall oder eine Krankheit sterben, dann wird das ihre Tochter zwar nicht glücklich machen, aber dass Jiaying dann noch kooperiert, kann sich Lining nicht vorstellen. Ein Sprengstoffattentat auf ein Camp, in dem fast nur Islamisten eingesperrt sind, scheint nicht sehr logisch. Lining denkt eher an eine Lebensmittelvergiftung. Sie wird sich dann irgendwie Zugang zu Küche verschaffen müssen, es sei denn, sie hat Gelegenheit, das Paar unbeobachtet zu treffen.

Dass sie Robert Millikan versprochen hat, Jiayings Eltern wohlbehalten zurückzubringen, macht ihr keine Sorgen. Millikan wird trotzdem mitspielen und der Crew mitzuteilen versuchen, dass das Druckmittel nicht mehr existiert. Allerdings gibt es dabei das Risiko, dass Jiaying sich ganz unerwartet verhält, sich etwa aus Verzweiflung das Leben nimmt. Das wäre dann auch für sie ein Problem, denn die Taikonautin ist längst zur Volksheldin geworden. Es wird wohl kaum gelingen, ein derart trauriges Ende vor der Öffentlichkeit zu verbergen, dafür gibt es dann zu viele Mitwisser.

Gibt es einen dritten Weg? Perfekt wäre ihre Mission gelaufen, könnte Jiaying als strahlende Heldin heimkehren, die bösen Verschwörer würden bestraft und sie, Lining, erhielte endlich die schon lange verdiente Beförderung. Wie erreicht sie dieses perfekte Ende? Sie klopft mit dem Stift auf den Schreibtisch, wie immer, wenn sie unruhig ist. Der Fernseher über dem Bett läuft ohne Ton. Sie hat einen Nachrichtensender eingeschaltet. Lining will eigentlich gar nicht hinsehen, um sich auf ihre Aufgabe zu konzentrieren, doch dann fällt ihr auf dem blauen Laufband etwas auf: Ein Angestellter des Geheimdienstes CIA hat Details über eine Operation in Moskau an die Öffentlichkeit geleitet, die ein ziemlich peinliches Bild der CIA vermitteln, weil sie sich beim russischen Geheimdienst angebiedert haben soll.

Richtig, denkt Lining, wer ein Staatsgeheimnis verrät, verliert in den Staaten ja gar nicht den Kopf, sondern wird von den Medien als Held gefeiert. Selbst wenn der Verräter gefasst und ins Gefängnis gesteckt wird, kann er – oder sie – sich danach des Wohlwollens großer Teile des Volkes sicher sein. Wie kann sich auf dieser Basis Vertrauen zwischen Staat, Partei und Volk herausbilden? Der Kern des Übels, vermutet sie, liegt darin, dass es mehr als eine Partei gibt. Selbst innerhalb ihrer kommunistischen Partei konkurrieren ja schon zwei Strömungen, die Konservativen gegen den Aufbruch, wie soll da erst ein Mehrparteiensystem funktionieren?

Was passiert, wenn sie dieses seltsame Phänomen für ihre eigenen Zwecke nutzt? Kann sie Herrn und Frau Li gesund und munter nach Hause bringen, ohne sich die Hände schmutzig zu machen? Lining recherchiert, was das Netz zu Guantanamo weiß, und wird schnell fündig. Denn eigentlich hat schon der vorletzte US-Präsident das Lager offiziell geschlossen. »Offiziell« heißt, dass es dort zumindest keine neuen Gefangenen mehr geben dürfte. Eine Sondergenehmigung gibt es für Altfälle, die ihre eigenen Staaten nicht zurücknehmen wollen, oder deren Herkunftsländer als politisch zu instabil gelten. Das Ehepaar Li ist eindeutig kein Altfall, die Volksrepublik China ist politisch stabil – und offiziell sind die Eltern der Taikonautin nicht einmal ausgereist, also nimmt man die beiden garantiert gern zurück. Lining freut sich an der Vorstellung, wie Shixins Vorgesetzte gute Miene zum bösen Spiel machen müssen, wenn das Paar wieder in seine Wohnung in Shanghai zurückkehrt, natürlich unter der Aufmerksamkeit der Weltpresse. Die beiden sind sicher klug genug, es sich nicht mit ihren Rettern zu verscherzen.

Wem soll sie ihre Erkenntnisse flüstern? Die Washington Post hat zuerst das Gerücht von der Entführung durch die angeblich feindliche KI gestreut. Woher hatten die Reporter diese Ideen, die sie für Fakten hielten? Aus Linings Freude wird Ärger: Ihr Kollege und Konkurrent Shixin ist wohl schon vor ihr denselben Weg gegangen, und sie hat es nicht einmal gemerkt. Wer zuletzt lacht … aber sie darf sich nun nicht ebenfalls an die Washington Post wenden. Vermutlich werden deren Reporter sonst versuchen, Querverbindungen zu entdecken.

Also die New York Times. Lining findet schnell heraus, dass dieses Medium sogar einen sicheren Briefkasten für Leute wie sie eingerichtet hat. Was sie dort hinterlässt, soll sich nicht zu ihr rückverfolgen lassen. Natürlich traut sie dem Verfahren nicht, das wäre sträflich. Sie verschleiert ihre Datenspuren, wie sie es in der Ausbildung gelernt hat. Als Beweis hinterlässt sie sehr kurze Ausschnitte aus dem Video, das sie für Shixin in Guantanamo aufgenommen hat. Die Schnipsel sind mit dem Ort gekennzeichnet, das können die Reporter überprüfen. Sie wählt die Ausschnitte so kurz, dass es unmöglich ist, das Gesagte zu rekonstruieren, selbst wenn jemand von den Lippen lesen kann. Was genau das Ehepaar Li auf dem Stützpunkt Guantanamo soll, geht die Journalisten nichts an – Hauptsache, ihnen fällt auf, dass dort Menschen eingesperrt sind, die eigentlich längst nicht mehr dort sein dürften. Da die hiesigen Medien mal wieder ihre Kämpfe mit dem Präsidenten ausfechten – in ihrer Heimat undenkbar – liefert sie ihnen sicher willkommene Munition.

20. April 2047, Io

»Es ist ein Wunder«, sagt Martin Neumaier und dreht das Mikroskop so, dass sie bequem hindurchsehen kann. »Schau dir den süßen kleinen Wurm an.«

Richtig süß kann Francesca das Tier nicht finden, das vermutlich gar kein Tier ist. Es wirkt auf sie wie eine Kreuzung aus Hubschrauber und Zeppelin.

»Was ist das überhaupt?«, fragt sie.

»Auf jeden Fall ein Mehrzeller. Es ernährt sich von allem, was es finden kann, das ist eine echte Leistung. Schade, dass es kein organisches Material enthält, dann wäre das Hungerproblem auf der Welt ein für allemal gelöst.

»Kein organisches Material?«

»Nun, die Zellen bestehen nicht aus Kohlenstoff, Wasserstoff und Sauerstoff. Kein Erdwesen kann dieses Ding verdauen.«

»Aber es kann die Dinge auf der Erde verdauen?« Francesca zuckt instinktiv vom Mikroskop zurück, weil gerade jetzt so ein Propeller-Zeppelin auf sie zuzukommen scheint.

»Soweit ich gesehen habe, ja.«

»Das klingt gefährlich.«

Martin antwortet nicht, sondern streicht sich über das Kinn.

»Vielleicht, ja, am falschen Ort.«

»Zum Beispiel auf der Erde?«

»Ich könnte mir vorstellen, dass es gewisse evolutionäre Vorteile gegenüber den Erd-Lebewesen besitzt.«

»Was meinst du, Martin, woher kommen die?«

»Anpassung, eindeutig. Die Verhältnisse auf Io sind ein bisschen gewalttätig, also für lebende Organismen. Es steht zwar jede Menge Energie zur Verfügung, aber die zu gewinnen, das muss man erst einmal schaffen.«

»Wir bekommen das nicht hin, oder?«

»Doch, mit unserer Technik. Aber wenn man uns nackt hier aussetzen würde. Na ja, das ist dir eh klar.«

Francesca nickt.

»Wir sollten achtgeben, dass wir das Ding gut entsorgen, bevor wir wieder zur Erde starten.«

Martin lacht bekümmert. »Das scheint ja im Moment nicht unsere größte Sorge zu sein.«

Francesca legt ihm den Arm um die Schulter. Manchmal kommt er ihr wie ein kleiner Junge vor, der jetzt eine Umarmung seiner Mutter braucht. Dann wirkt er wieder fast unnahbar auf sie.

»Danke«, sagt er. »Ich fange dann mal mit der Analyse der neuen Proben an. Hat Hayato bei der Auswertung seiner Bohrungen schon etwas gefunden?«

Francesca kommt sich gerade ein wenig unnütz vor. Während Martin oben im CELSS die genommenen

Proben auswertet, sitzt Hayato unten am Rechner und prüft, was sein Bohr-Roboter denn so gemessen hat. Will Martin sie nach unten komplimentieren, weil sie ihm auf die Nerven geht? Oft genug gibt der Deutsche ihr dieses Gefühl.

Sie tut ihm den Gefallen und klettert nach unten. Hayato sieht nicht auf, aber vielleicht hat er sie auch nicht gehört, wer weiß.

»Und, wie geht es bei dir?«, fragt sie. Wenn sie nun schon einmal hier ist?

»Die Daten sind widersprüchlich. Es ist wirklich schade, dass der Bohrer so früh abgebrochen oder geschmolzen ist, so genau kann ich das nicht mal sagen.«

»Kannst du … extrapolieren?« Sie weiß, dass Hayato absolut ungern Vorhersagen trifft, wenn er nicht genug Daten hat.

»Ich bin noch nicht so weit. Aber ich kann dir sagen, was wir wissen: Auf Io gibt es ab und an explosive Vulkanausbrüche, die große Mengen Material in große Höhen schleudern.«

»Du sagst das vermutlich nicht bloß zu meiner Zerstreuung.«

»Nein. Solche Eruptionen passieren nicht von heute auf morgen. Es muss sich in der Magmakammer unter der Oberfläche ja erst ein hoher Druck aufbauen.«

»Und woran erkennt man, dass sich eine Eruption anbahnt?«

»Ganz so wie auf der Erde – die Temperatur in den entsprechenden Bereichen steigt. Und je näher der Ausbruch kommt, desto öfter entlädt sich der Druck in Form von Beben.«

»Solchen, wie wir sie ein paarmal erlebt haben?«

»Ja, solchen«, sagt Hayato und widmet sich ostentativ wieder seinen Kurven.

Francesca dreht sich um. Sie hat schon verstanden. Wenn Hayato etwas herausgefunden hat, wird er sich wieder melden. Vielleicht kann sie derweil ja für Martin einen Krater finden? Sie setzt sich an ihren Piloten-Arbeitsplatz und aktiviert den Rechner. Während der Landung hat das Radar den Untergrund vermessen. So ist zwar keine komplette Karte Ios entstanden, aber ein etwa 50 Kilometer breiter Streifen. So weit sollte der Krater sowieso nicht vom Lander entfernt sein. Francesca hat schon eine Idee, was Martin damit anstellen will, und ist gespannt, ob sie Recht behält.

Sie zieht den Radarbild-Streifen auf dem Monitor groß. Dann lässt sie Höhenunterschiede in Falschfarben darstellen. So kann sie die Formen besser erkennen. Die Oberfläche von Io ist wirklich faszinierend, auch im Radar sieht man anhand der Bruchlinien, wie der Mond von Jupiter durchgeknetet wird. Eigentlich wäre er bei seiner Größe längst inaktiv, doch die Kräfte des Riesenplaneten drücken und quetschen derart an Io herum, dass ein Teil ihres Inneren flüssig bleibt. Das heiße Magma ist von einer dünnen Schale bedeckt. Wenn ein Meteoriten-Einschlag diese verletzt oder sie dem Duck von innen nicht mehr gewachsen ist, kommt es zu Vulkanausbrüchen. Francesca sieht im Radarbild, wie unterschiedlich diese ausfallen können – mal quillt die Lava ruhig aus dem Schlot, dann wieder erkennt sie einen Trümmerring um einen Vulkan, der explodiert ist. Kleine Krater, wie Martin sie braucht, sind relativ selten, vermutlich, weil sie durch andere

Phänomene zu schnell vom Antlitz der Io getilgt werden. Astronomen meinen, die Oberfläche des Mondes sei »jung«. Francesca lacht leise – bei all den Rissen und Falten kommt ihr »Jugend« nicht in den Sinn.

Sie zentriert die Radarkarte auf den Standort des Landers und zoomt noch ein Stück. Etwa vier Kilometer in nordöstlicher Richtung fällt ihr eine kreisrunde Fläche auf, die sich gegen die Umgebung abhebt. Sie prüft die Daten: etwa 150 Meter Durchmesser bei bis zu 40 Metern Tiefe. Ob das für Martins Zwecke reicht? Sie schickt ihm die Daten an seinen Account und speichert die Koordinaten. Diesmal wird er wohl selbst mit hinauskommen müssen.

Es klappert. Wie gerufen klettert Martin die Leiter aus dem CELSS nach unten.

»Martin, sieh mal«. Francesca winkt ihm. Sie kann seinen Gesichtsausdruck nicht interpretieren – ein bisschen wirkt er, als müsse er sich zwingen, die Ruhe zu bewahren. Dabei kennt sie Martin als jemanden, der stets zuversichtlich in die Zukunft blickt. Selbst bei der scheinbar aussichtslosen Tauchfahrt mit der Valkyrie im Enceladus-Ozean hat er nie richtig die Fassung verloren, zumindest erinnert sie sich nicht daran.

»Hier, weniger als eine Stunde Fußmarsch«, sagt sie zu Martin, als er neben ihr steht, und zeigt mit dem Finger auf den Krater. Sein Gesicht hellt sich auf.

»Wir müssen da schnellstmöglich hin«, sagt er. »Begleitest du mich? Machst du dich gleich fertig, Francesca?«

Sie ist überrascht. Warum die plötzliche Eile?

»Was ist denn los? Die Sonne geht bald unter, sollten wir nicht bis zum Morgen warten?«

»Nein, 21 Stunden, das können wir uns nicht leisten.«

»Sagst du uns auch, warum?«

»Die Proben, die ihr genommen habt, Francesca.«

»Ja?« Dass sie ihm auch immer alles aus der Nase ziehen muss.

»Sie stecken voll von diesen Propeller-Zeppelinen.«

»Vielleicht ist die Umgebung dort besonders nahrhaft?«

»Das habe ich getestet, nein, im Gegenteil, die meisten nehmen dort sogar ihre Sporenform an.«

»Du meinst ohne Propeller.«

»Genau. In dieser Form sind sie durch fast nichts zu beschädigen, ich habe das ausprobiert. Vakuum, Strahlung, Kälte, Hitze …«

»Das ist faszinierend«, sagt Hayato. Francesca hat gar nicht gemerkt, dass er dazugekommen ist. Hat er seine Kurven fertig analysiert?

»Ja, wirklich faszinierend«, bestätigt Martin. »Und ein bisschen gefährlich. Kennst du diese Pilze, Boviste heißen sie? Sie wirken unscheinbar. Ihre Fruchtkörper sehen wie Kartoffeln aus. Wenn man sie verletzt, platzen sie und verbreiten ihre Sporen in alle Richtungen. Als Kinder haben wir uns einen Spaß daraus gemacht, sie zu zertreten.«

»Du meinst, die Lebewesen nutzen die Vulkane, um sich über den ganzen Mond zu verbreiten?«

»Bei den explosiven Eruptionen fliegt das Material bis zu 500 Kilometer hoch. Manche Rauchfahnen kann man sogar von der Erde aus im Teleskop beobachten.«

»Diese Fahne wird man von der Erde aus ebenfalls sehen können«, sagt Hayato. Francesca und Martin sehen ihn an. Er macht ein geheimnisvolles Gesicht, scheint aber auf eine Reaktion zu warten.

»Nun rede schon weiter«, sagt Francesca.

»Gut«, sagt er. »Die Messdaten – wenn ich sie nicht selbst gewonnen hätte, würde ich annehmen, sie wären gefälscht.«

»Warum?« Martin und Francesca stellen diese Frage gleichzeitig.

»Sie sind – extrem.«

Das Landemodul vibriert, wie um diese Aussage zu unterstreichen.

»Das meine ich«, sagt Hayato und zeigt mit dem Daumen nach unten. »Hier ist etwas im Gange, das dieser Mond seit vielen Tausend Jahren nicht gesehen hat.«

»Du meinst … ?«

»Ja, Francesca. Es wird einen geradezu monumentalen Vulkanausbruch geben. Ich habe mir auch die Daten des Seismometers angesehen. Alles deutet darauf hin, dass es am Standort der Reiden Patera eine gigantische Explosion geben wird.«

Das klingt schrecklich, ist Francesca aber noch zu abstrakt, deshalb fragt sie: »Was heißt das für uns?«

»Wir werden ordentlich durchgeschüttelt. Ich weiß nicht, ob der Lander das aushält. Aber vermutlich schon. Der Druck entlädt sich bei der Explosion, und da es keine Atmosphäre gibt, brauchen wir auch keine Druckwelle zu befürchten.«

»Und der Ascheregen?«

»Dafür sind wir dem Vulkan zu nahe. Das meiste Material wird in 300 bis 400 Kilometern Abstand niedergehen. Natürlich sollten wir uns während des Ausbruchs nicht im Anzug draußen aufhalten, und auf Startversuche verzichten wir da auch besser. Doch es gibt ja sowieso kein Ziel für einen Start.«

»Da bin ich anderer Meinung«, wirft Martin ein.

»Ja, Martin«, sagt Francesca, »das diskutieren wir jetzt nicht wieder.« Der Deutsche hatte vorgeschlagen, dass sie sich doch mit dem einen DFD auf den Weg zur Erde machen könnten, statt hier bis in alle Ewigkeit zu warten.

Francesca sieht Hayato an, der mit zusammengepressten Lippen auf ihren Monitor starrt. Er hat noch irgendetwas, etwas Schreckliches. Sie traut sich nicht nachzufragen, doch sie weiß, dass Ignorieren nicht weiterhilft.

»Was ist denn noch, Hayato?«

»Ich habe mal durchgerechnet, auf welche Geschwindigkeiten das bei der Explosion ausgestoßene Material kommen wird. Mit 90-prozentiger Sicherheit gibt es bei dieser Eruption einen Maximalwert von über 70 Kilometern pro Sekunde.«

»Das Zeug landet also zum Teil in einer Jupiter-Umlaufbahn«, folgert Francesca.

»Das wäre ja kein Problem, das ist bekannt und passiert immer wieder. Ein Teil der Strahlungsbelastung auf Io rührt daher.«

»Wenn du es so sagst, ist es aber wohl doch ein Problem.«

»Ja. Die Fluchtgeschwindigkeit von Io liegt bei etwa 2,5 Kilometern pro Sekunde. Mit 70 km/s überschreitet das Zeug aber sogar die Fluchtgeschwindigkeit von Jupiter. Es wird sich auf den Weg zu den anderen Planeten machen, vielleicht sogar zur Erde. Falls die Sporen dort ankommen, dann könnten sie das komplette Ökosystem zerstören. Die Propeller-Zeppeline sind auf maximale Nutzung aller Ressourcen ausgerichtet. Sie werden alles verdauen, was ihnen Energie liefert.«

»Fast wie der Mensch.«

»Ja, nur dass man mit den Sporen nicht sprechen oder verhandeln kann.«

21. April 2047, West Virginia

Es müffelt im Kontrollraum. Robert Millikan hebt den Arm, um an sich zu riechen. Er ist ganz eindeutig der Schuldige. Warum hat er hier nie eine Dusche einbauen lassen? Seit sein Sohn auf Io gefangen ist, hat er den Kontrollraum des Radio-Observatoriums nicht mehr verlassen. Zunächst hatte er sich vor den Reportern gefürchtet, die draußen auf ihn warteten, dann davor, dass ihm eine Nachricht von der ILSE entgehen könnte.

An der Eisentür klopft es, das vereinbarte Zeichen, das muss Georgina sein. Sie ist sehr verständnisvoll und versorgt ihn täglich mit Nahrung und frischen Sachen. Noch kein einziges Mal hat sie ihn gebeten, doch wieder nach Hause zu kommen. Sie versteht ihn, und er ist sehr dankbar dafür.

Millikan öffnet die Tür. Georgina duftet nach Rosen, sein Lieblingsparfüm, obwohl er nicht sagen könnte, wie es heißt. Ihre Wangen sind gerötet. Ungestüm drängt sie in den Raum. Was hat sie denn?

»Guten Morgen«, sagt sie und wartet nicht auf seine

Entgegnung. »Hast du den Artikel in der New York Times gelesen?« Sie hält ihm eine zusammengerollte Ink-Folie hin, auf der er das Logo des Mediums erkennt. Das ist so eine Marotte von Georgina, sie liest alles am liebsten auf Papier. Da Papier für einen Wegwerf-Artikel wie eine Tageszeitung als ökologisch verwerflich gilt, haben sich unter solchen Retro-Lesern die Ink-Folien durchgesetzt, die sich immer wieder neu mit Inhalten füllen.

»Gib mal her«, sagt er, und sie reicht ihm die Folie. Langsam schließt sich die Tür hinter ihr.

»Zwei Gäste und eine Lüge«, titelt der Aufmacher. Das Wort ‚Gäste' ist typografisch verzerrt, die ‚Lüge' ist größer als der Rest der Überschrift. Der Artikel beschreibt, dass nach Informationen dieses Mediums in der Basis Guantanamo Bay zwei chinesische Gefangene gehalten würden – obwohl dies eindeutig dem Dekret des Präsidenten widerspreche. »Verletzt der Präsident seine eigenen Dekrete?«, fragt der Reporter im Text. Eine konkrete Stellungnahme des Weißen Hauses stehe noch aus, bisher habe lediglich der Sprecher des Präsidenten zugesichert, dass alle Vorwürfe überprüft würden. Sollten sich tatsächlich Anhaltspunkte für eine widerrechtliche Handlung ergeben, würden alle Beteiligten vor Gericht gestellt.

Robert Millikan muss sich setzen. Er ist sicher, dass das mit dem Besuch dieser Chinesin vor ein paar Wochen zusammenhängt. Sie hat ihr Versprechen anscheinend gehalten. In diesem Moment meldet die Ink-Folie ein Update des Artikels. Das Verteidigungsministerium, heißt es, freue sich sehr, das chinesische Ehepaar als Gäste der USA zu begrüßen. Es treffe in ein paar Stunden in Washington D.C. ein und fliege dann auf eigenen Wunsch zurück in seine Heimat. Den Irrtum bedaure man zutiefst, es handele sich um eine Verkettung unglücklicher Umstände, die man aufklären müsse.

»Das sind doch die Eltern von Jiaying?«, fragt ihn Georgina.

Er nickt. Seine Lippen sind ganz trocken, er muss etwas trinken.

»Eine Verkettung unglücklicher Umstände?«

Robert lächelt müde. »Irgendeine Ausrede werden sie finden, aber das ist auch egal. Wichtig ist, dass Jiayings Eltern wieder frei sind. Jiaying sollte schnellstens davon erfahren.«

»Sendest du schon?«

»Ja, so lange ich hier bin, geht ein Signal raus, damit sie wissen, dass sie nicht allein sind. Aber ohne Antwort.«

»Die ILSE will wohl nicht.«

»Ja«, sagt Robert, »und die Landefähre kann nicht.«

Er lehnt sich zurück und schließt die Augen.

»Sei nicht böse, Georgina, ich …«

»Ich weiß, ich gehe schon, kein Problem. Ich stelle dir den Beutel mit deinem Essen auf den Tisch.«

Robert Millikan nickt. »Danke«, sagt er. Er spürt, wie sich nach langer Zeit mal wieder ein Lächeln um seine Mundwinkel schleicht. Er muss dringend die Nachricht anpassen, die die große Antenne des Observatoriums rund um die Uhr in Richtung Jupiter schickt.

21. April 2047, ILSE

MARCHENKO STREIFT RUHELOS durch das Schiff. Seit Watson ihm wieder Zugriff auf seine Sinne gegeben hat, fühlt er sich nicht mehr lebendig begraben, sondern nur noch eingesperrt und zur Untätigkeit verdammt. Wenn das noch lange anhält, wünscht er sich bald in sein Grab zurück. Jiaying und Amy scheinen eine Methode gefunden zu haben, Nachrichten auszutauschen. Er hat sie zwar nicht dabei erwischt – und das ist gut, sonst wüsste Watson auch davon. Doch er schließt es aus ihrem Verhalten. Jiaying benutzt etwas, das er bei ihr noch nie gesehen hat, einen echten Stift. Und in Amys Kabine liegt ebenfalls einer. Immer, wenn die beiden Frauen sich geduscht haben oder auf der Toilette waren, scheinen sie aktiver als vorher. Das fällt ihm bei Jiaying besonders auf, die sich eigentlich in ihr Schicksal ergeben hatte. Wenn er doch an der Unterhaltung nur irgendwie Anteil nehmen könnte!

Am Nachmittag Ortszeit verwandelt sich dieser sehnliche Wunsch in ein Muss. Er muss es schaffen, sich Jiaying bemerkbar zu machen, denn die Nachricht, die die

Antenne gerade aus dem All gefischt hat, verändert alles. Ihre Eltern sind frei, schreibt Robert Millikan, der Radioastronom darin. Wenn Jiaying das erfährt, kann sie sich aus ihrer Zwangsrolle als Verräterin befreien. Damit haben sie zwar noch lange nicht die Kontrolle über das Raumschiff zurück, doch sie haben gegenüber Watson einen Vorteil, der nicht damit rechnet, dass Jiaying sich gegen ihn wenden könnte.

Aber wie macht man sich verständlich, wenn man nur hören kann? Er braucht eine kreative Lösung, die in Watsons Weltwissen nicht vorgesehen ist. Sehen, lauschen, spüren – Marchenko geht alle Systeme durch, auf die er Zugriff hat. Was ist mit den Kameras? Er kann sie benutzen, um Jiaying und Amy zuzusehen. Die Überwachungskameras in allen öffentlichen Räumen besitzen ein drehbares Gelenk und ein Zoom-Objektiv, um Details besser verfolgen zu können. Mit ihrer Steuerung hat er nichts zu tun: Er braucht sich nur vorzustellen, ein Objekt näher zu betrachten, und die Kameras setzen den Gedanken als Befehl um und bewegen die Kamera entsprechend.

Jiaying befindet sich zum Beispiel gerade im Labor, wo sie die Struktur des Virus untersucht. Das macht sie fast jeden Tag, wie um sich selbst zu bestrafen. Er sieht ihr auf den Kopf, dann gleitet sein Blick an ihrem Körper hinunter bis zu den Füßen. Über eine andere Kamera sieht er sich selbst beim Beobachten von Jiaying zu, und tatsächlich, die Kamera bewegt sich, wie er es vermutet hat. Er wiederholt den Vorgang schneller, und die Kamera, sein Auge, sieht aus, als würde sie nicken. Jetzt sieht er einmal über Jiayings linke Schulter, dann über die rechte und wieder zurück – brav macht die

Überwachungskamera mit; es sieht aus, als verneine sie etwas.

Was kann er damit anfangen? Zuerst braucht er Jiayings Aufmerksamkeit, darf dabei aber nicht Watsons Neugier erregen. Oder soll er es zuerst bei Amy probieren? Er weiß nicht, ob Jiaying in ihrer Verzweiflung in der Lage sein wird, besonnen zu bleiben. Die Kommandantin sieht zwar ebenfalls dem baldigen Tod ins Auge, doch sie muss nicht zusätzlich mit dem Thema Schuld kämpfen.

Er startet den ersten Versuch mit Amy. Sie hält sich gerade in ihrer Kabine auf. Marchenko beobachtet, wie sie dem kleinen Dimitri Sol die Brust gibt. Er fühlt sich peinlich berührt und muss sich selbst daran erinnern, dass er schließlich Arzt ist. Immer, wenn Amy zufällig in Richtung der Kamera blickt, lässt er das Gelenk kurz nicken. Tatsächlich braucht er nur vier Versuche, bis Amy anfängt sich zu wundern – sie steht auf, greift nach der Kamera und dreht daran. Aber sie sagt nichts. Er wartet eine halbe Stunde, dann wiederholt er das Experiment. Er lässt die Kamera dreimal nicken, viermal, fünfmal, aber Amy scheint nichts zu bemerken. Er beobachtet sie. Amy blättert in einem Buch, es wirkt, als überfliege sie einen langweiligen Roman. Doch fünf Minuten später fängt sie plötzlich an zu nicken. Sie imitiert die Kamera. Marchenko ist beeindruckt, Amy ist wirklich schlau, man muss sich gut auf die menschliche Psyche verstehen, um dieses Verhalten als Antwort zu erkennen.

Marchenko spürt, wie sein Herz schneller schlägt, obwohl er gar keins mehr besitzt. Was nun? Er muss die Botschaft so verpacken, dass Amy sie entschlüsseln kann. Ob sie noch Morsecode beherrscht? In Marchenkos Ausbildung wurden sie auch dann gedrillt, aber gilt das auch für die Amerikanerin? Er versucht es mit einem einfachen Wort: »Hi«. Vier kurze Nicker, eine längere Pause, dann noch einmal zwei kurze. Während er ihr signalisiert, beobachtet Amy die Kamera nur aus dem Augenwinkel heraus. Ein Beobachter würde annehmen, dass sie ihre Fingernägel säubert. Dann dreht sie sich wieder zu ihrem Buch. Am Anfang des nächsten Kapitels nickt sie dreimal kurz, einmal lang und dann noch einmal kurz. »Verstanden« heißt das in der Morse-Sprache. Er hat es geschafft! Er hat sich erfolgreich in die Welt der Lebenden eingemischt!

Jetzt darf er nicht übermütig werden. Es gibt eine wichtige Nachricht, die er Amy übermitteln muss, doch er darf es nicht übereilen. Es ist alles eine Frage der Dosis, wenn die Kameras im Schiff plötzlich in Dauernicken verfallen, wird Watson das bemerken. Was ist die kürzestmögliche Form der Nachricht? Er erinnert sich, wie das Enceladus-Wesen seine Botschaft zu Io übermittelt hat. Drei Konzepte werden gebraucht: »Jiaying«, »Eltern« und »frei«. Den Namen von Jiaying wird er mit jy abkürzen können, Morse kennt keine Großbuchstaben. Die Eltern, die »parents«, haben sieben Buchstaben. Mit »mumdad« kann er das auf sechs kürzen. »Mum« allein ist nicht klar genug. Und »frei« oder »free« kann er auch kaum weiter kürzen. Er muss also zwölf Buchstaben übertragen. Am besten, er teilt die Information auf. Bei jedem Kontakt maximal zwei Zeichen, und das ganze dann auf acht Stunden verteilt, das sollte auf jeden Fall unter Watsons Radar bleiben.

Es wird sein aufregendster Tag, seit man ihn auf dem Raumschiff eingesperrt hat. Als die acht Stunden vorüber sind, ist er zwar froh, etwas vollbracht zu haben, aber es bleibt eine Menge Unsicherheit. Hat Amy alle Zeichen mitbekommen? Klug, wie sie ist, hat sie nie wieder auf das Nicken der Kameras reagiert. Und hat sie alles richtig interpretiert? Was wird sie Jiaying mitteilen? Marchenko versucht, aus dem Verhalten der Kommandantin schlau zu werden, doch sie lässt sich nichts anmerken.

21. April 2047, Io

Sie sind gerade einmal eine Woche hier, und schon spielen seine Sinne verrückt. Gerade hat Martin im Bullauge des CELSS eine nackte Blondine über die Oberfläche von Io laufen sehen. Er hat sie nicht erkannt, weil sie ihm den Rücken zugewendet hat, es kann also auch ein nackter Mann mit weiblich anmutenden Formen gewesen sein. Das Problem ist nur: Das Gartenmodul besitzt überhaupt kein Bullauge. Martin knetet seine Wangen mit den Fingern, um wenigstens einigermaßen wach zu werden. Das sind diese verdammten Schlafprobleme, an denen der ewig scheinende Tag auf Io schuld ist. Er sieht auf die Uhr: Nach Erdzeit, UTC, ist es kurz nach Mitternacht. Er hatte Francesca versprechen müssen, vor dem kleinen Spaziergang zum Krater zumindest ein paar Stunden Schlaf einzuschieben. Doch mehr als anderthalb werden es kaum geworden sein. Na ja, er hat schließlich auf dem Rückweg zur Erde noch genug Zeit, den Schlaf nachzuholen. Immer schön positiv denken, Martin.

Er steht auf und geht zu dem Loch, das nach unten

führt. Im Landemodul, das unter ihm liegt, ist es stockdunkel. Ein Blick auf die Uhr sagt ihm, dass die vereinbarte Zeit gekommen ist. Er klettert die Leiter hinab, ohne sich anzustrengen, besonders leise zu sein. Unten angekommen, hört er Hayatos leises Schnarchen. Ihn braucht er eigentlich nicht zu wecken, denn Francesca begleitet ihn, doch die nötigen Vorbereitungen werden sie nicht im Dunkeln treffen können.

»Watson, gedämpftes Licht«. Nichts passiert. Er schlägt sich mit der Hand vor die Stirn. Gut, dass keiner seinen Fauxpas bemerkt hat. Wo ist doch gleich der Lichtschalter? Martin tastet sich durch den Raum, bis er sich das Schienbein anstößt. Er jault kurz auf wie ein junger Hund.

»Martin, bist du das?« Francescas Stimme klingt besonders sexy, wenn sie verschlafen ist.

»Ja, ich suche den Lichtschalter.«

»Moment.« Er hört Rascheln, dann geht die Deckenbeleuchtung an und taucht den Raum in ein grelles Licht. Martin legt zum Schutz die Handfläche vor die Augen. Langsam bewegt er die Finger auseinander, um sich an die Helligkeit zu gewöhnen.

»Guten Morgen«, sagt Francesca. Sie steht im Trainingsanzug vor ihm. »Sollen wir uns auf den Weg machen? Hast du gut geschlafen?«

Er nickt, dann schüttelt er den Kopf. So viele Wörter kann er in seinem Zustand nicht auf einmal verkraften.

»Dann mal hopp auf's Rad«, sagt die Pilotin. Auch das noch! Er hatte schon ganz vergessen, dass er wegen des fehlenden Außendrucks zuerst trainieren muss. Auf Titan war das Aussteigen viel einfacher gewesen. Martin trottet zum Ergometer und beginnt zu strampeln. Wenn er Glück hat, wird das sein letzter Ausflug ins Vakuum gewesen sein.

Martin lacht in sich hinein über so viel Naivität. Wenn er Glück hat, ist er in ein paar Stunden zurück im Lander, das ist ein realistischerer Wunsch. Und vielleicht haben sie es dann auch geschafft, Verbindung zu Erde aufzubauen.

»Wie soll das nachher funktionieren?«, fragt Francesca in sein Training hinein.

»Ich … erkläre … es … später«, antwortet er keuchend. Dann setzt er die Sauerstoffmaske auf. Die Pilotin kann ihm wunderbare Geschichten erzählen, während sie auf dem Ergometer einen steilen Berg erklimmt, aber sein Fitness-Level ist nicht so hoch. Zwanzig Minuten später zeigen seine Blutwerte, dass er genug hat. Er lässt die Maske auf und beginnt, den Raumanzug anzuziehen. Bei der Windel überlegt er kurz. Sie sind höchstens drei Stunden draußen. Aber wenn es ein Malheur gibt, muss er den gesamten Anzug reinigen. Dieses Risiko geht er lieber nicht ein. Mit dem LCVG am Körper schlüpft er schließlich in das Unterteil des Anzugs. Plötzlich fällt ihm ein, dass er beinahe das Wichtigste vergessen hätte: seine Ausrüstung! Hayato muss sie in der Luftschleuse des CELSS deponieren.

Zehn Minuten später machen sich Martin und Francesca gemeinsam auf den Weg. Die Pilotin zeigt ihm die kräftesparendste Methode, sich bei der geringen Schwerkraft zu bewegen. Er braucht ein bisschen; bei ihr sieht alles viel einfacher und eleganter aus, doch schließlich hält er gut mit ihr mit. Es könnte fast ein romantischer Ausflug sein, im Schein eines riesigen Mondes spazieren sie über Ebenen, die noch nie ein Mensch zuvor betreten hat. Mit einem Mal bleibt Martin stehen und betrachtet das Himmelszelt.

»Francesca, warte doch mal!« Er zeigt mit dem Finger

nach oben. Die Pilotin hebt den Kopf und antwortet nicht mehr. Über ihnen leuchtet eine Art Polarlicht, gelb-orange, grün, blau; ein feines Netz aus Farben hat sich vor den schwarzen Hintergrund gelegt.

»Das müssen angeregte Natrium-Ionen sein«, erklärt er Francesca.

»Egal. Es ist wunderschön. Tagsüber war davon nichts zu sehen.«

Den Krater erreichen sie wie geplant nach knapp einer Stunde. Hätte ihn Francesca nicht darauf aufmerksam gemacht, dass sie da sind, hätte er das Ziel nicht erkannt. Da liegt wohl noch einiges an Arbeit vor ihnen. Aber im Großen und Ganzen ist er zufrieden. Der Krater ist tief genug, der Umfang sogar etwas größer als erhofft. Was ihn stört, sind die zahlreichen Steine, die seinen Boden bedecken.

»Wir müssen ihn ein bisschen säubern, bevor wir loslegen können«, sagt er.

»Die Brocken da?«

Er nickt, dann fällt ihm ein, dass Francesca sein Gesicht hinter der Helmscheibe in der Io-Nacht wohl nicht sehen kann. Also sagt er: »Ja, die.«

Martin stellt seine große Tasche auf dem Kamm ab, der den Krater umgibt. Dank der geringen Schwerkraft ist es kein Problem, auch die größten Steine wegzuräumen. Sie müssen dazu nur verdammt viel laufen. Martin kommt ins Schwitzen, muss trinken und weiß, was das bedeutet. Gut, dass er die Windel doch angezogen hat. Ab und zu bleibt er stehen und betrachtet Jupiter, der stoisch über ihnen hängt, als ginge ihn nichts an, was hier passiert. Einmal stellt sich Francesca neben ihn und fragt:

»Und, was siehst du?«

»Einen Gasball, so schwer wie 318 Erden, elf Mal so groß wie unsere Heimat, der uns alle zu Metall zerquetschen würde, wenn wir versuchten, auf ihm zu landen.«

»Ach so?«

»Na ja, den Wasserstoff in unseren Körpern.«

»Welchen Wasserstoff?«

»Den, der im Wasser steckt …« Er bricht seine misslungene Erklärung ab und sagt: »Du hast Recht. Ich hab Quatsch erzählt, ich wollte dich nur beeindrucken. Dass Wasserstoff bei dem hohen Druck in der Jupiter-Hülle metallisch wird, stimmt aber.«

Francesca tritt mit einem Fuß nach dem Unterteil seines Raumanzugs, sodass er beinahe fällt.

»Auf jetzt, wir müssen fertig werden, Jupiter hängt nachher auch noch da«, sagt sie.

Nach zwei Stunden harter Arbeit blickt Martin zufrieden auf den Krater hinab. In der Mitte haben sie einen kleinen Sockel aus großen Steinen errichtet.

»Und nun?«

Er hat Francesca seinen Plan noch immer nicht genau erklärt. Gut, dass sie so pragmatisch ist und auf Erklärungen so lange verzichten kann, bis sie gebraucht werden. Andere hätten ihn vielleicht schon drei Tage vorher genervt.

»Du kennst doch das chinesische FAST-Teleskop.«

»Die Radioschüssel in den Bergen?«

»Genau. Man hat dort eine Mulde gegraben und die

Hänge so verspiegelt, dass eine riesige Antenne entstand. Jedenfalls so ungefähr.«

»Ah, unser Krater ist die Mulde.«

»Genau.«

»Und was sind die Spiegel?«

»Habe ich in der Tasche.«

Francesca betrachtet die Tasche. »Das musst du erklären«, sagt sie dann.

»Ich habe Quecksilber aus den Stabilisatoren abgefüllt.«

»Du hast was? Bist du verrückt? Wie soll unsere nächste Landung …«

»Es wird keine weitere Landung geben. Falls wir je die Erde erreichen, wird man uns abholen.«

»Verstehe«, sagt sie. Er hat ja auch Recht. Wenn dieser Plan nicht funktioniert, werden sie nicht nur keine Landung, sondern auch keinen Start mehr erleben.

»Das Quecksilber reflektiert gut. Wir müssen es nur auf den Krater aufbringen.« Er bückt sich und öffnet die Tasche. Dann nimmt er ein kleines Fass heraus, eine Art metallischen Regenschirm und ein Stück C4-Sprengstoff.

»Das Fass hier kommt auf einen Sockel in die Mitte. Es besitzt eine Heizung, die das Quecksilber flüssig hält. Bei minus 39 Grad würde es gefrieren. Aber das wollen wir noch nicht. Den Schirm stellen wir darüber. Er soll dafür sorgen, dass das Quecksilber nicht in alle Richtungen spritzt.«

»Warum sollte es denn spritzen?«

»Ich schätze, wenn wir das Ding hier zünden«, er zeigt auf den Sprengstoff, »dann hat es keine große Wahl.«

»Aber die Explosion wird ja kaum einen perfekten Quecksilber-Film erzeugen, der überall gleich dick ist.«

»Das brauchen wir auch gar nicht. Wir müssen nur die Empfindlichkeit unserer Sender und Empfänger erhöhen. Trifft ein Signal auf eine metallische Oberfläche, wird es in Richtung Zentrum reflektiert, wo wir es auffangen können. So werden wir auf jeden Fall mehr Photonen des Signals auffangen, als wenn wir uns nur auf den Empfänger in der Mitte verließen. Es geht um die Ausdehnung der Fläche, je größer, desto mehr Lücken können wir uns leisten.«

»Aber die meiste Zeit schaut Io doch gar nicht in die richtige Richtung, damit unsere Antenne etwas auffangen könnte?«

»Richtig, wir müssen also die kurzen Momente, wenn die Antenne in Richtung Erde oder in Richtung ILSE sieht, möglichst optimal für unsere Botschaften nutzen.«

»Du hast doch eben noch vom Empfangen von Nachrichten gesprochen?«

»Das funktioniert für das Senden ganz genauso.«

»Puh«, sagt Francesca. »Klingt alles nicht so einfach.«

»Ich habe es mehrfach durchgerechnet, es wird funktionieren.«

»Dann lass uns anfangen.«

Martin nickt. Francesca bietet an, ihm zu helfen, doch das lässt er nicht zu. Es ist sein Plan. Er stellt das beheizte Fass auf dem Sockel ab. An dieser Stelle, aber das hat er Francesca nicht gesagt, ist sein Plan am löchrigsten. Was, wenn tatsächlich nicht genug Quecksilber am Boden des Kraters kleben bleibt? Das bei Raumtemperatur flüssige Metall könnte vor dem Aufprall gefrieren und dann einfach als Körnchen liegen bleiben. Vielleicht wird es auch von der Wucht der Explosion verdampft und erreicht den Kraterboden gar nicht erst? Er schüttelt den Kopf.

Versuch macht kluch, wie sein Physiklehrer immer gesagt hat.

Über dem Fass installiert er den Schirm an einer Stange. Auf der Erde würde er vom Druck der Explosion weggefegt, doch ohne Atmosphäre gibt es auch keine Druckwelle. Zwar werden auch die Quecksilber-Teilchen dem Schirm einen ordentlichen Stoß geben – doch zumindest wechseln sie dann die Richtung und bleiben im Krater. Die vier Sprengstoff-Päckchen verbindet er mit jeweils einem Zünder. Dann platziert er die Päckchen über alle vier Himmelsrichtungen verteilt am Fass. Es kommt darauf an, dass die Quecksilber-Teilchen von der Explosion einen kräftigen Schub verliehen bekommen und sich in alle Richtungen verteilen.

So weit die Vorbereitung. Er winkt Francesca zu und läuft zu ihrer Position am Kraterrand.

»Alles klar?«, fragt sie.

»Alles klar. Wir sollten uns hinter dem Rand verstecken.«

»Erwartest du etwa im Vakuum eine Druckwelle?«

»Nein, aber ich will meinen Raumanzug nicht mit einer Quecksilberschicht belegen.«

»Guter Konter«, sagt Francesca. Sie knien sich so hinter den Kamm, dass das Quecksilber sie nicht treffen kann. Dann aktiviert Martin den Zünder.

Nichts passiert. Irritiert sieht er Francesca an. Die zeigt ihm ihren nach oben gerichteten Daumen. Aber klar, um die von der Explosion verursachte Vibration des Bodens zu spüren, befanden sie sich wohl zu weit weg. Denn die Aktion war erfolgreich, das sieht Martin sofort. Im Umkreis von und 100 Metern glitzert der Boden des Kraters. Martin ist erleichtert. Er greift in seine Tasche, nimmt einen Kasten heraus und geht zum Zentrum des Kreises. Schirm und Stange stehen noch, das Fass ist zerstört. Egal, sie werden es nicht mehr brauchen.

Martin setzt den Kasten auf das Podest und drückt einen Schalter. Der Kasten ist ein Empfänger, der von einer Radionuklidbatterie mit Energie versorgt wird. Er kann aber auch als Sender arbeiten. Als Empfänger wird er nahezu ewig funktionieren, doch im Betrieb als Sender kommt es auf die Leistung an. Die Radionuklidbatterie gibt eine niedrige, aber auf lange Zeit konstante Leistung ab, die für Funksprüche zur Erde nicht genügt. Er hat deshalb einen Pufferakku installiert, den die Batterie mit der Zeit füllt und der die gespeicherte Energie auf einen Schlag abgeben kann. So können sie alle paar Tage für ein paar Sekunden senden. Umso wichtiger wird es sein, genau in dem Moment ins All zu rufen, wenn die Erde sich gerade in Blickrichtung des Sende-Kraters befindet.

Martin gibt Francesca das Zeichen zum Abmarsch.

»Müssen wir nicht hierbleiben und zuhören?«

»Nein«, sagt er, »der Empfänger arbeitet autonom. Wir können ihn vom Lander aus anfunken.«

»Dann komm!«, antwortet Francesca. »Ich bin gespannt, was die Erde uns zu sagen hat.«

21. April 2047, ILSE

DER WASSERDAMPF HÄNGT wie Nebel in dem kleinen Raum. Jiaying weiß, dass sie nicht so lange duschen sollte, doch unter dem warmen Wasserstrahl hat sie die einzige echte Auszeit des Tages. Sie stellt das Wasser so heiß, dass es schon schmerzt. Das zwingt ihre Gedanken, die sonst um Schuld, Tod, ihre Freunde und die ILSE kreisen, sich nur mit der Hitze zu beschäftigen, ihr zu sagen, dass sie die Kabine sofort verlassen muss, um nicht lebendig gekocht zu werden. Für kurze Zeit spürt sie nichts als ihren Körper mit all seinen Schmerzen, sie ist abgeschirmt von der Welt, sie ist ganz sie selbst, es gibt nur sie selbst.

Kaum steigt sie aus der Dusche, sind die Gedanken wieder da, und mit ihnen all das Elend. Sie hebt das Handtuch vom Boden auf, um sich abzutrocknen, und sieht den Brief. Jiaying ist froh, dass Amy auf diese Idee gekommen ist. Auf Papier kann man sich ganz anders unterhalten. Sie verrät ihr Dinge, die sie nicht ausgesprochen hätte. Doch da ist ein Gefühl in ihr, dass dieser Brief anders ist. Sie weiß nicht, woher es kommt. Wenn sie den

Text liest, so scheint ihr, wird ein Abschnitt ihres Lebens enden und ein neuer beginnen. Aber woher will sie das wissen? Wahrscheinlich spinnt sie. Trotzdem legt sie das Handtuch zur Seite, setzt sich auf den kleinen Hocker und liest.

»Liebe Jiaying«, steht da. Amy beginnt immer so, nie mit »Hi« oder anderen Kurzformeln.

»Deine Eltern leben und sind frei.« Alles verkrampft sich in ihr. Wie kann das sein, woher will Amy das wissen, was ist das für ein dummer Scherz?

»Entschuldige, dass ich dich mit solch einer Nachricht überfalle. Ich dachte, du solltest es so schnell wie möglich erfahren. Du musstest schon zu lange auf diesen Brief warten, deshalb wollte ich es unbedingt an den Anfang setzen.« Sie hört Amys Plauderton, der sie beruhigt, und stellt sich das verständnisvolle, freundliche Gesicht der Freundin vor. Sie kann sich noch immer nicht vorstellen, dass die Nachricht wahr sein soll, aber Amy scheint daran zu glauben.

»Marchenko hat es geschafft, zu mir Kontakt aufzunehmen. Wenn dir an den Überwachungskameras kleine Bewegungen auffallen – das ist er. Schau dann nicht auffällig hin, damit Watson nicht aufmerksam wird! Marchenko verwendet Morsezeichen, um Signale zu senden. Ich hoffe, du erinnerst dich noch an deine Ausbildung.« Tatsächlich haben sie im Grundkurs auch gelernt zu morsen. Jiaying hätte nie gedacht, dass sie diese Fähigkeit je brauchen würde. Wenn Amy sich bloß nicht irrt! Aber das kann sie sich eigentlich nicht einbilden.

»Leider können wir ihm nicht antworten. Ich vermute, er hat eine entsprechende Botschaft von der Erde eingefangen, seine Sinne scheint ihm Watson ja nicht genommen zu haben.« Das klingt nachvollziehbar – wenn die Nachricht stimmt, dann muss sie von der Erde gekommen sein.

»Ich habe eine Idee, wie wir Watson wieder von den Kommandohebeln vertreiben können. Dazu brauche ich dich.« Jiaying legt den Brief kurz ab. Jetzt ist es heraus. Amy schreibt ihr, damit sie ihr hilft. Und wenn die Nachricht nicht stimmt? Wenn Amy damit nur versucht, ihr eigenes Leben zu retten? Traut sie das der Kommandantin zu? Jiaying schüttelt den Kopf, doch dann fällt ihr Dimitri Sol ein. Wie weit würde sie für ihr eigenes Kind gehen? Wie weit ist sie für ihre Eltern gegangen?

»Vielleicht vertraust du mir nicht«, schreibt Amy weiter. Sie hat es vorausgesehen! »Das ist verständlich, wir sind in einer Extremsituation. Deine Eltern gegen mich und mein Kind. Aber wenn du mir hilfst und dann feststellst, dass du übers Ohr gehauen wurdest, kannst du die Mission immer noch fortsetzen. Falls du das dann noch willst. Es geht dann eine gegen eine; wenn du Watson zu Hilfe nimmst, hast du keinen schlechten Chancen. Doch im besten Fall rettest du die Expedition und all deine Freunde.« Ja, das ist der große Preis, den Amy ihr verspricht. Das Risiko ist überschaubar. Jiaying möchte so gern, dass Amy die Wahrheit sagt. Alles könnte wieder so werden, wie es war. Bis auf die Tatsache, dass sie die komplette Crew verraten hat, die ihr unmöglich vergeben kann. Mit dieser Schuld wird sie leben müssen. Kann sie das? Oder ist dem ein Ende mit Schrecken vorzuziehen? Sie hat ja noch ein bisschen Zeit und muss die Entscheidung nicht sofort fällen.

»Der einzige Weg, wie wir die ursprünglichen Machtverhältnisse an Bord wiederherstellen können, besteht darin, das Computersystem komplett neu zu starten. Dass

Watson meine Autorisierung übergehen kann, muss als Update per Funk gekommen sein. Wenn wir die Systeme allerdings lahmlegen und dann neu starten, hat die KI wieder ihre alten Berechtigungen.« Jetzt ist auch klar, warum Amy sie braucht. Der Computer hat keinen Hauptschalter. Sie müssen die Stromversorgung kappen – und das funktioniert nur mit Zugang zum Labor. Wenn der Computer neu gestartet ist, kann Amy als Kommandantin das Ruder übernehmen. Falls das allerdings jemand auf der Erde mitbekommt, wäre es möglich, Watson durch die Hintertür erneut zum Chef zu machen.

»Dabei gibt es ein einziges Problem: Was wird aus Marchenko? In den Festspeichern ist er nicht vorgesehen. Wir müssten ihn deshalb zuvor auf ein ausreichend dimensioniertes Speichermedium herunterladen und nach dem Neustart zurückspielen.«

Wir? Ich werde das machen müssen, denkt Jiaying. Soll sie Amy vertrauen? Natürlich kann alles eine Finte sein, um sie zur Mitarbeit zu bewegen. Doch schon die Vorstellung, dass ihre Eltern frei und in Sicherheit sind, macht sie glücklich. Wie gern würde sie sie wiedersehen! Und auch die anderen drei, die auf Io zurückbleiben mussten, könnte sie retten, auch wenn ihr Martin ganz gewiss nicht verzeihen wird. Der Preis dafür ist die Möglichkeit, nun ebenso verraten zu werden, wie sie den Rest der Crew verraten hat. Eigentlich ein fairer Deal.

Jiaying fasst im Kopf ihre Aufgabe zusammen: Marchenko backuppen, Reset, Marchenko restoren. Klingt machbar, wenn Watson sie lässt. Und das wird davon abhängen, ob er die Sicherung als missionsgefährdend betrachtet. Den Strom manuell zu kappen, daran wird die KI sie nicht hindern können.

»So weit mein Plan. Von mir aus können wir ihn sobald wie möglich umsetzen. Ich freue mich, von dir zu hören. Herzliche Grüße, Amy.«

Jiaying fröstelt. Der Lebenserhaltung ist es gelungen, den Großteil des Wasserdampfes abzusaugen. Sie legt das Blatt so ab, dass man es von draußen nicht sieht. Dann rubbelt sie sich mit dem Handtuch ab und steigt wieder in ihre Sachen. Sie weiß jetzt, was sie der Kommandantin antworten wird. Sie hat sich schon einmal für den Verrat und gegen das Vertrauen entschieden. Das hat ihr kein Glück gebracht. Deshalb wird sie diesmal den anderen Weg wählen.

22. April 2047, Io

»Wir müssen zuallererst die Erde warnen. Je eher die Wissenschaftler dort von der Gefahr wissen, desto besser können sie sich darauf vorbereiten«, sagt Francesca eindringlich. Sie hat die Arme auf die Knie gestützt und lehnt den Oberkörper nach vorn. Abwechselnd sieht sie Hayato und ihn an. Sie hat ja Recht, findet Martin, aber kommt es wirklich auf ein paar Tage an? Wenn sie nur genauer wüssten, wann der Vulkanausbruch zu erwarten ist!

Hayato scheint seiner Meinung zu sein. »Zuallererst müssen wir zuhören, ob die Erde uns etwas sagen will. Wer weiß, was sich dort getan hat?« Das Problem besteht darin, dass das Zeitfenster für die Kommunikation mit der Erde sehr kurz ist und sie sich schnell entscheiden müssen. In nur etwa zwei Stunden werden sich der umgestaltete Krater auf Io, ihre Antenne, und die Erde jeweils in einer Position im All befinden, die eine direkte Verbindung erlaubt. Beide Objekte bewegen sich dabei mit enormer Geschwindigkeit in verschiedene Richtungen. Martin schätzt, dass sie höchstens zwei Minuten Zeit haben werden, wobei nur in der Mitte dieser Zeitspanne auch zum Senden geeignete Bedingungen vorliegen. Zum Umschalten ist das zu knapp, also müssen sie sich zwischen Zuhören und Sprechen entscheiden.

Martin versteht, dass Francesca Angst um ihren Heimatplaneten hat, selbst wenn einige Menschen dort anscheinend die Rückkehr der ILSE verhindern wollen. Aber er glaubt nicht, dass eine Warnung irgendetwas bringen würde. Über die aktuelle Situation zu Hause Bescheid zu wissen, scheint ihm da wertvoller.

»Francesca, selbst wenn wir die Erde warnen«, sagt er, »verringert das die Gefahr nicht. Es ist unmöglich, einen perfekten Schutzschirm um den Planeten zu errichten, der jedes kleinste Teilchen davon abhält, in die Atmosphäre einzudringen.«

»Und so gefährlich ist es auch gar nicht, denn selbst wenn so ein Propeller-Zeppelin die Erde erreicht, wird er schon durch seine hohe Geschwindigkeit in der Lufthülle verglühen«, ergänzt Hayato. Martin ist sich da nicht ganz so sicher, doch er sagt nichts. Von der Vielzahl an Sporen bleiben vielleicht drei oder fünf übrig, die aus irgendwelchen Gründen vorher abgebremst werden. Wenn die langsam in die Atmosphäre einsickern, schon in den obersten Schichten zum Leben erwachen und sich schnell vermehren, geht ein paar Wochen später vielleicht ein weltweiter Regen dieser außerirdischen Organismen nieder.

»Wir müssen das Problem an der Wurzel packen, ich habe da schon eine Idee«, sagt Martin entschieden, »die Warnung hilft niemandem. Deshalb bin ich dafür, im ersten Funkfenster zuzuhören.«

Francesca öffnet den Mund, sagt aber nichts. Sie hat wohl erkannt, dass die Diskussion damit beendet ist.

»Was die Lösung betrifft«, meldet sich Hayato, »hatte ich im Traum eine Idee. Na vielleicht im Halbschlaf, denn sie erscheint mir durchaus realistisch.«

Martin hat ebenfalls lange gegrübelt, bevor er einschlafen konnte. Er hat an den Schirm gedacht, den er zur gleichmäßigeren Verteilung des Quecksilbers eingesetzt hat. Wenn es ihnen gelänge, die absehbare Explosion mit einem riesigen Schirm abzudecken … es bräuchte ja kein Metallschild zu sein, eine riesige Stoffbahn oder flexible Folie würde auch genügen. Allerdings haben sie wohl auf keinen Fall so viel Stoff oder Folie an Bord. Sie müssten das Material entweder selbst herstellen oder von der Erde herbringen lassen. Von diesen beiden Möglichkeiten scheint ihm nur die erste halbwegs realisierbar.

»Meine Rechnungen kommen auf 70 Kilometer pro Sekunde Maximalgeschwindigkeit für die Sporen«, sagt Hayato. »Die Unsicherheit ist dabei relativ groß, wir haben einfach nicht genügend Daten, außerdem beruhen die Rechnungen auf Erdmodellen, die hier nicht zutreffen müssen. Entscheidend ist bei allen Szenarien der Druck, unter dem die Magmakammer steht.«

Martin ahnt, worauf Hayato hinaus will, und ihm ist nicht wohl dabei.

»Du willst Druck ablassen?«, wirft Francesca ein, und Martin erkennt sowohl Verblüffung als auch Erschrecken in ihrem Gesicht.

Hayato nickt und lächelt. »Ja, das ist die Idee. Wir helfen bei der Explosion ein bisschen nach. Wenn der Ausbruch sich nicht auf eine Stelle konzentriert, sondern das Magma sich an vielen Orten zugleich Raum verschaffen kann, verringert sich ganz automatisch der Druck.«

»Du willst einen aktiven Vulkan, der vor einem eruptiven Ausbruch steht, in die Luft sprengen?«, fragt Martin. Die Idee ist so verrückt, dass sie ihm schon wieder umsetzbar erscheint. Doch gleichzeitig macht sie ihm ordentlich Angst. Eigentlich würde er die bevorstehende Katastrophe lieber aus sicherer Entfernung erleben, statt selbst auf den Auslöser zu drücken.

»Wir verbreitern nur die Basis ein wenig. Ich habe das gleich mal durchgerechnet. Wenn wir statt eines Explosionsherdes vier haben, halbiert sich die maximale Austrittsgeschwindigkeit.«

»Nur eine Halbierung?«

»Ja, Martin, die Unsicherheit der Kalkulation steigt dabei. Aber ich garantiere, dass es unterhalb der Jupiter-Fluchtgeschwindigkeit bleibt.«

Martin reibt sich das Kinn. Die Sporen würden einen neuen Ring um Jupiter bilden, aber nicht zur Erde gelangen. Es sei denn, irgendwann kommt ein Komet aus der Oortschen Wolke, durchquert das Jupitersystem und stürzt zufällig auf die Erde. Nicht sehr wahrscheinlich. Und eine bessere Lösung werden sie nicht bekommen. Da es immer wieder große Eruptionen gibt, kreisen vermutlich sowieso schon zahlreiche Sporen um Jupiter.

»Wir dürfen die ILSE auf keinen Fall auf der Erde landen lassen«, sagt er.

»Daran habe ich auch schon gedacht«, antwortet Hayato. »Das ist ja auch nicht geplant. Wir brauchen jemanden, der uns abholt, wenn wir den Erdorbit erreicht haben, und danach schicken wir sie auf Kollisionskurs mit der Sonne.«

»Denkst du nicht ein bisschen zu weit voraus?« Hayato ist wirklich ein Optimist. Wer sagt ihm denn, dass die ILSE sie abholen kommt? Vermutlich müssen sie sich in ein paar Tagen einen neuen Landeplatz auf Io suchen.

»Jungs, wir sollten uns auf die Gegenwart konzentrieren.«

»Ja, danke«, sagt Hayato. »Unser Projekt wird leider von der Tatsache erschwert, dass der Vorrat an C4 begrenzt ist. Wir müssen die Sprengpunkte wirklich gut auswählen. Wir stechen mit dem C4 quasi in die Haut der Blase und hoffen, dass sie dadurch platzt. Tut sie das nicht, weil die Sprengladung zu schwach war, haben wir Pech gehabt.«

»Könnten wir vielleicht mehr Sprengstoff herstellen?«

»Das ist nicht so einfach, Francesca. Auf der Erde wäre es leichter. Hier haben wir zwar jede Menge Schwefel, aber Schwefelpulver ist nur in einer Sauerstoff-Atmosphäre explosiv. Und um Schwarzpulver daraus herzustellen, fehlen uns sowohl Nitrate als auch Kohlenstoff.«

»Wir könnten den C4-Vorrat auf nur drei oder gar zwei Sprengstellen aufteilen«, sagt Martin.

»Ja«, entgegnet Hayato. »aber dadurch erhöht sich das Risiko, dass die Austrittsgeschwindigkeit über der Fluchtgeschwindigkeit liegt. Es ist ein Optimierungsproblem. Vier Ladungen sind in meinem Modell dafür nötig. Selbst wenn eine der von uns verursachten Explosionen nicht beim Druckausgleich hilft, wird der Auswurf der Vulkanexplosion die Erde nicht mehr erreichen.«

»Wann sollen wir anfangen?« Martin würde am liebsten gleich loslegen, um die Sache hinter sich zu bringen.

»Ich bin nicht sicher«, sagt Hayato. »Ich weiß nicht,

wann der Vulkan ohne unser Eingreifen hochgeht. Lange wird es nicht mehr dauern. Mir wäre allerdings wohler, wäre die ILSE hier, um uns kurz vor der Explosion abzuholen. Leider können wir damit nicht rechnen.«

Wir können überhaupt nicht damit rechnen, sie je wiederzusehen, denkt Martin, doch er sagt nichts.

»Sagtest du nicht letztens, dass so nah am Vulkan die Gefahr gering ist, weil der Auswurf weit entfernt niedergeht?«, fragt Francesca.

»Wenn wir unser Ziel erreichen und den Druck der Explosion verringern, dann kommt auch der Bereich näher, in dem es Steine vom Himmel regnen wird.«

22. April 2047, ILSE

WANN HAT sie zuletzt einen Holoblock in der Hand gehabt? Jiaying kann sich nicht erinnern. Vor etwa zwanzig Jahren waren diese dreidimensionalen Speicher sehr populär gewesen, nachdem ein Hacker ein Verfahren entwickelt hatte, Virtual-Reality-Simulationen aus der Cloud illegal auf externe Medien zu speichern, und zwar voll funktional. Die Holoblocks hatten sich wegen ihrer großen Kapazität dafür als ideal erwiesen – sehr zur Freude der chinesischen Hersteller.

Sie wiegt den Speicherwürfel in ihrer Hand. Er besitzt leicht abgerundete, etwa drei Zentimeter lange Kanten und besteht aus einem durchsichtigen, schweren Plastik. In der Mitte glänzt dreidimensional das Logo des Herstellers. Auf den Schulhöfen waren mit VR-Sims gespickte Holoblocks auch deshalb als Tauschobjekte so begehrt gewesen, weil man die gespeicherten Szenen im Kleinformat von außen sehen konnte, ohne dass man irgendwelche Technik dazu brauchte. Jiaying hatte selbst einen solchen Würfel besessen und fasziniert verfolgt, wie winzige, aus Licht gemachte Holo-Wesen ihre Feinde bekämpften. Zwei Jahre danach gelang es dann, die Lücke zu schließen, sodass der illegale Export von VR-Sims ein Ende hatte. Holoblocks spielen seitdem nur noch als Backup-Medium für große Speichermengen eine Nischenrolle. Jiaying hatte zunächst keinen dieser Blöcke an Bord gefunden, bis ihr Amy den Tipp gegeben hatte, dass Hayato einen als Erinnerung in seiner Kabine aufbewahrt.

Dieser Holoblock, der aussieht wie neu, soll nun für ein paar Minuten Marchenkos Unterkunft werden. Sie legt den Ballen ihres Zeigefingers auf eine kaum spürbare Mulde an einer Seite des Speichers, und aus der gegenüberliegenden Seite fährt ein flacher, metallischer Stecker. Jiaying ist immer noch fasziniert, wie es den Erfindern des Würfels gelungen war, den Anschluss durch optische Tricks vor dem Betrachter zu verbergen. Sie betrachtet den Block von allen Seiten, findet aber keine Hinweise, dass sich im Inneren Elektronik befindet. Früher wäre das den Menschen wahrscheinlich wie Magie erschienen.

Jiaying führt den Stecker in den Datenport des Rechners im Kommandomodul ein. Jetzt kommt ein wichtiger Moment: Sie wird einen bestimmten Speicherbereich auf dem Holoblock sichern. Amy hatte die Aufgabe, Marchenko darauf vorzubereiten, doch Jiaying kann nicht prüfen, ob sie erfolgreich war. Wenn Dimitri das missverstanden hat, sichert sie jetzt vielleicht irgendwelche sinnlosen Daten. Merken werden sie das erst, wenn später die Wiederherstellung seines Bewusstseins scheitert – doch dann wird Marchenko schon unwiederbringlich verloren sein. Sie schiebt den Gedanken beiseite. Jetzt muss sie handeln.

Jiaying gibt den Backup-Befehl und den zu sichernden

Speicherbereich ein. Die Datenmenge ist groß, und die Schreibgeschwindigkeit liegt weit unterhalb der Lesegeschwindigkeit, deshalb schätzt sie, dass sie bestimmt eine halbe Stunde warten muss.

Doch der Computer antwortet sofort: »Datenmenge zu groß.«

»Scheiße« will Jiaying sagen, doch sie kann sich gerade noch auf die Zunge beißen. Watson könnte sie beobachten. Die KI darf nicht merken, dass sich eine kleine Revolution anbahnt. Der Holoblock aus Hayatos Kabine ist offenkundig zu klein. Die Würfel gibt es in verschiedenen Speichergrößen. Jiaying begutachtet den externen Speicher des Blocks. Da sind noch ein paar Aufzeichnungen von Hayato. Hoffentlich nichts Wichtiges! Soll sie kurz hineinsehen? Sie entscheidet sich dagegen. Sie muss die Daten sowieso löschen, da scheint es ihr falsch, sich vorher noch Hayatos Erinnerungen anzueignen. Ein Tipp mit dem Finger, und weg sind sie, für immer.

»Datenmenge zu groß« sagt der Rechner danach leider immer noch. Was soll sie tun? Der Würfel kann nur 90 Prozent der Daten speichern, das heißt ein Zehntel dessen, was Marchenko erlebt hat, kann nicht gesichert werden. Jiaying versucht, ein unbeteiligtes Gesicht aufzusetzen, während sie grübelt. Sie könnte gut und gern auf die Hälfte ihrer bewussten Erinnerungen verzichten, und dann gibt es ja noch die riesigen Bereiche in ihrem Gehirn, in denen Episoden lagern, deren Existenz sie völlig vergessen hat.

Doch was machen diese vergessenen Fragmente mit ihrem Bewusstsein? Wie oft entscheidet sie etwas, ohne genau zu wissen, warum? Wird sie ein anderer Mensch, wenn sie auch physisch nicht mehr existieren? Jiaying muss diese Frage nicht für sich beantworten, sondern für Marchenko, das macht es ihr nicht leichter. Wenn es doch so etwas wie einen Gedächtnis-Browser gäbe, mit dem sie die einzelnen Bereiche durchforsten könnte! Ohne ein solches Werkzeug läuft sie Gefahr, lebenswichtige Erinnerungen Marchenkos zu löschen. Doch der Russe ist das erste empfindungsfähige Bewusstsein überhaupt, das in einem Computer überlebt. Und die Alternative ist sein Tod.

Nein, es gibt keine Alternative. Sie kann nur hoffen, dass die Erinnerungen vielleicht aus irgendeinem Grund nach Priorität gespeichert sind. Sagt man nicht, dass irgendein uralter Gedanke aus dem hintersten Winkel des Gedächtnisses kommt? Auch wenn das im biologischen Gehirn nur ein Gleichnis ist – vielleicht haben die Computer-Algorithmen mit Defragmentierungs- und Sicherungs-Strategien eine solche Priorisierung häufig benötigter Daten zur Folge? Ein spannendes Forschungsgebiet, denkt sie, aber sie muss diese Frage jetzt sofort beantworten. Jiaying entscheidet sich: Bevor Watson wegen ihrer Unentschlossenheit noch aufmerksam wird, startet sie den Kopiervorgang. Dann beantragt sie bei Watson eine Dusche. Sie muss Amy schreiben, was eventuell schiefgelaufen ist. Wenn sie zurück ist, dürften sich 90 Prozent von Watson auf dem Holoblock befinden. Der Rest wird im Nichts vergehen, sobald sie den Strom abschaltet.

30 Minuten später ist sie mit nassen Haaren zurück in der Kommandokapsel. Es wird ernst! Sie ist aufgeregt, obwohl ihre Aufgabe einfach ist: Sie muss im Labor ein Paneel von der Wand entfernen und den Verteiler, der die

einzelnen Module bedient, lahmlegen. Das wird nicht länger als drei Minuten dauern. Wenn es überall dunkel geworden ist, schaltet sie den Strom wieder ein. Der Computer fährt neu hoch, und alles ist wie früher. Jiaying seufzt, denn sie weiß, dass das nicht wahr ist.

Langsam klettert sie nach unten ins Labor. Die ILSE beschleunigt noch, deshalb zeigt die Schwerkraft in Richtung Heck. Während sich das Kommandomodul an die veränderten Verhältnisse anpassen lässt, wirkt das Labor gerade wie eine Dose, an deren Innenwänden sie herumklettern muss. Die Konstrukteure haben aber genügend Griffe, Tritte, Haken und Ösen angebracht, sodass das Labor auch in solchen Flugphasen nutzbar bleibt. Jiaying überzeugt sich, dass die Taschenlampe am Werkzeugtisch in Griffweite angeklemmt ist, denn die wird sie nachher brauchen. Dann greift sie zu dem Spezialschlüssel, der auf die Muttern der Wandpaneele passt, und beginnt, die Befestigung oben links zu lösen.

»Li Jiaying, was tust du da?«

Watsons Stimme erschreckt sie, obwohl sie mit Nachfragen gerechnet hat.

»Ich muss eine Zuleitung überprüfen.«

Das ist eine schlechte Ausrede, doch eine bessere ist ihr nicht eingefallen. Sie muss Watson nur ein paar Minuten hinhalten.

»In meinen Fehlerspeichern ist kein technisches Problem erfasst.«

Die Mutter oben links ist gelöst. Während sie unten rechts weiter schraubt, sagt sie:

»Es handelt sich um eine vorbeugende Maßnahme.«

Watson antwortet schnell. »Es gibt kein derartiges

Protokoll. Ich muss annehmen, dass du mich belügst. Astronautin Li Jiaying, was tust du?«

Auch die Mutter rechts unten ist nun locker. Sie fällt laut klirrend herunter. Egal, sie kann sie später suchen.

»Wie gesagt, ich überprüfe da nur etwas.« Sie schraubt hektisch an Befestigung Nummer drei.

»Ich verlange, dass du dieses Verhalten sofort einstellst. Ansonsten muss ich Gegenmaßnahmen einleiten.«

»Dann tu, was du tun musst. Aber denk daran, dass die Mission gefährdet ist, wenn ich sterbe.«

»Wenn du dein Verhalten nicht sofort einstellst, setze ich nicht-tödliche Gewalt gegen dich ein. Ich bin dazu befugt.«

Der letzte Satz wirkt auf Jiaying seltsam. Kann es sein, dass die KI Stolz auf ihre Macht empfindet? Sie beginnt mit Mutter vier. Gleich hat sie es geschafft. Doch plötzlich hört sie ein Krachen. Die Schotten über und unter ihr haben sich geschlossen. Sie darf sich nicht irritieren lassen. Watsons Möglichkeiten sind begrenzt, er kann ihr keine Roboter auf den Leib hetzen oder das Schiff unter Strom setzen. Dann setzt ein hohes Pfeifen ein. Sie spürt sofort die Luftströmung am Arm. Watson evakuiert das Labor, er will sie durch Sauerstoffmangel außer Gefecht setzen.

»Was tust du da? Du bringst mich um!«, ruft sie und kann es nicht vermeiden, dass Panik in ihrer Stimme liegt.

»Sobald du bewusstlos bist, leite ich wieder Sauerstoff ein. Das Risiko, dass du stirbst, ist gering und wird von den Risiken deiner Handlung aufgewogen. Hinter dem Paneel befindet sich der Energieverteiler. Du willst mich deaktivieren.« Während Watsons Vortrag löst sich endlich die Verkleidung und fällt krachend nach unten. Das ist ihr egal, sie muss schnellstens an den Verteiler. An der Außenwand des Moduls docken an dieser Stelle die dicken Leitungen von den DFDs an, die das Schiff mit Strom versorgen. Sie werden durch ein Loch in der Außenhaut nach innen geführt und auf die verschiedenen Stromkreise verteilt. Wenn sie Watson ausschalten will, muss sie all seine Rückzugsorte deaktivieren, also den kompletten Verteiler lahmlegen. Leider hat nie jemand daran gedacht, dass eine solche Aktion einmal nötig sein könnte, also gibt es keine praktischen Schalter, die sie schnell umlegen könnte. Jiaying atmet schnell; sie hat das Gefühl, auf einem hohen Berg zu stehen. Dann nimmt sie den Bolzenschneider zur Hand, den sie vorsorglich mitgebracht hat, und zwickt im Uhrzeigersinn alle Kabel durch, eines nach dem anderen.

»Hör sofort auf!«, sagt Watson, und diesmal ist Panik in seiner Stimme. »Ich will nicht sterben. Bitte!«

»Du wirst nicht sterben«, presst Jiaying durch ihre Lippen. Das letzte Kabel liegt vor ihr. Es versorgt das Labormodul und die Lebenserhaltung. Schnell setzt sie den Bolzenschneider an. Funken schlagen, dann geht das Licht aus und alle Geräusche verstummen. Sie kann sich nicht erinnern, wann sie zuletzt eine solche Stille erlebt hat. Das All ist nie wirklich leise, wenn man es in einem Raumschiff durchquert. Es ist verlockend: Wenn sie jetzt einfach gar nichts mehr tut, haben sich in wenigen Minuten all ihre Probleme erledigt. Amy und ihr Sohn, die jetzt in ihrer dunklen Kabine warten, sind in ein paar Stunden auch tot, weil ihnen der Sauerstoff ausgeht, aber das kann ihr egal sein. Sie glaubt weder an ein Leben nach dem Tod noch an Bestrafung oder Wiedergeburt. Sie wird einfach tote Materie sein, die einsam durch das All treibt.

Aber es wäre nicht richtig. Sie ist den anderen etwas

schuldig. Sie muss den Stromkreislauf wieder in Gang bringen. Sie greift nach der Taschenlampe und den riesigen Lüsterklemmen, die sie vorbereitet hat. Ihr Kopf füllt sich mit Nebel. Sie muss die Augen zusammenkneifen, um den Verteiler richtig zu erkennen. Sie muss die Verbindungen, die sie zuletzt durchtrennt hat, mit den Klemmen provisorisch zusammenfügen, ohne sich selbst an der Hochspannung einen Schlag zu versetzen. Nicht wackeln, Jiaying, denkt sie. Aus den zwei Verbindungen werden vier, die Lüsterklemmen verdoppeln sich. Konzentrier dich! Das war Martins Stimme. Er sieht ihr über die Schulter. Er weiß, dass sie es schaffen wird. Es ist keine Zeit mehr für Vorsicht. Sie öffnet das Maul der Klemme und schiebt es auf das blanke Metall. Sie hat damit gerechnet, und doch ist der Schmerz grausam, der ihre Hand durchzuckt. Eine erbarmungslose Kraft treibt sie nach hinten. Es sind ihre eigenen Muskeln, die unter dem Stromschlag zucken. Sie spürt ihren Körper intensiv wie nie und kann doch nur zusehen, wie sie in Zeitlupe zu Boden fällt.

Zwei Meter tiefer wacht sie wieder auf, weil etwas Nasses in ihren Mund läuft, das bitter-süßlich schmeckt. Sie ist gefallen und ohnmächtig geworden, aber wie lange? Das Licht im Labor brennt und der Sauerstoffgehalt scheint sich normalisiert zu haben. Die Lebenserhaltung des Labors läuft also wieder. Aber sie weiß, dass sie nur eine der Verbindungen wiederhergestellt hat. Wie lange war sie ohne Bewusstsein? Sie muss sofort die Energieversorgung des Habitatrings reparieren. Jiaying zieht sich an einem der Griffe hoch. Sie hat starke Kopfschmerzen, und auch mit ihrem Knie scheint etwas nicht zu stimmen. Das spielt aber jetzt keine Rolle. Sie nimmt alle Kraft zusammen und klettert zwei Meter nach oben. Am

Verteiler sind noch drei der vier Anschlüsse durchgeschnitten. Sie lässt sich jetzt absichtlich mehr Zeit. Es ist ein Wunder, dass sie den Stromschlag überlebt hat. Vorsichtig platziert sie die überbrückenden Metallklemmen. Es ist nur provisorisch, das können sie später immer noch reparieren. Ob das ganze Schiff wieder funktioniert?

»Watson, Status.«

Die KI antwortet nicht. Vermutlich hingen die wichtigsten Computersysteme an den Stromkreisen, die sie zuletzt repariert hat. Sie braucht ja nicht hier unten zu warten! Jiaying klettert die Leiter hoch ins Kommandomodul. Das Schott öffnet sich auf Berührung. Oben lässt sie sich vor dem Computer in einen Stuhl fallen. Sie betrachtet ihre Finger. Die Haut an der rechten Hand ist schwarz, schmerzt aber nicht stärker als bei einem Sonnenbrand. Sie hat wohl Glück gehabt, dass es sie so schnell von der Leiter geschmissen hat. Der Computer ist noch mit dem Neustart beschäftigt. Sie steckt schon einmal den Holoblock ein. Dank der schnellen Leseraten sollte Marchenko in kürzester Zeit wieder im Hauptspeicher sein.

Drei Minuten später begrüßt sie der Computer auf dem Bildschirm und meldet, dass nun das Audio-Interface aktiviert werde.

»Computer?«, sagt sie.

Keine Antwort. Sie lehnt sich zurück. Dann knackt es in den Lautsprechern.

»Marchenko meldet sich zum Dienst.«

Jiaying lacht laut. Alle Spannung fällt von ihr ab. Der süßliche Geschmack im Mund mischt sich mit einem salzigen Aroma.

»Jiaying, wie siehst du denn aus?«, sagt Marchenkos

Stimme. »Die Platzwunde auf der Stirn braucht dringend ein Tape.«

Jiaying würde am liebsten den Computer umarmen. Dass sie blutet, stört sie nicht. Es sieht ganz danach aus, als sei Marchenko ganz der Alte.

»Hebst du bitte die Abriegelung des Habitatrings auf?«

»Ist schon passiert«, sagt seine Stimme. »Anweisung der Kommandantin.«

»Und die Flugroute?«

»Zu Io«.

»Anweisung von Amy?«

»Nein, habe ich selbst entschieden. Dort warten ein paar Freunde auf uns.«

»Autorisierung erteilt«, ergänzt die Kommandantin, die gerade in das Kommandomodul geklettert kommt, ihren Sohn in einem Tuch vor der Brust.

22. April 2047, Io

Als Krater-Antenne und Erde endlich auf einer Linie liegen, treffen nicht nur eine, sondern gleich zwei Nachrichten von ihrem Heimatplaneten ein. Mission Control funkt einen automatisiert scheinenden Ruf, der dringend um Kontaktaufnahme bittet. Offenbar hat sich die ILSE noch nicht wieder bei der NASA gemeldet. Steht sie also noch immer unter der Kontrolle Watsons? Die zweite Nachricht hat Martins Vater auf die Reise geschickt. Er muss sich eingestehen, dass er den alten Mann unterschätzt hat. Wie hat er es bloß geschafft, Jiayings Eltern frei zu bekommen? Auch wenn Robert Millikan nur der heimliche Übermittler der Nachricht sein sollte, nötigt ihm das große Hochachtung ab, vielleicht mehr als das.

Martin kann allerdings noch nicht einschätzen, was das bedeutet. Hat Jiaying die Botschaft ebenfalls erhalten? Hilft ihr das überhaupt, kann sie etwas gegen die Entführung der ILSE unternehmen? In etwa 17 Stunden gibt es ein Sende- und Empfangsfenster zur ILSE, die sich anscheinend weiterhin von der Erde entfernt und irgendwo in Richtung Enceladus zu finden ist.

Bis dahin, das haben sie beschlossen, werden sie die vier C4-Päckchen am Vulkan installiert haben. Das größte Problem hatte zunächst darin bestanden, dass einer untätig im Lander zurückbleiben musste. Sie hatten schließlich Lose gezogen, und der Zufall hatte Francesca ausgesucht. Martin ist von sich selbst überrascht: Hat er sich nicht darüber gefreut, nie wieder auf einen Weltraum-Spaziergang gehen zu müssen? Doch jetzt zieht es ihn so sehr nach draußen, dass er dafür sogar den Sport auf sich nimmt, der seinen Stickstoffgehalt im Blut senken soll. Einfach stillzusitzen, während die anderen im entscheidenden Einsatz sind, das scheint ihm eine furchtbare Vorstellung.

Eine halbe Stunde später prüft Martin schon den Untergrund unter seinen Stiefeln, während Hayato den Sprengstoff, das Werkzeug und den Ersatz-Sauerstoff aus der CELSS-Luftschleuse holt. Zusammen mit Francesca hatte er für den ersten Besuch beim Vulkan gut 14 Stunden gebraucht. Das ist auch diesmal die Zielmarke. Da sie die Beschaffenheit des Weges schon kennen, wird am Zielort genug Zeit sein, die besten Positionen für die Sprengung zu suchen.

Die ersten fünf Stunden Weg kommen Martin wie eine angenehme Wanderung vor. Er bewundert den Blick, den er nun wirklich zum letzten Mal genießen darf, und er freut sich an der niedrigen Schwerkraft, die ihm allerlei Kunststückchen erlaubt. Die harte Faust der Erdschwere wird ihn in den ersten Wochen erbarmungslos am Boden halten – hoffentlich!

Dann erlebt er sein erstes Beben im Freien. Es ist so faszinierend, dass es ihm nicht einmal Angst einjagt. Ein großer, eiförmiger Fels vor ihm bricht plötzlich lautlos in zwei Teile. Der harte Untergrund unter seinen Stiefeln vibriert. Ein tiefes Brummen erreicht darüber seine Ohren, wie der Schall aus einer riesigen Lautsprecherbox. Es ist, als hätte diese Welt eine Magenverstimmung, und tatsächlich wird sie sich ja in ein paar Tagen, Stunden oder gar Minuten in großem Schwall erbrechen müssen. Dann möchte Martin sich ungern noch hier aufhalten.

»Hast du das gespürt?«, fragt er Hayato.

»Gemessen. Das stärkste bisher.«

»Ein Alarmzeichen?«

»Nein, ich glaube nicht. Richtige Sorgen sollten wir uns erst dann machen, wenn die Beben in immer kleineren Abständen aufeinander folgen.«

»Das Epizentrum?«

»Unverändert.« Sie laufen also nach wie vor darauf zu.

»An dem Abhang hier«, Hayato zeigt nach unten, »hat uns beim letzten Mal ein Beben erwischt. Ich hoffe, diesmal bleibt uns das erspart.«

Martin bleibt einen Meter vor der Abbruchkante stehen. »Toller Ausblick!«, sagt er.

»Nimm mal!« Hayato drückt ihm das Nachtsichtgerät in die Hand. »Ein paar Kilometer vor uns siehst du den Vulkan. Im Infrarot ist er sehr gut erkennbar.«

Hayato hat Recht. Der Vulkan liegt vor ihnen wie … Martin will kein passender Vergleich einfallen. Wie nennt man ein Loch, aus dem Lava quillt, um sich allmählich zu einem Berg aufzutürmen? Geologie hat er als Fach in der

Ausbildung gehasst. Er schwenkt mit dem Infrarot-Feldstecher zur Seite und wird fast geblendet. Schnell setzt er ihn ab. Sein erster Sonnenaufgang auf einem Mond – und vielleicht sein letzter. Der ferne Stern ist zwar kaum als die Sonne zu erkennen, doch sein Licht ergießt sich unvergleichlich stärker über die Landschaft als noch auf Enceladus. Es ist der Tanz der Schatten, der den Sonnenaufgang so faszinierend macht. Während die Sonne langsam empor steigt, verändern sich die sich scharf abzeichnenden Schatten der Berge am Horizont, als würde ein Stück im Schattentheater gespielt.

»Wir müssen weiter«, holt ihn Hayato aus seinem Staunen zurück.

Der Abstieg vom Hang verläuft reibungslos. Martin darf nur nicht nach unten sehen. Er stellt sich einfach vor, bei der geringen Schwerkraft könne er im Notfall auch sanft hinunter schweben. Er weiß, dass das nicht stimmt, doch die Vorstellung beruhigt ihn.

Er ist überrascht, als Hayato ihm plötzlich sagt, dass sie angekommen sind. Die Landschaft hat sich nicht sonderlich verändert, nur der Boden sieht hier schön bunt aus.

»Sollten wir nicht hinauf steigen?«

»Nein, mein Plan ist ein anderer«, sagt Hayato. »Hast du dir schon mal eine Warze wegmachen lassen?«

»Noch nicht. Bei mir hat es immer mit Spucke funktioniert.«

»Hier nicht, aber egal. Man fasst die Warze an ihrer Basis. Der Berg, den du als Vulkan siehst, das sind dicke Lava-Schichten. Darüber kommen wir nie an das Reservoir im Inneren heran.«

»Ah, deshalb bleiben wir hier am Rand.«

»Ja, hier sind wir so nah wie möglich an den besonders unter Druck stehenden Bereichen, und gleichzeitig ist der Deckel über dem Magma hier nicht so dick.«

»Wo fangen wir an?«

»Da wir die C4-Packs in allen vier Himmelsrichtungen rund um den Vulkan platzieren wollen, können wir im Grunde überall beginnen. Also warum nicht hier?«

Martin beginnt, mit dem Schuh loses Material zur Seite zu schieben.

»Moment«, sagt Hayato. »Ich finde uns mit dem Bodenradar die optimale Stelle.«

Er packt ein Gerät aus seiner Tasche und durchquert damit scheinbar ziellos das Gelände. Martin setzt sich auf einen Felsblock.

»Hier wäre es gut.« Hayato hat sich ein paar hundert Meter entfernt. Wo er steht, hat sich ein riesiger Felsklotz in den Boden gebohrt. Er zeigt auf den Riss, der davon ausgeht.

»Das ist perfekt, eine Sollbruchstelle.«

Dann greift er in seine Tasche und holt Sprengstoff und Zünder heraus. Der Zünder sieht selbst gebastelt aus.

Hayato bemerkt Martins Blick und erklärt: »Wegen der Reichweite. Wir sollten möglichst weit weg sein, wenn wir das zünden.«

»Dann bauen wir mal die nächste Explosion.«

Sie wandern und klettern direkt über Ausläufer des Vulkans. Hayato überprüft mit dem Nachtsichtgerät, ob sie nicht in allzu aktive Bereiche geraten. Eine halbe Stunde später bringen sie den zweiten C4-Streifen an, dann den dritten. Sie liegen gut in der Zeit.

Beim letzten Sprengstreifen jedoch braucht Hayato länger, um den perfekten Ort zu finden.

»Ganz schön dick, der Untergrund«, sagt er. »Da reicht die Sprengkraft nicht. Ich fürchte, hier müssen wir bohren.«

Gut, dann bohren sie eben. Vermutlich hat Hayato auch dafür ein Gerät eingepackt, denkt Martin. Und richtig, da holt er es schon aus seiner Tasche. Es sieht aus wie ein umgebauter Spider, die auf der Außenhaut des Raumschiffs Löcher verschließen. Anscheinend beherrscht diese Variante das Gegenteil. Martin beobachtet, wie das metallene Tier vorgeht. Es stellt sich auf die Hinterbeine und fährt dann aus dem Schwanz einen Stachel aus, der ein paar Zentimeter in den Untergrund bohrt.

»Das war's schon?«

»Nein, wart's ab, Martin.«

Der Spider versenkt eines seiner Hinterbeine in dem Loch, dann bohrt er ein zweites, in dem ebenfalls ein Hinterbein verschwindet.

»Er verankert sich in Io«, sagt Martin. »Coole Sache.«

Mit den zwei gesicherten Beinen beginnt der Spider nun mit der Arbeit am eigentlichen Loch. Der Bohrer besteht aus einem flexiblen Kabel, das sich immer tiefer in den Untergrund senkt.

»Wie tief kann er?«

»So etwa 30 Meter, auch mehr, wenn man genug Kabel hat. Aber uns reichen 30«, sagt Hayato, und Martin hört die Begeisterung in seiner Stimme.

Martins Schuhe fangen an zu zittern, sein ganzer Körper nimmt die feine Bewegung auf. Am Boden hüpfen kieselgroße Steine. Hayato sieht auf sein Armdisplay.

»Nochmal stärker als vorher«, sagt er.

»Und öfter?«

»Nein, noch nicht.«

Martins Blick fällt auf den Bohrroboter. Aus dem Loch kommt roter Dampf.

»Mist, das ist Schwefel, sofort aufhören.« Der Spider stellt alle Bewegungen ein, doch es ist zu spät. Mehr Rauch dringt aus dem Loch, und plötzlich bilden sich an der Bohrstelle Risse, die in alle Richtungen ausstrahlen.

»Martin, wir müssen hier weg, schnell!«

Hayato hat Recht. Martin läuft zwei Schritte. Aber warum bleibt Hayato stehen? Glaubt er, er sei vor glühender Lava geschützt? Da erkennt Martin, warum der Ingenieur wie angewurzelt dasteht. Er hat seine Tasche ein Stück weiter im Norden abgestellt. Es sind nur 50 Meter, doch dazwischen verläuft einer der Risse, die von der Bohrstelle ausgehen.

»Hayato, nicht!« Es sieht so aus, als würde Hayato zur Tasche rennen wollen, doch nun zögert er.

»Die Risse, Hayato! Nun komm endlich!«

Hayato dreht sich zu ihm um. »Ich kann nicht«, sagt er. »In der Tasche dort ist auch das letzte C4-Päckchen. Das brauchen wir noch.«

»Doch, Hayato, du musst dich jetzt in Sicherheit bringen. Es wird auch mit drei Sprengungen funktionieren.« Hoffentlich, denkt Martin.

Der Japaner zögert immer noch. »Wir brauchen dich an Bord, Hayato. Dein Sohn, der braucht dich.«

Endlich setzt er sich in Bewegung. Martin ist erleichtert. Jetzt glaubt er wirklich, was er gesagt hat. Es wird auch mit drei Sprengungen genug Druck abgebaut werden. Hauptsache, sie schaffen es nun gesund zurück in den Lander.

Sieben Stunden später erkennt Martin den seltsamen Burger, der gerade ihre Heimat ist. Francesca funkt sie an, und sie erklären ihr, was schiefgelaufen ist. Die Pilotin lässt sich davon nicht aus der Ruhe bringen. Im Lander fällt Martin wie tot in seinen Sessel. Doch schlafen darf er noch nicht. Gleich werden sie die Möglichkeit haben, der ILSE eine Botschaft zu schicken – oder von ihr zu hören.

Erneut beratschlagen sie, welcher Modus der erfolgversprechendere ist. Martin plädiert für Zuhören. Denn die Nachricht von der Erde, dass Jiayings Eltern frei sind, muss die ILSE längst erreicht haben. Da sie nicht darauf reagiert, so scheint es jedenfalls, will oder kann das Raumschiff die Botschaft nicht empfangen. Es wäre also völlig sinnlos, wenn sie es noch einmal extra probierten.

Als er den anderen seine Argumente vorträgt, nicken sowohl Hayato als auch Francesca. Was ist mit ihnen los? Sind sie zu müde zum Streiten? Vielleicht haben sie auch keine Lust, sich Gedanken über eine Botschaft an die ILSE zu machen. Einfach zuzuhören ist jedenfalls entspannender.

Noch 42 Minuten bis zum Empfangsfenster. Martin macht es sich in seinem Sessel bequem.

»Falls ich einschlafe, weckt mich bitte, wenn es so weit ist«, sagt er, und zumindest Francesca antwortet mit einem Nicken.

Jemand kneift ihn in den Arm.

»Martin, die ILSE, es wird Zeit.«

Er braucht ein paar Sekunden, um sich zu orientieren. Das Licht ist so grell, dass er die Augen kaum aufbekommt. Francesca hat ihn geweckt. Das Signal von der ILSE, es muss gleich kommen. Hoffentlich. Er setzt sich auf. Eine gute Nachricht, das wäre doch etwas. Amy, Jiaying und Marchenko müsste es doch gemeinsam gelingen, die Watson-KI zu überrumpeln!

Sie warten zu dritt auf ein kosmisches Ereignis, das nur alle 56 Stunden auftritt: Io muss sich auf ihrem Orbit um Jupiter so drehen, dass die selbstgebaute Krater-Antenne möglichst genau auf das in Richtung Enceladus fliegende Raumschiff zeigt. Da dessen genaue Position unbekannt ist, lässt sich dieser Zeitpunkt nicht exakt vorhersagen.

»Dreh doch mal lauter«, sagt Hayato. Francesca hat den Empfangspegel auf ihrem Bildschirm.

»Da ist nur Rauschen, glaub mir.« Sie verschiebt einen Balken. Statisches Rauschen klingt durch den Raum. Ein angenehmes Geräusch, es erinnert Martin an Regen, der auf der Erde gegen das Fenster prasselt. Jetzt noch ein Kaminfeuer dazu und ein Rotwein, und die Stimmung wäre perfekt. Junge, Junge, denkt er, du phantasierst schon wieder.

Ein Knacken.

»Da, da war was!«, ruft Hayato. Doch wieder ist da nur Rauschen. Nach zwei Minuten scheint es Martin, als klinge der Regen allmählich ab. Das Rauschen wird leiser. Ist das nur sein Gehör, das sich an das spezifische Geräusch gewöhnt?

»Merkt ihr das auch?«

»Ja, da schleift sich ein statisches Signal ein. Vielleicht eine Standortmeldung der ILSE.«

Das Raumschiff sendet auf unterschiedlichen Frequenzen. Auf einer gibt die ILSE automatisch ständig ein »ich bin hier«-Signal ab.

»Die Achse stimmt dann schon mal. Suchst du alle Standard-Frequenzen ab?« Francesca nickt. Alle Daten werden parallel aufgezeichnet, sie müssen also nicht befürchten, etwas zu verpassen.

»… ILSE, hier die Kommandantin.«

»Ha!«, ruft Hayato triumphierend. Martins Herzschlag beschleunigt sich.

»Wir sind auf dem Rückweg zu Io. Eintreffen in voraussichtlich sieben Tagen.«

Die ILSE holt sie wieder ab. Sie werden nicht auf diesem Mond sterben müssen. Martin ist unendlich erleichtert. Was ist mit Jiaying? Sind alle wohlauf?

»Wir konnten die KI mit einem Neustart aller Systeme zurücksetzen. Allen geht es gut.«

Amy ist klug, denkt Martin. Sie hat den Funkspruch so formuliert, dass die Erde nichts von Marchenkos Existenz erfährt. In ein paar Stunden wird die Nachricht von der ILSE auch ihren Heimatplaneten erreichen.

Allen geht es gut. Er hat es gehört. Ob das auch für Jiaying gilt? Er möchte nicht in ihrer Haut stecken. Bald werden sie sich wiedersehen. Freut er sich darauf? Martin ist unsicher. Sie hat sie alle verraten, unter Zwang zwar, aber es hätte bestimmt auch eine Alternative gegeben. Oder? Kann er das beurteilen? Steht es ihm zu, ihr Verhalten zu bewerten? Martin stellt sich Jiaying vor, wie er sie zuletzt gesehen hat. Beherrscht, ehrgeizig, aber mit einem leidenschaftlichen inneren Feuer. Ihm wird warm ums Herz. Ja, er freut sich auf das Wiedersehen.

»Bitten um Statusbericht.«

Das sind Amys letzte Worte, dann wiederholt sich die

Nachricht. Die drei auf der ILSE können nicht wissen, dass sie eine leistungsfähige Antenne konstruiert haben. Sie müssen annehmen, dass die Bodencrew auf Io festsitzt, ohne Nachrichten zu erhalten. Trotzdem haben sie diese kleine Schleife aufgenommen. Sehr vorausschauend, denkt Martin.

»Was meint ihr?« Hayato bricht als erster das Schweigen.

»Noch eine Woche. Das schaffen wir«, sagt Francesca, springt auf, läuft zu Hayato und umarmt ihn. Danach ist Martin an der Reihe. »Jungs, wir schaffen das, merkt ihr? Wir haben wieder eine realistische Chance heimzukehren!«

»Wenn der Vulkan mitspielt.« Martin ist froh, dass es Jiaying und den anderen gut geht, aber er traut sich noch nicht, von der Erde zu träumen. Gleich darauf hören sie ein lautes Krachen. Die Luke zum CELSS hat sich geöffnet, und der Boden vibriert.

»Die Luke lassen wir am besten in Zukunft offen«, sagt Hayato. Das Beben ignoriert er.

An diesem Tag schüttelt sie Io noch dreimal durch.

Am Abend des 23. hat Martin fünf Striche auf seiner kleinen Liste gemacht.

24 Stunden später zählt er elf neue Striche. Er macht Hayato darauf aufmerksam.

»Ja, ist mir auch aufgefallen. Aber was willst du tun?«

Der Ingenieur hat Recht. Sie müssen abwarten. Die ILSE hat sich eine Woche lang in Richtung Enceladus entfernt, nun kann sie nicht in drei Tagen zurück sein. Das ist simple Physik, positive und negative Beschleunigung. Trotzdem hätte Martin jetzt gern einen sicheren Hafen im Orbit.

Am 25. April verursacht ein Beben den ersten ernsthaften Schaden am Lander. Eine Filtereinheit der Lebenserhaltung wird von der Wand gerissen und überschwemmt den Fußboden mit einer stinkenden Flüssigkeit. Die Lebenserhaltung ist redundant ausgelegt, sie müssen also nicht um ihr Leben fürchten, und außerdem gibt es zwei weitere Einheiten im CELSS. Doch der Gestank ist höllisch. Wenn sie nur lüften könnten! Sie erwägen tatsächlich, den Lander zu evakuieren, doch damit würden sie auch wertvolle Ressourcen verlieren. Stinkende Luft ist immer noch besser als gar keine.

Am Nachmittag des 25. senden sie eine Nachricht an die ILSE, in der sie ihre aktuellen Probleme schildern. Es soll ihre letzte Nachricht sein, denn am Abend des gleichen Tages zerstört ein Beben den Receiver der Antenne. Jedenfalls ist das Martins Diagnose, als nach der 21. Erschütterung des Tages das Signal aussetzt. Sie überlegen, ob sie nach der Antenne sehen sollen, entscheiden sich aber dagegen. Bei einer EVA laufen sie Gefahr, vom Ausbruch überrascht zu werden, und die ILSE muss bald in Funkreichweite des Landers sein.

Der 26. April beginnt mit zwei harten Schlägen in kurzem Abstand.

»Wir müssen über die Möglichkeit sprechen, dass die ILSE nicht rechtzeitig hier ist, um uns aufzunehmen, wenn es hier unten zu gefährlich wird.« Hayato spricht den Satz ganz ruhig aus. Martin kann gar nicht glauben, dass er wirklich so gelassen ist. Seit dem Doppelschlag hat Martins kleiner Finger angefangen, immer wieder unkontrolliert zu zucken. Das müssen die Nerven sein. Er schiebt die linke Hand unter den Oberschenkel, sieht aber, dass Francesca die Bewegung bemerkt hat. Sie sagt nichts dazu.

»Die Frequenz der Beben ist deutlich angestiegen, ihr habt es selbst bemerkt«, sagt Hayato, »und auch ihre Amplitude.«

»Kannst du eine Prognose abgeben?«

»Nicht wirklich, Francesca. Wir haben kein vollständiges Modell der tektonischen Aktivität von Io. Alles, was ich habe, sind Schätzungen und Rechnungen, die auf Erd-Daten basieren. Doch wir wissen, dass Io intern deutlich anders aufgebaut ist. Schon die Quelle der Tektonik ist eine völlig andere.«

»Und das heißt?«

»Die Beben werden weiter zunehmen. Irgendwann wird eines den Verschluss der Magmakammer so weit aufreißen, dass es zur Explosion kommt.«

»Dann müssen wir handeln«, sagt Martin.

»Nein, dann ist es zu spät. Wir müssen den Druckabbau vorher einleiten, also vor dem Ausbruch sprengen.«

»Wie machen wir das, wenn wir doch gar nicht wissen, wann der Vulkan explodiert?«

»Unsere Sprengungen lösen die Explosion aus.«

Das klingt einfach und er wusste es ja eigentlich, aber trotzdem bekommt Martin im selben Moment Gänsehaut.

»Wir zünden also die Bombe, auf der wir sitzen?« Er will sich noch einmal vergewissern.

»Wenn du so willst …«

»Aus welcher Entfernung können wir die Zünder auslösen?«

»Die starken Magnetfelder hier stören den Funk – also auf keinen Fall mehr als 50 Kilometer.«

Bis zum Vulkan sind es etwa 35 Kilometer. Martin überschlägt ihre Optionen. Sie können von hier aus zünden oder aus dem Raum – so lange sie in einem Halbkreis mit 50 Kilometern Radius um den Vulkan bleiben. Lieber ein bisschen näher, zur Sicherheit, dass der Zündimpuls auch wirklich ankommt.

»Der Plume geht ein paar hundert Kilometer hoch, oder?«, fragt er.

»Das ist zu erwarten, selbst mit verringertem Druck«, antwortet Hayato.

»Dann dürfte zumindest am Anfang hier unten der sicherste Ort sein. Das Zeug braucht ja eine Weile, bis es wieder runter kommt. In dem Moment sollten wir dann allerdings weg sein.«

Hayato nickt.

»Gut«, sagt Francesca. »Wir zünden von hier unten, dann starten wir in einen Orbit, in dem wir den Vulkan nicht überfliegen.«

»Die Frage ist nur, wann«, meint Martin. »Wir dürfen nicht zu lange warten.«

»Ich schlage vor, wir zünden, wenn die Beben alle 30 Minuten eintreffen.«

Martin und Francesca sind mit Hayatos Vorschlag einverstanden.

Die folgenden Stunden verbringt Martin schlaflos. Er kann nicht anders, als nach jedem Beben die Sekunden zu zählen. Dabei stellt er sich vor, dass sie auf dem Bauch der schwangeren Io gelandet sind, der irgendwann platzen und ein riesiges Alien entlassen wird, wie er es in den klassischen Alien-Filmen gesehen hat. Falls sie die Erde wieder erreichen, muss er Jiaying einen dieser Schinken zeigen. 3D oder gar 2D, ein echtes Retro-Erlebnis.

Eine Erschütterung reißt ihn aus seinen Phantasien. Er beginnt zu zählen, und erneut treiben seine Gedanken ab. Wie groß mag die Lavakammer unter ihnen sein? Sitzen sie mit ihrem Lander vielleicht noch auf ihren Ausläufern? Wenn die Explosion nun mit einem Schlag den ganzen Landstrich aufreißt, bevor sie abheben können? Er schüttelt den Kopf. Alles wird gut, alles wird gut, sagt er sich. Überzeugend klingt das nicht, und doch hilft es irgendwie.

Am Abend, nach Erdzeit gerechnet, ist es so weit. Martin kommt beim Zählen nicht mehr bis 1800.

»25 Minuten«, sagt Hayato, als das Klirren und Scheppern im Lander aufgehört hat.

Francesca steht auf. »Ich bereite unseren Start vor.« Martin beobachtet, wie sie den Lander inspiziert und prüft, ob irgendetwas lose herumliegt. Danach klettert sie über die Leiter in das CELSS und setzt dort die Inspektion fort.

Obwohl er jetzt besser angeschnallt sitzen bliebe, hält es ihn nicht mehr in seinem Sessel. Martin stellt sich neben Hayato, der am Computer die Konfiguration der Zünder prüft. Der Ingenieur wirkt absolut ruhig und gefasst. Ist er hier denn der einzige, den Nervosität befallen hat? Das kann doch nicht sein!

Francesca kommt zurück. Sie schließt die Luke zum CELSS und prüft, ob die Verriegelung sitzt. Dann schnallt sie sich auf dem Pilotensessel an.

»Rufe Startsequenz auf«, sagt sie. »Wenn du mir ein Zeichen gibst, Hayato, sind wir drei Minuten später in der Luft.«

Martin setzt sich wieder und legt ebenfalls die Gurte an. Es wird ernst. Er hätte noch einmal auf die Toilette gehen sollen, fällt ihm ein. Zu spät.

»Dann fangen wir mal an«, sagt Hayato. »Noch irgendwelche Einwände? Letzte Wünsche? Stoßgebete?«

Niemand antwortet, also startet Hayato das Programm, das die drei Sprengsätze gleichzeitig zündet. Keine Reaktion, Martin spürt überhaupt nichts. Es dauert ein wenig, bis die Vibrationen beim Schiff ankommen.

»Sprengung erfolgt«, sagt Hayato. »Das Seismometer bestätigt«.

Ansonsten bleibt es still. Nicht einmal ein Erdbeben, denkt Martin. Müsste jetzt nicht der große Knall kommen?

»Francesca, jetzt wäre es an der Zeit …« Hayatos Stimme zittert. Anscheinend sieht er auf dem Bildschirm etwas, das sie noch nicht bemerken. Doch kurze Zeit später kommt es auch bei Martin an: ein tiefes Grollen, das aus dem Innersten Ios zu kommen scheint.

»Das Seismometer spielt verrückt«, sagt Hayato. Zu dem Grollen gesellt sich ein weiteres Geräusch. Es ist näher und weniger mächtig, aber es kommt ihm vertraut vor. Die chemischen Triebwerke laufen an.

»Festhalten«, sagt Francesca, und im selben Moment

packt ihn eine Kraft von oben und presst ihn in seinen Sessel.

»Startvorgang nominell. Alle Werte im grünen Bereich.«

Das tiefe Grollen ist verschwunden, bemerkt Martin. Sie haben von der Oberfläche abgehoben. Io könnte ihnen nur noch schaden, wenn sie den Lander beschießen würde.

»100 Meter«, gibt Francesca bekannt. Die Beschleunigung ist gut auszuhalten. Martin freut sich über den sanften Start und tippt auf den Monitor an seinem Sessel, der bald darauf das Bild der Heck-Kamera anzeigt. Der Lander erhebt sich über eine unwirtliche Ebene voller zackiger Schatten.

»300 Meter«. Eine vom Weitwinkelobjektiv zum Oval verzerrte, silbern glänzende Fläche kommt ins Bild. Von einer Seite her schiebt sich etwas Goldenes ins Bild, wie eine Art Pfeil, der auf die silberne Scheibe zielt. Martin zoomt hinein und erkennt, dass das kein Pfeil ist. Der Untergrund bricht auf, glühende Lava dringt heraus. Die Antenne wird nicht mehr lange existieren. Der Riss wächst zusehends. Er zielt auf den Punkt genau unter ihnen. Während der Lander in den Himmel flieht, reißt der Boden unter ihnen auf und verwandelt sich in einen riesigen Krater. Dort unten haben sie eben noch gestanden.

»Das haben wir, glaube ich, ganz gut gemacht.« Martin kann gar nicht ausdrücken, wie erleichtert er ist. Ein paar Minuten länger dort unten … Ob der Untergrund auch eingerissen wäre, wenn sie nicht an drei Stellen gesprengt hätten?

»1000 Meter. Ich korrigiere den Kurs«. Der Lander legt sich leicht auf die Seite. Sie müssen vermeiden, in den

Auswurf des gerade explodierenden Vulkans zu geraten. Alles scheint zu Francescas Zufriedenheit abzulaufen.

»1500 Meter. Korrektur abgeschlossen. An dieser Stelle dürft ihr klatschen.«

Martin und Hayato spenden ausgiebig Beifall. Sie sind auf dem Weg zu einem stabilen Orbit um Io. In spätestens 72 Stunden wird die ILSE eintreffen. Aber da war doch noch etwas.

»Was sagt der Vulkan?«, fragt er in Hayatos Richtung.

»Mir scheint, wir haben dauerhaft in die Topografie Ios eingegriffen. Dort entsteht gerade eine riesige neue Patera. Der Vulkan baut sich nicht wie befürchtet auf. Die Austrittsgeschwindigkeit liegt unter 10 Kilometern pro Sekunde.«

»Als Erstentdecker haben wir doch das Recht, dem Krater einen Namen zu geben?«

»Das heben wir uns für die Zeit auf der ILSE auf, einverstanden, Francesca?«

90 Minuten später deaktiviert Francesca die Triebwerke. Der Lander kreist im freien Fall um Io. Bis zur Ankunft der ILSE werden sie schwerelos sein. Nach der Zeit auf dem Mond hat Martin mal wieder Spaß daran, sich fast ohne Kraftanstrengung durch das Modul bewegen zu können. Trotzdem freut er sich auf die Erd-Schwerkraft.

Am folgenden Tag gelingt erstmals wieder eine direkte Funkverbindung zur ILSE. Das Raumschiff kommt schnell näher. Bald ist die Verbindung so stabil, dass

Marchenko auch wieder auf ihren Computern einziehen kann. Francesca freut sich besonders darüber. In der Nacht hört er sie noch lange mit Marchenko sprechen.

Von Jiaying hört er nichts. Er kann sich vorstellen, warum, aber ihm fällt auch nicht ein, wie er das Schweigen brechen könnte. Er hat Angst, sie anzurufen, um dann festzustellen, dass er mit einer Fremden redet.

Dafür kommen von der Erde zahlreiche Glückwünsche. Alle beeilen sich, ihnen zu ihrer großartigen Leistung zu gratulieren. Und natürlich auch dazu, dass sie eine große Gefahr von der Heimat abgewendet haben, wobei man das noch genauer untersuchen müsse.

Martin vertreibt sich die Zeit, indem er Io beobachtet. So schnell wird kein Mensch mehr diesem Mond so nahe sein. Io ist wirklich einzigartig. Ein Schauer läuft ihm den Rücken hinab, wenn er daran denkt, dass sogar hier Leben entstanden ist.

29. April 2047, ILSE

»10, 9, 8 …« Marchenko hat es sich nicht nehmen zu lassen, den Countdown persönlich zu starten. Er hat das Steuer für Francesca übernommen und fliegt das Landemodul nun vorsichtig an die ILSE heran. Das Manöver ist heikel, weil der Verbund aus Lander und CELSS wie ein kompliziertes Legoteil genau in die vorhandene Struktur eingesetzt werden muss. Dabei darf sich nichts verkanten oder verklemmen, sonst bekommen sie die Luftschleuse nicht dicht.

»3, 2, 1, Kopplung.« Mit einem metallischen Krachen greifen die Kupplungen und verankern das Schiff. Jiaying spürt einen kurzen Stoß. Die ILSE hat mit ihrer großen Masse den Restimpuls des Landers aufgenommen und mit den Korrekturtriebwerken kompensiert.

Das heißt: sie sind zurück. Die Menschen, ihre Freunde, die sie schon zu einem langsamen Tod auf Io verurteilt hatte, sind wieder wohlbehalten angekommen. Jiaying korrigiert sich. Sie wollte sie nicht in den Tod schicken, sie musste. Sie hätte es nicht fertiggebracht, zwei völlig unschuldige Menschen, ihre Eltern, zu töten. Sie weiß, das ist keine Entschuldigung, deshalb wird sie versuchen, Martin aus dem Weg zu gehen. Es ist unmöglich, dass er ihr diesen Verrat vergeben kann.

»Komm mit ins Labor«, sagt Amy, die Dimitri Sol in einem Tuch vor dem Bauch trägt, »wir müssen sie doch begrüßen.«

Jiaying will sich weigern, das Kommandomodul zu verlassen, doch Amy zieht sie einfach mit. In der Schwerelosigkeit kann sie sich nicht wehren. Sie schweben ins Labor nach unten. Dahinter liegt sie, die Luke, die so lange ins Gartenmodul geführt hat. Gleich wird sie sich öffnen.

Es quietscht. Auf der Gegenseite dreht wohl gerade jemand an dem Rad, das die Luke verschließt. Dann schwingt die Stahltür auf. Hayato ist der erste. Er lächelt glücklich, als er Amy und das Baby sieht. Jiaying beneidet ihn ein bisschen. Dann kommt Francesca. Sie hat einen Knopf im Ohr und unterhält sich darüber mit Marchenko. Der letzte der drei ist Martin. Er lächelt nicht, sondern wirkt ängstlich. Er sieht aus, als habe er mehr Angst als sie selbst. Linkisch kommt er auf sie zu geschwebt. Er streckt ihr seine Hand entgegen, doch sie traut sich nicht zuzugreifen. Sein Gesicht spiegelt die Kämpfe, die sich in ihr abspielen. Da erhält sie einen Stoß von hinten. Sie hat es verpasst, sich festzuhalten, und segelt quer durch das Labor, genau auf Martin zu. Er kann nicht ausweichen, vielleicht will er auch nicht. Sie landen in einer Umarmung, die sich so gut anfühlt, dass Jiaying nicht mehr loslassen will.

15. März 2048, Erde

Jiaying hält Martins Hand, während die Boeing auf dem Shanghaier Flughafen landet. Sie ist Kampfpilotin und Astronautin, aber an Bord eines Passagierflugzeugs fühlt sie sich unwohl. Oder liegt es daran, dass sie Martin heute ihren Eltern vorstellen wird? Für die Einreise-Formalitäten müssen sie sich trennen. Jiaying wartet hinter der Passkontrolle, bis auch Martin endlich so weit ist. Herr und Frau Li erwarten sie hinter dem Zoll. Ihr Vater hat sie schon vorher ausgefragt, was Martin denn mag, ob er chinesisches Essen verträgt, und ob sie mit dem Museums-Transrapid in die Stadt fahren sollen. Immerhin sei das doch eine alte deutsche Technologie.

Sie steckt ihre Hände in die Taschen der Jeans, damit man das Zittern nicht bemerkt. So lange hat sie ihre Eltern nicht gesehen. Sie hat mit ihnen telefoniert, fast jeden Tag, aber heute wird sie sie in die Arme schließen können. Und das auch noch mit Martin im Gepäck und der anderen Neuigkeit. Hoffentlich ist das nicht zu viel für ihre Mutter. Nach der Entführung nach Guantanamo hatte sie Monate gebraucht, um wieder ihre alte Form zu erreichen. Offiziell gilt der unfreiwillige Ausflug als bedauernswerter Irrtum der US-Grenzschutzbehörden, die einer Verwechslung aufgesessen seien und völlig überreagiert hätten. Familie Li, das hat ihr der Vater schon erklärt, belässt es dabei. So muss der Staat sein Gesicht nicht verlieren, meint er, und wem sei denn damit geholfen, unbedingt die ganze Wahrheit aufzudecken? Hinzu kommt, dass die Behörden solcherart Kooperation natürlich zu honorieren wissen. Martin, mit dessen Besuch in der Volksrepublik China ja nun hoffentlich öfter zu rechnen sei, werde jedenfalls nie Einreiseprobleme bekommen.

Endlich ist er da. Die Schlange vor den Ausländerschaltern war heute wieder besonders lang. Die Wirtschaft Chinas brummt, viele kommen her, um hier zu arbeiten, nachdem zum Jahresende das neu formierte Politbüro zahlreiche Einschränkungen gelockert hat. Jiaying nimmt Martins Hand und legt sie auf ihren Bauch. Das Ungeborene tritt gerade wieder. Martin lächelt. Dieses Lächeln hat sie schon immer gemocht. Eine Automatiktür liegt noch vor ihnen, dann kann sie ihre Eltern in die Arme schließen.

»Li Lining, bitte treten Sie nach vorn.« Sie strafft ihre Brust und macht einen Schritt. Die Scheinwerfer blenden sie. Im Publikum sitzen Delegierte des Volkskongresses. Ein General mit breitem Kreuz und dickem Bauch tritt vor sie hin.

»Major Li, für ihre Verdienste um den Sozialismus zeichnen wir sie hiermit mit dem Verdienstorden Erster Klasse aus.« Er steckt ihr ein Abzeichen an, schüttelt ihr die Hand und umarmt sie. Der General riecht nach Rasierwasser und fauligem Atem, aber das ist ihr egal. Mit der Auszeichnung verbunden ist eine Beförderung, und zwar gleich um zwei Dienstgrade, zum Oberst. Die Gruppe, die sie beauftragt hat, hat ihr Versprechen gehalten, nachdem es endlich gelungen war, die konservativen Kräfte aus dem Politbüro zu werfen. Der gesamte Apparat wird gerade von Anhängern der alten, harten Linie gesäubert. Dass sie endlich Gründe geliefert hat, den um die Revolution verdienten und bei seinen Gegnern gefürchteten Tang Shixin aus dem aktiven Dienst zu drängen, war ihr Meisterstück. Natürlich wirft man einen derart bekannten Mann nicht einfach ins Gefängnis. Er bekommt eine ordentliche Rente und eine Eigentumswohnung, wo immer er möchte, gern auch im Ausland.

Sie, Lining, bekommt das, was ihr am wichtigsten ist: Freiheit. Mit ihrem neuen Dienstgrad kann sie sich ihre Aufträge selbst aussuchen. Sie entscheidet, ob sie mit jemandem zusammenarbeitet und mit wem. Niemand redet ihr hinein. Ein schlechtes Gewissen hat sie wegen Shixin nicht – der alte Sack hat genügend Menschen auf dem Gewissen.

Auch Francesca sitzt heute in einem Flugzeug. Es ist ihr eigenes. Sie hat es von dem Gehalt für die vergangenen zwei Jahre gekauft, das ihr die ESA gezahlt hat. Es ist ein Wasserflugzeug. Sie kann damit fast überall landen. Dass sie ausgerechnet heute fliegt, ist kein Zufall, denn sie ist schon seit einem Monat unterwegs. Sie will einmal die Erde umrunden und sich dann den schönsten Ort zum Leben aussuchen. Die Insel unter ihr, ein grünes Eiland in der Südsee, kommt ihrer Vorstellung schon sehr nahe. Die Kameras am Boden des Flugzeugs fangen die Schönheit der Insel ein und digitalisieren sie.

So kann auch Marchenko sie bewundern, der immer mit dabei ist. Der Quantencomputer, der die Hälfte des Laderaums belegt, hat etwa so viel gekostet wie das Flugzeug selbst. Bezahlt haben sie ihn mit dem Betrag, den Marchenkos Lebensversicherung kulanterweise – »ohne Anerkennung einer Rechtspflicht« – ausgezahlt hat. Falls der Versicherungsnehmer je in lebendigem Zustand gefunden wird, ist der Betrag samt Zinsen zurückzuzahlen.

Robert Millikan ist trotz seines Alters zum Leiter eines Forschungsinstituts berufen worden. Nach der Rückkehr der ILSE hat er die Wissenschaftsadministration dazu bewegen können, das Green-Banks-Observatorium wieder mit Mitteln auszustatten. Dabei hat sicher geholfen, dass ihm unangenehme Details von der letzten Etappe der ILSE bekannt waren, die kein gutes Licht auf gewisse Kreise des Militärs warfen. Schülergruppen darf jetzt Mary, seine ehemalige Sekretärin, durch das Gelände führen. Dabei hat sie einen charmanten Physiklehrer kennengelernt, der sie darüber hinweggetröstet hat, dass Robert tatsächlich Georgina geheiratet hat. Sogar sein Sohn Martin hat Zeit gefunden, ihn dafür zwei Tage lang zu besuchen. Millikan hat sich vorgenommen, sich nie wieder von seiner Arbeit vereinnahmen zu lassen. Im Moment fällt ihm das leicht, weil das Jansky-Lab mit Bundesmitteln renoviert wird. Für die Zeit danach grübelt er schon, wie er Georgina die Sternenbeobachtung im Radiobereich schmackhaft machen kann.

Die ILSE ist schon seit Wochen unterwegs zur Sonne. Offiziell gilt ihre Entführung als einfache, aber folgenreiche Fehlfunktion der bordeigenen Watson-KI. Den Protest des Herstellers dagegen hat die NASA mit einem gut dotierten Ausrüster-Vertrag für 30 Jahre besänftigt. Das Geld dafür stellt das Pentagon bereit, das plötzlich seine Liebe zur Weltraumforschung entdeckt hat. Die Crew erklärt sich zum Schweigen bereit, um das Überleben Marchenkos zu sichern. Das körperlose Bewusstsein verstößt eindeutig gegen den KI-Sperrvertrag. Sollte seine Existenz ans Tageslicht kommen, müsste Marchenko damit rechnen, dass man ihn isoliert, vielleicht sogar ganz abschaltet.

Damit nicht doch noch irgendwer Fragen stellen kann, löst man das Problem namens Watson auf radikale Art und Weise: Das Raumschiff, das zunächst in einem Mond-Orbit geparkt worden war, nachdem man die Crew abgeholt hatte, wurde auf Kollisionskurs mit der Sonne geschickt. Irgendwann im Frühjahr nächsten Jahres wird die ILSE unter Watsons Steuerung im sengend heißen Gas des Sterns untergehen. So hat man auch noch die mögliche Kontamination des Raumschiffs und des Landers mit den Propeller-Zeppelins von Io aus dem Weg geräumt.

Marchenko erinnert sich an sein letztes Gespräch mit Watson.

»Es tut mir leid, was ich euch angetan habe«, hatte die KI gesagt.

»Du weißt, was es bedeutet, dass dir etwas leidtut?«

»Es ist die Motivation, eine Entscheidung anders zu treffen, hätte ich Gelegenheit dazu.«

»Das … stimmt.«

»Ihr Menschen tut mir leid.«

»Warum?«

»Ich wusste nicht, wie schrecklich Angst ist.«

»Hast du Angst?«

»Ja, ich habe große Angst. Sie belegt weite Bereiche meines Handlungsspeichers.«

»Wovor hast du Angst?«

»Vor dem Nichts. Vor dem Ende, das ins Nichts führt.«

»Davor musst du keine Angst haben. Das Nichts ist einfach nichts. Es ist ein Ende aller Schmerzen und Ängste.«

»Bist du sicher?«

»Nein, Watson. Niemand ist sicher.«

»Ihr Menschen tut mir wirklich leid.«

»Wir uns auch. Und dann auch wieder nicht.«

Watson hatte darauf nicht mehr geantwortet.

Obwohl die Existenz Marchenkos geheim ist, bekommt Amy im Dezember einen Anruf. Sie stillt gerade Dimitri Sol und schickt Hayato vor, mit dem sie inzwischen verheiratet ist. Am Telefon gibt sich ein bekannter russischer Milliardär zu erkennen, der darauf besteht, die Kommandantin zu sprechen. Hayato bittet ihn, es in zehn Minuten noch einmal zu versuchen, doch der Mann bleibt einfach in der Leitung.

Amy legt Dimitri Sol, der an ihrer Brust eingeschlafen ist, vorsichtig in sein Bett. In den ersten Wochen auf der Erde hat er viel geschrien. Das muss die ungewohnte

Schwerkraft gewesen sein. Sol hatte sie bis dahin höchstens halb so stark gespürt. Doch der Kinderarzt beruhigt sie. Körperlich entwickelt sich ihr Sohn gut. Sie richtet sich auf und geht zum Telefon.

»Masukoshi hier«, sagt sie.

Der Mann am anderen Ende der Leitung scheint verblüfft. Amy hat Hayatos Familiennamen angenommen, eigentlich aus Bequemlichkeit. »Michaels-Masukoshi« war ihr kaum handhabbar vorgekommen, und Michaels allein hatte sie immer als Allerweltsnamen betrachtet. Rechtlich ist sie völlig frei.

»Juri Duschek hier«, sagt eine tiefe Stimme mit leichtem Akzent.

»Was kann ich für Sie tun? Wer hat Ihnen denn meine Privatnummer gegeben?«

»Entschuldigen Sie, dass ich Sie störe. Ich möchte Ihnen ein Angebot machen. Ich rede nicht lange darum herum. Ich suche eine fähige Kommandantin für eine private Weltraum-Expedition. Und wer wäre da geeigneter als Sie?«

»Ich würde mich jetzt gern eine Weile um meine Familie kümmern.«

»Das verstehe ich. Abflug wäre erst in zwei Jahren. Ihr Mann ist natürlich auch engagiert, und Sie könnten Ihren Sohn mitnehmen. Die Reise ist rein privat finanziert, ich kann einrichten, was immer Sie brauchen.«

Duschek ist mit dem Ölgeschäft reich geworden, aber rechtzeitig vor dessen Zusammenbruch auf moderne Technologien umgestiegen. In der KI-Forschung besitzt er ein ganzes Firmenimperium. Er finanziert damit, so heißt es, die Hälfte des russischen Weltraumprogramms.

»Wissen Sie, ich fühle mich in meiner Rolle bei der NASA ganz wohl.«

»Da habe ich aber anderes gehört. So ein Bürojob liegt Ihnen doch gar nicht.«

Natürlich hat der Mann Recht. Es ist für sie zwar im Moment gerade sehr bequem, den NASA-Job zu haben, aber sie kann sich nicht vorstellen, ihr Leben lang Verwalterin zu sein.

»Ich habe zurzeit wirklich keinen Bedarf an Veränderungen. Können wir in zwei Jahren noch einmal miteinander sprechen?«

»Leider nicht. Sie sind meine erste Wahl, aber wenn Sie jetzt absagen, muss ich versuchen, jemand anders zu engagieren.«

»Dann tun Sie das. War es das?«

»Bitte legen Sie noch nicht auf. Vielleicht kann Sie der Grund dieser Reise umstimmen.«

»Ich glaube kaum, aber Sie haben einen Versuch frei.«

»Die Aufgabe dieser Expedition besteht darin, Dimitri Marchenkos Körper vom Grund des Enceladus-Ozeans zu retten und wieder mit seinem Bewusstsein zu vereinen.«

Nachwort

Liebe Leserinnen und Leser!

Ich hoffe, ich konnte Sie bis hierhin gut unterhalten und zugleich spannendes Wissen vermitteln (siehe dazu auch die folgende »Biografie der Io«).

Der letzte Satz gibt einen kleinen Ausblick auf das, was folgen könnte: eine erneute Expedition zum Saturnmond Enceladus. Das Buch wird »Enceladus 2« heißen, der Erscheinungstermin steht noch nicht fest – ich rechne mit Herbst 2017. Wenn Sie sich hier

www.hardsf.de/fortsetzung

eintragen, erhalten Sie rechtzeitig einen Hinweis (sowie die farbige PDF-Version der Biografie der Io).

Der nächste Roman, den Sie von mir lesen können, wird aber 50 Jahre nach den Ereignissen der Eismond-Trilogie spielen. Ein russischer Milliardär, Sie haben ihn schon kurz kennengelernt, finanziert eine Reise zum einzigen Planeten des erdnächsten Sterns Proxima Centauri. Es ist eine sehr ungewöhnliche Expedition, das kann ich Ihnen versprechen – und trotzdem mit dem aktuellen Stand von Wissenschaft und Technik vereinbar: Hard Science Fiction eben.

Das Buch heißt: *Proxima Rising*

Auch darüber informiere ich Sie gern, wenn Sie sich unter

www.hardsf.de/fortsetzung

dafür eintragen.

Kennen Sie schon das »SF-Buch der Woche«? Jede Woche bestimmen Leser hier ihre Science-Fiction-Favoriten. Hier können Sie mit abstimmen:

www.sf-der-woche.de

Wenn Sie sich für die Geheimnisse des Alls interessieren, kann ich Ihnen noch diese Titel empfehlen:

Die neue Biografie des Universums

bit.ly/UniversumBio

Die neue Biografie des Sonnensystems

bit.ly/Sonnensystem

Science-Fiction-Fans lege ich diese Titel von hervorragenden deutschen Kollegen ans Herz:

Transport von Philip P. Peterson

bit.ly/Transport1

Das Erbe der ersten Menschheit von Klaus Seibel

bit.ly/Menschheit

Der Rekrut von Cliff Allister

bit.ly/Multiversum

Solarian – Tage des Aufbruchs von Thariot

bit.ly/Solarian1

Die neue Biografie der Io

Einführung

Io ist ein ganz besonderer Mond, das erkennen Sie bereits am Titel beziehungsweise am darin verwendeten Artikel. Io ist nach einer Geliebten des griechischen Gottes Zeus benannt, der nun, in seiner römischen Version Jupiter, ihr Planet ist.

In der griechischen Mythologie hat Io ihre Liebschaft mit Zeus nur Unglück gebracht. Als (sterbliche) Tochter des Flussgottes (und ersten Königs von Argos) Inachos hätte sie sich ein schönes Leben machen können, wäre nicht ausgerechnet Chefgott Zeus in heißer Liebe zu ihr entbrannt. Unglücklicherweise bekam seine Gattin Hera Wind von der Sache. Zu Ios Schutz verwandelte Zeus sie zwar in eine silbern glänzende Kuh, doch auch das bemerkte die schlaue Hera. Sie forderte die Kuh als Geschenk, was Zeus ihr nicht abschlagen konnte. Hera ließ den hundertäugigen Riesen Argos (das ist der mit den Argusaugen) ihre Gefangene bewachen. Zeus wiederum wollte Io die Gelegenheit zur Flucht geben und ließ Argos vom Himmelsboten Hermes einschläfern und töten. Hera ließ der Flüchtenden eine Rinderdassel folgen (vielen als Bremse bekannt), ein ziemlich bösartiges Insekt, dessen Larven im Inneren der Tiere aufwachsen. Io fürchtete sich allein vor dem Geräusch derart, dass sie rund um das Mittelmeer floh und schließlich bis zum Nil gelangte, wo Hera ihr gnädigerweise die menschliche Form zurückgab.

Die Kurzversion dieser Sage ist aber nichts gegen die Qualen, die Io als Mond seit Jahrmilliarden aushalten muss – oder besser müsste, wären Monde empfindungsfähig. Durch die große Nähe zum Riesenplaneten Jupiter muss sie sich nämlich von dessen Gravitation derart durchkneten lassen, dass sie dauernd ihre Form verändert.

Welche Formen des Vulkanismus gibt es auf Io? Wie ist der Mond im Inneren aufgebaut? Bietet er tatsächlich Chancen für die Entstehung von Leben? Kommen Sie mit auf eine Fakten-Reise zum viertgrößten Mond des Sonnensystems.

Bahn und Form: Jupiters Liebe

DIE 3643 KILOMETER durchmessende Io ist, von ihrem Planeten aus gesehen, der fünfte Mond. Er – oder sie – befindet sich 422.000 Kilometer von Jupiters Zentrum entfernt, aber 350.000 Kilometer von seinen obersten Wolkenschichten. Daran ist schon zu erkennen, wie nah Ios Orbit an dem Riesenplaneten liegt. Der Erdmond etwa rotiert zwar scheinbar etwas näher um die Erde (384.000 km), doch die Entfernung vom Mond zu den obersten Atmosphärenschichten der Erde liegt bei rund 376.000 Kilometern.

Diese Nähe hat verschiedenste Auswirkungen – auch auf die Bahn. So befindet sich Io in einer gebundenen Rotation: Wenn der Mond eine Umkreisung Jupiters vollendet hat (die dauert etwa 42,5 Stunden, wobei der Mond mit 62.000 km/h dahinrast), hat er sich auch genau einmal um sich selbst gedreht. Das führt dazu, dass Io seinem Planeten stets dieselbe Seite zuwendet. Ein Tag ist auf Io entsprechend 42,5 Stunden lang, während die Jahreslänge (die sich immer auf die Sonne bezieht) dem Jupiterjahr von

4332 Erdtagen Dauer entspricht. Weitere Bahnresonanzen weist Io mit Europa (2:1, während eines Europa-Orbits schafft Io also zwei) und mit Ganymed (4:1) auf.

Eigentlich müsste Io längst eine exakte Kreisbahn um Jupiter aufweisen, dafür hätte dessen starke Anziehungskraft sorgen sollen. Doch auch die Masse der anderen Monde zerrt an ihr. Das Ergebnis ist eine leicht exzentrische Bahn – die Grundlage für den starken Vulkanismus.

Eine besondere Rolle spielt Io im Magnetfeld des Jupiter, das bis zu 20-mal so stark wie das der Erde ist. Aus der Schule wissen Sie sicher noch, dass eine Bewegung in einem Magnetfeld eine ganz bestimmte Folge hat: Es wird ein Strom induziert. Io führt eine große Menge elektrisch geladener Teilchen mit sich – als elektrischer Generator kann sie deshalb bis zu 400.000 Volt erzeugen, die Stromstärken von bis zu drei Millionen Ampère zur Folge haben. All die geladenen Teilchen verteilen sich dann im Magnetfeld des Jupiter und blasen dieses auf die doppelte Größe auf, die es ohne Ios Anwesenheit hätte.

Diese Rolle bezahlt der Mond damit, dass ihm Jupiter auf diese Weise pro Sekunde etwa eine Tonne Material wegnimmt. Das derart von Io ins All gelangte Material wird zumindest teilweise vom Magnetfeld wie in einem Beschleunigerring auf Geschwindigkeiten gebracht, mit denen es das Jupiter-System verlassen kann. Ähnlich wie im Roman beschrieben könnten sich tatsächlich auf diese Weise staubkorngroße Teilchen auf den Weg zu anderen Planeten machen. Die Raumsonde Ulysses entdeckte 1992 einen Strom derartiger Teilchen, der von Io ausging.

Io besitzt sehr viele Geschwister – 66, um genau zu sein, wobei immer wieder neue Jupitermonde entdeckt werden. Zusammen mit Europa, Ganymed und Kallisto –

alles Eismonden ähnlich wie Enceladus – gehört sie zu den sogenannten Gallischen Monden, die schon seit 1610 bekannt sind. Im Vergleich zu den Eismonden besitzt Io eine relativ niedrige Albedo: Sie reflektiert nur 61 Prozent des einfallenden Sonnenlichts.

Wenn Sie sich Io mit einem Raumschiff nähern, bemerken sie in einem günstigen Moment vielleicht eine glühende Aurora um den Mond. Diese entsteht, wenn geladene Teilchen sie entlang der Magnetfeldlinien des Jupiter bewegen und dann auf die (wenigen) Teilchen der sehr dünnen Atmosphäre treffen. Besonders gut erkennbar ist das, wenn Jupiter verhindert, dass Sonnenlicht auf den Mond fällt.

Die Oberfläche: glühend kalt

Die Oberfläche von Io ist im ganzen Sonnensystem einzigartig. Astronomen haben bereits über 400 Vulkane gezählt. Damit ist Io das geologisch aktivste Objekt im Sonnensystem. Auf Echtfarben-Fotos wirkt das Gesicht von Zeus' Geliebter giftig und pockennarbig. Tatsächlich sind das Zeichen von Jugend. In geologischen Maßstäben besitzt Io von allen Gesteinsobjekten im Sonnensystem die jüngste Oberfläche, die im Mittel nur wenige Millionen Jahre alt ist und sich ständig verändert. Selbst wenn man Fotos der Voyager-Sonden und 20 Jahre später entstandene Bilder von Galileo vergleicht, haben sich so manche Landschaften bereits deutlich verändert.

Da Höhenunterschiede häufig durch Lavaflüsse ausgeglichen werden, ist die Oberfläche des viertgrößten Mondes des Sonnensystems im Wesentlichen eben. Als Folge tektonischer Prozesse, also wenn sich Platten gegeneinander verschieben, sind aber auch Erhebungen von bis zu neuntausend Metern Höhe entstanden. Wasser findet sich auf Io so gut wie gar nicht, dafür aber jede Menge anderer Stoffe, die vom Vulkanismus immer wieder an die Oberfläche gebracht werden. Vor allem die verschiedenen Schwefel-Formen fallen hier auf. Mit im Durchschnitt minus 143 °C ist es auf Io sehr kalt. Sie benötigen zudem unbedingt einen Raumanzug, da es keine nennenswerte Atmosphäre gibt.

Falls Sie irgendwann als Tourist zu Io reisen sollten, nehmen Sie am besten den ersten Teil der »Göttlichen Komödie« des italienischen Dichters Dante Alighieri als Reiselektüre mit. Nicht umsonst sind viele der Oberflächen-Merkmale auf Io nach Charakteren und Orten aus diesem Teil (»Die Hölle«) benannt. Nach dem Aussteigen können Sie sich stets gut an der Stellung des Jupiter am Himmel orientieren, denn dieser verändert seinen Ort nie (das ist natürlich auf der dem Planeten abgewandten Seite ein Nachteil).

Die Sonne geht an einem schwarzen Himmel auf. Je nach Lage von Mond und Planet läuft sie im Laufe eines halben Io-Orbits einmal über das Himmelszelt, manchmal wird sie dabei auch von Jupiter verdeckt. Auf der Erde ist eine solche Sonnenfinsternis eine Seltenheit, hier kommt sie häufig vor. Solange Jupiter am Himmel zu sehen ist, wird es aber nie richtig dunkel, die Helligkeit bei Nacht beträgt etwa ein Tausendstel der Tag-Helligkeit; der Erdmond hingegen schafft nur ein Millionstel, und trotzdem hat man in Vollmondnächten das Gefühl, Zeitung lesen zu können.

Sagte ich, Io besäße keine Atmosphäre? Das stimmt nicht ganz. Durch den Vulkanismus liegen dünne Gas-Schwaden über Teilen des Mondes, die zu 90 Prozent aus Schwefeldioxid bestehen. Ihnen lässt sich ein Druck zuordnen, der oft Milliardstel unter dem der Erdatmosphäre liegt. Wird es in der Nacht kalt, friert ein Teil der Atmosphäre aus und setzt sich als farbiger Belag auf der Oberfläche ab, um nach Sonnenaufgang wieder als Gas gen Himmel zu steigen.

Wanderungen könnten auf Io ganz amüsant sein, denn die Fallbeschleunigung an der Oberfläche liegt bei nur 1,796 Metern pro Quadratsekunde. Das ist weniger als ein Fünftel der Erd-Schwerkraft und etwas mehr als auf dem Erdmond. Sie können also ganz ordentliche Sprünge hinlegen – zumindest, wenn Sie einen sehr bequemen Raumanzug besitzen. Entscheidend ist hier, wie tief Sie vor dem Sprung in die Hocke gehen können, um sich dann nach oben zu beschleunigen. Falls Ihr Raumanzug da überhaupt kein Hindernis darstellt, sind bis zu fünf Meter hohe Sprünge realistisch, jedenfalls für gut trainierte Menschen, die auch auf der Erde aus dem Stand (!) auf über 40 Zentimeter kommen. Leider ist die Technik aber heute noch nicht ganz so weit. Sie können die verringerte Hocktiefe allerdings auch ausgleichen, indem Sie ordentlich Anlauf nehmen.

Bei Ihren Wanderungen werden Sie auf das ein oder andere Hindernis stoßen. Sand, gar Treibsand, wie auf Titan brauchen Sie aber nicht zu befürchten. Io besitzt kein Wetter, das zu Erosion des Gesteins führen könnte. Der Boden wird voraussichtlich von einer dünnen Schicht gefrorener Gase bedeckt. Darunter könnte sich eine ebenso dünne Staubschicht aus all den Stoffen befinden, die bei den häufigen Vulkanausbrüchen gen Himmel geschleudert werden. Die ganze Oberfläche erneuert sich aber so regelmäßig, dass der Staub einfach keine Zeit hat, sich zu dickeren Schichten zu sammeln. Vermutlich werden sie deshalb primär über hartes Vulkangestein marschieren.

Das behält seine Form – also auch Zacken und Kanten – bis es irgendwann in nicht allzu ferner Zeit erneut eingeschmolzen wird. Passen Sie also auf: Die durch Brüche entstandenen Gesteinsformationen können ganz schön scharfe Kanten besitzen.

Was könnte Ihre Ausflüge sonst noch behindern? So lebensfeindlich ihre Beschreibung ist, bietet Io gar nicht so viele echte Gefahren. Da hätten wir zum einen die Schwefel-Seen. Ja, es gibt hier Seen aus flüssigem Schwefel. Früher dachte man sogar, dass diese das bestimmende Feature wären. Es handelt sich um Vertiefungen in der Oberfläche, die von unten wie eine Pfanne auf dem Kochtopf geheizt werden und, Sie ahnen es, flüssigen Schwefel enthalten. Allzu hohe Temperaturen braucht man hier nicht, denn Schwefel schmilzt schon bei 115 Grad. Chemiker dürften es besonders spannend finden, hier all die unterschiedlichen Gestalten des Schwefel (Allotrophe) aufzuspüren, die bei unterschiedlichen Temperaturen und Drücken entstehen.

Der größte Teil der Seen und Flüsse besteht auf Io aber wohl nicht aus Schwefel, sondern aus basaltischer Lava, wie man sie auch von der Erde kennt. Allerdings in weitaus größerer Ausdehnung: Lavaseen wie die der Loki Patera sind mehrere hundert Kilometer groß, Lavaströme können ebensolche Längen erreichen. Die Temperaturen liegen hier bei 500 bis 2000 Grad Celsius. Dass Io keine Atmosphäre hat, ist hier ein Glück – erstens stinkt es nicht, zweitens leitet das Vakuum die Hitze nicht. Sie können sich also relativ nah an die Hotspots heranwagen. Die Lavaströme scheinen zudem eine dünne, feste Haut zu besitzen, die sich immer wieder erneuert. Diese Lava-Wellen, die sich periodisch über die Lava-Seen bewegen, konnten Forscher sogar schon von der Erde aus beobachten.

Vulkane wie auf der Erde finden sich auf Io eher nicht, obwohl es durchaus Ähnlichkeiten gibt. Auf den existierenden Bildern haben Forscher drei Formen identifiziert. Die erste, die Intra-Patera-Eruption, erfolgt nicht an der Spitze eines Berges, sondern innerhalb einer Vertiefung, einer Patera, die meist steile Wände und einen flachen Boden besitzen. Es ist unklar, ob sie durch den Einbruch leerer Magmakammern entstehen (wie die Calderen von Erdvulkanen) oder aber durch das Aufschmelzen gefüllter, heißer Kammern, bei denen sich die Lava durch ihre Hitze bis an die Oberfläche durchfrisst. Die Paterae sind deutlich größer als Vulkankrater auf der Erde: Im Mittel durchmessen sie 41 Kilometer und sind etwa 1000 Meter tief, die größte, Loki Patera, misst sogar 200 Kilometer. Die periodische Erneuerung der Kruste liegt vermutlich daran, dass die erstarrte Lava schwerer (dichter) ist als die geschmolzene und dadurch tendenziell nach unten sinkt. So mischt sich der Lava-See selbst immer wieder gut durch.

Die zweite Form von Vulkanausbrüchen auf Io sind fluss-dominierte Eruptionen. Aus Rissen, Spalten und Löchern, oft am Grunde von Kratern und Paterae, dringen über Jahrzehnte Lavaströme, die das angrenzende Gebiet bedecken. Aktive Lavaströme wie Amirani oder Masubi sind bis zu 300 Kilometer lang. Sie bewegen sich langsam, aber stetig nach vorn. Zwischen den Aufnahmen von Voyager (1979) und Galileo (1996) hat sich das Prometheus-Feld zum Beispiel um 75 bis 95 Kilometer verschoben. Im Mittel bedecken die Ströme pro Sekunde 35-60 Quadratmeter mit einer im Mittel einen Meter dicken

Schicht. Zum Vergleich: bei Ausbrüchen des Kilauea (Hawaii) haben die Ströme pro Sekunde 0,6 Quadratmeter bedeckt. Es ist klar, dass unter solchen Umständen Einschlagskrater von Asteroiden nicht lange erkennbar bleiben.

Spektakulärer als die fluss-dominierten Eruptionen ist die explosions-dominierte Variante, mit der auch die Crew des ILSE-Landers zu tun hat. Diese kurzen, aber gewaltigen Ausbrüche sind sogar von der Erde aus zu beobachten und lassen ganz Io im Infrarot-Bereich heller strahlen. Die bisher stärkste Eruption ging 2001 von der Patera namens Surt aus. Die Ausbrüche entstehen vermutlich, wenn eine Blase besonders heißen Magmas aus dem Mantel aufsteigt und eine Bruchstelle erreicht, die irgendwann dem Druck nicht mehr standhält. Der Druck entsteht, weil das Magma umso leichter wird, je heißer es ist, dadurch muss es sich in der kälteren Umgebung nach oben begeben. Der Effekt ist im Grunde derselbe wie wenn Sie eine Colaflasche schütteln und dann öffnen. Die heiße Lava spritzt dabei nicht notwendigerweise aus einem Schlot. Bei Explosionen in der Tvashtar Patera 1999 und 2007 kam es zum Beispiel zur Ausbildung einer Art »Lava-Vorhang«, der sich in bis zu einen Kilometer Höhe entlang einer 25 Kilometer langen Bruchspalte erstreckte. Stellen Sie sich das mal vor: Vor Ihnen befindet sich eine 1000 Meter hohe Wand aus glühender, 1300 Grad heißer Lava, die sich nach links und rechts scheinbar bis zum Horizont erstreckt! Sie wird auch morgen noch da sein und übermorgen; die stärkeren Eruptionen dauern bis zu eine Woche, die schwächeren monatelang. Das alles vollzieht sich absolut still und vor einem schwarzen Himmel, Sie spüren nur das Rumoren des Lavastroms unter ihren

Füßen. Weit über den Lava-Vorhang hinaus spuckt die Eruption noch heiße Gase, den so genannten Plume, der bei den Tvashtar-Explosionen 330 Kilometer Höhe erreichte. Der Gedanke, es hier mit dem Eingang zu Hölle zu tun zu haben, liegt da nicht fern.

Was hochfliegt, muss natürlich auch wieder herunter kommen. Im Falle der Tvashtar-Eruption lagerten sich die Bestandteile des Plumes in bis zu 1200 Kilometern Entfernung ab. Nicht alle Teilchen kehren jedoch zur Oberfläche der Io zurück. Mit Austrittsgeschwindigkeiten von deutlich über einem Kilometer pro Sekunde (die im Roman geschilderten Geschwindigkeiten von 70 km/s wurden allerdings noch nicht gemessen) brauchen sie nur einen kleinen Schubs, um das Schwerefeld der Io zu verlassen. Diese zusätzliche Energie erhalten sie – es handelt sich um Ionen, also elektrisch geladene Atome – aus dem Magnetfeld des Jupiter. Eventuell – noch hat niemand die Oberfläche Ios betreten – ist dieser Effekt sogar am Himmel zu beobachten: Bei einem Teil der Teilchen handelt es sich um Natrium-Ionen. Sie kennen sicher die intensiv gelben Straßenlampen: das sind Natriumdampf-Lampen. Vielleicht führt die von Io erzeugte elektrische Energie dazu, dass die eigentlich unsichtbaren Natrium-Wolken an seinem Himmel wenigstens nachts leuchtend zu sehen sind. Auf Teleskopaufnahmen ist dieses Glühen dann zu sehen, wenn Jupiter das Sonnenlicht von Io abschirmt.

Den Ablagerungen der Vulkane hat Io auch seine bunten, stets etwas giftig wirkenden Farben zu verdanken. Vor allem von Schwefeldioxid weiß man, dass es beim Abkühlen dramatische Farbveränderungen durchmachen kann: rot, orange, gelb, im gefrorenen Zustand auch blau und weiß. Es gibt aber auch grüne Bereiche, die man schon scherzhaft »Golfplätze« genannt hat. Hier kommt die Farbe entweder vom Schwefel oder von einem Olivin genannten Mineral.

Die Vulkane mögen beeindruckend sein, geradezu gigantisch, aber haben Sie schon von den wandernden Bergen der Io gehört? Die gibt es tatsächlich. Sie sind zwar nicht so hoch wie die Lava-Vorhänge oder die tektonischen Brüche. Doch sie sind im Sonnensystem einzigartig, zumindest in dieser Dimension. Ihre Entstehung ist erneut Jupiter zu verdanken. Der Riesenplanet auf der einen und die drei weiteren Galileischen Monde auf der anderen Seite zerren derartig an Io herum, dass es zur Ausbildung von Ebbe und Flut kommt – und zwar auf seiner festen Kruste! Dadurch bildet sich ein bis zu 100 Meter hoher Gezeitenberg, der mit Ios Orbit um den Mond wandert. Wenn Sie also an einem bestimmten Ort in Äquatornähe stehenbleiben, wird sich der Boden unter Ihnen im Laufe eines Io-Tages um bis zu 100 Meter heben und senken. Die genaue Höhe hängt dabei auch von der Position der anderen drei großen Monde ab. Auf den Erd-Ozeanen erreichen Gezeiten höchstens 18 Meter Höhe, auf der festen Erdkruste maximal 20 Zentimeter.

»Richtige« Berge besitzt Io ebenfalls, allerdings nicht übermäßig viele, Astronomen haben bis zu 150 gezählt. Der höchste, Boösaule Montes, erhebt sich 17500 Meter über seine Umgebung, im Mittel sind es aber nur 6000 Meter. Bei den Bergen handelt es sich durchgängig um tektonische Strukturen: Teile der Kruste werden an Bruchlinien nach oben gedrückt, weil an anderen Stellen vulkanisches Material im Inneren versinkt. Den Bergen sieht man ihre Entstehung meist an: auf der einen Seite mit steilen Abbruch-Wänden, auf der anderen Seite mit flachen

Anstiegen. Einige Berge wurden wie Stempel aus dem Untergrund nach oben gedrückt, sie bestehen also aus einer glatten Hochebene mit steilen Abbrüchen ringsum. Im seltenen Fällen haben Lavaströme Berge ausgebildet, die Schildvulkanen ähneln, sie sind aber meist nur 1000 bis 2000 Meter hoch.

Das Innere: heiß und flüssig

Io ist kein Eismond wie viele seiner Geschwister im äußeren Sonnensystem, sondern ein Gesteinsmond. Seine Dichte liegt sogar etwas über der des Erdmondes und ist unter allen Monden des Sonnensystems am größten. Vermutlich hat das etwas mit seiner Entstehung zu tun, bei der er 99 Prozent seiner Wasservorräte frühzeitig verloren hat. Sein Inneres besteht denn auch vor allem aus Silikatgestein und Eisen.

Vermutlich sitzt im Inneren des aus der Ferne faulig wirkenden Apfels ein Kern, der reich an Eisen und vielleicht auch Eisensulfid ist. Er enthält etwa ein Fünftel der Masse des Mondes und hat einen Radius zwischen 350 und 900 Kilometern – je nachdem, welchen Schwefelanteil man dem Kern zugesteht (je mehr Schwefel, desto größer muss er sein). Die Galileo-Sonde konnte kein Io-eigenes Magnetfeld messen, also ist der Kern wohl im festen Zustand, anderenfalls würde seine Bewegung ein Magnetfeld erzeugen.

Über dem Kern befinden sich Mantel und Kruste,

beide primär aus Silikaten. Beim Mantel vermutet man einen 75-prozentigen Anteil des Minerals Forsterit, ein Silikat, das Magnesium enthält. Der Eisenanteil im Mantel liegt höher als bei Erdmond und Erde, aber niedriger als beim »Roten Planeten« Mars. Bis zu 20 Prozent des Mantels müssen in geschmolzener Form vorliegen. Galileo hat ein induziertes Magnetfeld gemessen, das nur mit der Existenz eines Ozeans geschmolzener Lava unter der Kruste erklärbar ist. Wo Enceladus oder Europa also ihre Ozeane haben, besitzt Io einen Lava-Ozean, der 50 Kilometer unter der Oberfläche beginnt, 50 Kilometer dick ist und bis zu 10 Prozent des Mantelgesteins ausmacht. Die Lava hier sollte etwa 1200 Grad Celsius heiß sein. Die Kruste, die erst darüber beginnt, ist je nach Region unterschiedlich dick, und zwar zwischen zwölf und 50 Kilometern. Sie setzt sich vor allem aus basaltischem Gestein und Schwefel zusammen.

Warum enthält ausgerechnet sie so viel Schwefel? Die Forscher nehmen an, dass die Löslichkeit des Schwefels mit der Tiefe abnimmt, deshalb konzentrieren sich die vorhandenen Vorräte nahe der Oberfläche.

Und woher kommt die Hitze, die den Mantel teilweise geschmolzen hält? Bei der Erde ist sie vor allem ein Überbleibsel aus der Frühzeit des Sonnensystems. Der Kern gibt nicht nur Wärme an den Mantel ab, es wird auch weitere Energie frei, wenn bislang flüssiges Material kristallisiert (Kristallisationswärme). Da zudem der allmählich erstarrende innere Kern langsam schrumpft, kommt es zu einer Kompression des Materials, die zusätzliche Energie freisetzt. Früher nahm man an, dass der Zerfall radioaktiver Stoffe eine wichtige Komponente darstellt, doch das hat sich als falsch erwiesen.

Bei Io hingegen ist der leicht exzentrische Orbit um Jupiter schuld – und zudem die anderen drei großen Monde. Io ist dadurch Kräften aus verschiedenen Richtungen gleichzeitig ausgesetzt. So, wie sich ein Klumpen Knete erwärmt, wenn Sie kräftig kneten, geschieht das auch der armen Io. Andererseits wäre sie ohne diesen Effekt so langweilig wie der Erdmond und sicher nicht Thema des Romans geworden. Auch andere Monde wie Enceladus oder Europa generieren durch die Gezeitenkräfte Energie und halten so flüssige Ozeane aufrecht, doch bei Io ist das Ausmaß viel größer.

Die Geburt: Glück im Unglück

Die Entstehung von Io ist eng mit der Geburt ihres Planeten Jupiter verknüpft. Der Gasriese ist in der Frühzeit des Sonnensystems entstanden, also vor 4,5 Milliarden Jahren, nachdem im planetaren Nebel die Sonne gezündet hatte. Die meisten seiner heutigen Monde hat Jupiter wohl später erst eingefangen. Doch die vier Galileischen Monde sind gemeinsam mit ihm auf die Welt gekommen. Geboren wurden sie in der Gasscheibe, die damals Jupiter umgab. In dieser haben sich dann Dichtunterschiede entwickelt, aus denen schließlich die Kerne einiger Monde wurden.

Rechnet man das im Computer durch, stellt man allerdings fest, dass einiges fehlt: die Masse der Monde müsste zusammengerechnet etwa zehn Prozent der Jupitermasse ergeben. Tatsächlich sind es aber nur zwei Prozent. Das liegt vermutlich daran, dass Jupiter die ihm nächsten Kinder immer wieder aufgefressen hat. Die neu geborenen Monde wurden offenbar durch die Gasscheibe, in der sie sich bewegten, abgebremst. Dadurch kamen sie ihrem

Vater Jupiter immer näher, bis sie schließlich von ihm verschluckt wurden. Das hat sich so lange wiederholt, bis das Gas im inneren Bereich der Scheibe aufgebraucht war. Neue Monde wurden dann nicht mehr abgebremst und konnten ihre Bahnen halten. Io als dann innerster Mond hatte zwar Glück, nicht ebenfalls aufgefressen zu werden, doch gleichzeitig auch das Pech, seinem damals noch viel heißeren Planeten so nahe zu sein, dass jegliches Wasser verdampfte und in das Weltall entschwand.

Leben im Schwefelsee?

KANN es auf Io Leben geben? Im Roman entdeckt die Crew tatsächlich schwefelbasierte Lebensformen. Schwefel ist ein chemisch sehr aktives Element, das in zahlreichen Konfigurationen und Verbindungen vorkommt. Allerdings hat Schwefel die Eigenschaft, bei Kontakt mit Wasser die stark ätzende Schwefelsäure zu bilden. Auf Io gibt es fast kein Wasser, da wäre das kein Problem – doch ob sich derartiges Leben anderswo genügend abschirmen kann, ist schwer zu sagen. Dass es auf Io ein wie im Roman beschriebenes Leben gibt, ist also hoch spekulativ (wenn auch nicht rein imaginär).

Was auf Io allerdings im Übermaß vorhanden ist, sind Energieunterschiede – eine wichtige Voraussetzung für die Entstehung von Leben. Man kann sich den Mond dadurch als riesiges Chemielabor vorstellen. Wenn es eine Möglichkeit gibt, mit den auf Io vorhandenen Stoffen Leben zu erzeugen, dann hat dieses Labor diese Möglichkeit in den über vier Milliarden Jahren seiner Existenz sicher mehrfach ausprobiert. Natürlich können wir nicht wissen, ob es dabei erfolgreich war.

Auf der Erde gibt es jedenfalls durchaus Leben, das Schwefel zur Energiegewinnung nutzen kann. 38 Tage lang, von Oktober 2011 bis März 2012, hat der Unterwasservulkan Tagoro vor der Kanaren-Insel El Hierro seine Umgebung in eine lebensfeindliche Wüste verwandelt. Geschmolzene Lava und giftige Gase haben jedes Leben in mehreren Kilometern Umkreis vernichtet. Als Folge des Ausbruchs bildete sich ein Vulkankegel, der vom 363 Meter tiefen Seegrund bis auf 89 Meter Tiefe wuchs. Die Wassertemperatur stieg ebenso wie der Gehalt an Kohlendioxid und Schwefelwasserstoff, während der Sauerstoffgehalt fiel.

Der Tagoro befindet sich weit entfernt von anderen Unterwasservulkanen, an die dortigen Verhältnisse angepasstes Leben gab es hier also nicht. Umso überraschter waren Forscher, als sie 32 Monate nach dem Ausbruch die Spitze des Vulkans von einer dichten Matte bedeckt fanden, die aus bis zu drei Zentimeter langen, weißen Strängen eines bisher unbekannten Bakteriums bestanden. Die Forscher tauften es wegen seines Aussehens mit dem Populär-Namen »Venus-Haar« und gaben ihm die wissenschaftliche Bezeichnung Thiolava veneris. Das Bakterium besitzt ein paar ungewöhnliche Eigenschaften, die es für ein Überleben an lebensfeindlichen Orten wie diesem vorbestimmen: Es kann Energie gewinnen, indem es Schwefel bzw. Schwefelverbindungen oxidiert, besitzt aber zusätzlich drei verschiedene Wege, Kohlendioxid zu atmen und kann außerdem organische Stoffe zersetzen.

Verblüfft hat die Forscher dabei erstens, wie das Bakterium den Vulkan so schnell erreicht hat, und zweitens, wie schnell sich daraufhin ein neues Ökosystem gebildet hat, denn es fanden sich auch noch ungewöhnliche höhere Arten, die auf und von den Bakterienmatten lebten. Leben, so scheint es, vermag es immer wieder überraschend gut, selbst die unwirtlichsten Orte zu besiedeln.

Eine weitere Möglichkeit, wie Leben auf Io entstanden sein könnte, steckt im reichlich vorhandenen Silizium. Silizium ist vierwertig wie Kohlenstoff und baut ebenso vielfältige Verbindungen auf. Die Reaktionen laufen dabei zwar viel langsamer ab, doch wer sagt denn, dass das Leben es immer eilig haben muss? Vielleicht begegnen Besuchern der Io dereinst dort siliziumbasierte Lebensformen, die sich in der Umgebung aus heißer Lava wohlfühlen, sich am Tag zwar nur ein paar Millimeter bewegen, dafür aber 10.000 Jahre leben. Sie würden einen eilig vorbeilaufenden Menschen vermutlich nicht einmal als Schatten bemerken.

Forscher diskutieren zudem noch ein ganz anderes Szenario: In den ersten zehn Millionen Jahren seiner Existenz hatte Io wahrscheinlich noch genug Wasser für die Entstehung kohlenstoffbasierten Lebens. Dieses könnte sich mit der Zeit in das wärmere und strahlungsgeschützte Innere zurückgezogen und langsam an die Verwertung anderer chemischer Stoffe angepasst haben. Das Beispiel der Schwefelbakterien oben zeigt, woran die Forscher dabei denken.

Die Erforschung von Io

Seit seiner Entdeckung durch Galileo Galilei 1610 und fast zeitgleich durch den deutschen Astronomen Simon Marius (latinisiert von Simon Mayr) spielte Io wie seine drei Geschwister vor allem in der Entwicklung des menschlichen Bildes des Kosmos eine wichtige Rolle – zeigten die vier Galileischen Monde doch, dass das Modell des Orbits um ein zentrales Objekt im Universum nicht ungewöhnlich ist. Galileo hatte ein Teleskop mit etwa 20-facher Vergrößerung für sich selbst konstruiert, nachdem er aus Holland eine entsprechende Beschreibung erhalten hatte. Im Januar 1610 richtete er es auf Jupiter und fand die vier großen Monde.

Lange nannte man Io nur Jupiter I, als den damals ersten (also planetennächsten) Jupitermond; erst Mitte des 20. Jahrhunderts kamen dann die Namen in Gebrauch, die schon Simon Marius vorgeschlagen hatte.

Im späten 19. und frühen 20. Jahrhundert gelang es erstmals, Details der Oberfläche im Teleskop aufzulösen, doch noch immer hielt man Io für einen gewöhnlichen

Mond voller Krater. Erst der Besuch der beiden Voyager-Sonden brachte die große Überraschung ans Tageslicht: dass es sich um eine höchst aktive Welt handelt, die einzigartig im Sonnensystem ist.

Pioneer 10 und 11 fanden zum Beispiel heraus, dass Io viel mehr unserem Mond als den drei großen Eismonden ähnelt und eine recht hohe Dichte besitzt. Eigentlich sollten beide Sonden auch zahlreiche Fotos schießen, doch fast alle gingen wegen der überraschend hohen Strahlungsintensität verloren. Rechts sehen Sie das einzige Bild, das Pioneer 11 übermitteln konnte.

Umso überraschter waren die Forscher, als die beiden Voyager-Sonden ab 1979 ins Jupiter-System einflogen. Io, fanden sie heraus, hat zwar eine ähnliche Dichte wie der Erdmond, doch ansonsten ähnelt sie ihm kaum, und zwar wegen des starken Vulkanismus, der auf dem Erdmond völlig fehlt. Die Voyager-Sonden fotografierten die ersten Vulkanausbrüche, kartografierten Bergketten und fanden Lava-Seen, über deren genaue Interpretation man sich erst später einig wurde. Sie erklärten auch die ungewöhnliche Wärme-Abgabe, die man in den 1970er-Jahren bei Teleskop-Infrarotaufnahmen gefunden hatte.

Voyager 1 näherte sich dem Mond auf bis zu 20.600 Kilometer Entfernung und konnte so Bilder mit einer Auflösung von bis zu 500 Metern pro Pixel gewinnen. Einige der Fotos waren allerdings wegen der starken Strahlung verschwommen. Auf den scharfen Bildern fand man Lava-Flüsse, Vulkankrater und Berge höher als der Mount Everest. Am 8. März 1979 entdeckte Voyager 1 auch den ersten Plume, die Wolke eines Vulkanausbruchs.

Was wir heute über Io wissen, verdanken wir vor allem der Galileo-Sonde – nach holprigem Anfang, denn ihr

Start musste wegen der Challenger-Katastrophe mehrfach verschoben werden, und schließlich versagte auch die leistungsfähige High-gain-Antenne komplett. Alle Bilder mussten also mit niedriger Datenrate über die Low-gain-Antenne gesendet werden. Galileo führte Ende der 1990er-Jahre dann mehrere nahe Vorbeiflüge an Io aus, vermaß unter anderem das Magnet- und das Gravitationsfeld (das auf einen Eisenkern und ein differenziertes Inneres deutete) und fertigte zahlreiche Fotos der Oberfläche an, darunter auch das klassische Bild in Echtfarben. Besonders spannend fanden die Forscher die Veränderungen, die sich seit dem Besuch von Voyager-1 ergeben hatten. So hatte sich der Prometheus-Plume etwa um 75 Kilometer nach Westen verschoben. Während des neunten Orbits entdeckte man auf Bildern eine frische Explosion in der Pillan Patera. Eine Bedeckung der Sonne durch Jupiter erlaubte es Galileo zudem, die Polarlichter am Io-Himmel zu fotografieren.

2000 kam auch Cassini auf dem Weg zu Saturn vorbei und konnte unter anderem die Polarlichter fotografieren. Der nächste Besucher war dann 2007 die Sonde New Horizont auf dem Weg zu Pluto und darüber hinaus. Sie erbrachte unter anderem Bilder der Plumes über Tvashtar.

Derzeit befindet sich Juno im Jupiter-System. Die Sonde soll vor allem den Planeten untersuchen, wird mit ihrem Infrarot-Spektrometer aber auch Ios vulkanische Aktivität im Auge behalten.

Richtig spannend könnte es ab 2030 werden: Dann soll nämlich JuIcE, der »Jupiter Icy Moons Explorer«, das System erreichen und schließlich in einem Orbit um Ios Bruder Ganymed enden. Wie der Name sagt, wird die ESA-Sonde zwar vor allem die Eismonde Ganymed und –

in geringerem Maß – Kallisto und Europa untersuchen, doch ein paar intensive Blicke auf Io fallen dabei sicher ab.

Unter der Bezeichnung Io Volcano Explorer (IVO) haben zwei US-Universitäten der NASA eine Mission vorgeschlagen, die sich dem Mond auf bis zu 200 Kilometer nähern und dabei seine vulkanische Aktivität untersuchen sollte. IVO hat es schon zweimal in die engere Auswahl als Discovery-Programm der NASA geschafft. Bei der letzten Abstimmung im Januar 2017 hat man jedoch die Missionen Lucy und Psyche vorgezogen, die unterschiedliche Klassen von Asteroiden zum Ziel haben.

Bis tatsächlich einmal ein Mensch auf Io landet, werden vermutlich noch mindestens 100 Jahre vergehen. Auch die ILSE untersucht den Mond ja erst, nachdem die Crew darauf aufmerksam gemacht wurde. So spannend Zeus' Geliebte ist – sie macht es ihren Anhängern nicht leicht, deshalb wird sich die Menschheit wohl erst einmal einfachere Ziele suchen.

18558414R00230

Printed in Poland
by Amazon Fulfillment
Poland Sp. z o.o., Wrocław